Rebecca Michéle

Ein Mörder zieht die Fäden

AF178299

Ein **Mörder** zieht die **Fäden**

Ein Cornwall-Krimi von
Rebecca Michéle

Michéle, Rebecca: Ein Mörder zieht die Fäden.
Ein Cornwall Krimi
Dryas Verlag 2020

2. Auflage
ISBN 978-3-940855-90-9

Dieses Buch ist auch als E-Book erhältlich und
kann über den Handel oder den Verlag bezogen werden.
E-Book ISBN 978-3-940855-91-6

Lektorat: Christa Pohl, Heßdorf
Korrektorat: Andreas Barth, Oldenburg
Umschlaggestaltung: © Guter Punkt
unter Verwendung von Motiven von AdobeStock
Innenillustrationen: Weihnachtstern/ Landschaft mit Tannen
© Clker-Free-Vector-Images – Pixabay
Satz: Dryas Verlag, Hamburg
Gesetzt aus der Aldus Nova Pro
Druck: CPI books GmbH, Ulm

Bibliografische Information der Deutschen Nationalbibliothek:
Die Deutsche Nationalbibliothek verzeichnet
diese Publikation in der Deutschen Nationalbibliografie;
detaillierte bibliografische Daten sind im Internet über
http://dnb.d-nb.de abrufbar.

Der Dryas Verlag ist ein Imprint der
Bedey Media GmbH,
Hermannstal 119k, 22119 Hamburg.

EINS

Plymouth,
April 2001

Mit einem Plopp sprang der Korken aus dem Flaschenhals, perlend ergoss sich der Champagner über ihren bloßen Oberkörper. Als sie das kühle Nass auf ihrer Haut spürte, quietschte sie und rief: »Wir sind hier doch nicht bei der Formel Eins.« Der Mann grinste, die Flasche in seiner Hand war nur noch zu zwei Dritteln gefüllt. »Der schöne Champagner!«, schmollte sie.

»Ich kann ihn ja auflecken.«

Provozierend streckte sie ihm ihre üppigen Brüste entgegen und kicherte, als seine Zunge ihre Brustwarzen berührte. Eine leere Champagnerflasche lag achtlos auf dem Teppich, dementsprechend angeheitert war das Paar, obwohl es noch nicht einmal Lunchzeit war.

»Die Bettwäsche ist nass und muss gewechselt werden«, stellte er fest.

Sie kicherte erneut. »Das Mädchen ist verschwiegen und wird mehr als gut dafür bezahlt, einmal in der Woche hier Ordnung zu schaffen.«

Er packte sie an den Schultern und drückte sie in die Kissen, dann senkte sich sein Mund auf ihre vollen sinnlichen Lippen. Wohlig rekelte sie sich unter seinem muskulösen Körper und stöhnte. Ihre Finger gruben sich in seine perfekt gerundeten Hinterbacken.

»Du bist unersättlich, Susan. Nicht nur, was Champagner angeht. Gib mir ein paar Minuten, dann bin ich fit für die nächste Runde.«

»Wir haben nur noch eine knappe Stunde, dann muss ich zurück.«

»Keine Sorge, meine Schöne, das bekomme ich hin.« Sanft löste er sich von ihr und schenkte in ihre Gläser ein. »Hast du keine Angst, dein Mann könnte misstrauisch werden?«

»Müssen wir jetzt von meinem Mann sprechen?« Unwillig runzelte sie die schmal gezupften Brauen. »Offiziell besuche ich einen Französischkurs, er hat keinen Grund, daran zu zweifeln.«

»Und das ist nicht einmal gelogen, denn Französisch machst du's durchaus.« Er grinste anzüglich. »Wenngleich ich der Meinung bin, dass du auf diesem Gebiet nichts mehr dazulernen musst.«

Seit ein paar Monaten trafen sie sich nahezu jeden Donnerstagvormittag in dem kleinen Apartment, das sie angemietet hatte. In dem unpersönlichen Hochhaus, nur wenige Gehminuten vom Plymouth Hoe entfernt, gab es vier Dutzend Wohnungen. Manchmal begegneten sich die Mieter im Lift und nickten sich zu, mehr nicht. Kaum jemand kannte seine Nachbarn, Gespräche fanden keine statt. Da Susan auf das Klingelschild einen falschen Namen geschrieben hatte, befürchtete sie nicht, es könnte herauskommen, zu welchem Zweck ihr die Wohnung diente. Selbst wenn: Ihr Privatleben ging niemanden etwas an. Ihrem Mann hatte sie gesagt, sie besuche in Plymouth einen Kurs, um ihre französischen Sprachkenntnisse zu vertiefen. Er hatte keine Einwände erhoben, im Gegenteil. Auch wenn Susan nicht in der Firma mitarbeitete – an der Seite ihres Mannes musste sie repräsentieren. Regelmäßig empfingen sie ausländische Gäste und reisten aufs Festland. So war es durchaus von Vorteil, eine Fremdsprache zu beherrschen. Damit ihre Lüge nicht aufflog, hatte sich Susan französische Lehrbücher und CDs gekauft und arbeitete immer mal eine Lektion ab, so lernte sie die Sprache tatsächlich. Da Nicolas sich von morgens bis abends in der Firma aufhielt, oft Unterlagen mit nach Hause brachte und auch am Abend und an den Wochenenden nicht von der Arbeit lassen konnte, hatte sie ja genügend Zeit.

»Hast du je daran gedacht, ihn zu verlassen?«, raunte Ron an ihrem Ohr. »Warum hast du ihn überhaupt geheiratet?«

»Ich besaß das Geld, das er und sein Vater für die Firma dringend benötigten, und er gab mir den Titel einer Lady.«

»Also eine rein geschäftliche Verbindung«, stellte Ron fest. »Was würde geschehen, wenn du dich scheiden ließest?«

»Die Firma ginge pleite, wenn er mich auszahlen muss, da ich mich mit einem entsprechenden Vertrag abgesichert habe.« Sie stützte sich auf die Ellenbogen und kniff die Augen zusammen. »Ich ziehe eine Trennung nicht in Betracht. Warum auch? Nicolas sieht gut aus, er ist charmant und gebildet, wir verkehren in den ersten Kreisen, und ich führe ein angenehmes, sorgloses Leben.« Ihre Lippen verzogen sich spöttisch, als sie hinzufügte: »Wenn deine Frage einen Hintergrund hat, dann möchte ich eines klarstellen: Ich werde meine Ehe nicht für ein Leben mit dir aufgeben. Für einen einzigen Mann bin ich nicht geschaffen. Es gab welche vor dir, andere werden nach dir kommen. Ich dachte, bei unserer kleinen Liaison seien auf beiden Seiten die Fronten geklärt. Es gefällt mir, wie es im Moment ist, also belassen wir es dabei. Und jetzt möchte ich nicht länger mit Reden die Zeit verschwenden.« Ihre Hand tastete unter die Bettdecke, ein zufriedenes Lächeln auf den Lippen.

Er drehte sie auf die Seite und drückte sich gegen ihren Rücken. Seine Männlichkeit war wieder erwacht. Noch eine halbe Stunde, dachte Susan, und überließ sich seiner fordernden Leidenschaft.

Ein Geräusch, zuerst knirschend, dann, als würde Holz splittern, ließ beide hochfahren.

»Verdammt, was ist ...?« Susan setzte sich auf.

Die Zimmertür wurde aufgerissen, eine schwarz gekleidete Person, das Gesicht unter einer Kapuze verborgen, stand plötzlich im Zimmer.

»Wer sind Sie? Was wollen Sie hier?«, rief Ron. »Verlassen Sie sofort die Wohnung!«

»Du Flittchen!« Die Stimme unter der Kapuze war verzerrt. »Du schamloses, kleines Flittchen!«

Ron sprang aus dem Bett und eilte auf den Maskierten zu. Dieser hob einen Arm, in der Hand einen Revolver mit aufgeschraubtem Schalldämpfer.

»Wollen Sie ... wollen Sie Geld?«, stammelte Susan. »Sie können alles haben, ich bin reich ...«

»Lassen Sie uns reden«, rief Ron. »Wir sind erwachsen, wir können über alles sprechen!«

An einer Unterhaltung war der Eindringling jedoch nicht interessiert. Ohne dass seine Hand auch nur einen Hauch zitterte, richtete er die Waffe auf Ron. Sein Zeigefinger krümmte sich, der Schuss war leiser als das Ploppen des Champagnerkorkens. Er traf Ron mitten ins Herz. Susan, vor Entsetzen gelähmt, hatte keine Chance. Die nächste Kugel hinterließ ein kreisrundes Loch über ihrer Nasenwurzel.

ZWEI

Higher Barton Romantic Hotel,
Dezember 2018

Mit einem schlichten Reifen schob Sandra Flemming ihre dunklen, gewellten Haare aus der Stirn, zupfte den Wasserfallkragen ihres roten Pullovers zurecht, lächelte ihrem Spiegelbild zu und sagte laut: »Dann wollen wir mal, Sandra. Die werden vielleicht Augen machen.«

Bevor sie ihr Cottage verließ, nahm sie den auf dem Tisch liegenden Umschlag und steckte ihn in die Handtasche. Der Brief war ihr heute Morgen per Einschreiben zugestellt worden. Seit Tagen hatte Sandra ungeduldig auf diese Nachricht gewartet, hatte befürchtet, eine Widrigkeit könnte ihre Pläne im letzten Moment zunichtemachen, doch nun war es amtlich und mit allen notwendigen Siegeln beurkundet. So richtig glauben konnte es Sandra immer noch nicht, obwohl Alan Trengove, ihr Anwalt und der Mann ihrer Freundin, seit Wochen darauf hingearbeitet hatte. Eine große Herausforderung stand vor Sandra. In den vierunddreißig Jahren ihres Lebens hatte sie sich nie derart zuversichtlich und voller Tatendrang gefühlt wie am heutigen Tag.

Von dem zweistöckigen, weit über einhundert Jahre alten Cottage mit den weiß getünchten Wänden und den Sprossenfenstern waren es nur wenige Schritte zum Hotel.

Obwohl Sandra seit neunzehn Monaten täglich diesen Weg ging, blieb sie nach einigen Yards stehen und blickte auf das Herrenhaus mit dem klangvollen Namen *Higher Barton Romantic Hotel*. Erbaut vor über vierhundert Jahren aus dem typischen grauen Stein der Gegend, zu Ehren von Königin Elisabeth in Form eines großen E's, zwei Voll- und ein Dachgeschoss, mit Steinpfosten durchbrochene Fenster, die Scheiben bleiverglast. Higher Barton war der Inbegriff eines elisabethanischen Landsitzes, wie man ihn sich in Südengland vorstellte. Jahrhundertelang war das Haus im Besitz derselben Familie gewesen, vor drei Jahren dann an eine Hotelkette verkauft und umgebaut worden, ohne dass der Charme alter Zeiten verlorengegangen war. Im Frühjahr des vergangenen Jahres war Sandra aus Schottland in den Südwesten Englands gekommen, um das Hotel zu leiten. Zwar war ihr Start in Cornwall holprig gewesen, und auch später hatte Sandra einige Schwierigkeiten überwinden müssen, doch sie war eine Frau, die Hindernissen, gleich welcher Art, entschlossen und mutig entgegentrat. Vor zwei Monaten hatte Sandra befürchten müssen, ihre Stellung zu verlieren. Im Hotel waren schreckliche Dinge geschehen, an denen sie keine Schuld trug und die sie auch nicht hätte verhindern können, doch der Vorstand der Hotelkette sah es anders. Er vertrat die Meinung, Sandra sei als Managerin zu jung und nicht in der Lage, ein entsprechendes Haus zu führen, ohne dass es zu Katastrophen kam. Bei der Erinnerung daran grinste Sandra. Nun hatte sich alles verändert. Wochenlang hatte sie geschwiegen, obwohl sie bei ihren Bemühungen, das Geheimnis zu wahren, fast geplatzt wäre, und heute war es endlich soweit.

Sandra ging die fünf Stufen zum Haupteingang hoch, stieß

die nur angelehnte Tür auf und trat in die Halle. Auch hier war das Ursprüngliche längst vergangener Tage weitgehend erhalten geblieben. Die hellgestrichenen Wände zierten alte, nicht mehr funktionstüchtige Waffen und farbenfrohe Drucke mit Motiven der cornischen Klippenlandschaft; in einer Ecke stand eine Ritterrüstung; vor dem mannshohen Kamin mit dem lodernden Feuer lud eine gemütliche Sitzgruppe zum Verweilen und Teetrinken ein. Eine breite, geschwungene Treppe aus poliertem Eichenholz führte in die oberen Etagen. Am letzten Novemberwochenende war Higher Barton weihnachtlich geschmückt worden. Zwischen der Treppe und dem Zugang zu den Wirtschaftsräumen stand eine deckenhohe Tanne, deren Nadeln Wohlgeruch verbreiteten und die geschmückt war mit Dutzenden von Lichtern, Strohsternen und Kugeln aus silber- und goldglänzendem Glas. Es hatte drei starke Männer gebraucht, den Baum aufzustellen. Über dem Kamin baumelte ein Mistelzweig, auf den Tischen standen kleine, liebevoll angefertigte Gestecke aus Tannenzweigen mit jeweils einer Kerze. Jeden Abend achtete Sandra darauf, dass alle Kerzen vorschriftsmäßig gelöscht wurden und verließ das Haus erst, wenn die Dochte erkaltet waren.

Hinter dem Tresen der Rezeption stand eine nicht mehr junge, hagere Frau, gekleidet in ein dunkelblaues Kostüm mit einer roséfarbenen Bluse, das angegraute Haar zu einem lockeren Knoten aufgesteckt.

»Guten Morgen, Sandra.« Eliza Dexter nickte ihr zu. »Was führt Sie ins Hotel? Sie haben heute doch Ihren freien Tag. Gibt es ein Problem?«

»Es ist alles gut, Eliza, Sie ahnen nicht, wie gut und perfekt alles ist!« Bei diesen kryptischen Worten runzelte Eliza die Stirn, um bei Sandras nächsten vor Verwunderung die Augen aufzureißen. »Eliza, sind Sie bitte so freundlich, das Personal zu versammeln. Es sind heute doch alle im Haus, nicht wahr?« Eliza nickte. »In einer halben Stunde im Personalzimmer, dann sind wir mit der Besprechung fertig, bevor der Lunch serviert wird.«

»Eine Personalversammlung?«, fragte Eliza Dexter. »Sandra, ist etwas geschehen, das das erforderlich macht?«

Sandra antwortete nicht, sondern lächelte nur, und Eliza stellte keine weiteren Fragen. Sandra Flemming war die Chefin. Früher hatte Eliza deren Anweisungen häufig infrage gestellt und versucht, Sandras Autorität zu untergraben. In den letzten Monaten hatten sich die beiden Frauen indes angenähert.

Sandra betrat das Büro hinter der Rezeption und schenkte sich aus der bereitstehenden Kanne eine Tasse Kaffee ein. Was Heißgetränke betraf, war Sandra keine typische Britin, da sie Kaffee dem Tee vorzog. Sie war in Schottland geboren und aufgewachsen, hatte ihre Ausbildung zur Hotelfachfrau in London absolviert, danach in Häusern in Frankreich und der Schweiz gearbeitet. Das Klischee, Engländer könnten keinen guten Kaffee zubereiten, war längst überholt. Die Vollautomaten waren auf der ganzen Welt gleich, da brauchte man kein Barista zu sein, um wohlschmeckende Kaffeespezialitäten servieren zu können.

Achtzehn Augenpaare sahen Sandra gespannt entgegen, als sie eine halbe Stunde später das Personalzimmer betrat.

»Danke für Ihre Zeit, ich werde mich kurzfassen, aber ich habe Ihnen wichtige Neuigkeiten mitzuteilen.« Sandra kam gleich zur Sache. »In diesem Hotel wird sich nun einiges ändern.«

»Henderson hat Sie entlassen!« Der rundliche Koch, der Sandra nur bis zur Schulter reichte, sprang auf. »Wir stehen alle hinter Ihnen, das wissen Sie, Sandra. Wenn Sie gehen müssen, gehen wir ebenfalls. Dann sollen die oben in Schottland zusehen, woher sie neues Personal bekommen.«

»Genau!«, rief Eliza, nicht minder erschrocken, auch die Zimmermädchen nickten, und David, der Barkeeper, meinte: »Wir dachten, die Sache wäre vom Tisch. Seit Wochen haben wir nichts mehr vom Vorstand gehört.«

»Nun mal langsam mit den jungen Pferden.« Sandra schmunzelte. Die Reaktionen des Personals rührten sie sehr. Alistair Henderson, der Vorstandsvorsitzende der Kette *Sleep and Stay Georgius*, kurz *SSG* genannt, war nicht davor zurückgeschreckt, jeden Angestellten über Sandras Befähigung zu befragen. Bereits damals hatten alle ihre Loyalität zu ihrer Chefin bekundet.

»Sie sind nicht entlassen worden«, sagte Rosa ruhig, »sonst wären Sie nicht so fröhlich.«

»Gut erkannt, Rosa.« Sandra nickte der polnischen Küchenhilfe zu, dann stieß sie hervor: »Ich muss es jetzt sagen, sonst platze ich. Also, die Sache ist die ...« Sie machte doch noch mal eine Pause. »SSG hat das Hotel verkauft.«

»Verkauft?«

»An wen?«

»Aber wieso?«

»Was wird jetzt aus uns? Bleibt es ein Hotel? Oder müssen wir alle gehen?«

»Gerade jetzt! Bald ist Weihnachten, und das Haus ist so gut wie ausgebucht.«

Alle redeten durcheinander, die Nachricht hatte wie eine Bombe eingeschlagen. Sandra hob die Hände.

»Bitte, beruhigen Sie sich und hören Sie mir zu! Selbstverständlich bleibt Higher Barton ein Hotel, wenngleich wir uns im kommenden Jahr etwas verkleinern werden. Darüber werden Eliza und ich im Einzelnen noch sprechen. Für Sie alle wird sich nichts ändern.«

»Der neue Eigentümer hat uns übernommen?«, fragte Eliza. »Unsere Arbeitsplätze bleiben unverändert?«

»Nicht ganz, Eliza.« Sandra musste sich beherrschen, um den nötigen Ernst an den Tag zu legen. »Eliza, Sie werden den Posten der Managerin übernehmen.«

»Ich?« Elizas Augen waren zwei große Fragezeichen. »Was ist mit Ihnen, Sandra? Müssen Sie doch gehen? Ich verstehe überhaupt nichts mehr. Wem gehört Higher Barton denn nun? Finden Sie es fair, uns derart auf die Folter zu spannen?«

»Sie haben recht, Eliza«, stimmte Sandra ihr zu. »Die Lage ist so: Der neue Eigentümer, beziehungsweise die neue Eigentümerin, wird sich nach wie vor um die Belange des Hauses und vorrangig um die Gäste kümmern. Sie hat bereits konkrete Pläne, was verbessert werden kann, um effektiver zu arbeiten, dabei wird nichts überstürzt werden. Auf jeden Fall werden Sie, Eliza, von heute an die Leitung von Higher Barton übernehmen. Den entsprechenden Vertrag setzen wir nachher auf.«

»Wieso setzen wir den Vertrag auf?« Eliza stutzte, ihre Lippen formten ein großes O, dann rief sie: »Sie? Sie! Sie haben das Hotel gekauft!«

»Ihre schnelle Auffassungsaufgabe schätze ich sehr an Ihnen, Eliza«, sagte Sandra schmunzelnd, dann sah sie zu den anderen, denen es die Sprache verschlagen hatte. »Um allen Spekulationen aus dem Weg zu gehen: Ein überraschender Lottogewinn ermöglichte es mir, das Haus und das Grundstück von SSG zu erwerben. Alistair Henderson war zu einem Verkauf mehr als bereit nach all dem, was im Herbst geschehen ist. Die endgültigen amtlichen Unterlagen wurden mir heute Morgen zugestellt. Ich werde mich allerdings nicht zur Ruhe setzen, dafür bin ich zu jung, sondern – sozusagen als Repräsentantin – das Hotel und das Wohl der Gäste im Auge behalten.« Sandra sah auf ihre Armbanduhr und fuhr fort: »Das war es im Moment, es wird jetzt Zeit, den Lunch zu servieren. Heute Abend lade ich Sie zu einer kleinen Feier mit Umtrunk ein. Monsieur Peintré«, Sandra wandte sich an den Koch, der immer noch ungläubig den Kopf schüttelte, »seien Sie bitte so freundlich, ein paar Kanapees zuzubereiten.«

»C'est à en devenir dingue!«, war alles, was der Koch in seiner Muttersprache herausbrachte. Er war Belgier, was zu betonen er nicht müde wurde, stammte aus Namur, der Hauptstadt der wallonischen Region, in der die Amtssprache Französisch war. Mehrmals schon hatte Sandra einen Vergleich zwischen Monsieur Edouard Peintré und Agatha Christies Meisterdetektiv Hercule Poirot gezogen. Auch sie fühlte sich den Figuren der großartigen Schriftstellerin verwandt. In den vergangenen Monaten hatte Sandra zwar nicht verhindern können, dass Menschen in ihrer unmittelbaren Umgebung ermordet wurden, sie hatte jedoch wesentlich zur Überführung der Täter beigetragen. Darauf war Sandra alles andere als stolz und wies jeden Hinweis auf eine lebendig gewordene Miss Marple vehement von sich. Ihr Leben war aufregend genug, auch ohne dass sie sich auf die Spur von Verbrechern begab. Dem Ruf des Hotels hatten die Vorfälle bisher glücklicherweise nicht geschadet, und Sandra war entschlossen, alles zu tun, um nicht erneut in Verbrechen verwickelt zu werden.

Die Angestellten verließen gegen einundzwanzig Uhr die Feier, nur Eliza Dexter blieb noch. Zu dem kleinen Kreis waren auch Ann-Kathrin Trengove, Sandras beste Freundin, und Christopher Bourke, der Chief Inspector von Lower Barton, gestoßen. Zu viert saßen sie jetzt beieinander, und Ann-Kathrin sah immer wieder nervös auf ihre Armbanduhr.

»Er wird bald kommen«, sagte Sandra. »Ich verstehe, dass Alan seinen Termin nicht verschieben konnte.«

Die Freundin nickte. »Der Richter wäre sehr enttäuscht gewesen, wenn Alan heute abgesagt hätte«, erklärte sie. »Der alte Mann hat nur noch wenige soziale Kontakte. Wenn Alan ihn besucht, sie zusammen essen und danach eine Partie Schach spielen, sind die Abende für Richter Audley etwas Besonderes.«

Alan Trengove, seines Zeichens Rechtsanwalt, und zwar einer der erfolgreichsten in Cornwall, traf sich regelmäßig mit Edward Audley. Bis zu seiner Pensionierung war der heute Mittsiebziger oberster Richter am Strafgericht in Truro gewesen. Laut Alans Aussage ein strenger, aber gerechter Mann, dem viele Verbrecher eine harte Strafe zu verdanken hatten. Nach Abschluss des Studiums hatte Alan mit dem Richter zusammengearbeitet, da er zuerst mit einer Tätigkeit als Staatsanwalt oder Richter geliebäugelt hatte. Schlussendlich entschloss sich Alan, auf die andere Seite zu wechseln und als Anwalt die Interessen der Angeklagten zu vertreten. Von Edward Audley hatte er während ihrer gemeinsamen Zeit viel gelernt, schätzte den alten Mann sehr und freute sich seinerseits auf die stets anregenden Gespräche mit ihm. Audley war Witwer, wegen eines Hüftleidens war er auf Gehhilfen angewiesen und verließ nur noch selten das Haus. Nachdem Alan erfahren hatte, dass Sandra ausgerechnet heute Abend die Übernahme des Hotels feiern wollte, hatte er gemeint, er wolle gleich nach dem Essen mit Audley nach Higher Barton kommen.

»Das Schachspiel lasse ich heute ausfallen«, waren Alans Worte gewesen. »Ich lasse es mir nicht nehmen, mit dir, Sandra, auf deinen neuen Lebensabschnitt anzustoßen.«

Alan und seine Frau Ann-Kathrin waren die Einzigen gewesen, die gewusst hatten, dass Sandra eine so große Summe im Lotto gewonnen hatte, um das Hotel kaufen zu können. Alan hatte sich um alle Formalitäten gekümmert, Sandra mit Rat und Tat unterstützt und den Kauf abgewickelt.

Aus dem Augenwinkel sah Sandra jetzt zu Christopher Bourke. Bisher hatte er nur wenig gesprochen und starrte mit ausdrucksloser Miene in sein Glas mit Organgensaft. Die Nachricht, Sandra habe das Hotel gekauft, hatte Christopher sehr überrascht, und sie ahnte, dass er ihr übelnahm, nicht in ihre Pläne eingeweiht gewesen zu sein.

»Hast du einen neuen Fall«, fragte Sandra betont munter, »oder ist es in Lower Barton ausnahmsweise mal ruhig, und die Mörder halten sich von unserem malerischen Ort fern?«

»Nur das Übliche: Schlägereien, Auto- und Ladendiebstähle.« Christopher sah Sandra an. »Kein Mord, und ich wäre dankbar, wenn es dabei bliebe.«

»An mir soll es nicht liegen!«, rief Sandra.

»Na, ich weiß nicht ...« Vielsagend zog Christopher eine Augenbraue hoch.

»Du tust gerade so, als wäre ich scharf darauf, dass in

diesem Haus wieder jemand umgebracht wird«, erwiderte Sandra empört.

»Streitet bitte nicht!« Ann-Kathrin hob besänftigend die Hände. »Niemand möchte einen weiteren Mord, egal wo. Christopher, ich merke dir an, dass da noch was ist, was wir wissen sollten.«

»Du kennst mich gut, Ann-Kathrin.« Der DCI grinste, fuhr dann aber ernst fort: »Tatsächlich muss ich euch über etwas Wichtiges informieren. Ich habe gewartet, um uns den Abend nicht zu verderben. Letzte Woche floh ein Gefangener aus dem Gefängnis in Bristol. Er kehrte von einem Freigang nicht zurück, und bisher gibt es keine Spur von ihm.«

»Was hat der Mann getan?«, fragte Sandra.

»Doppelmord«, antwortete Christopher. »Die Taten geschahen im Frühjahr 2001, der Mörder wurde zu lebenslanger Haft verurteilt.«

»Ach herrje!« Sandra riss die Augen auf. »Könnte es sein, dass sich der Mörder in unserer Gegend aufhält, weil du über die Flucht informiert bist?«

Christopher nickte ernst. »Der Gesuchte stammt aus Fowey. Seit der Auflösung des dortigen Polizeipostens im Rahmen der allgemeinen Sparmaßnahmen gehören Fowey und die Umgebung zum Ermittlungsgebiet von Lower Barton. Der gesamte Polizeiapparat Englands ist zusätzlich informiert, da wir annehmen, dass er versuchen wird, das Land so schnell wie möglich zu verlassen.« Aus der Innentasche seiner Jacke zog Christopher ein zusammengefaltetes Blatt Papier und reichte es Sandra. »Das Bild ist älter, es kann sein, dass er sich in den letzten Tagen einen Bart hat wachsen lassen.«

Das Foto stellte einen Mann mit dunkelblonden, sehr kurz

geschnittenen Haaren, grauen Augen, einer großen, langen Nase und einem markanten Kinn dar.

»Er sieht gar nicht wie ein Mörder aus.«

Christopher lachte. »Wenn wir jedem Menschen den Verbrecher ansehen könnten, würde das unsere Arbeit immens erleichtern.«

»Nicolas Lambourne«, las Sandra den Namen von dem Blatt ab.

Eliza Dexter griff nach dem Zettel, sah sich das Fahndungsfoto an und sagte leise: »Ich erinnere mich an den Fall. Alle Medien berichteten ausführlich über die brutalen Morde, wohl auch, weil es sich bei dem Täter um eine Persönlichkeit der Gegend handelte, dem Sohn von Sir Walter Lambourne, Lord Beechwood von Beechwood House. Besaß die Familie nicht eine Firma?«

Christopher nickte, griff zu der auf dem Tisch stehenden Etagere und nahm einen in lindgrünes Papier eingewickelten, kleinen Keks in die Hand.

»Lambourne Biscuits, einer der besten Keksproduzenten Südenglands. Mit seinem Vater zusammen führte Nicolas Lambourne die Firma, bis er die Taten beging.«

Sandra nickte verstehend. Von der Hauptstraße, die von der A 390 nach Fowey führte, erkannte man etwa zwei Meilen nördlich des kleinen Küstenortes die Gebäude der Keksfabrik. Das Hotel bezog regelmäßig eine Auswahl der dort hergestellten Kekse, die in den Gästezimmern, in der Hotelhalle und den Nebenräumen zum Naschen angeboten wurden.

Christopher wickelte den Keks aus, schob ihn sich in den Mund und murmelte: »Mandel-Kokos in weißer Schokolade, diese Sorte mag ich am liebsten.«

Auch Ann-Kathrin griff nach einem. »Ich bevorzuge Zart-bitter-Rum-Nuss«, und aß den Keks mit sichtlichem Genuss.

Sandra hingegen machte sich nicht viel aus Süßem, sie gab herzhaften Speisen den Vorzug.

»Ich glaube nicht, dass sich Lambourne in der Gegend blicken lässt«, fuhr Christopher fort. »Er wird wissen, dass hier besonders intensiv nach ihm gefahndet wird, trotzdem bitte ich euch, Fremden gegenüber vorsichtig zu sein. Selbst wenn du, Sandra«, er zog die Augenbrauen zusammen und sah sie ernst an, »ihn entdecken solltest, informierst du mich augenblicklich! Keine Alleingänge, verstanden?«

»Als ob ich scharf darauf wäre, wieder einem Mörder zu begegnen«, murmelte Sandra, und lauter: »Warum bekommt einer, der zwei Menschen getötet hat, überhaupt Freigang? Das stärkt nicht gerade mein Vertrauen in den Rechtsstaat.«

»Sandra, die Morde liegen über siebzehn Jahre zurück, so lange war Lambourne stets hinter Gittern«, erwiderte Christopher. »Jeder Mensch sollte eine zweite Chance er-halten ...«

»Die er sofort nutzt, um abzuhauen!«

»Streitet nicht«, ermahnte Ann-Kathrin die Freunde. »Auch ich glaube nicht, dass Lambourne es wagt, ausgerechnet hier-her zu kommen. Wir werden die Augen trotzdem offen hal-ten.«

Die Glocke an der Rezeption erklang. Sandra und Eliza sprangen gleichzeitig auf. »Überlassen Sie das mir, Sandra, das ist heute Ihr Abend«, sagte Eliza.

»Ihr versteht euch inzwischen besser?«, fragte Ann-Kath-rin, nachdem Eliza das Zimmer verlassen hatte.

Sandra nickte. »Ich werde zwar weiterhin die oberste Lei-tung des Hotels innehaben, erteile Eliza aber mehr Verantwortung und auch Prokura. Sie hat ihre Eigenheiten, mit denen ich zurechtkomme, und ich bin ja auch nicht einfach.« Sie zwinkerte Ann-Kathrin zu. »Jeder von uns hat seine Ecken und Kanten.«

»Ich versuche, Alan telefonisch zu erreichen.« Ann-Kathrin stand auf. »Er wollte schon längst hier sein.«

Mit Christopher allein, fragte Sandra: »Bist du mir böse, weil ich dir von dem Lottogewinn und dem Plan, das Hotel zu kaufen, nichts erzählt habe?«

Sandra war eine direkte Frau und redete nicht lange um den heißen Brei herum, besonders nicht bei Menschen, die ihr etwas bedeuteten. Der Beginn ihrer Bekanntschaft mit Christopher war sehr unerfreulich gewesen, der Detective Chief Inspector hatte sie sogar als Tatverdächtige verhaften lassen. Sandra hatte Christopher längst verziehen, denn damals hatte er nicht anders handeln können. Inzwischen waren sie Freunde geworden, und Sandra dachte manchmal, ob es wohl mehr als nur Freundschaft war. Sie konnte Christopher nicht einschätzen. Mal war er aufmerksam, fast schon liebevoll, dann wieder – als hätte man einen Schalter umgelegt – zog er sich zurück und benahm sich ihr gegenüber wie ein professioneller Polizeibeamter. Im vergangenen Herbst hatte Christopher sein Leben riskiert, um Sandra zu retten. Nur einen Tag später hatte er ihr allerdings mit brutaler Deutlichkeit gesagt, er würde es begrüßen, wenn sie Cornwall verließe und nach Schottland zurückginge. Sandra vermutete, seine Worte entsprangen der Sorge um sie, trotzdem hatten sie einen bitteren Beigeschmack.

Weil er auf ihre Frage nicht antwortete, legte Sandra eine Hand auf seinen Unterarm. »Alan wickelte den Verkauf ab, ich wollte nicht, dass außer ihm und Ann-Kathrin jemand davon erfährt. Ich bin nicht abergläubisch, meine Mutter sagt jedoch immer, man solle über wichtige Dinge erst sprechen, wenn nichts mehr dazwischenkommen kann. Alles andere bringe Unglück. Es war also nicht persönlich gegen dich gerichtet, Christopher.«

Die Sandra wohlbekannte Rotfärbung kroch über Christophers Hals bis zu seinen Ohren, die jetzt die Farbe seines kurz geschnittenen Haares annahmen.

»Es ist okay«, antwortete er leise, hob den Kopf und sah Sandra direkt an. »Ich wollte dich etwas fragen.«

»Ja?«

»Also, es ist so ...«, er stockte, nun röteten sich auch seine Wangen. Sandra wusste inzwischen, dass Christopher seit seiner Kindheit unter ständigem Erröten litt, was sein Gegenüber unweigerlich mit Unsicherheit oder gar Inkompetenz gleichsetzte. Dabei war der DCI genau das nicht. Er hatte einen scharfen Verstand, war ausgeglichen und beherrscht und betrachtete bei seinen Ermittlungen alle Aspekte. So mancher Verdächtige schätzte Christopher falsch ein, was ihm zum Vorteil gereichte.

»Was möchtest du mich fragen, Christopher?«

»Ach, ich glaube, das geht ohnehin nicht«, wich er aus. »Nachdem das Hotel nun dir gehört, wirst du am kommenden Samstagabend kaum freinehmen können.«

»Warum sollte ich nicht?«, fragte Sandra. »Was ist am Samstagabend?«

»Ein Hotel in Newquay veranstaltet einen Adventstanz.« Christopher stieß die Worte hastig hervor und vermied es, Sandra anzusehen. »Nichts Großes, nur ein bisschen Musik. Ich dachte, ob du nicht ... also, vielleicht ist es eine dumme Idee ...«

»Christopher, wenn du mich fragen willst, ob ich mit dir zum Tanzen gehen möchte, dann lautet meine Antwort: Ja, das würde ich sehr gern.«

»Wirklich?« Er sah auf, zwischen seinem Teint und seinen Haaren war kein Farbunterschied mehr festzustellen.

»Ich wusste nicht, dass du tanzen kannst«, sagte Sandra. »Ich selbst habe seit Jahren kein Parkett mehr betreten.«

»Ich bin kein großer Tänzer, mir fehlt meistens die Zeit für solche Vergnügungen«, gab Christopher zu. »Du kannst am Samstagabend wirklich von hier weg?«

Sandra nickte. »Über das Wochenende haben wir nur zwei Zimmer vermietet, sozusagen die Ruhe vor dem Sturm. Ab Freitag vor Weihnachten sind wir dann voll belegt. Am Heiligen Abend hat eine Firma für ihre hundert Mitarbeiter die Weihnachtsfeier gebucht, am Weihnachtstag findet mittags das Christmas Dinner statt, und am Abend soll hier getanzt werden. Wir haben mehr Anfragen erhalten, als wir Gäste unterbringen und bewirten können. Demzufolge bin ich der Meinung, dass ich mir durchaus einen freien Abend gönnen kann, bevor es hier rundgeht.«

»Wann kommen deine Eltern?«

»Nächsten Donnerstag«, erwiderte Sandra. »Nachdem meine Mutter alles andere als erfreut war, dass ich auch in diesem Jahr nicht nach Hause kommen werde, hat sie auf meinen Vater so lange eingeredet, bis er zustimmte, den Laden für zwei Wochen zu schließen und nach Cornwall zu reisen.«

Sandras Eltern, deren einziges Kind sie war, besaßen ein Gemischtwarengeschäft in Dufftown im Nordosten der Grampian Mountains. Weit über die Grenzen des Landes hinaus bekannt war die kleine Stadt wegen seiner sieben

Whiskybrennereien und galt als Zentrum des *Aqua Vitae* in Schottland.

Die Tür klappte, und Eliza kehrte zurück. Auf Sandras Frage, was gewesen war, winkte sie ab. »Der Major benötigte ein neues Handtuch, seines fiel ihm in die volle Badewanne und ist nun klatschnass.«

Major Collins, der sein ganzes Leben im Dienst der britischen Armee verbracht hatte, war Dauergast im Higher Barton Romantic Hotel. Der alte Herr war alleinstehend und verfügte über ein gewisses Vermögen, das ihm ermöglichte, eine Suite im Hotel zu mieten. Hier hatte er alles, was er brauchte: drei warme Mahlzeiten am Tag, geputzte Räume und vor allem Ansprache. Er war ein angenehmer Gast, den Sandra und alle Angestellten schnell ins Herz geschlossen hatten.

Nun kehrte auch Ann-Kathrin zurück, dicht hinter ihr Alan Trengove. Er lächelte Sandra entschuldigend an und meinte: »Es tut mir leid, dass ich so spät komme, aber ...«

»Ich weiß, der Richter hat dich nicht gehen lassen«, vollendete Sandra seinen Satz, griff nach der Weinflasche und wollte Alan einschenken, er aber schüttelte den Kopf.

»Du kannst ruhig Wein trinken«, sagte Ann-Kathrin. »Du bist jetzt mit dem Taxi gekommen, ich bin mit meinem Wagen hier, habe keinen Alkohol getrunken und fahr uns nach Hause.«

»Ich möchte keinen Wein«, murmelte Alan.

»Geht es dir nicht gut?«, fragte seine Frau, und Sandra ergänzte: »Du siehst blass aus. War das Essen beim Richter nicht gut?«

»Es war köstlich wie immer«, erwiderte Alan und fuhr sich mit dem Handrücken über die Stirn, auf der Schweißperlen standen. »Richter Audleys Haushälterin ist eine hervorragende Köchin, sie verwendet stets frische Produkte.« Alan, der sich noch nicht gesetzt hatte, schluckte plötzlich, murmelte: »Ich fürchte, ich muss mal raus« und rannte davon.

»Oje, ihm geht's wirklich nicht gut«, rief Ann-Kathrin. »Verzeih, Sandra, ich muss nach ihm sehen.«

Es vergingen etwa zehn Minuten, bis Sandras Freundin zurückkehrte. Ann-Kathrin stützte Alan, dessen Wangen eine grau-grünliche Färbung angenommen hatten.

»Mir ist so schlecht«, raunte er.

Schnell schenkte Sandra ein Glas Wasser ein. Bevor sie es Alan reichen konnte, verdrehte er die Augen, schnappte nach Luft, dann sackte er wie ein nasser Sack in sich zusammen. Ann-Kathrin konnte ihren größeren und kräftigeren Mann nicht halten. Alan fiel zu Boden.

Alle schrien auf. Christopher, der in Erster Hilfe ausgebildet war, kniete sich neben den Anwalt und tastete nach seinem Puls.

»Er ist schwach und sehr schnell. Wir benötigen einen Arzt und einen Krankenwagen, und zwar rasch.«

»Ich erledige das«, sagte Eliza, das Telefon bereits in der Hand.

Mit weit geöffneten Augen kniete Ann-Kathrin neben ihrem Mann und drückte seine Hand. Alans Lider flackerten, er flüsterte kaum hörbar: »Mein Liebes«, dann verlor er das Bewusstsein.

DREI

Es wurde ein Uhr, dann zwei, schließlich halb drei. Immer wieder blickte Sandra auf ihr Handy in Erwartung einer Nachricht von Ann-Kathrin. Diese war im Rettungswagen mitgefahren, Sandra, die die Freundin hatte begleiten wollen, war es verwehrt worden.

»Es ist gut, Sandra«, hatte Ann-Kathrin gesagt. »Solange wir nicht wissen, was Alan fehlt, können wir im Krankenhaus ohnehin nichts ausrichten.«

Christopher Bourke war gegen Mitternacht gegangen mit der Bitte, ihn zu informieren, wie es Alan ging. Auch Eliza Dexter hatte sich zurückgezogen. Wie ein Raubtier im Käfig lief Sandra in ihrem Cottage auf und ab. An Schlaf war nicht zu denken. Gerade als sie eine weitere Kanne Tee aufbrühte, hörte sie Motorengeräusch und sah mit einem Blick aus dem Fenster die Lichter eines Wagens sich der Auffahrt zum Hotel nähern. Es war ein Taxi, und Ann-Kathrin stieg aus. Sandra lief ihr entgegen, breitete die Arme aus, und die einen Kopf kleinere Frau schmiegte sich an sie.

»Die Ärzte haben mich weggeschickt, ich könne nichts tun und stünde nur im Weg rum«, brach es aus Ann-Kathrin hervor. »Sie haben Alan den Magen ausgepumpt und ihn in ein künstliches Koma versetzt. Er schwebt in Lebensgefahr.«

»Komm rein, ich habe gerade Tee gemacht.«

Widerstandslos ließ sich Ann-Kathrin in Sandras Cottage führen.

»Ist es okay, dass ich gekommen bin?«, flüsterte sie. »Allein zu Hause halte ich es jetzt nicht aus. Ich muss einfach mit jemandem sprechen.«

»Du kannst bleiben, solange du willst. Ist es eine Lebensmittelvergiftung?«

Ann-Kathrin zuckte mit den Schultern. »Im Moment spricht alles dafür. Alans Mageninhalt wird so schnell wie möglich untersucht. Sie werden auch den Richter aufsuchen. Wenn es am Essen lag, dann muss es Audley ebenfalls schlecht gehen.«

»Alan wird es schaffen«, sagte Sandra überzeugter, als ihr zumute war. »Er ist noch jung, kräftig und war immer gesund. Von einem vielleicht verdorbenen Lachs lässt Alan sich doch nicht unterkriegen, da hat er schon ganz andere Dinge durchgestanden.«

Sandras Bemerkung entlockte Ann-Kathrin die Andeutung eines Lächelns. Sie strich sich eine Strähne ihres braunen, glatten Haares hinter ein Ohr und erwiderte: »Das Krankenhaus ruft mich sofort an, wenn es eine Veränderung gibt. Sandra, ich habe Angst. Ich habe wirklich große Angst!«

Sandra schloss die Freundin wieder in die Arme. Sie wünschte, sie könnte Ann-Kathrin besser trösten als nur mit hoffnungsvollen Worten.

»Darf ich mich auf dein Sofa legen?«, fragte Ann-Kathrin. »Schlafen werde ich wohl nicht können, aber ich will etwas ausruhen, schließlich muss ich in ein paar Stunden in die Schule.«

»Nicht in dieser Situation!«, rief Sandra. »Du kannst unmöglich morgen zum Unterricht gehen!«

»Solange Alan im Koma liegt, kann ich nichts tun«, antwortete Ann-Kathrin gefasst. »Der Unterricht wird mich ablenken, und am Nachmittag fahre ich wieder ins Krankenhaus. Meine Zwerge kann ich doch nicht im Stich lassen! Wir wollen Strohsterne basteln, die Kinder freuen sich seit Tagen darauf.«

Ann-Kathrin Trengove war Lehrerin an der Primary School in Polperro. Sie unterrichtete Kinder im Alter zwischen fünf und zwölf Jahren in den Fächern Englisch, Rechnen, Lesen, Schreiben, Geografie und Geschichte.

»Warten wir die Nacht ab«, sagte Sandra. »Ich bin sicher, bald kommt ein Anruf mit einer positiven Nachricht. Möchtest du nicht doch einen Tee trinken? Ich könnte schnell ins Hotel rübergehen und einen Kräutertee holen, den habe ich leider nicht im Haus.«

»Das ist lieb von dir, aber nicht notwendig.«

»Wie wäre es mit einem Whisky?«, schlug Sandra vor. »Du weißt, für uns Schotten ist Whisky das Heilmittel für nahezu alles, und er beruhigt.«

»Wenn du einen Schluck trinken möchtest, nur zu, für mich bitte nicht.« Der Blick, mit dem Ann-Kathrin Sandra ansah, war verzweifelt, trotzdem lächelte sie. »Auf Alkohol muss ich in den nächsten Monaten ohnehin komplett verzichten.« Ann-Kathrin legte eine Hand auf ihren Bauch.

Sandras Augen weiteten sich, und sie rief: »Ann-Kathrin! Ist das wirklich wahr?«

Die Freundin nickte. »Alan weiß es noch nicht, ich wollte abwarten, bis ich mir völlig sicher bin und es ihm an Weihnachten sagen. Ein größeres Geschenk kann ich Alan nicht machen, und nun ...« Ihre Stimme brach, und sie schluckte schwer. »Vielleicht wird Alan nie erfahren, dass er Vater wird.«

»Er wird es bald erfahren«, erwiderte Sandra entschlossen. »Alles wird gut, du wirst sehen.«

Sandra war kein sehr gläubiger Mensch, die Kirche und die Religion waren in ihrem Elternhaus nie von Bedeutung gewesen, jetzt aber betete sie wortlos. Ann-Kathrin und Alan waren die liebenswertesten und besten Menschen, die Sandra jemals kennengelernt hatte. Gott – oder das Schicksal – konnte – durfte! – es nicht zulassen, dass ihr Glück jäh zerstört wurde.

Es war sechs Uhr am Morgen, als Ann-Kathrins Handy klingelte. Sie sah auf das Display, ihre Hände begannen zu zittern.

»Das Krankenhaus«, flüsterte sie heiser.

»Soll ich abnehmen?«, fragte Sandra. »Wobei sie mir keine Auskunft geben werden.«

»Ich muss es selbst tun, egal, welche Nachricht mich erwartet.« Mit wachsbleichem Gesicht nahm Ann-Kathrin das Gespräch entgegen. Sandra hörte sie »Ja, nein«, dann wieder: »Ja, selbstverständlich« und schließlich: »Ich komme am frühen Nachmittag« sagen. Nachdem sie das Telefonat beendet hatte, sah sie Sandra an. »Alan ist über den Berg, es besteht keine akute Lebensgefahr mehr. Er ist noch im Koma, da seine Vitalfunktionen massiv geschwächt sind. Die Ärzte untersuchen jetzt, ob die Vergiftung seine Leber und die Nieren angegriffen hat, das wird noch ein paar Tage dauern.«

»Er wird wieder gesund, ganz sicher!« Sandra drückte die Hand der Freundin. »War der Fisch der Auslöser?«

»Das Labor arbeitet noch an der Auswertung«, antwortete Ann-Kathrin. »Machst du mir bitte einen starken Tee?

Den brauche ich jetzt, dann fahre ich in die Schule. Du musst auch ins Hotel rüber. Ich halte dich auf dem Laufenden, wie es Alan geht.«

Sandra bewunderte die Freundin für ihre Stärke und ahnte, dass es in Ann-Kathrin anders aussah.

»Du darfst dir nicht zu viel zumuten«, ermahnte sie die Freundin. »Du bist nicht mehr allein nur für dich verantwortlich.«

Ein nahezu verklärtes Lächeln erhellte Ann-Kathrins Gesichtszüge.

»Das werde ich, darauf kannst du dich verlassen. Wenn Alan erfährt, dass er Vater wird, wird ihm das ein Ansporn sein, ganz schnell wieder gesund zu werden.«

Immer wieder schweiften Sandras Blicke zu ihrem Handy, das griffbereit neben ihr lag. Es fiel ihr schwer, sich auf die Arbeit zu konzentrieren, dabei gab es für die Weihnachtsparty und das Christmas Dinner noch viel zu organisieren. Endlich, um zwei Uhr am Nachmittag, ploppte eine Nachricht auf. Sandra las: *Alans innere Organe sind okay, er wird wieder ganz gesund werden, die Ärzte lassen ihn zur Sicherheit noch ein paar Tage im Koma. Lots of Love, AK.*

Sandra seufzte erleichtert, und Eliza Dexter sah sie erwartungsvoll an.

»Alan Trengove ist auf dem Weg der Besserung«, erklärte Sandra ihrer Mitarbeiterin.

Auch Eliza freute sich über diese gute Nachricht. Sie hatte mit Alan und Ann-Kathrin bisher nur oberflächlich zu tun gehabt, dennoch hatte sie Alans Zusammenbruch sehr erschreckt. Sandra verschwieg, dass ihre Freundin in anderen Umständen war, denn sie hatte Ann-Kathrin versprochen, niemandem etwas zu sagen, bevor nicht Alan die freudige Nachricht erfahren hatte.

Nun endlich konnte sich Sandra auf die Sitzplatzplanung für das Dinner konzentrieren. Etwa zwei Stunden später erhielt sie eine weitere Nachricht von Ann-Kathrin: *Die Polizei war vorhin hier und stellte viele Fragen. Christopher ist nun auf dem Weg zu Dir. AK.*

Sandra runzelte die Stirn und tippte die Frage zurück, warum die Polizei im Krankenhaus war. Eine Antwort erhielt sie nicht.

Eine halbe Stunde später betrat Christopher Bourke das Hotel. Er begrüßte Sandra zwar mit einem Lächeln, wirkte gleichzeitig sehr ernst. Ernst und berufsmäßig, dachte Sandra, die diesen Gesichtsausdruck bei Christopher bestens kannte.

»Alan geht es besser«, sagte sie.

Er nickte. »Ich weiß, ich komme gerade aus dem Krankenhaus.«

»Das hat Ann-Kathrin mir gerade mitgeteilt. Warum mischt sich die Polizei bei einer Lebensmittelvergiftung ein?«

»Der Auslöser für Alans Vergiftung war kein verdorbenes Lebensmittel«, erklärte Christopher. »Alan hat einen wachsamen Schutzengel gehabt, der Richter hatte leider nicht so viel Glück.«

»Richter Audley!«, rief Sandra und schlug sich gegen die Stirn. »Sorry, den habe ich völlig vergessen! Ann-Kathrin hatte den Ärzten gesagt, Alan habe bei ihm gegessen, und es hieß, man wolle nach ihm sehen. Was ist mit dem Richter?«

»Er ist tot«, antwortete Christopher schonungslos. »Noch in der Nacht wurde seine Haushälterin informiert, die nach Audley sah. Da kam schon jede Hilfe zu spät. Heute Vormittag versuchte ich, mit der Frau zu sprechen. Sie ist völlig außer sich und im Moment zu keiner Aussage fähig. Sie macht sich Vorwürfe, dass ihr Essen schuld am Tod des Richters sei, dabei legt sie, ihren Worten nach, großen Wert auf gute Qualität der Nahrungsmittel.«

»Du sagst, es lag nicht am Essen.« Sandra sah ihn fragend an. »Was ist los, Christopher? Warum erkrankte Alan so schwer und starb der Richter?«

Christopher lächelte schief. »Ich will dir alles sagen, was wir bisher wissen. Allein aus dem Grund, weil du dich sonst wieder in Dinge einmischst, die dich nichts angehen und dich in Gefahr bringen könnten.«

»Es geht mich sehr wohl etwas an, wenn der Mann meiner Freundin mit dem Tod ringt«, warf Sandra ein.

Zu Sandras Überraschung nickte Christopher. »Das sehe ich ebenso, und bei allem, was wir inzwischen wissen, ist es unbedingt erforderlich, dass du dich heraushältst. Alan und der Richter aßen Kekse, die mit Gift präpariert waren.«

Sandra taumelte und klammerte sich haltsuchend an die Kante des Tresens. Mit einem Schritt war Christopher neben ihr und legte einen Arm um sie.

»Gehen wir in dein Büro«, sagte er sanft. »Es ist wohl besser, wenn du dich setzt.«

Sandra ließ sich von Christopher ins Büro führen. Als sie saß, merkte sie, wie sie am ganzen Körper zitterte. Erwartungsvoll sah sie den Freund an und sagte: »Erzähl mir bitte alles!«

»Es handelt sich um Rattengift«, erklärte er. »Ganz normales Rattengift, das man überall kaufen und noch einfacher übers Internet beziehen kann. Das Labor fand Spuren des Giftes in Alans Mageninhalt und auch schon in seinem Blut.

Die Spurensicherung hat alle Lebensmittel im Haushalt des Richters mitgenommen und untersucht, darunter eine angebrochene Packung Kekse, die noch auf dem Esszimmertisch lag.«

»Was für Kekse?«, fragte Sandra verwirrt.

»Wie ich dem Gestammel der Haushälterin entnehmen konnte, wurde die Packung gestern Vormittag mit der Post geliefert. Ohne Absender, lediglich mit einer Notiz versehen, es sei eine kleine Aufmerksamkeit für Richter Audley. Wahrscheinlich, weil Alan es eilig hatte, nach Higher Barton zu kommen, hat er nur zwei oder drei Kekse gegessen. Mit einem Schnelltest hat das Labor festgestellt, dass auch die Kekse in der Packung das Gift, das bei Alan festgestellt wurde, enthalten. Die Obduktion von Richter Audley, die in dieser Stunde beginnt, wird uns Gewissheit bringen. Im Gegensatz zu Alan war Richter Audley ein alter Mann und, laut Aussage seiner Haushälterin, gesundheitlich angeschlagen.«

Sandra schüttelte ungläubig den Kopf, kombinierte schnell und richtig und stieß hervor: »Wenn es sich wirklich so zugetragen hat, dann war es ...«

»Mord«, vollendete Christopher den Satz mit einem grimmigen Nicken. »Im Moment spricht alles dafür, dass Edward Audley mit Vorsatz getötet wurde.«

»Ein Richter hat sicher Feinde«, mutmaßte Sandra, »Audley war seit Jahren pensioniert. Kann es jemand sein, den er einst verurteilte, der inzwischen wieder auf freiem Fuß ist und eine Rechnung mit dem Richter offen hat?«

Christopher stieß einen verächtlichen Laut aus, dann sagte er nur zwei Worte: »Nicolas Lambourne.«

Im ersten Moment konnte Sandra mit dem Namen nichts anfangen, dann erinnerte sie sich an das Gespräch vom vergangenen Abend. Wegen den dramatischen Ereignissen hatte sie nicht mehr daran gedacht.

»Du meinst, dieser entflohene Mörder könnte etwas damit zu tun haben?«

»Constable Greenbow hat heute Vormittag bereits herausgefunden, dass Richter Audley Lambourne zu der lebenslangen Freiheitsstrafe verurteilte. Die beim Richter gefundene Kekspackung stammt von Lambourne Biscuits, es handelt sich um die mit Orangenfüllung und Schokoladenüberzug, die ich, nebenbei bemerkt, auch sehr gern esse.«

»Ach herrje, und Lambourne befindet sich auf der Flucht«, schlussfolgerte Sandra. » Wahrscheinlich plante Lambourne all die Jahre, sich an dem Mann, der ihn hinter Gitter brachte, zu rächen.«

»Die Kollegen in Bristol werden Lambournes Mithäftlinge befragen, ob er entsprechende Andeutungen gemacht hat.«

»Und wenn, ich glaube nicht, dass ein Häftling einen anderen verrät.« Sandra winkte ab. »Lambourne muss Hilfe von außerhalb gehabt haben, schon um sich das Gift zu besorgen. Da landesweit nach ihm gefahndet wird, kann er nicht einfach in ein Geschäft gehen und Rattengift kaufen, und wie sollte er es übers Internet bezogen haben? An welche Adresse schicken lassen, wie es bezahlen?« Sie sah Christopher auffordernd an. »Ihr müsst klären, zu wem Lambourne aus dem Gefängnis heraus Kontakt hatte.«

»Ich merke, wie deine detektivische Ader aktiviert ist, und deine schnelle Auffassungsgabe habe ich immer bewundert.« Christopher lachte schallend. »Sandra, ich habe dir mehr erzählt, als ich dürfte, einzig aus dem Grund, weil ich vermeiden will, dass du selbst in der Sache herumstocherst.«

»Warum sollte ich das tun?«, fragte Sandra mit einem

Ausdruck absoluter Unschuld. »Okay, Alan ist zu einem zufälligen Opfer geworden, glücklicherweise wird er wieder ganz gesund. Den Tod des Richters bedaure ich natürlich, dem Mann bin ich aber nie begegnet. Keine Sorge, Christopher, die Belange hier im Hotel werden mich genügend fordern, dass ich mich in deine Arbeit nicht einmischen werde.«

»Kann ich das bitte schriftlich haben?«, fragte Christopher mit gespieltem Ernst. »Nur für den Fall der Fälle.«

Sandra grinste, dann sprang sie so hastig auf, dass ihr Stuhl wackelte. »Die Kekse!«, rief sie. »Ich muss sofort alle Kekse in diesem Haus einsammeln! Lambourne hat vielleicht alle vergiftet, dann ...«

Christopher hielt sie am Arm fest und lachte verhalten. »Das ist übertrieben, Sandra. Die Kekse, die du deinen Gästen anbietest, wurden lange vor Lambournes Flucht produziert und von dir gekauft. Darüber hinaus: Wie sollte es ihm gelingen, eine ganze Produktion zu vergiften? Er wurde nicht einmal in der Nähe der Fabrik gesehen, die Familie ist über seine Flucht informiert, alle halten die Augen nach Lambourne offen.«

»Trotzdem werde ich die Kekse sofort entfernen«, beharrte Sandra, und Christopher versprach, sie mitzunehmen und Stichproben im Labor testen zu lassen.

»Ich gehe nicht davon aus, dass Lambourne noch mehr Produkte vergiftet hat«, fügte Christopher an. »Es sieht alles danach aus, dass er Richter Audley gezielt töten wollte.«

»Du erwähntest die Familie des Mörders«, sagte Sandra, »leitet diese die Firma?«

Christoper nickte. »Sein Bruder und dessen Frau führen die Fabrik, nachdem Nicolas Lambourne verurteilt wurde. Kurz danach starb sein Vater, das habe ich den Akten entnommen.

Sandra, da ist noch etwas, das du wissen solltest.« Er machte eine bedeutungsvolle Pause und sah Sandra fest an.

»Was noch?«

»Die Akte Nicolas Lambourne ist nicht digitalisiert, mein Mitarbeiter, Constable Greenbow, hat erste Informationen aus Exeter, wo der Prozess stattfand, erhalten. Er ist ein pfiffiger Bursche und hat schnell Schlüsse gezogen, die sich leider als richtig herausgestellt haben.«

»Welche Schlüsse?«, rief Sandra. »Spann mich doch nicht so auf die Folter, Christopher!«

Er atmete tief ein und wieder aus, dann sagte er: »Nicolas Lambourne leugnete immer, die Morde begangen zu haben. Seine Verurteilung beruht auf einem fehlenden Alibi, einem starken Motiv und auf Indizien, die derart hieb- und stichfest waren, dass dem Richter nichts anderes übrigblieb, als ihn zu lebenslanger Haft zu verurteilen. Während des Verfahrens wurde Edward Audley von einem jungen Rechtsgelehrten unterstützt, der wesentlich in das Zusammentragen der Indizien involviert war. Als Audley den Urteilsspruch gegen Lambourne fällte, saß der junge Mann neben dem Richter im Saal.«

Christopher musste nicht weitersprechen. Hektisch schlossen und öffneten sich Sandras Finger, sie bemerkte es kaum. Heiser flüsterte sie: »Der junge Mann war Alan Trengove. Mein Gott, dann plante Lambourne, auch ihn zu vergiften.«

»Davon gehe ich aus«, stimmte Christopher zu. »Lambourne muss herausgefunden haben, dass Alan gestern Abend bei Audley eingeladen war. Ich schlage vor, wir trinken jetzt eine Tasse Tee, beziehungsweise du einen Kaffee mit Milchschaum. Eine Stärkung haben wir beide nötig.«

Sandra nickte und bat flehend: »Du wirst Lambourne

finden, nicht wahr? Du wirst ihn wegen des neuen Mordes und des Mordversuchs an Alan wieder hinter Gitter bringen?«

»Dein Vertrauen in meine Fähigkeiten ehrt mich, Sandra, ich allein werde allerdings nicht viel ausrichten können. Der gesamte Polizeiapparat Englands ist involviert, alle Flug- und Schiffhäfen und die Behörden am Eurotunnel sind informiert. Will er die Insel verlassen, muss sich Lambourne irgendwo ein Ticket kaufen. Illegal kommt niemand aus unserem Land heraus. Wir bekommen ihn, Sandra, das verspreche ich dir!«

»Wenn Lambourne Hilfe von außerhalb hat, wovon auszugehen ist, wird er sich einen neuen Pass besorgen, mit dem ihm die Flucht gelingen könnte.« Sandra lächelte beklommen. »Ich hole dir jetzt Tee und mir einen Kaffee. Noch etwas, Christopher ...«

»Ja?«

»Ich nehme an, unsere Verabredung für Samstag ist passé, nachdem du dich um einen neuen Mordfall kümmern musst.«

Er grinste, wirkte wie ein großer Lausbub, errötete aber nicht, als er antwortete: »Ich denke, ich werde mir am Samstagabend ein paar Stunden frei nehmen und mich von Greenbow vertreten lassen. Telefonisch werde ich ohnehin immer erreichbar sein. Um nichts in der Welt möchte ich mir entgehen lassen, dir beim Tanzen auf die Zehen zu treten.«

Mit seinen Worten hatte Christopher Sandras Anspannung gelockert. Lachend erwiderte sie: »Dann werde ich mir sicherheitshalber Schuhe mit Stahlkappen besorgen, obwohl ich fürchte, diese sehen nicht besonders schick aus.«

»Egal, was du trägst, Sandra, du wirst immer gut aussehen.«

Sandra schluckte, heiß stieg es in ihre Wangen. Ein solches Kompliment hatte Christopher ihr nie zuvor gemacht, und sie wusste nicht, ob er sie nicht nur auf den Arm nehmen wollte. In den letzten Monaten brachte er sie immer öfter in Verlegenheit, dabei hatte Sandra früher gedacht, Christopher in puncto Schlagfertigkeit überlegen zu sein. Ein Irrtum, wie sie auch jetzt wieder feststellen musste.

Das Klingeln des Haustelefons entband sie einer Antwort. Es war Eliza, die aufgeregt rief: »Kommen Sie schnell, Sandra, Harry ist gestürzt. Auf der oberen Treppe im Ostflügel.«

Ohne sich weiter um Christopher zu kümmern, rannte Sandra die breite Freitreppe hinauf, zwei Stufen auf einmal nehmend, dann den Korridor mit den getäfelten Wänden und den Porträts vergangener Bewohner des Herrenhauses entlang. Am Fuß der schmalen Steintreppe, die ins Dachgeschoss des Ostflügels führte, lag der junge Mann, das Gesicht vor Schmerzen verzerrt, Eliza kniete neben ihm und zog ihm vorsichtig den linken Schuh aus.

»Was ist passiert?«, fragte Sandra.

»Ich bin gestolpert«, presste Harry hervor. »Bin plötzlich umgeknickt.« Er stöhnte laut, als Eliza seinen Strumpf herunterschob. »Verdammt, tut das weh!«

Nun sah Sandra das Malheur: Der Fußknöchel des Kellners war bereits stark angeschwollen, die Haut verfärbte sich in ein dunkles Rot.

»Ich habe Imogen gebeten, den Krankenwagen zu rufen«, erklärte Eliza. »Harry, bleib ruhig liegen. Ich bin in Erster Hilfe ausgebildet und befürchte, das Sprunggelenk ist gebrochen.«

»Sicher nur eine Bänderdehnung«, stöhnte Harry, Schweißperlen auf der Stirn.

Das Hausmädchen Imogen trat zu ihnen und reichte Eliza ein feuchtes Handtuch. »Der Rettungsdienst wird in ein paar Minuten da sein.«

Binnen weniger Stunden zweimal der Krankenwagen im Hotel, dachte Sandra. Glücklicherweise waren kaum Gäste im Haus. Wer Urlaub machte, wollte nicht mit Krankheiten und Unfällen konfrontiert werden. An Harrys Sturz war wenigstens nichts Seltsames oder gar ein Anschlag zu vermuten.

Sanft wickelte Eliza das feuchte Tuch um Harrys Sprunggelenk. Er schloss die Augen, lehnte sich zurück, sein Atem kam stoßweise. Sandra bewunderte Eliza, wie überlegt sie mit der Situation umging. Nun fühlte sie nach Harrys Puls und sprach beruhigend auf ihn ein.

Als Sandra den Signalton des Rettungswagens hörte, lief sie nach unten, um die Sanitäter zu empfangen. In der Hotelhalle traf sie auf Major Collins, ihren Dauergast. Eine Hand auf den versilberten Griff seines Gehstockes gestützt, sah er Sandra erschrocken an und fragte: »Schon wieder die Rettung im Haus? Wird das zur Dauereinrichtung, oder ist jemand ermordet worden?«

»Gott behüte«, rief Sandra. »Harry, der Kellner, ist auf der Treppe gestürzt und hat sich den Knöchel verletzt.«

Sofort wirkte Major Collins betroffen, er mochte Harry sehr. Nahm sich der Kellner doch immer Zeit, den Erinnerungen des Majors zu lauschen, wenn dieser von den Abenteuern seines Lebens erzählte. Sandra zweifelte zwar daran, dass alles der Realität entsprach, dem alten Mann tat die Ansprache aber gut.

Zwanzig Minuten später fuhr der Rettungswagen mit Harry davon. Eliza informierte die Freundin von Harry, mit der er in Lower Barton zusammenwohnte, und bat sie, ein paar Sachen zusammenzupacken und ins Krankenhaus nach Bodmin zu bringen.

»Es ist wahrscheinlich eine Sprunggelenkfraktur«, hörte Sandra ihre Mitarbeiterin am Telefon sagen. »Sehr schmerzhaft, aber nicht gefährlich. Machen Sie sich bitte keine Sorgen.« Sie beendete das Gespräch, dann sagte sie mit einem bitteren Lächeln zu Sandra: »Selbst, wenn es nur ein Bänderriss sein sollte, wird Harry für längere Zeit ausfallen. Dabei brauchen wir über die Feiertage jede Hand.«

»Ich werde versuchen, für die Weihnachtstage eine Aushilfe zu engagieren«, erwiderte Sandra.

»Woher wollen Sie so kurzfristig jemanden bekommen?«, fragte Eliza zweifelnd. »Es herrscht Hochsaison in Cornwall, alle Hotels und Restaurants sind bis auf den letzten Platz belegt. Eine gute Gelegenheit für ältere Schüler und Studenten, sich über Weihnachten ein paar Pfund dazuzuverdienen. Ich fürchte, wir werden ohne Hilfe auskommen müssen.«

»Ich werde Emma fragen, sie hilft in dieser Situation bestimmt gern«, murmelte Sandra und zog sich ihre Jacke an, um Emma Penrose aufzusuchen. Eliza hielt sie am Arm fest.

»Äh, Sandra ...«, sie grinste, »haben Sie vergessen, dass Emma und George Penrose vor drei Tagen nach Teneriffa geflogen sind? Sie wollen erst Ende Januar wiederkommen.«

Sandra schloss die Augen und seufzte. Daran hatte sie tatsächlich nicht gedacht, dabei hatte Emma ihr den Schlüssel für ihr Haus gegeben, damit Sandra dort nach dem Rechten sehen konnte. Bisher war das nicht nötig gewesen. Wenn Emma und George früher verreist waren, hatte Sandra deren Katze Lucky gefüttert, mit ihr gespielt und ihr Fell gebürstet. Im letzten Sommer war die schöne Katzendame leider gestorben, was Emmas Herz sehr berührt hatte. Die Penroses gehörten seit Jahrzehnten zu Higher Barton, hatten den früheren Eigentümern gedient und nach dem Verkauf ein lebenslanges Wohnrecht in ihrem Cottage am Rand des weitläufigen Hotelparks erhalten. Emma und George Penrose waren in ihren Fünfzigern, finanziell abgesichert, und immer gern bereit, im Hotel auszuhelfen, wenn Not am Mann war. So wie jetzt, dachte Sandra, die beiden hatten sich aber einen längeren Urlaub auf der kanarischen Insel mehr als verdient. George Penroses Kniegelenke waren von Arthrose befallen, das feuchte, neblige Klima verursachte ihm zusätzliche Schmerzen. Bereits der letzte Winter war für Cornwall ungewöhnlich kalt und sogar schneereich gewesen, auch im vergangenen Herbst hatte es schon mehrere Nächte mit strengem Frost gegeben. Von ihrer Heimat Schottland an Eis und Schnee gewöhnt, machte Sandra das nichts aus, für die Einwohner Cornwalls war diese Kälte jedoch außergewöhnlich. Der Großteil der Wohnhäuser, besonders die älteren, war auf Minustemperaturen nicht eingestellt. Wände und Dächer waren nicht isoliert, es gab keine doppelverglasten Fensterscheiben, die Heizungen, vorrangig mit Gas gespeist, wärmten die Räume nur unzulänglich. Üblicherweise war der Winter in Cornwall regnerisch und mild, Frost und Schnee gab es selten, wenn doch, dann lediglich auf den Hügeln im Bodmin Moor. Oft lagen die Temperaturen im zweistelligen Celsiusbereich.

»Der allgemeine Klimawandel macht sich auch bei uns bemerkbar«, hatte Ann-Kathrin gesagt, als im vergangenen Februar Fotos und Videos von verschneiten Küstendörfern in den Nachrichten die Runde machten. »Ich kann mich nicht erinnern, dass Polperro jemals unter einer derart dicken Schneeschicht lag.«

»Ich las auf einer Plattform einen Post von jemandem, der meint, die Wetterveränderung wäre die Strafe für den Brexit«, hatte Sandra geantwortet und gelacht. »Auch wenn ich den Austritt unseres Landes aus der EU für einen fatalen Fehler halte, eine solche Behauptung mutet mich an wie aus dem Mittelalter, wo Hexen für schlechtes Wetter verantwortlich gemacht wurden.«

Sandra dachte, dass Emma und George von dem Anschlag auf Alan nichts wussten und beschloss, das Paar nicht zu informieren. Alan befand sich auf dem Weg der Besserung, und Sandra bezweifelte, dass die Penroses Richter Audley gekannt hatten, daher wollte sie die beiden nicht unnötig beunruhigen. Sie sollten ihren Urlaub auf Teneriffa ungestört genießen.

»Wir bekommen das hin.« Eliza berührte Sandra am Arm, ihr Lächeln war zuversichtlich. »Wir haben noch eine knappe Woche, um alles vorzubereiten, und Sie werden auch ausreichend Zeit haben, sich um Ihre Eltern zu kümmern. Ich halte Ihnen den Rücken frei.«

»Danke, Eliza«, antwortete Sandra. »Das Wichtigste ist ohnehin, dass Alan und Harry ganz schnell wieder gesund werden.«

VIER

Auf Sandras Bett stapelten sich Blusen, Pullover, Hosen und Röcke. Sie knöpfte sich das Oberteil zu, das sie gerade angezogen hatte, betrachtete ihr Spiegelbild und schüttelte dann den Kopf. Die dunkelrote Bluse passte zwar gut zu ihren dunklen Locken, erschien ihr allerdings zu provozierend. Rot war die Farbe der Liebe, und hieß es nicht: Eine Frau, die bei einem Date Rot trägt, signalisiert deutliche Absichten?

Sandra grinste und streckte ihrem Spiegelbild die Zunge raus, dann sagte sie laut: »Das ist kein Date! Ich gehe mit einem guten Freund zum Tanzen, nicht mehr und nicht weniger. Kein Grund, nervös zu sein. Christopher wird es vollkommen egal sein, welche Farbe ich trage.«

Trotzdem zog Sandra die Bluse wieder aus, warf sie zu den anderen aufs Bett und wählte eine brombeerfarbene Tunika mit halblangen Trompetenärmeln, dazu trug sie einen wadenlangen, leicht ausgestellten Rock. Ihre Haare ließ Sandra offen über die Schultern fallen, und ihr Make-up war dezent. Es war lange her, dass sie beim Tanzen gewesen war. Das Higher Barton Romantic Hotel verfügte im ersten Stock über einen großen Ballsaal mit Parkettboden, dort fanden an Sonntagnachmittagen immer wieder Tanztees statt. Als Hotelchefin konnte sie daran natürlich nicht teilnehmen. In Newquay kannte sie keiner, und niemand würde ihr ansehen, dass sie selbst ein Hotel führte. Heute Abend wollte sie ganz einfach nur Gast sein und sich verwöhnen lassen.

Eine halbe Stunde, bevor Christopher sie abholen wollte, ging Sandra ins Herrenhaus hinüber. In der Halle war alles ruhig, das Restaurant, das auch externen Gästen offenstand, war noch geschlossen, und neue Anreisen waren an diesem Wochenende nicht zu erwarten. Eliza saß am Schreibtisch im Büro, die Tür zur Rezeption hin geöffnet, und lächelte Sandra entgegen.

»Gut sehen Sie aus«, sagte sie zu Sandras Erstaunen. Die herbe, oft spröde wirkende Frau neigte nicht dazu, anderen Komplimente zu machen.

»Ist es wirklich in Ordnung, wenn ich Sie heute Abend allein lasse?«, fragte Sandra.

»Haben Sie bloß kein schlechtes Gewissen«, antwortete Eliza. »Sie haben sich den freien Abend mehr als verdient, besonders nach den Aufregungen der letzten Tage. Dieses Wochenende ist die Ruhe vor dem Sturm. In einer Woche werden wir nicht mehr wissen, was wir zuerst tun sollen, da tut es gut, noch einmal tief durchzuatmen und Kraft für die Feiertage zu tanken.«

»Wie geht es Harry?«, fragte Sandra.

»Den Umständen entsprechend. Das Sprunggelenk ist spiralförmig gebrochen. Er musste operiert werden, es wird mindestens zwei oder gar drei Monate dauern, bis er das Bein wieder voll belasten kann.«

»Das bedeutet, wir werden jemanden einstellen müssen, bis Harry wieder ganz gesund ist.«

»Nach Weihnachten kümmere ich mich darum«, versprach Eliza. »Sagen Sie Ihrem Chief Inspector, er möge vorsichtig fahren, das Sturmtief Deidre soll unsere Gegend heute Nacht ziemlich durchrütteln. Jetzt ab mit Ihnen, Sandra. Genießen Sie den Abend, und morgen schlafen Sie sich aus.«

»Sie machen auch bald Feierabend.«

»»Ich werde nachher noch die eingelagerten Tische und Stühle durchzählen und checken, ob sie alle in Ordnung sind«, erwiderte Eliza. »Das geht schnell, dann mache ich mir einen gemütlichen Abend.«

Sandra lachte, hob mahnend den Finger. »Passen Sie auf, dass Sie nicht auf der Treppe stolpern wie Harry. Ein Verletzter unter dem Personal reicht.«

Eliza versprach es, zwinkerte Sandra zu und widmete sich wieder der Tabelle auf dem Bildschirm. Entgegen Elizas Worten hatte Sandra doch den Anflug eines schlechten Gewissens, dass sie sich vergnügen ging und es Eliza überließ, sich um das Mobiliar zu kümmern. Im Ostflügel unter dem Dach befanden sich mehrere Zimmer, in dem all die Dinge lagerten, die für den täglichen Hotelbetrieb nicht notwendig waren. Zu den Glanzzeiten Higher Bartons, als vermögende Adlige hier residierten, waren in diesen Räumen das umfangreiche, schwere Gepäck der Herrschaften sowie ausrangierte Möbelstücke aufbewahrt worden. Sogar einen Lastenaufzug gab es in der Victorianischen Zeit, um den Transport zu erleichtern, doch dieser war längst stillgelegt. Nachdem Sandra nach Higher Barton gekommen war, hatte sie diesen Teil des Dachbodens inspiziert und Anweisung gegeben, die Räumlichkeiten, die zum Teil über keine Fenster verfügten, gründlich zu reinigen und weiterhin als Lagerräume zu nutzen. Mabel Clarence, die das Haus an die Hotelkette verkauft hatte, hatte ihnen keinen Ramsch hinterlassen, sondern nur Dinge und Möbel, die durchaus noch zu gebrauchen waren. Da sie für die Weihnachtsparty am Heiligen Abend deutlich mehr Sitzgelegenheiten benötigten, als im Speisesaal vorhanden waren, wollten Sandra und Eliza auf diesen Fundus zurückzugreifen. Mit entsprechenden Hussen kamen die alten Stühle gut zur Geltung. Nach dem Anschlag auf Alan hatte Sandra nicht mehr daran gedacht und war Eliza dankbar, dass sie sich darum kümmern wollte.

Christopher Bourke war auf die Minute pünktlich. Er parkte direkt vor dem Portal, sprang aus dem Wagen und öffnete die Beifahrertür, erst dann lief Sandra die wenigen Schritte durch den strömenden Regen zum Auto. Ganz Gentleman half Christopher ihr beim Einsteigen, obwohl er dabei nass wurde.

»Typisch cornisches Winterwetter«, sagte Christopher. »Eben kam im Radio die Meldung, dass heute Morgen das Eden Project geschlossen werden musste, da die Wassermassen die Wege überschwemmen.«

Das Eden Project, zwölf Meilen westlich von Higher Barton gelegen, war eine der touristischen Attraktionen nicht nur Cornwalls, sondern ganz Südenglands. Die Anlage umfasste einen weitläufigen botanischen Garten mit zwei übergroßen Gewächshäusern, riesigen runden Kuppeln gleich. In einem herrschte ein tropisch-feuchtes, im anderen ein subtropisch-trockenes Klima. Nahezu alle auf der Welt vorkommenden Pflanzen konnte man hier bestaunen. Zahlreiche von Sandras Gästen besuchten das Eden Project und berichteten, dass es in einer der großen Blasen, wie die Kuppeln gern genannt wurden, sogar angelegte kleine Seen und einen Wasserfall gab. Sandra bot als Service an, Eintrittskarten über das Hotel zu kaufen, denn die Warteschlangen an den Kassen des Eden Projects waren lang. Sie selbst war noch nie dort gewesen und beschloss, zusammen mit ihren Eltern die Anlage zu besuchen.

»Zu Hause, ich meine, oben in Schottland, hat es schon geschneit«, sagte Sandra zusammenhangslos.

»Heimweh?« Christopher warf ihr einen Seitenblick zu.

»Nein, eigentlich nicht. Zwölf Jahre habe ich in verschiedenen Ländern Europas gearbeitet und war monatelang nicht in Schottland. Wenn man sich für einen Job im Hotelgewerbe entscheidet, darf man nicht unter Heimweh leiden. Nur an Weihnachten – da wäre Schnee schön, er gehört irgendwie dazu.«

»Das kann durchaus noch passieren, oder wir bekommen an den Feiertagen so hohe Temperaturen, dass wir in T-Shirts in der Sonne sitzen werden.«

Christopher lachte, die Scheibenwischer klackten im regelmäßigen Rhythmus über die Windschutzscheibe.

»Hast du über Weihnachten Dienst oder besuchst du deine Eltern?«, fragte Sandra.

Trotz der Dunkelheit im Wagen bemerkte Sandra, wie ein Schatten über sein Gesicht fiel.

»Da Constable Greenbow Frau und Kinder hat, habe ich ihm freigegeben. Zumindest, wenn nicht wieder etwas geschieht, was wir alle hoffen. Ich ...«, er räusperte sich, »ich habe keine Eltern mehr.«

»Das tut mir leid.« Sandra meinte es aufrichtig. Obwohl sie sich seit über eineinhalb Jahren kannten, hatte er nie über seine Familie gesprochen.

Leise und ruhig erklärte Christopher: »Meine Mutter habe ich nie kennengelernt. Sie wollte kein Kind haben und war erst neunzehn, als es passierte. Ich war sozusagen ein Unfall. Später erfuhr ich, dass sie sogar abtreiben wollte. Mein Vater konnte sie zwar davon abbringen, heiraten wollte sie ihn dennoch nicht. Als ich vier Monate alt war, packte sie ihre Sachen und verschwand ins Ausland. Ich habe nie wieder von ihr gehört.«

»Das tut mir leid.« Sandra wusste, dass sie sich wiederholte, andere Worte fielen ihr im Moment nicht ein. Sie legte ihre Hand auf seinen Unterarm.

»In direkter Nachbarschaft lebte eine Großcousine meines Vaters«, fuhr Christopher fort, ohne einen Blick von der Straße zu nehmen. »Sie und ihr Mann hatten drei eigene Kinder, wie die Orgelpfeifen, und sie betreuten mich, wenn mein Vater bei der Arbeit war. Tante Caren und Onkel Michael waren sozusagen meine Ersatzeltern, und mein Vater war auch immer für mich da. Ich hatte großes Glück, solche Menschen zu haben, anderen Kindern ergeht es viel schlechter. Besonders, als dann ...« Er zögerte, Sandra spürte, dass ihn etwas quälte. »Als ich elf Jahre alt war, starb mein Vater.« Sandra zuckte zusammen, mit einer solchen Nachricht hatte sie nicht gerechnet. »Es war ein Unfall, ein dummer Zufall. In Ausübung seiner Pflicht – so wurde es genannt, was es trotzdem kein bisschen leichter macht.«

»War er Soldat?«, fragte Sandra.

Christopher schüttelte den Kopf. »Er war Detective Chief Inspector, Leiter des Reviers in Truro. Tragischerweise geschah es an seinem freien Tag. Mein Vater liebte die Klippen, ging regelmäßig auf dem Coast Path wandern, um sich von seiner Arbeit zu entspannen. An jenem verhängnisvollen Tag war er oberhalb der Prussia Cove, ein paar Meilen östlich von Marazion. Warst du schon mal in dieser Gegend?«

»Nein.« Sandra fror plötzlich, obwohl die Autoheizung auf höchster Stufe stand.

»Die Bucht war der Stützpunkt des Schmugglers John Carter, ein Gastwirt aus Fowey, der sich dort vor über zweihundert Jahren auf den Klippen eine kleine Festung gebaut hat, um sich gegen Feinde zu verteidigen.«

»Ann-Kathrin hat mir von John Carter und seinem seltsamen Ende erzählt«, flüsterte Sandra. »Im Pub The King auf Prussia in Fowey habe ich schon einmal einen Kaffee getrunken.«

»Auf den Klippen befinden sich noch heute die Ruinen der einstigen Festung. Gerade als mein Vater daran vorbeiging, hörte er eine Frau schreien. Eine Wanderin, wie sich später herausstellte. Sie wurde von zwei jungen Männern bedrängt. Mein Vater zögerte nicht lange, das hätte er auch getan, wenn er nicht Polizist gewesen wäre. Es kam zu einem Handgemenge, dann zog einer der Männer ein Messer und stach so schnell zu, dass mein Vater nicht mehr ausweichen konnte. Später, vor Gericht, gab der Täter an, er habe sich nur verteidigen, auf keinen Fall töten wollen, entschuldigte sich und zeigte aufrichtige Reue. Für ihn sprach auch, dass er sofort einen Notruf abgesetzt hatte und er und sein Kumpan nicht geflüchtet waren. Sie hatten sogar versucht, Erste Hilfe zu leisten. Mein Vater aber verblutete noch auf den Klippen.«

Sandra wusste nicht, was sie sagen sollte. Sie kauerte sich auf dem Sitz zusammen, die gefalteten Hände im Schoß. Christopher bremste und fuhr in eine der kleinen Ausweichbuchten neben der Straße. Dort schaltete er die Innenbeleuchtung an, drehte sich zu Sandra, nahm ihre Hände und sagte ernst: »Ich bin froh, dir das alles erzählt zu haben, bisher war nie der richtige Zeitpunkt dafür gewesen. Wie ich eben sagte, waren meine Tante und mein Onkel wie Eltern zu mir, es hat mir an nichts gefehlt. Noch heute sehen wir uns regelmäßig, ebenso meine Cousine und Cousins, sie leben alle mit ihren Familien in Cornwall. Nur damals, nach dem Tod meines Vaters, da fing das bei mir an ...« Er lächelte verlegen. »Das Erröten bei jeder passenden und unpassenden Gelegenheit.«

»Ich finde es charmant«, erwiderte Sandra.

Christopher lachte und drückte ihre Hände. »Da bist du so ziemlich die Einzige, Sandra. Die Geschichte meiner Kindheit soll uns aber nicht diesen Abend verderben. Wir wollen tanzen und uns amüsieren. Nur noch eines: Nachdem das meinem Vater passiert war, stand für mich fest, ebenfalls Polizist zu werden. Meine Tante meinte zwar, ich wolle es, weil ich es meinem Vater schuldig zu sein glaubte. Vielleicht war es anfangs so, je älter ich wurde, desto mehr spürte ich, dass ich meinen Beitrag leisten will, das Verbrechen in unserem Land zu bekämpfen. Heute möchte ich keinen anderen Job, aber jetzt genug von den alten Geschichten! Wir müssen uns beeilen, sonst fängt das Tanzvergnügen noch ohne uns an.«

»Nur noch eines, Christopher, wenn ich darf ...?« Aufmunternd nickte er, und Sandra sagte: »Die Männer damals, besonders der, der das getan hat, was ist aus ihnen geworden?«

Christopher hörte die versteckte Frage aus Sandras Tonfall heraus und antwortete: »Ich habe ihnen verziehen. Der Täter wurde zu einer mehrjährigen Haftstrafe verurteilt, die er inzwischen abgesessen haben muss, sein Begleiter kam mit einer Bewährungsstrafe davon. Ich vermute, du fragst dich, ob ich jemals Rachegedanken gegen den Täter gehegt habe. Das war und ist nicht der Fall. Ich habe nie nachgeforscht, wo er sich heute aufhält und was aus ihm geworden ist. Anders wäre es auch eine denkbar schlechte Voraussetzung, um ein guter Polizist zu sein.«

Mit einem unbeschwerten Lachen startete er wieder den Motor und fuhr an. Eine warme Welle durchflutete Sandra und vertrieb die Kälte. So sehr sie es bedauerte, dass Christopher seine Eltern früh verloren hatte: Dass er es ihr anvertraut hatte, berührte sie.

Sicher lenkte Christopher das Auto über die schmale, gewundene Straße zuerst nach Lower Barton, dann durch mehrere kleinere Ortschaften, bis er auf die ausgebaute A 30 wechselte. Hier, auf der freien Ebene, tobte heftig das Sturmtief Deidre. Der DCI verringerte die Geschwindigkeit, um den Wagen in der Spur zu halten. Sandra hatte keine Furcht, sie wusste, Christopher war ein umsichtiger und guter Autofahrer. Je näher sie Newquay kamen, desto dichter wurde der Verkehr. Sandra war noch nie in dieser Gegend gewesen, und Christopher erklärte mit einem Schmunzeln: »Newquay hat alles zu bieten – außer beschaulicher Ruhe. Die Stadt hat fünf natürliche und ausgezeichnete Strände, was Newquay zum größten Tourismuszentrum in Cornwall macht. Ansonsten ist von dem alten, ursprünglichen Fischerdorf bis auf ein paar Mauerreste des früheren Hafens nichts übrig.«

Sandra nickte zustimmend. »Ann-Kathrin erzählte mir, dass sie und Alan in den Sommermonaten einen großen Bogen um Newquay machen, wobei die Klippenlandschaft westlich und östlich der Stadt zu den schönsten in Cornwall zählt.«

»Wir können im Frühjahr dort eine Wanderung unternehmen«, schlug Christopher vor.

Sandra lachte, die gelöste und lockere Stimmung zwischen ihnen war zurückgekehrt. »Du offenbarst ja völlig neue Ansichten, Christopher. Du tanzt, du wanderst, was machst du sonst noch so?«

»Viel zu wenig«, erwiderte er. »Meistens lässt mir die Arbeit keine Zeit für sportliche Aktivitäten.«

»Gibt es etwas Neues im Fall Lambourne?«, fragte Sandra, Christopher runzelte sofort die Stirn und meinte: »Lass uns heute Abend bitte nicht von der Arbeit sprechen.«

»Okay.« Sandra lehnte sich wieder in das weiche Polster und lauschte der Musik aus dem Autoradio. Der lokale Radiosender Pirate FM spielte gerade *Do They Now It's Christmas*. Zum ersten Mal in diesem Jahr breitete sich in Sandra eine weihnachtliche Stimmung aus. Durch Harrys Unfall kam zwar wesentlich mehr Arbeit als geplant auf sie zu, aber Sandra war entschlossen, sich von dieser nicht auffressen zu lassen, sondern die kommenden Tage auch zu genießen. Sie hatte bereits Pläne gemacht, welche Plätze und Orte sie ihren Eltern zeigen wollte. Auf jeden Fall wollte sie an die Südwestküste nach Mousehole fahren, denn das uralte Fischerdorf war weit über die Grenzen Cornwalls hinaus bekannt für seine üppige und außergewöhnliche Weihnachtsbeleuchtung. Heute Vormittag hatte Ann-Kathrin ihr mitgeteilt, die Chancen, dass Alan zu Weihnachten nach Hause kommen könne, stünden gut, und sie würde sich freuen, wenn Sandra und ihre Eltern zu Besuch kämen.

Auch die Stadt Newquay erstrahlte im vorweihnachtlichen Glanz. Über die Straßen spannten sich weihnachtliche Lichterketten, an nahezu allen Kreuzungen und auf den Inseln in den zahlreichen Kreisverkehren standen mit bunten, zum Teil blinkenden Lichtern geschmückte Tannenbäume. Sandra kicherte, als sie in einem entgegenkommenden Linienbus sah, dass der Fahrer eine Nikolausmütze und einen langen, weißen Bart trug. Weihnachten auf den Britischen Inseln war farbenfroh und schrill, lustig und ausgelassen. Oft hatte

Sandra das Fest außerhalb ihrer Heimat verbracht, unter anderem in Frankreich und in der Schweiz. Die britischen Traditionen und der bunte Lichterglanz ihrer Heimat hatten ihr immer ein bisschen gefehlt, mochten das viele Leute auch als kitschig bezeichnen.

Das Hotel lag an einer breiten Straße, direkt über dem Tolcarne Beach mit seinem feinen, weißen Sand. Heute lag der Strand verlassen da, bei dem Sturm hatte niemand Lust auf einen abendlichen Spaziergang. Das Haus, im Tudor-Stil erbaut, stammte aus dem Ende des 19. Jahrhunderts und verfügte über drei Stockwerke. Im Tanzsaal waren bis auf einen kleinen, runden Tisch in einem Erker alle Plätze besetzt. Nachdem Christopher einer Servicekraft seinen Namen genannt hatte, führte diese sie zu dem freien Tisch. Mit einem Augenzwinkern raunte Christopher: »Ich habe selbstverständlich reserviert.«

»Du denkst an alles, nicht wahr?«, erwiderte Sandra.

»Das bringt mein Job mit sich«, antwortete Christopher schlicht.

Sie genoss es, dass Christopher ihr den Stuhl zurechtschob und sich erst setzte, nachdem sie Platz genommen hatte. Für Sandra bestellte Christopher ein Glas trockenen Weißwein und eine Flasche Mineralwasser, für sich selbst einen Orangensaft, dann sagte er: » Ich hoffe, du kannst dich entspannen und führst keine Konkurrenzbeobachtung durch.«

»Das habe ich nicht vor.« Sie lachte unbeschwert. »Wobei – wenn ich mir die Tischdekoration so ansehe, muss ich neidlos anerkennen, dass die Tannenzweiggestecke außergewöhnlich ansprechend sind, vielleicht könnte ich auch ...«

»Heute nicht!«, schnitt er Sandra das Wort ab. »Lass uns tanzen, aus diesem Grund sind wir schließlich hier.«

Die Getränke wurden serviert, sie stießen an und tranken einen Schluck. Eine ältere Dame mit zartrosa gefärbten kurzen Kringellöckchen stellte sich als Myrtle vor, setzte sich hinter das Keyboard und begann einen English Waltz zu spielen. Christopher reichte Sandra die Hand. Sie stand auf und folgte ihm auf das Parkett. Zuerst waren ihre Beine etwas steif, doch Christopher machte es ihr leicht. Seine Hand lag fest auf ihrem linken Schulterblatt und bot ihr einen sicheren Rahmen. Sandra war überrascht, wie mühelos sie seinen Schritten und Bewegungen folgen konnte. Die Tanzfläche füllte sich rasch, und Christopher verstand es, sie geschickt durch die Lücken zu führen, ohne jemanden anzurempeln. Der nächste Tanz war ein Mayfair Quick. Diese Schritte führten alle Tänzer gleich aus, man bewegte sich im Kreis und wechselte nach jeder Programmabfolge den Partner. Anfangs hatte Sandra Schwierigkeiten, da ihr die Choreografie unbekannt war, sie fand aber schnell in den Rhythmus, denn die Schritte und Figuren waren einfach und wiederholten sich alle vierundzwanzig Takte. Als sie nach mehreren Partnerwechseln wieder vor Christopher stand, grinste er verschmitzt.

»Du machst das gut, Sandra.«

»Ich bin selbst über mich erstaunt«, gab Sandra zu.

»Jedem Engländer liegt das Tanzen im Blut.«

Sie lachte und meinte: »Ich bin keine Engländerin, sondern Schottin.«

Er sah sie scheinbar betroffen an. »Verzeih bitte, das ist natürlich ein großer Unterschied. Ich kann Myrtle fragen, ob sie einen Reel spielt.«

»Bloß nicht!« Abwehrend hob Sandra die Hände. »Schottische Volkstänze habe ich zum letzten Mal als Kind getanzt, vielmehr es versucht. Ich fürchte, dabei würde ich ganz schrecklich über meine Füße stolpern und mich flach aufs Parkett legen.«

Sie tanzten jetzt einen Slow Foxtrott, den König der englischen Tänze, den folgenden Rosita Waltz, einen weiteren Gruppentanz, ließen sie aus und setzen sich wieder. Sandra sah aus dem Fenster. Die Promenade war ebenfalls mit unzähligen weihnachtlichen Lichtern geschmückt und das Meer in der Dunkelheit nicht zu erkennen. Aus dem Augenwinkel sah sie, wie Christopher zu der Schale mit süßem Gebäck griff, die auf dem Tisch stand. Sie zuckte zusammen und umklammerte sein Handgelenk, als er den Keks in den Mund schieben wollte.

»Nicht!«, rief sie so laut, dass sich die Gäste am Nebentisch nach ihr umdrehten. Leiser fuhr sie fort: »Ich an deiner Stelle würde das nicht essen, es könnte von Lambourne sein.«

Tatsächlich legte Christopher den Schokoladenkeks neben sein Glas und ermahnte Sandra: »Keine Arbeit heute Abend! Schon vergessen?«

Sie schüttelte den Kopf, dennoch fragte sie: »Warum sind die Kekse immer noch in Umlauf? Ich habe nicht gehört, dass die Firma alles zurückgerufen hat.«

»Sandra, du übertreibst maßlos.« Christopher seufzte. »Ja, der Richter und Alan sind mit diesem Gebäck vergiftet worden, wir sind aber sicher, dass es ein gezielter Anschlag war. Wir haben keine rechtliche Handhabe, die gesamte Produktion aus dem Handel zu nehmen. Das könnte die Firma in den Ruin treiben, außerdem sind die meisten der Kekse bereits vor der Flucht von Lambourne abgepackt und ausgeliefert worden. Darüber haben wir bereits gesprochen, Sandra. Wie sollte es Lambourne gelingen, alle Produkte zu vergiften und, vor allen Dingen, warum sollte er das tun?«

»Um der Firma, die früher seine gewesen ist, zu schaden«, antwortete Sandra entschlossen, sah gleichzeitig ein, dass Christophers Argumentation nicht von der Hand zu weisen war. »Verzeih, die Sache nimmt mich ganz schön mit. Auch wenn ich Richter Audley nie begegnet bin und Alan wieder gesund wird: Dass in meiner unmittelbaren Umgebung wieder jemand ermordet wurde, Alan fast gestorben wäre und ein verurteilter Doppelmörder frei rumläuft – das kann ich nicht aus meinem Kopf bekommen.«

»Dein Mitgefühl ist auch ein Punkt, der mir gut gefällt«, sagte Christopher aufrichtig.

»Eine Frage muss ich noch stellen«, sagte sie, »dann verspreche ich, das Thema für heute ruhen zu lassen.«

Christopher seufzte erneut. »Also gut, was willst du wissen?«

»Warum erhielt Lambourne überhaupt Freigang? Ich weiß, jeder hat eine zweite Chance verdient, aber bei einem Menschen, der zweimal grausam gemordet hat, kann ich dafür kein Verständnis aufbringen.«

»Was ich bisher über Nicolas Lambourne in Erfahrung gebracht habe, ist, dass er sich während der Haft nichts hat zuschulden kommen lassen. Er machte erst eine Lehre als Elektriker und bildete sich dann im Bereich Computertechnik weiter. Ja, Sandra, auch im Gefängnis gibt es Rechner und Internet«, sagte er schnell, als Sandra etwas einwenden wollte. »Lambourne war niemals auffällig, in keine Streitereien mit anderen Gefangenen verwickelt oder gegenüber dem Wachpersonal unfreundlich, im Gegenteil. Laut Akten war er ein zurückhaltender und angenehmer Gefangener.«

»Der die erste Möglichkeit ergreift, abzuhauen und einen Menschen umzubringen«, stieß Sandra hervor.

»Wir werden ihn bekommen«, erwiderte Christopher ruhig und mit einem Lächeln. »Möchtest du wieder tanzen, Sandra? Ich erkenne die Takte einer Rumba.«

Sandra nickte und stand auf. Sie durfte sich wegen des Flüchtigen nicht verrückt machen lassen. Der gesamte Polizeiapparat der britischen Insel war auf der Suche nach Nicolas Lambourne, dies war keine Angelegenheit, die Christopher allein aufklären musste.

Kurz vor Mitternacht schlug Myrtle die ersten Takte von *Aud Lang Syne* an, in Großbritannien traditionell das letzte Lied einer jeden Veranstaltung. Alle Gäste traten in einen großen Kreis, kreuzten ihre Hände mit denen der Nachbarn und sangen den Text aus voller Kehle mit. Sandra stellte fest, dass der DCI zwar gut tanzen konnte, Gesang hingegen gehörte nicht zu seinen Stärken. Das spielte jetzt und ebenso bei dem folgenden *God Save the Queen* keine Rolle. Myrtle wünschte allen ein *Merry Christmas*, dann war der Abend beendet. Für Sandra war die Zeit wie im Flug vergangen, und sie fühlte sich entspannt und gelöst. An Harrys Unfall und dass sie über die Feiertage wohl keinen Ersatz für ihn bekommen konnte, hatte sie keinen Moment gedacht. In sechs Tagen kamen ihre Eltern, in neun Tagen war Weihnachten. Ihr erstes Weihnachten in ihrem eigenen Hotel, umgeben von Menschen, die sie mochten und die ihr zugetan waren. Sandra hatte das Gefühl, endgültig angekommen zu sein.

Während der Rückfahrt hörte der Regen auf, je weiter sie nach Süden kamen. Der Radiosender spielte Weihnachtslieder, Sandra lauschte mit geschlossenen Augen. Sie hatte drei Gläser Wein getrunken, dazwischen immer wieder Wasser, und fühlte sich unbeschwert und leicht, ohne beschwipst zu sein. Am morgigen Sonntag konnte sie ausschlafen, da Eliza den Frühdienst übernahm, der um sieben Uhr begann. Nach einer knappen Dreiviertelstunde bog Christopher durch das Tor auf das Gelände von Higher Barton. Sandra sah zum Hotel hinüber. Hinter allen Fenstern war es dunkel, nur die Notbeleuchtung in der Eingangshalle brannte.

Christopher stellte den Motor ab und sagte: »Das war ein sehr schöner Abend, Sandra, ich hoffe, für dich ebenfalls. Wenn du magst, können wir ihn wiederholen.«

»Sehr gern, Christopher, in diesem Jahr wohl nicht mehr«, antwortete sie. »Erst ab Januar wird es im Hotel wieder ruhiger.«

Christopher stieg aus, umrundete den Wagen und öffnete die Beifahrertür. Auch wenn Sandra keine Hilfe benötigte, nahm sie gern seine Hand.

»Ich begleite dich noch bis an die Tür«, sagte er.

Schmunzelnd erwiderte sie: »Es sind nur drei Meter, da wird mir schon nichts geschehen.«

»Ein Gentleman begleitet die Dame, mit der er den Abend verbrachte, immer bis an die Haustür und wartet, bis sie hineingegangen ist.«

Das war zwar eine altmodische Einstellung, Sandra empfand sie dennoch als sehr angenehm. Manchmal tat es gut, im modernen und hektischen 21. Jahrhundert wie eine Lady behandelt zu werden. Sandra steckte den Schlüssel ins Schloss und sperrte die Tür auf. Christopher reichte ihr die Hand zum Abschied, ließ sie dann aber nicht wieder los. Es war so dunkel, dass Sandra seinen Gesichtsausdruck nicht sehen konnte.

»Möchtest du auf einen Kaffee mit hineinkommen?« Die Worte waren über ihre Lippen, bevor sie nachgedacht hatte. Rasch fügte sie hinzu: »Ich glaube, ich kann jetzt noch nicht einschlafen.«

»Und ich glaube, es gibt viele Gründe, warum ich das nicht tun sollte.«

»Ist einer davon, dass ich ein paar Jahre älter bin?«

Christopher grinste. »Du bist älter? Das habe ich bisher nicht bemerkt, so ein Kindskopf, wie du manchmal bist.«

Sandra räusperte sich, dann sagte sie leise: »In einem Hollywood-Film würde die Hauptdarstellerin jetzt sagen: ›Es ist doch nur ein Kaffee‹.«

»Wir sind in keinem Film und wissen, dass es nicht beim Kaffee bleibt.«

Er hielt immer noch ihre Hand. Sandra straffte die Schultern und wiederholte: »Möchtest du mit reinkommen?«

FÜNF

Wohlig rekelte sich Sandra auf ihrem Bett, ein glückliches Lächeln auf den Lippen. Helles Sonnenlicht fiel durch die Fensterscheiben. Der gestrige Sturm war vorbeigezogen, es regnete nicht mehr. Sandra sah zum Wecker, es war neun Uhr vorbei. Obwohl sie erst gegen vier eingeschlafen war, fühlte sie sich so munter wie nach einem langen Urlaub. Sie drehte sich auf den Bauch und presste ihr Gesicht in das Kissen. Es roch nach Christophers Rasierwasser. Übereinstimmend und ohne viele Worte hatten sie beschlossen, dass er nicht bis zum Morgen bleiben sollte. Die Änderung in ihrer Beziehung war noch zu frisch, um zusammen zu frühstücken. Sie wollten sich Zeit nehmen, es langsam angehen lassen. Sandra war ihm dankbar, dass er auf die Floskel »Ich ruf dich an« verzichtet hatte. Das klang schal und danach, dass man sich vielleicht mal wieder kontaktieren würde, eher wohl nicht. Vorerst wollte Sandra mit niemandem darüber sprechen, was vergangene Nacht geschehen war, nicht einmal mit Ann-Kathrin, obwohl die Freundin schon mehrfach Andeutungen bezüglich Sandra und Christopher gemacht hatte. Sie würde sich für Sandra freuen, zuerst musste Alan wieder gesund zu Hause sein und Ann-Kathrin ihrem Mann von dem neuen Erdenbürger erzählen.

Sandra duschte ausgiebig, föhnte ihr Haar, bis es in sanften Wellen auf ihren Schultern lag, legte dann ein dezentes Make-up auf und zog sich an. In ihren Augen lag ein strahlender Glanz. Ohne eingebildet zu sein, stellte Sandra fest, dass sie sehr hübsch aussah. Sie dachte darüber nach, was Christopher ihr über seine Eltern erzählt hatte. Heather Flemming, Sandras Mutter, war zwar eine Glucke, die nicht aufgab, ihrer erwachsenen Tochter Vorschriften zu machen und Sandra ständig in Gefahren verstrickt sah, während ihr Vater sie immer ihre Wege hatte ziehen lassen. Gleichzeitig fühlte Sandra ein großes Glücksgefühl, liebevolle und besorgte Eltern zu haben. Wenn auch oft anstrengend, war Bemutterung ein Zeichen von Liebe. Sandra wusste, wie sie ihre Mutter zu nehmen hatte. In wenigen Tagen kamen ihre Eltern nach Cornwall, und Sandra freute sich auf die kommende Zeit. Gestern Abend hatte Christopher seine Mutter nicht mehr erwähnt. Irgendwann wollte Sandra ihn fragen, ob er nie daran dachte, sie ausfindig zu machen. Gerade ihm als Polizeibeamten sollte es leichtfallen, eine Spur von ihr zu finden. Wäre sie in seiner Situation, würde sie wissen wollen, was das für eine Frau war, die ihr Baby einfach zurückließ und sich nie nach ihm erkundigte. Aber sie wollte Christopher zu nichts drängen, er war ein Mann, der genau wusste, was er wollte – und was nicht.

Es war halb elf, als Sandra beschwingt die Hotelhalle betrat. Ihr fröhliches »Guten Morgen« und ihr Lächeln auf den Lippen erstarben, als sie Rosa Piotrowski hinter der Rezeption stehen sah, den Telefonhörer fest zwischen Ohr und Schulter gepresst, die Wangen gerötet, und hörte, wie die Küchenhilfe sagte: »Es tut mir leid, aber ich kann Ihnen wirklich nicht mehr sagen. Ich werde mich erkundigen, Sie erhalten einen Rückruf. Wenn Sie mir bitte Ihre Nummer geben?«

Während Rosa einige Zahlen auf einen Zettel kritzelte, kam Major Collins aus dem Restaurant in die Halle. Als er Sandra sah, eilte er auf sie zu und rief: »Ms Flemming, gut, dass Sie endlich da sind! Bitte geben Sie mir die Karte für das Konzert.«

»Welches Konzert?«, fragte Sandra verwirrt, auch, weil Rosa inzwischen das nächste Telefonat angenommen hatte.

»Das Konzert heute Nachmittag in der St Petroc's Church in Bodmin natürlich«, antwortete der Major in einem Tonfall, als zweifle er an Sandras Verstand. »Eine russische Gruppe präsentiert Stücke von Rachmaninow, Gretschaninow und Tschaikowsky. Es ist ein einmaliges Gastspiel hier im Südwesten, das Konzert ist restlos ausverkauft, und ich habe Ms Dexter bereits vor Wochen gebeten, sich um eine Karte für mich zu kümmern.« Ungeduldig trat der Major von einem Fuß auf den anderen. »In einer Stunde muss ich los, um den Bus zu bekommen, und von Ms Dexter und meiner Eintrittskarte keine Spur.«

»Ich kümmere mich sofort darum, Major«, sagte Sandra. »Ms Dexter wird Ihr Ticket im Büro sicher verwahrt haben. Bitte, warten Sie einen Moment und lassen Sie sich einen Tee servieren, der geht natürlich aufs Haus.«

»Was für ein Durcheinander heute Morgen!« Mit einem unwilligen Schnauben trollte sich der Major, und Rosa hatte das Telefonat inzwischen beendet. Sandra trat zu ihr und fragte: »Was machen Sie an der Rezeption, Rosa? Wo ist Eliza Dexter?«

»Keine Ahnung, ich habe sie heute Morgen noch nicht gesehen.« Rosa zuckte mit den Schultern. »Das Telefon klingelt andauernd, es sind Anfragen wegen des Christmas Dinners und ob wir über die Feiertage noch freie Zimmer haben. Ich habe alles notiert, Ms Flemming, mit den entsprechenden Telefonnummern, und gesagt, Sie rufen zurück.«

»Das war sehr aufmerksam, Rosa«, murmelte Sandra. »Ich frage mich nur, wo Eliza ist? Haben Sie in ihrem Zimmer angerufen oder nachgesehen?«

»Ms Dexter nimmt das Telefon nicht ab, und nein, oben war ich bisher nicht, dafür war keine Zeit.« Ungeduldig trat sie von einem Fuß auf den anderen. »Kann ich wieder in die Küche? Monsieur ist nämlich verärgert, dass ich ihm heute nicht helfen konnte, aber ich konnte die Rezeption doch nicht allein lassen.«

»Warum haben Sie mich nicht angerufen?«

»Auch das habe ich versucht, Ms Flemming«, beteuerte Rosa. »Zweimal sogar, aber auch Sie haben nicht abgenommen. Um zu Ihnen rüberzulaufen, war keine Zeit. Es geht hier zu wie im Taubenschlag. Die Zimmermädchen können auch nicht weg, und David und Lucas sind noch nicht da. Deren Dienst beginnt erst am Nachmittag.«

»Wahrscheinlich war ich unter der Dusche und habe das Telefon nicht gehört«, erwiderte Sandra. »Ich danke Ihnen, Rosa, Sie haben schnell und umsichtig reagiert. Ich übernehme jetzt hier.«

Nachdem die Küchenhilfe gegangen war, griff Sandra nach dem Haustelefon und wählte die Kurzwahl von Elizas Zimmer. Bei der Vorstellung, Eliza könnte verschlafen haben, schmunzelte sie. Eliza war die Korrektheit in Person, ein Mensch, der früh aufstand und stets frisch und munter war, im Gegensatz zu ihr, Sandra, die morgens einige Zeit benötigte, um in Schwung zu kommen. Eliza würde es peinlich sein, verschlafen zu haben. Sandra ließ es zehnmal klingeln – keine Reaktion. Nachher wollte sie hinaufgehen und an ihre Tür klopfen, zuerst musste sie jetzt die Konzertkarte für den Major suchen, da dieser zu Recht verärgert war, falls Eliza diese nicht besorgt hätte. Da klingelte ihr Handy.

»Guten Morgen, Mum«, sagte Sandra nach einem Blick auf das Display. »Was gibt es? Mach schnell, ich hab's eilig.«

»Bist du schon wieder im Stress?«, fragte Heather Flemming, Sandras Mutter. »Letzte Woche hast du gemeint, derzeit sei wenig Betrieb im Hotel. Kind, du hast dir zu viel zugemutet! Ein solches Hotel ganz allein zu führen ...«

»Bitte, Mum, nicht schon wieder!«, fiel Sandra ihr harscher ins Wort, als es sonst ihre Art war, besann sich sogleich auf ihre Gedanken von vorhin, und fügte versöhnlich hinzu: »Vom Personal ist jemand ausgefallen, und meine Mitarbeiterin hat allem Anschein nach verschlafen. Hier geht es gerade zu wie auf dem Piccadilly Circus zur Rush Hour. Deswegen muss ich jetzt weitermachen, Mum.«

Sie hörte ihre Mutter seufzen, dann sagte Heather Flemming: »Ich wollte nur fragen, ob es okay ist, wenn du uns am Donnerstag vom Flughafen abholst. Sofern keiner mal wieder streikt oder dichter Nebel herrscht, landen wir um zwei Uhr am Nachmittag in Newquay.«

»Das weiß ich, Mum, selbstverständlich hole ich euch ab.«

»Wenn es dir zu viel wird, können Dad und ich auch den Bus nehmen.«

»Das ist viel zu umständlich, ihr müsstet mehrmals umsteigen.«

»Wir können auch einen Wagen mieten.« Sandras Mutter ließ sich nicht beirren. »Wobei ich fürchte, über die Festtage wird es schwer sein, jetzt noch ein Auto zu bekommen.«

»Mum, ich hole euch ab, versprochen!« Ungeduldig sah Sandra auf die Uhr. Noch zwanzig Minuten, dann musste

Major Collins los, um rechtzeitig zum Konzertbeginn in Bodmin einzutreffen, und sie hatte keine Ahnung, wo das besagte Ticket war.

»Ich merke, du hast keine Zeit«, sagte Heather Flemming. »Wie immer. Ich hoffe, wenn wir in Cornwall sind, werden wir dich nicht nur ein paar Minuten pro Tag zu Gesicht bekommen.«

»Ganz bestimmt, Mum. Ich habe bereits Pläne für interessante Ausflüge gemacht. Cornwall wird euch gefallen. Grüß Dad bitte von mir.«

Endlich konnte Sandra das Gespräch beenden. Sie schämte sich, gegenüber ihrer Mutter so ruppig gewesen zu sein, inzwischen hatte das Telefon an der Rezeption schon wieder geklingelt und von Eliza immer noch keine Spur. Erleichtert atmete Sandra auf, als sie im Büro im Ablagefach, das Eliza zugeteilt war, ein Kuvert mit der Aufschrift *Major Collins* und darin die entsprechende Konzertkarte vorfand. Auf Eliza war eben Verlass, was machte es da schon, wenn sie ihren Dienst einmal versäumte? Rosa Piotrowski hatte schnell reagiert und die Rezeption übernommen. Es war beruhigend, über solch zuverlässiges Personal zu verfügen. Das Kuvert in der Hand, wollte Sandra das Büro verlassen, um dem Major die Karte zu bringen, da bemerkte sie einen Briefbogen mit dem Logoaufdruck des Hotels, der auf dem Schreibtisch lag.

Hallo Sandra, meine Tante ist schwer erkrankt und braucht Pflege, las Sandra die handschriftliche Mitteilung. *Ich muss zu ihr nach Cardiff fahren. Für dieses Jahr stehen mir noch siebzehn Tage Urlaub zu, die ich ab sofort nehme. Liebe Grüße Eliza.*

Sandra sank auf den nächsten Stuhl und starrte fassungslos auf die Worte. Das durfte nicht wahr sein! Eliza konnte nicht jetzt, wenn in wenigen Tagen das Hotel bis unters

Dach belegt sein würde, zudem ein Kellner ausfiel, so mir nichts, dir nichts Urlaub nehmen! Das mit der Tante tat Sandra zwar leid, Eliza hätte mit ihr absprechen müssen, dass sie zu ihr fahren will. Die Nachricht über die Erkrankung musste Eliza gestern Abend erhalten haben, was wohl eine sofortige Abreise erforderlich gemacht hatte. Sie, Sandra, war zum Tanzen gewesen und hatte ihr Handy auf lautlos gestellt. Sie schaute auf das Telefon in der Hoffnung, Eliza habe ihr eine Textnachricht zukommen lassen, was nicht der Fall war. Spontan wählte Sandra Elizas Kontakt und drückte auf die grüne Taste. Sie konnte Eliza zwar nicht zurückbeordern, wollte ihr aber sagen, dass sie nicht einfach in Urlaub gehen konnte, ohne jemandem ein Wort zu sagen. Elizas Handy war immer noch abgeschaltet. Ist vielleicht besser so, dachte Sandra, da sie fürchtete, ihrer Mitarbeiterin ein paar unfreundliche Worte zu sagen. Zum weiteren Nachdenken kam sie nicht, da Major Collins mit der Spitze seines Spazierstocks gegen den Türrahmen klopfte und Sandra fragend ansah.

»Ihre Eintrittskarte, Major.« Sandra bemühte sich, unbeschwert zu lächeln, und überreichte dem älteren Herrn das Kuvert. »Ms Dexter hatte sie im Büro deponiert.«

Der Major warf einen Blick auf das Ticket, nickte zufrieden und verließ das Hotel, um den Bus nach Bodmin zu erreichen.

Sandra eilte in die Küche. Das Geschirr vom Frühstück stapelte sich in der Spüle, da es unter der Würde von Monsieur Peintré war, selbst die Spülmaschine einzuräumen und zu bedienen. Das war die Aufgabe der Küchenhilfe.

»Ich brauche dringend einen Kaffee«, sagte Sandra. »Schwarz und stark bitte!«

»Ohne Milch, Ms Flemming?«, fragte Rosa, da Sandra ihren Kaffee sonst mit reichlich weißem Schaum bevorzugte.

Sandra schüttelte den Kopf. »Jetzt nicht. Rosa, Monsieur Peintré ...« Der Koch unterbrach das Schneiden des Gemüses, das er für den Lunch vorbereitete, und sah zu Sandra. »Eliza Dexter hat Urlaub genommen«, platzte Sandra heraus. »Ihre Tante ist krank, sie ist zu ihr gefahren, um sie zu pflegen.«

»Oje, ausgerechnet jetzt!« Rosa stöhnte, der Koch verdrehte die Augen. »Ist sie bis Weihnachten zurück?«

»Ich fürchte nicht«, erwiderte Sandra, »da sie ihren gesamten restlichen Jahresurlaub genommen hat.«

»Warum hat sie uns nichts gesagt?«, brummte Monsieur Peintré unwillig.

Das möchte ich auch gern wissen, dachte Sandra und war entschlossen, mit Eliza nach deren Rückkehr ein ernstes Wort zu sprechen. Laut sagte sie: »Ms Dexters Ausfall ist ebenso wie der von Harry sehr bedauerlich, wir haben jedoch alles sehr genau geplant. Wir schaffen das!«

Rosa lachte laut, dann sagte sie: »Ich wusste gar nicht, dass Sie ein Faible für die deutsche Kanzlerin haben, Ms Flemming!«

Sandra brauchte einen Moment, dann verstand sie den Scherz und lachte mit. Heute Morgen war sie entspannt aufgewacht. Von der Tatsache, dass Eliza Dexter einfach abgereist war, ohne sie darüber zu informieren, wollte sich Sandra die gute Laune nicht verderben lassen. Diese Tante musste wirklich sehr schwer krank sein, sonst wäre Eliza nicht derart überstürzt verschwunden. Wahrscheinlich hatte sie einen Unfall, vielleicht auch einen Herzinfarkt oder Schlaganfall erlitten. Wenn sie außer Eliza niemanden hatte, war ihrer

Mitarbeiterin keine andere Wahl geblieben. Sandras Glücks-gefühl vom vergangenen Abend und der Nacht hielt nicht nur an, sondern gab ihr Kraft. Im Hotelbetrieb gab es immer wieder stressige Zeiten, in denen man kaum Ruhe fand, aber sie war jung, gesund und belastbar. Außerdem war sie ihr eigener Chef und arbeitete nicht länger für eine Hotelkette, die ihr bei der ersten Gelegenheit, wenn es mal nicht so lief, die Pistole auf die Brust setzte.

Apropos Pistole, dachte Sandra schmunzelnd. Eliza und Harrys Abwesenheit würde sie bewältigen, daran zweifelte sie nicht, Hauptsache, sie oder Higher Barton wurden nicht wieder in ein Verbrechen verwickelt. Was den flüchtigen Mör-der betraf, der inzwischen drei Menschen auf dem Gewissen hatte, vertraute Sandra dem Apparat der britischen Polizei, allen voran Christopher Bourke. Sie glaubte nicht, dass Nico-las Lambourne sich in der Nähe aufhielt. Er hatte seine Rache an dem Richter, der ihn zu lebenslanger Haft verurteilt hatte, vollzogen, was sollte Lambourne noch in Cornwall wollen? Es musste ihm klar sein, dass nach ihm eine breitgefächerte Fahndung im Gang war. Trotzdem wollte Sandra im Hotel vorerst lieber keine Produkte von *Lambourne Biscuits* anbie-ten. Wahrscheinlich hatte Christopher recht, Nicolas Lam-bourne konnte unmöglich ganze Chargen von Keksen vergif-ten, sie wollte dennoch kein Risiko eingehen.

Sandra straffte den Rücken und warf ihre Haare zurück. Sie fühlte sich, als könne sie mit ihrem kleinen Finger die Welt aus den Angeln heben.

Auf ihr Personal war Verlass. Sandra hatte die Hausmädchen Imogen, Holly und Sophie sowie den Kellner Lucas und den Barkeeper David über Elizas überraschenden Urlaub informiert und mit den Worten: »Wir alle müssen jetzt die Ärmel hochkrempeln und kräftig mit anpacken« geendet.

»Das ist echt blöd«, sagte Lucas direkt. »Meine freien Abende kann ich wohl in den Wind schießen, Hauptsache, Harry wird bald wieder gesund.«

»Am Abend kann ich Lucas im Service helfen«, bot Sophie an. »Ich habe früher oft gekellnert.«

Wohlwollend nickte Sandra und erwiderte: »Die anfallenden Überstunden werden euch selbstverständlich vergütet.«

Dieses Angebot lehnte natürlich niemand ab, auch wenn mehr Gehalt den Mangel an Freizeit nicht ausglich. Entschied man sich für das Gastronomiegewerbe, so wusste man, dass man gerade dann, wenn die anderen frei hatten und ausgelassen feierten, am anstrengendsten arbeiten musste.

Am nächsten Tag galt es, mit Mrs Roberts, der örtlichen Metzgerin, die endgültigen Bestellungen an Fleisch- und Wurstwaren zu besprechen, was sonst in Elizas Aufgabenbereich lag. Da Sandra die Rezeption nicht verlassen konnte, rief sie Mrs Roberts an, erklärte ihr kurz die Umstände und fragte, ob es ihr möglich sei, für eine Stunde nach Higher Barton zu kommen.

»Selbstverständlich, Ms Flemming«, entgegnete die Metzgerin. »Ich mache mich gleich auf den Weg. Montags ist im Laden nie viel los, Ben kann die Kundschaft allein bedienen.«

Ben Triggs, ein junger Mann mit Trisomie 21, half regelmäßig bei Mrs Roberts aus. Seine Behinderung war zwar deutlich zu sehen, er war aber freundlich, und die Kunden zeigten Geduld, wenn Ben sie langsamer als Mrs Roberts bediente. In einem so kleinen Ort wie Lower Barton kannte jeder jeden, und das Schicksal von Bens Mutter war allen geläufig. Ihr

Ehemann hatte sie verlassen, weil er mit einem behinderten Kind nicht zurechtkam, seitdem lebten sie von Sozialhilfe.

Agnes Roberts war eine mittelgroße, korpulente Frau Anfang Sechzig, ihr Geschäft war die einzige Metzgerei in Lower Barton. Da die Kunden bei Mrs Roberts die allerbeste Qualität erhielten, brauchte sie die Konkurrenz des großen Supermarktes am Ortsrand nicht zu fürchten, auch wenn dieser günstiger war.

»Meine Kunden wissen, woher ich meine Produkte beziehe«, sagte Mrs Roberts stolz. »Bei mir gibt es kein Fleisch aus Massentierhaltung oder mit schädlichen Hormonen, ich arbeite ausschließlich mit den lokalen Farmern zusammen. Die meisten Leute sind gern bereit, ein paar Pfund mehr auszugeben.«

Da Eliza Dexter und Agnes Roberts sich seit ihrer Jugendzeit kannten, belieferte die Metzgerin das *Higher Barton Romantic Hotel* mit ihren Fleisch- und Wurstwaren. Nach Sandras Anruf hatte sie sich gleich auf den Weg gemacht, jetzt saßen sich Sandra und sie im Büro gegenüber. Die Tür war offen, damit Sandra die Rezeption im Auge behalten und das Telefon bedienen konnte.

»Eine Tante hat Eliza nie erwähnt«, sagte Mrs Roberts, nachdem Sandra ihr in knappen Sätzen von dem überraschenden Urlaub ihrer Mitarbeiterin erzählt hatte, und fügte als Erklärung hinzu: »Wahrscheinlich handelt es sich um eine weitläufige Verwandtschaft. Es ehrt Eliza, dass sie alles stehen und liegen lässt, um jemandem zu helfen. In der heutigen Zeit wird ein solches Verhalten immer seltener, jeder denkt nur noch an seine eigenen Belange.«

Sandra nickte und widerstand dem Impuls, ungeduldig den Knopf des Kugelschreibers mehrmals zu drücken. Sie wollte zur Sache kommen.

»Mrs Roberts, wenn wir jetzt bitte die Listen durchgehen können?«

»Aber sicher, Ms Flemming.« Sie schmunzelte mokant. »Ich habe inzwischen erkannt, dass Sie nur ungern über Privates sprechen.«

Sandra ließ die Bemerkung unkommentiert.

In der nächsten halben Stunde besprachen die beiden Frauen die Waren, die Mrs Roberts am Vormittag des Heiligen Abends anliefern sollte. Erleichtert hakte Sandra diesen Punkt auf ihrer To-do-Liste ab. Sie wollte gerade aufstehen und Mrs Roberts verabschieden, als diese unvermittelt sagte: »Eine scheußliche Sache, was dem Richter passiert ist, und der nette Mr Trengove wäre beinahe auch getötet worden. Ich hörte, es geht ihm wieder besser.«

Längst fragte sich Sandra nicht mehr, wie schnell sich Nachrichten in Lower Barton verbreiteten und wie Mrs Roberts immer als Erste über alles informiert war. Ihr Laden war eine Art Nachrichtenstützpunkt für viele, denn, wenn etwas geschah, positiv oder, wie im aktuellen Fall, negativ: Mrs Roberts wusste stets mehr, als von den verantwortlichen Stellen preisgegeben wurde, wusste wahrscheinlich sogar mehr als die Betroffenen selbst.

»Der Mörder könnte noch in der Gegend sein«, fuhr Mrs Roberts fort. Sie merkte nicht, dass Sandra wie auf glühenden Kohlen saß und mit ihrer Arbeit fortfahren wollte. »An den damaligen grausigen Doppelmord erinnere ich mich noch gut. Niemand hätte Lambourne eine solche Tat zugetraut, er war immer so freundlich gewesen.«

»Sie kannten Nicolas Lambourne?« Mrs Roberts war es gelungen, Sandras Interesse zu wecken. Lambourne war schließlich dafür verantwortlich, dass der Mann ihrer besten Freundin, die zudem noch schwanger war, beinahe gestorben wäre.

»Kennen ist zu viel gesagt.« Mrs Roberts zuckte mit den Schultern. »Die Lambournes sind eine alteingesessene cornische Familie, sie leben ja nur ein paar Meilen von hier in der Nähe von Fowey. Schon bevor die Morde geschahen, war *Lambourne Biscuit* eine beliebte Gebäckmarke. Ich habe immer eine Auswahl von Keksen im Haus und nasche gern. Haben Sie das Lavendel-Shortbread schon mal probiert, Ms Flemming? Köstlich!«

»Ich esse nur selten Süßes«, erwiderte Sandra. »Was geschah nach Lambournes Verurteilung? Wurde die Firma verkauft? Ich hörte, Nicolas Lambourne wäre der einzige Sohn gewesen.«

»Da sind Sie nicht richtig informiert, Ms Flemming.« Mrs Roberts streckte ihren Rücken durch, ihre Wangen röteten sich, und Sandra kannte schon das gespannte Funkeln in ihren hellgrauen Augen. Jetzt war die Metzgerin in ihrem Element, denn sie liebte es, über solche Dinge zu sprechen, auch wenn sie lange Zeit zurücklagen.

»Nicolas Lambourne schien der einzige Erbe zu sein, das ist richtig, zumindest war er das einzige Kind aus der Ehe von Lord und Lady Beechwood. Die Lady war etwa zwei oder drei Jahre, bevor das Schreckliche geschah, gestorben. Als Lambourne seine Frau und deren Liebhaber erschoss, nahm die Tat seinen Vater derart mit, dass er schwer erkrankte. Seinen Geschäften konnte er deshalb kaum noch nachgehen. Auf einmal tauchte ein anderer Mann auf, ein paar

Jahre jünger als Nicolas, und es hieß, er wäre der uneheliche Sohn von Lord Beechwood. Näheres erfuhr niemand. Der alte Lambourne stand plötzlich offen zu seinem Sprössling, arbeitete diesen ein und übergab ihm bald schon die Geschäftsleitung.«

»Ist dieser Lord Beechwood noch am Leben?«, fragte Sandra.

Mrs Roberts schüttelte den Kopf. »Er starb vier Jahre, nachdem Nicolas verurteilt worden war. In den letzten zwei Jahrzehnten wuchs und expandierte die Firma unter der Leitung des anderen Sohnes stetig. Na ja, das Geld aus dem Erbe trug dazu natürlich bei.«

»Das Erbe des alten Lambournes?«

»Nein, da war kaum Geld vorhanden, deswegen hat Nicolas Lambourne seine Frau doch erschossen.« Mrs Roberts sah Sandra mit einem Blick an, als müsse Sandra dies wissen. »Die Firma stand am Rand der Pleite, so musste Nicolas Lambourne eine vermögende Frau heiraten, um das Unternehmen zu retten. Allerdings schlossen sie einen Ehevertrag, bei einer Scheidung hätte die junge Lady Beechwood alles Geld, das sie in die Firma investiert hat, wieder zurückbekommen, zusätzlich zu einer entsprechenden Gewinnbeteiligung. Die Frau hat Lambourne nach Strich und Faden betrogen. Er konnte sich nicht auf legalem Weg von ihr trennen, ohne nicht vollkommen ruiniert zu werden. Ihm, als verurteiltem Mörder, stand dann von dem Erbe seiner Frau, das immer noch beachtlich war, natürlich nichts zu, sein Vater bekam alles und nach ihm sein außerehelich gezeugter Sohn. So wendete sich alles zum Guten.«

»Abgesehen davon, dass zwei unschuldige Menschen sterben mussten«, ergänzte Sandra bitter. Normalerweise interessierte sie sich nicht für Klatsch. Sie bevorzugte Fakten, aber in jedem Gerücht steckte auch ein Körnchen Wahrheit. Durch Alan Trengove war sie indirekt mit Nicolas Lambourne konfrontiert, so waren die Ausführungen von Mrs Roberts hochinteressant, auch wenn sie nicht dazu beitragen konnten, den skrupellosen Dreifachmörder dingfest zu machen. Das war Sache der Polizei, sie, Sandra, würde sich heraushalten. Nicht nur, weil ihr die Arbeit ohnehin keine Zeit ließ, Detektivin zu spielen – die Erlebnisse vom Herbst steckten ihr noch in den Knochen. Nie mehr wollte sie sich derart unvorsichtig, eigentlich schon dumm, verhalten und ihr Leben aufs Spiel setzen.

Die ersten Gäste, die jetzt zum Lunch eintrafen, beendeten die Unterhaltung. Mrs Roberts war alles losgeworden, was ihr zu dieser Sache auf dem Herzen gelegen hatte, und musste in ihren Laden zurückkehren. Sandra holte sich ein Gurken-Thunfisch-Sandwich aus der Küche und aß es, während sie die gestrige Buchhaltung im Rechner eintrug. Da ploppte eine Nachricht auf ihrem Handy auf:

Guten Morgen, Sandra, oder vielmehr guten Mittag!

Sie schmunzelte, die Textnachricht kam von Christopher Bourke.

Ich hoffe, Du hast Dich richtig ausgeschlafen. Es war ein wunderschöner Abend und eine noch schönere Nacht. Wenn Du möchtest, sollten wir das bald wiederholen. Leider kann ich heute nicht nach Higher Barton kommen. So ist es eben, wenn man Chef ist: Nehme ich mir einen freien Abend, muss ich das heute nacharbeiten. Nach dem Mord an Richter Audley sind Greenbow und ich in den Fall Lambourne involviert. Wir sehen uns die Tage, das verspreche ich.

Alles Liebe Christopher

Für einen Moment dachte Sandra daran, dem DCI von Elizas plötzlichem Urlaub zu berichten, entschloss sich jedoch, es nicht zu tun. Er hatte seinen Job, sie ihren, und Elizas Abwesenheit war ihre Angelegenheit. Daher schrieb sie nur zurück, sie hätte im Hotel auch viel zu tun und würde sich über ein baldiges Wiedersehen freuen.

SECHS

Am Dienstagvormittag stand Sandra hinter der Rezeption und telefonierte. »Sie können sich darauf verlassen, Sir, unser Koch ist mit der veganen Küche bestens vertraut«, sprach Sandra gleichbleibend freundlich, während sie insgeheim mit den Augen rollte. »Sie erhalten selbstverständlich ein Büfett, das auf alle Bedürfnisse Rücksicht nimmt.«

Sie hörte ihren Gesprächspartner am anderen Ende der Leitung seufzen. »Der Ausrichter letztes Jahr versprach mir das auch, allerdings war dann der Rote-Bete-Salat mit Sahnemerrettich angemacht. Ms Flemming, der Großteil meiner Mitarbeiter ernährt sich gesundheitsbewusst, mich eingeschlossen. Eine solche Panne darf nicht wieder vorkommen! Immerhin bezahle ich eine nicht unerhebliche Summe für das Büfett.«

Im letzten Jahr wurde auch nicht im Higher Barton Romantic Hotel gefeiert, dachte Sandra und wiederholte: »Es wird alles zu Ihrer vollkommenen Zufriedenheit sein, Mr Hellescott.« Offensichtlich war es ihr gelungen, den Mann zu überzeugen, denn er beendete das Gespräch.

Sandras Aussage entsprach der Wahrheit. Wenn Gäste ein veganes Menü wünschten, dann erhielten sie das auch. Monsieur Peintré ließ allerdings keinen Zweifel daran, für wie ungesund er eine ausschließlich pflanzliche Ernährung hielt. Trotzdem zauberte er aus auf den ersten Blick unscheinbaren Zutaten wahre Meisterwerke für Zunge und Gaumen. Die Meinung des Kochs oder gar Sandras Einstellung waren indes unwichtig. Der Gast war König.

Sandra wollte gerade in die Küche gehen, um Monsieur Peintré nochmals darauf hinzuweisen, dass er streng darauf achten musste, bei der Zubereitung der Soßen auf alle tierischen Produkte zu verzichten, als ein großer, athletisch gebauter Mann die Halle betrat. Es war keiner der Gäste, trotzdem hatte Sandra das Gefühl, ihn schon einmal gesehen zu haben, konnte sich aber nicht erinnern, wann und zu welcher Gelegenheit. Sein volles, dunkelbraunes Haar war an den Schläfen ergraut, er hatte ein gutgeschnittenes Gesicht, die leicht gebogene Nase erhöhte seine Attraktivität noch.

»Ms Flemming?« Fragend sah er Sandra an. Sie nickte, und er lächelte. »Ich möchte gern Eliza sprechen. Eliza Dexter, wenn es keine Umstände macht.«

»Es tut mir leid, Ms Dexter ist nicht im Haus.«

»Wie schade.« Bedauernd schüttelte er den Kopf. »Ich werde auf sie warten und in der Zwischenzeit einen Tee trinken, wenn es Ihnen recht ist. Bei diesem Wetter tut eine heiße Tasse Earl Grey gut. Wegen des Sturms musste die Tamar Bridge für den Autoverkehr gesperrt werden. Auf der Umleitungsstrecke über Gunnislake staut sich der Verkehr massiv.«

»Es tut mir leid, Ms Dexter wird heute nicht wieder ins Haus kommen«, wiederholte Sandra, zunehmend ungeduldiger, denn sie musste mit dem Koch sprechen, bevor er den Lunch zubereitete, und im Büro lagen noch hundert andere Dinge, die es zu erledigen galt. Aus den Worten des Mannes schloss sie, dass er nicht aus Cornwall kam, was Sandra im Moment wenig interessierte.

»Sie hat doch ein Zimmer in diesem Hotel?«, fragte der Besucher erstaunt. »Das hat Eliza mir jedenfalls gesagt, als wir noch miteinander sprachen. Ach, ich habe mich gar nicht vorgestellt, verzeihen Sie, Ms Flemming. Mein Name ist Henry Dexter.«

»Der Bruder von Eliza!«

Nun wusste Sandra wieder, warum der Mann ihr bekannt vorkam. Im letzten Jahr, kurz nachdem sie nach Cornwall gekommen war, hatte sie ihn und Eliza zusammen gesehen. Damals hatte Sandra gedacht, es handle sich um den Liebhaber ihrer Mitarbeiterin. Jetzt, aus der Nähe, erkannte Sandra eine gewisse Ähnlichkeit mit Eliza. Die Geschwister hatten beide hellgraue Augen, und auch Elizas Nase war gebogen.

»Henry und Eliza – das war eine Laune unserer Mutter.« Er lächelte charmant. Als er bemerkte, dass Sandra seinen Worten nicht folgen konnte, fügte er erklärend hinzu: »Als meine Mutter mit mir schwanger war, sah sie sich die Musicalverfilmung von My Fair Lady im Kino an. Sie gefiel ihr so gut, dass sie beschloss, das Kind, wenn es ein Junge wird, nach Henry Higgins zu benennen. Als meine Schwester vier Jahre später das Licht der Welt erblickte, erhielt sie passenderweise den Namen Eliza.«

»Sehr interessant.« Erneut behielt Sandra ihr freundliches Lächeln. »Wie gesagt, Eliza befindet sich derzeit nicht in Higher Barton, Mr Dexter.«

»Ich bin extra aus Lymington gekommen, um mit meiner Schwester zu sprechen. Das liegt in der Grafschaft Hampshire, direkt am Solent, gegenüber der Isle of Wight, und ich ...«

»Verzeihen Sie bitte, Mr Dexter«, fiel Sandra in seine Ausführungen, »ich möchte nicht unhöflich sein, es wartet eine Menge Arbeit auf mich. Gerade jetzt, da Ihre Schwester Urlaub genommen hat.«

»Wann kommt Eliza zurück?«

»Nicht mehr in diesem Jahr«, antwortete Sandra. »Eliza hat ihren gesamten Jahresurlaub genommen, der ihr zusteht und von dem sie bisher nur wenige Tage verbraucht hat.«

»Eliza hat was?«, rief er erstaunt. »Meiner Erfahrung nach wird in der Gastronomie so kurz vor und über Weihnachten jede Hand gebraucht, es wundert mich, dass Sie Eliza ausgerechnet jetzt Urlaub genehmigt haben, Ms Flemming.«

Das habe ich keineswegs, dachte Sandra, laut sagte sie: »Es handelt sich um einen Notfall, Mr Dexter. Eliza musste zu Ihrer kranken Tante reisen, um sie zu pflegen.«

Auf seiner Stirn bildeten sich tiefe Falten, seine Augen weiteten sich erstaunt. »Was für eine Tante? Wohin ist Eliza gefahren?«

»Nach Cardiff.«

»Cardiff? Wir haben keine Tante in Cardiff, wir haben überhaupt keine Tante, weder in Wales noch sonst wo in Großbritannien.«

Das Telefon klingelte. Sandra zuckte mit den Schultern, sagte: »Bitte, entschuldigen Sie mich einen Moment«, und nahm das Gespräch entgegen. Es war eine Frau, die morgen aus Norwich anreisen wollte und sich nach dem aktuellen Wetter in Cornwall erkundigte. Während Sandra geduldig Auskunft gab, sah sie, wie Henry Dexter beim vorbeigehenden Lucas einen Tee bestellte. Innerlich seufzte sie erneut. Das Hotel war ein öffentliches Gebäude, sie konnte niemandem verbieten, hier Tee zu trinken, wenngleich es ihr unter den Nägeln brannte, mit der Arbeit fortzufahren. Die Bemerkung, die Dexters hätten keine Tante, nahm Sandra nicht ernst. Zwischen Eliza und ihrem Bruder bestand seit nahezu zwei Jahren kaum noch Kontakt. Von Eliza wusste sie, dass Henry Dexter eine erfolgreiche Werbeagentur in Lymington führte, vor einigen Monaten aber eine fast zwanzig Jahre jüngere Frau geheiratet hatte, die – Elizas Überzeugung nach – auf sein Geld aus war. Das hatte zum Bruch zwischen den Geschwistern geführt. Die Einladung zur Hochzeit hatte Eliza zerrissen, in den Papierkorb geworfen und gemeint, sie wolle nie wieder ein Wort mit ihrem Bruder sprechen. Das waren private Angelegenheiten, die sie, Sandra, nichts angingen.

Nachdem Sandra das Telefonat beendet hatte – Henry Dexter war inzwischen der Tee serviert worden, und er hatte in einem der Sessel Platz genommen – trat sie zu ihm. Die gemütliche Sitzgruppe befand sich vor dem mächtigen Kamin, der so hoch war, dass ein erwachsener Mann darin stehen konnte. Das Feuer wurde immer am Nachmittag zur Tea Time angezündet.

»Eliza sagte wirklich, sie wolle eine Tante betreuen?«, hakte er nach. »»Unser Vater kannte seine Eltern nicht und wuchs in Heimen auf, und der ältere Bruder unserer Mutter ist vor zehn Jahren gestorben. Er lebte in Penzance, war nie verheiratet und hat keine Nachkommen. Es muss ein Missverständnis vorliegen.«

»Vielleicht handelt es sich bei der Dame um eine Frau, die nicht direkt mit Ihnen verwandt ist«, sagte Sandra, nach einer plausiblen Erklärung suchend. »Eliza könnte eine Dame kennengelernt haben, die sie als Tante bezeichnet. Das kommt häufiger vor.«

»Ausgerechnet in Cardiff?« Er schüttelte den Kopf. »Wenn dem so wäre, dann müsste Eliza den Kontakt gepflegt haben,

Sie sagten gerade selbst, dass meine Schwester in diesem Jahr keinen Urlaub genommen hat.«

»Bis auf ein paar Tage im April«, stimmte Sandra zu. »Da war Eliza in London, Einkäufe erledigen, und da sie mir auf meinen Wunsch hin etwas von Harrods mitgebracht hat, gibt es keinen Grund, an dieser Reise zu zweifeln. Außerdem würde Eliza mich nicht belügen.«

»Das mit der Tante in Cardiff glaube ich nicht.« Nachdenklich rieb sich Henry Dexter sein glattrasiertes, männlich markantes Kinn, dann sagte er ruhig: »Ms Flemming, ich vermute, Sie sind über das angespannte Verhältnis zwischen Eliza und mir informiert. Heute bin ich nach Cornwall gekommen, um mich mit meiner Schwester auszusprechen. Es ist bald Weihnachten, das Fest der Liebe und auch der Versöhnung. Eliza reagiert weder auf meine Briefe noch auf E-Mails, und wenn ich versuche, sie anzurufen, drückt sie mich weg. Ich werde Eliza nicht zu überzeugen versuchen, meine Frau, mit der ich übrigens sehr glücklich bin, zu mögen, meine Schwester und ich sind aber die Letzten der Familie Dexter. Ich möchte unseren Zwist beenden.«

Peinlich berührt erwiderte Sandra: »Mr Dexter, Ihre privaten Angelegenheiten gehen mich nichts an. Ich gebe zu, ich war selbst überrascht, dass Eliza mich, uns alle hier, ausgerechnet jetzt allein lässt, obwohl in wenigen Tagen das Haus voll belegt sein wird. Gleichzeitig weiß ich, sie wäre nie gefahren, wenn es nicht wirklich dringend gewesen wäre.«

»Was hat Eliza über unsere angebliche Tante noch gesagt?«

»Einen Moment bitte, Mr Dexter.«

Sandra eilte an ihren Schreibtisch im Büro und blätterte durch einen Stapel Papiere, die sie zum Schreddern beiseitegelegt hatte. Glücklicherweise fand sie das Blatt, das Eliza hinterlassen hatte, kehrte zu Mr Dexter zurück und reichte es ihm mit den Worten: »Diese Nachricht fand ich am Sonntagvormittag. Am Abend zuvor sah ich Eliza das letzte Mal, da erwähnte sie nichts von Urlaub. Ich vermute, sie erhielt am späten Abend die Nachricht von ihrer Tante und musste sofort abreisen.«

»Ohne mit Ihnen zu sprechen, Ms Flemming?«

»Am Samstagabend war ich nicht im Hotel und kam erst sehr spät zurück.« Und außerdem hätte ich in dieser Nacht auf keinen Fall von jemandem gestört werden wollen, fügte sie in Gedanken hinzu.

Er las die wenigen Zeilen, die Falte über seiner Nase vertiefte sich.

»Das ist eindeutig die Handschrift meiner Schwester«, sagte er schließlich. »Dennoch erscheint mir die Sache merkwürdig. Meine kleine Schwester war immer die Zuverlässigkeit in Person, schon als Kind. Stets korrekt und genau, meiner Ansicht nach zu akribisch, während ich mich eher treiben ließ und das Leben genoss. Eliza hatte immer feste Ziele, die sie unter allen Umständen erreichen wollte, nicht mit Ellenbogengewalt, sondern mit unermüdlicher Arbeit.«

Besser hätte Sandra ihre Mitarbeiterin nicht beschreiben können. Lächelnd sagte sie: »Ich bin sicher, Eliza hat einen triftigen Grund für ihr Verhalten. Sie wusste, dass ich mit diesem Urlaub nicht einverstanden sein würde, daher hinterließ sie nur diese Nachricht.«

»Haben Sie Eliza angerufen?«

Sandra nickte. »Ich habe ihr auch eine Textnachricht geschickt und sie gebeten, sich bei mir zu melden. Ihr Telefon ist ständig abgeschaltet. Auch das ist Elizas gutes Recht.

Kein Angestellter muss im Urlaub für seinen Chef erreichbar sein.«

Henry Dexter trank den letzten Schluck Tee aus, dann stand er auf und sah Sandra an. Er war so groß, dass Sandra ihren Kopf in den Nacken legen musste, um seinem ernsten und besorgten Blick zu begegnen. Bedächtig sagte er: »In allen Punkten stimme ich Ihnen zu, Ms Flemming, Sie werden aber verstehen, dass ich mir Sorgen um meine Schwester mache.«

»Dazu besteht sicherlich kein Grund«, erwiderte Sandra rasch und lächelte etwas verkrampft. »Für ihr Verhalten wird Eliza einen plausiblen Grund haben und diesen erklären, wenn sie zurückkommt.«

Henry Dexter beruhigten Sandras Worte keineswegs, das las sie von seinem Gesichtsausdruck ab. Er griff in die Innentasche seiner Jacke, nahm ein flaches, silbernes Etui heraus, holte aus diesem eine Visitenkarte und reichte sie Sandra.

»Ich werde jetzt wieder nach Hause fahren. Wenn Sie eine Nachricht von Eliza erhalten, informieren Sie mich bitte, Ms Flemming, oder bitten Sie zumindest meine Schwester, mich zu kontaktieren.«

Sandra versprach es.

Als Henry Dexter die Hotelhalle verlassen wollte, trat er einen Schritt zurück, um Major Collins hereinzulassen. Der alte Herr kehrte von seinem obligatorischen Vormittagsspaziergang zurück. Die beiden Männer nickten sich kurz zu. Henry Dexter entschwand Sandras Blicken, und der Major bemerkte: »Ist das heute wieder ein scheußliches Wetter! Was serviert unser guter Monsieur denn zum Lunch? Die frische Luft hat mich hungrig gemacht.«

»Monsieur Peintré empfiehlt einen Cornischen Garlic Yarg,

in der Pfanne angebraten, auf einer cremigen Unterlage von winterlichen Kohlsorten.«

Sandra konnte sehen, wie dem Major das Wasser im Mund zusammenlief.

»Das klingt äußerst köstlich. Ich mache mich frisch und kleide mich um, in zwanzig Minuten werde ich im Restaurant sein. Wenn Sie so freundlich wären, Monsieur meine Bestellung zu übermitteln, Ms Flemming?«

Sandra nickte dem Major freundlich zu und ging zu den Wirtschaftsräumen. Über das Büfett für den kommenden Montagabend konnte sie mit dem Koch jetzt nicht mehr sprechen. Wenn Monsieur Peintré am Herd stand, wollte er nicht gestört werden und hörte dann auch niemandem zu. Lediglich Rosa gab er knappe, meist barsche Anweisungen, was sie zu tun hatte. Längst akzeptierte Sandra dieses oft recht exzentrische Verhalten des Kochs, denn die Kreationen, die er auf die Teller zauberte, wogen dies wieder auf. *Cornish Yarg*, ein beliebter lokaler halbfester Schnittkäse aus pasteurisierter Kuhmilch, umwickelt mit Bärlauchblättern, gebraten und serviert auf einem Bett von warmem Kohlgemüse, war eine gewagte Kombination von Peintré, die bei den Gästen hervorragend ankam und gut in diese Jahreszeit passte.

In der Küche arbeiteten Monsieur Peintré und Rosa Piotrowski Hand in Hand, sie waren ein eingespieltes Team.

»Major Collins bittet um den Cornish Yarg zum Lunch, er wird in zwanzig Minuten im Speisesaal sein«, sagte Sandra.

Vom Koch kam nur ein Schnauben, daran war Sandra gewöhnt, dass Rosa lediglich »Ist gut, Ms Flemming«, sagte, dabei den Kopf gesenkt hielt und Sandra nicht ansah, war auffällig. Überhaupt herrschte in der Küche eine angespannte Atmosphäre. Rosas sonst immer leicht gerötete Wangen waren blass, ihre Stirn in Falten. Wahrscheinlich haben Rosa und der Monsieur mal wieder eine Meinungsverschiedenheit, dachte Sandra. Da der Koch Frauen ohne Ausnahme absprach, erlesen kochen zu können, kam es regelmäßig zu Unstimmigkeiten. Nicht nur zwischen ihm und Rosa, sondern auch mit Sandra und Eliza. Es hatte einige Zeit gedauert, bis Edouard Peintré akzeptiert hatte, dass er seine Kreationen mit Sandra und Eliza absprechen musste. Üblicherweise reagierte gerade Rosa auf seine spitzen Bemerkungen mit Humor, nahm Peintré ihrerseits auf die Schippe und steckte überhaupt vieles mit einem Lachen weg. Heute wirkte die Küchenhilfe bedrückt. Sandra hoffte, dass es zwischen ihr und David, dem Barkeeper, zu keinem Zerwürfnis gekommen war. Sie vermutete, dass zwischen den beiden mehr als nur Kollegialität herrschte. Grundsätzlich mischte sich Sandra in die Privatangelegenheiten ihrer Angestellten nicht ein, solange die Arbeit nicht darunter litt. Aus eigener leidvoller Erfahrung wusste sie, wie es war, wenn eine Liaison mit einem Kollegen zu Ende ging. Rosa war eine erwachsene Frau von fast dreißig Jahren, sie musste wissen, was sie tat.

»Monsieur Peintré, wären Sie bitte so freundlich, nach dem Lunch in mein Büro zu kommen, um das Büfett für den Heiligen Abend nochmals durchzugehen?«, bat Sandra freundlich.

Unwillig runzelte er die Stirn und blaffte: »Das wollten wir vor schon vor dem Mittagessen besprechen, Ms Flemming. Nach dem Lunch pflege ich eine Stunde zu ruhen, das ist mein gutes Recht.«

Sandra seufzte verhalten, erwiderte aber gleichbleibend ruhig: »Es tut mir leid, Monsieur, die Arbeit ließ mir am

Vormittag keine Zeit. Wir benötigen höchstens eine halbe Stunde, danach können Sie selbstverständlich Ihre Pause machen.«

»Warum darf Ms Dexter ausgerechnet jetzt Urlaub nehmen?«, erwiderte der Koch. »In ein paar Tagen wird hier alles drunter und drüber gehen.«

»Wir werden es bewältigen.« Sandra sah zu Rosa. Solche Situationen kommentierte sie in der Regel mit einem lockeren Spruch oder einem Scherz, jetzt jedoch zerkleinerte sie so konzentriert die Champignons, als würde sie das Gespräch nicht mitverfolgen.

Sandra kehrte an ihren Schreibtisch zurück. Normalerweise aß sie jetzt auch ihren Lunch, heute hatte sie keinen Appetit. Henry Dexters Aussage, Eliza habe keine Tante, beschäftigte sie mehr, als sie Elizas Bruder gegenüber eingestanden hatte. Sollte Eliza sie belogen und dafür nicht wirklich triftige Gründe haben, war das ein großer Vertrauensbruch. Ausgerechnet jetzt, nachdem Sandra Eliza zur Managerin ernannt hatte. Dass Eliza konsequent ihr Handy ausgeschaltet hatte und auf keine Nachricht reagierte, konnte Sandra nicht aus ihren Gedanken verdrängen. Gleichgültig, wie krank die ominöse Tante war, selbst, wenn sie mit dem Tode rang: Zeit, ein paar Worte zu schreiben, fand sich immer.

Eine Stunde später trat Monsieur Peintré, zögerlich gefolgt von Rosa, zu Sandra ins Büro. Sandra wunderte sich, dass der Koch seine Hilfe mitbrachte, und spürte instinktiv, dass etwas geschehen sein musste, was nichts mit dem Weihnachtsbüfett zu tun hatte. Rosa wirkte immer noch bedrückt, während Edouard Peintré vor verhaltenem Zorn bebte und sofort herausplatzte: »Ms Flemming, wir haben einen Dieb im Hotel!«

»Wie bitte?«

Peintré nickte grimmig. »Genaugenommen haben wir den Dieb in der Küche. Seit ein paar Tagen fehlen jeden Morgen Lebensmittel.«

Erleichtert atmete Sandra auf. »Das kommt immer mal vor, Monsieur. Man vergisst schon mal, Entnahmen zu notieren.«

»Ich vergesse nie etwas!«, rief Peintré entrüstet. »Zuerst dachte ich an einen Irrtum, schließlich möchte ich niemanden zu Unrecht verdächtigen und suchte den Fehler erst bei mir selbst. Heute Morgen allerdings fehlte eine ganze Pie, die von gestern Abend übrig war und im Kühlraum stand.«

»Es stimmt, was Monsieur Peintré sagt.« Rosa trat einen Schritt vor und sah Sandra ernst an. »Am Sonntag, als ein paar Äpfel, zwei Bananen, eine Flasche Milch und ein halbes Toastbrot fehlten, dachte auch ich, wir hätten es übersehen oder jemand vom Personal hätte vergessen, es zu notieren. Gestern Morgen fehlten dann drei Flaschen Mineralwasser, erneut ein Laib Brot, Käse, Schinken und heute eben die Pie. Es ist unwahrscheinlich, dass sich jemand über Tage hinweg aus der Küche bedient, ohne es in das Buch einzutragen.«

»Rosa und ich haben unsere fünf Sinne nämlich sehr gut beisammen!«, bekräftigte Monsieur Peintré ungehalten. »Ein Irrtum oder gar Fehler ist ausgeschlossen! Jemand bedient sich vorsätzlich aus meiner Küche! Ich sehe das als persönlichen Angriff auf meine Autorität!«

»Bitte, beruhigen Sie sich, Monsieur Peintré«, sagte Sandra gelassen. »Ich werde mit Lucas und David sprechen und sie fragen, ob sie etwas bemerkt haben. Harry und Eliza scheiden aus, und ich habe immer alles notiert, was ich Ihren Vorräten entnommen habe.«

Das Personal konnte sich auch außerhalb der Pausenzeiten aus der Küche zu essen und trinken holen. Berechnet wurde den Angestellten dafür zwar nichts, jeder musste die Entnahmen aber in eine entsprechende Kladde eintragen. Sandra und Monsieur Peintré hatten so den Überblick über den Verbrauch. Natürlich konnte es vorkommen, dass mal eine Flasche Wasser oder ein Stück Brot vergessen wurden, in dieser Menge und Häufigkeit war es zugegebenermaßen seltsam.

»Na ja, als Chefin müssen Sie das, was Sie sich holen, nicht aufschreiben, Ms Flemming«, sagte Rosa mit der Andeutung eines Lächelns.

»Ich schließe mich von den allgemeinen Gepflogenheiten nicht aus«, erwiderte Sandra.

»Ich glaube nicht, dass es Lucas oder David waren«, sagte Edouard Peintré. »Sie sind immer korrekt.«

»Dann müsste jemand von den Gästen in die Küche gehen«, stellte Sandra fest. »Seit wann fehlen die Lebensmittel?«

»Zum ersten Mal bemerkte ich es am vergangenen Sonntagmorgen.«

»Seitdem haben wir nur fünf Gäste im Haus«, sagte Sandra. »Major Collins können wir wohl ausschließen, und warum sollten die anderen etwas aus der Küche entwenden?«

»Mit Verlaub, Ms Flemming«, warf Rosa ein, »die Sachen verschwinden in der Nacht, dann ist die Küche abgeschlossen. Das mache ich immer, wenn ich alles aufgeräumt, geputzt und das Licht gelöscht habe.«

»Dann wirst du es eben vergessen haben«, knurrte Peintré.

»Wie sonst sollte jemand an unsere Kühlschränke gelangen?«

»Bei allem Respekt, Monsieur, ich bin mir sicher, auch in den letzten Tagen die Küchentür sorgfältig abgeschlossen zu haben.«

»Es handelt sich um ein altes, einfaches Schloss«, sprang Sandra für die Küchenhilfe in die Bresche. »Wer es darauf anlegt, kann die Tür leicht mit einem Dietrich öffnen.«

»Dann bringen Sie ein Schloss mit einem Sicherheitszylinder an«, knurrte der Koch.

Sandra ging auf den Vorschlag nicht ein und fragte stattdessen: »Was ist mit dem Hinterausgang? Dieser ist ebenso verschlossen, nicht wahr?«

Am Ende des Ganges führte von den Wirtschaftsräumen eine Tür – der ehemalige Lieferanten- und Dienstboteneingang – in einen gepflasterten Innenhof mit einem inzwischen zugeschütteten und mit Blumen geschmückten Ziehbrunnen. Von diesem Hof führte eine weitere Tür in die rückwärtigen Gärten. Diese Tür war schon lange nicht mehr benutzt worden und ständig verschlossen, selbst Sandra hatte sie noch nie geöffnet.

»Auch die Hintertür schließe ich am Abend ab«, sagte Rosa. »Selbst wenn nicht – es müsste schon jemand über die rund drei Meter hohe Mauer klettern, um in den Innenhof zu gelangen, dann müsste er mit dem Diebesgut auf demselben Weg wieder zurück. Das ist doch sehr umständlich. Ich halte es für ausgeschlossen, dass der Eindringling über diesen Weg ins Hotel kommt.«

»Ich bin Ihrer Meinung, Rosa.«

Sandra ließ es sich nicht anmerken, aber sie war überzeugt, dass sich der Koch irrte. In der Hektik der vergangenen Tage konnte es leicht geschehen, den Überblick zu verlieren. Sie stand auf. »Wir sehen uns die Räumlichkeiten an, Monsieur Peintré. Rosa, übernehmen Sie bitte das Telefon und die Rezeption.«

Mit dem Koch ging Sandra durch die Küchenräume und inspizierte alle Türschlösser. An keinem fand sie Spuren eines eventuellen Einbruches. Wie von Sandra vermutet, ließ sich die Tür zwischen dem Innenhof und dem Garten nicht öffnen. Sandra wusste nicht einmal, wo sich der passende Schlüssel befand. Und wenn sie diesen hätte: Das alte Schloss war völlig verrostet. Durch diese Tür war seit Jahren niemand mehr gegangen.

»Sie sagen, die Lebensmittel fehlen immer am Morgen«, sagte Sandra zu Edouard Peintré. »Angenommen, es handelt sich tatsächlich um einen Langfinger, können wir somit ausschließen, dass er sich tagsüber in der Küche bedient. Vielleicht, wenn Sie Ihre nachmittägliche Ruhepause einlegen, Monsieur?«

»Ausgeschlossen!«, antwortete Peintré im Brustton der Überzeugung. »Wenn ich mich auf mein Zimmer zurückziehe, hält sich Rosa in den Wirtschaftsräumen auf, um das Geschirr vom Lunch zu spülen und die Küche zu putzen. Zudem muss jeder, der in die Küche will, an der Rezeption vorbei. In den letzten Tagen jedoch ...« Vielsagend zog er eine Augenbraue hoch.

Sandra wusste, was Peintré andeutete. Seit Eliza fehlte, konnte sie, Sandra, unmöglich von früh bis spät ohne Unterbrechung an der Rezeption sein. Auch sie hatte menschliche Bedürfnisse. Es war indes unwahrscheinlich, dass ein Gast just auf diesen Moment wartete, sich in die Küche schlich und das Risiko einging, beim Klauen ertappt zu werden.

»Behalten Sie die Sache im Auge, Monsieur Peintré.« Sandra kehrte ins Haus zurück. »Listen Sie genau alle Naturalien und Getränke auf, und abends kontrollieren Sie persönlich, ob die Räume korrekt abgeschlossen sind.«

»Sie sollten diesen Detective Chief Inspector informieren.«

»Christopher?« Sandra zuckte kaum merklich zusammen und sagte schnell: »Der DCI steckt bis über beide Ohren in Arbeit, ein wichtiger Fall, wie Sie wissen, Monsieur. Mit einer solchen Lappalie möchte ich ihn nicht behelligen.«

»Lappalie?«, wiederholte Peintré gedehnt. »Ich halte es keineswegs für eine Lappalie, wenn man mich bestiehlt. Was, wenn es sich um den Versuch handelt, meine Arbeit zu sabotieren? Mich fertigzumachen? Neider, die meine Genialität untergraben wollen, gibt es überall.«

Schnell drehte Sandra den Kopf zur Seite, damit der Koch ihr Lächeln nicht sah. Da Peintré in früheren Zeiten tatsächlich einmal böse mitgespielt und seine Karriere zerstört worden war, brachte sie für seinen Verdacht Verständnis auf.

»Wir werden alle Möglichkeiten in Betracht ziehen, Monsieur Peintré«, sagte sie beruhigend. »Ziehen Sie sich jetzt zurück, Sie haben eine Pause verdient.«

Sandra suchte gleich nach Lucas, um ihn zu fragen, ob er etwas aus der Küche genommen und die entsprechende Eintragung in das Buch vergessen hatte. Der Kellner verneinte, und Sandra glaubte ihm. David, den Barkeeper, konnte sie erst am Abend befragen, wenn sein Dienst begann, glaubte aber nicht, dass er es war.

Auf dem Ende des Bleistiftes herumkauend, saß Sandra dann wieder am Schreibtisch und dachte an die Gäste, die sich derzeit im Hotel aufhielten. Wie sie bereits Peintré und Rosa gesagt hatte, schloss sie Major Collins aus. Seine monatliche Miete beinhaltete Vollpension, einschließlich dem täglichen Afternoon-Tee, und jeweils zum Lunch und Dinner Wein oder Bier. Lediglich stärkere alkoholische Getränke, wie Whisky, Brandy oder Gin, musste er separat begleichen.

Dann war da das Ehepaar mittleren Alters aus Deutschland. Deren Nachname Heinzelmann bereitete Sandra Schwierigkeiten bei der Aussprache, das Paar hingegen sprach sehr gut Englisch, und es war nicht ihr erster Aufenthalt in Cornwall. Sie reisten für zwei Wochen durch den Südwesten und wollten am Samstag wieder nach Deutschland zurückkehren, um Weihnachten zu Hause zu feiern. Die Heinzelmanns waren freundlich und aufgeschlossen, aßen jeden Abend im Hotelrestaurant und geizten nicht mit Trinkgeldern. Für Sandra war es unvorstellbar, dass sich das Paar in die Küche schlich, um Essen zu stehlen. Den anderen zwei Gästen – Mutter und Tochter aus Essex – traute sie es ebenso wenig zu. Mrs Buttons war über achtzig, die Tochter vielleicht zwanzig Jahre jünger, und beide waren sie keine großen Esser. Sie besuchten Verwandte in Lower Barton. Laut Aussage von Ms Buttons lebten diese räumlich beschränkt, deswegen logierten sie im Romantic Hotel, verbrachten den ganzen Tag bei den Verwandten und aßen, mit Ausnahme des Frühstücks, nicht in Higher Barton. Diebe von außerhalb konnten nahezu vollständig ausgeschlossen werden. Laut Monsieur Peintrés Feststellung verschwanden die Lebensmittel in den Nächten. Nicht nur die Küche, alle Eingänge ins Hotel waren ab zehn Uhr abends abgeschlossen. Man konnte das Haus jederzeit verlassen. Gäste, die später zurückkehrten, erhielten Zugang, indem sie ihre Zimmerkarte durch das Lesegerät neben der Eingangstür zogen. Das Gerät war auf dem neuesten Stand der Technik, nur schwer und mit entsprechender Fachkenntnis zu manipulieren und wurde regelmäßig gewartet. Wer sollte sich solche Mühe machen, um ein paar Lebensmittel zu stehlen? Jedes Geschäft in Lower Barton war weniger gut gesichert. Sah sich jemand aus Hunger dazu gezwungen, würde er in der Metzgerei von Mrs Roberts ein wesentlich leichteres Spiel haben.

Einen Lichtblick gab es für Sandra, als Ann-Kathrin anrief und ihr mitteilte, Alan werde voraussichtlich am Samstag aus dem Krankenhaus entlassen. »Am liebsten würde er auf der Stelle gehen«, sagte die Freundin, »muss aber einsehen, dass er noch wacklig auf den Beinen ist. Auf jeden Fall werden wir Weihnachten zusammen zu Hause feiern können.«

»Das freut mich, das freut mich wirklich sehr für euch«, erwiderte Sandra aufrichtig. »Wie geht es dir, Ann-Kathrin? Alles in Ordnung?«

Sie hörte die Freundin lachen. »Alles bestens, Sandra. Ich komme gerade vom Arzt, er hat das erste Ultraschallbild gemacht. Ich habe es in meiner Tasche verwahrt und werde es Alan am Weihnachtstag präsentieren.«

»Weißt du schon, ob es ein Mädchen oder ein Junge wird?«

»Dafür ist es noch zu früh«, erklärte Ann-Kathrin. »Das ist uns auch völlig egal. Ich hoffe, es wird nicht unser einziges Kind bleiben.«

»Alans Gesicht, wenn er erfährt, dass er Vater wird, möchte ich zu gern sehen.«

»Dann iss mit uns oder besuch uns zumindest zum Tee am Nachmittag«, schlug Ann-Kathrin vor.

»Das geht leider nicht.«

»Natürlich, ich vergaß die Feierlichkeiten im Hotel.« Sandra hörte die Freundin seufzen. »Wir holen das nach, wenn der größte Trubel vorbei ist.« Sie zögerte, dann fragte sie vorsichtig: »Ist sonst alles in Ordnung, Sandra?«

Sandra wurde es warm, da die Freundin durch die Leitung hindurch spürte, dass auf Sandras Gemüt eine Last lag.

»Eliza ist weg.«

»Wie bitte?«

»Eliza hat ihren Jahresurlaub genommen, um eine kranke Verwandte in Wales zu pflegen«, erklärte Sandra. »Gestern war Elizas Bruder in Higher Barton und behauptete, sie hätten gar keine Tante.«

»Das ist seltsam«, stimmte Ann-Kathrin zu, »soviel ich weiß, bestand zwischen Eliza und ihrem Bruder länger kein Kontakt.

Sandra erzählte der Freundin von ihrer Vermutung, dass es sich bei der Tante um keine Blutsverwandte handelte, und fügte mit einem Grinsen an: »Tja, und dass einer der Kellner mit einem Knöchelbruch im Krankenhaus liegt, trägt auch nicht dazu bei, meine Stimmung zu heben.«

»Ach herrje!« Ann-Kathrin seufzte. »Da bist du erst ein paar Tage Eigentümerin des Hotels, wolltest einen Gang zurückschalten und dann solche Widrigkeiten. Kann ich dir irgendwie helfen, Sandra?«

»Das ist sehr lieb, Ann-Kathrin, es gibt derzeit nichts, das du tun könntest. Außerdem musst du dich schonen, und wenn Alan wieder zu Hause ist, wird er dich nicht entbehren wollen.«

»Ich bin schwanger, Sandra, nicht krank«, erinnerte Ann-Kathrin sie. »Du hast recht: Alan ist noch schwach, ich möchte ihn nicht allein lassen.«

Sandra musste das Gespräch beenden, da das deutsche Ehepaar von einem Ausflug zurückkehrte und Sandra um Auskunft über einen Folkloreabend am kommenden Samstag in Lower Barton bat.

SIEBEN

Vollkommen erschöpft fiel Sandra gegen Mitternacht ins Bett, schlief tief und traumlos und fühlte sich am nächsten Morgen voller Tatendrang. Heute sah die Welt schon wieder anders aus, für alles gab es Lösungen. Sandra ging Herausforderungen nicht aus dem Weg, sie stellte sich ihnen. In ihrem Leben hatte sie schon vieles vollbracht, da würden sie die nächsten anstrengenden Tage nicht aus der Fassung bringen. Sie freute sich auf die morgige Ankunft ihrer Eltern und wollte sich Zeit nehmen, sich um sie zu kümmern.

Im Pyjama trank Sandra eine Tasse Kaffee, duschte dann schnell, band ihre Haare zu einem Pferdeschwanz, schminkte sich dezent und zog einen hellgrauen Hosenanzug und eine bunt gemusterte Bluse an. Ein leichtes Frühstück aß sie immer erst im Hotel. Sie hatte das Radio eingeschaltet, aber kaum zugehört, als plötzlich der Name Nicolas Lambourne fiel. Sie stellte den Sender lauter.

»Die Polizei scheint noch keine Spur von dem gefährlichen Doppelmörder zu haben«, sagte eine sympathische Frauenstimme, »oder sie geben gegenüber der Presse aus ermittlungstaktischen Gründen nichts preis. Nach dem Mord an dem ehrenwerten Richter Edward Audley und dem Anschlag auf den bekannten Anwalt Alan Trengove lebt Cornwall in Angst und Schrecken, denn der Verbrecher könnte sich durchaus noch in unserem Landstrich aufhalten. Bleibt zu hoffen, dass er das Land inzwischen verlassen hat, was derzeit noch relativ einfach möglich ist. Nach dem Brexit werden Reisen auf das Festland hoffentlich deutlich erschwert, an den Grenzen sind intensive Kontrollen zu erwarten. Gerade bei der Verfolgung von Straftätern bieten strengere Grenzkontrollen deutlich mehr Sicherheit für die britische Bevölkerung ...«

Sandra runzelte die Stirn. Natürlich beschäftigte der anstehende Brexit mit seinen völlig ungeklärten Bedingungen das ganze Land, dass aber eine Radiomoderatorin so offen aussprach, dass sie die Entscheidung, die EU zu verlassen, gut und richtig fand, hatte Sandra bisher noch nie gehört. Sandra hatte für *Stay* gestimmt, nicht nur, weil sie durch ihren Beruf eine sehr offene Beziehung zum Ausland hatte. Noch war rein gar nicht geklärt, wie es in gut drei Monaten in Großbritannien weitergehen sollte. Sandra vermutete, dass der Austritt das britische Pfund erneut schwächen würde. Ein Vorteil für Besucher vom Festland, deren Aufenthalt auf der britischen Insel günstiger wurde. Gleichzeitig schreckte die unsichere Lage Ausländer ab, eine Reise auf die Insel zu buchen. Wie dem Großteil der Bevölkerung blieb auch Sandra nichts anderes übrig, als abzuwarten.

Während sie die zweihundert Yards von ihrem Cottage zum Hotel ging, dachte sie daran, wie sie gestern Abend mit David gesprochen hatte. Sie hatte nicht direkt gesagt, dass Edouard Peintré vermutete, jemand stehle in seiner Küche, sondern nur gefragt, ob er vielleicht einen Eintrag in das Buch vergessen haben könnte. Auch David verneinte, räumte allerdings ein, dass es schon mal vorkam, dass er aus dem Sortiment der Bar ein Sodawasser nahm, ohne es zu notieren.

Sandra hatte abgewinkt. »Sie können so viel Wasser trinken, wie Sie möchten, David. Nur bei alkoholischen Getränken bitte ich um Zurückhaltung und eine exakte Auflistung.«

»Während meiner Arbeit trinke ich keinen Tropfen Alkohol«, entgegnete der Barkeeper überzeugend.

Sandra vertraute ihrem Personal. Als Chefin musste sie eine feste Hand haben, oft auch Anweisungen erteilen, die nicht jedem schmeckten, vorrangig sah sich Sandra aber als Kollegin und nicht als Vorgesetzte. Bisher konnten alle Kontroversen mit Kompromissbereitschaft und gegenseitigem Respekt einvernehmlich gelöst werden.

Sandra war noch keine fünf Minuten in ihrem Büro, als Monsieur Peintré zur Tür hereinstürmte. Ohne einen morgendlichen Gruß las er von seinem Zettel ab: »Ein halber Laib Weißbrot, zwei Eier, eine Packung Butter, ein Glas Orangenmarmelade, eine Flasche Milch, zwei Flaschen Mineralwasser, vier Äpfel, zwei Bananen und ein Becher Joghurt.«

»Ich verstehe das nicht.« Sandra seufzte verhalten. »Ich selbst habe gestern Abend alle Türen kontrolliert, sie waren fest verschlossen.

»Wären Sie so freundlich, einen Moment mitzukommen?«, bat Peintré. »Ich muss Ihnen etwas zeigen.« In der Küche deutete der Koch auf eine Wand, an einer Leiste hingen nebeneinander acht Pfannen in verschiedenen Größen und Formen. »Sehen Sie die dritte Pfanne von links, Ms Flemming?«

»Was ist mir ihr?« Sandra runzelte die Stirn.

»Sie hängt verkehrt herum«, sagte Peintré mit einem triumphierenden Unterton.

Nun sah es auch Sandra: Während sieben der Pfannen mit der Innenseite zur Wand aufgehängt waren, hing eine mit der Öffnung nach vorn.

»Was hat das zu bedeuten?«

Selbstsicher lächelte Peintré und erwiderte: »Rosa und ich hängen die Pfannen immer mit der Innenseite zur Wand, schon aus hygienischen Gründen, damit kein Staub hineingelangt. Ich vermute, letzte Nacht besaß der Dieb sogar die Kaltblütigkeit, eine Pfanne zu nehmen, zwei Eier zu braten und danach das Kochgeschirr und alles, was er für die Zubereitung benötigte, in aller Seelenruhe abzuspülen und aufzuräumen. Er hat nur den Fehler gemacht, die Pfanne verkehrtherum aufzuhängen.«

»Ein Irrtum ist ausgeschlossen, dass nicht doch Sie ...«

»Auf keinen Fall!«, rief Peintré energisch. »Ich finde, es ist an der Zeit, die Polizei einzuschalten. Die Sachen wurden eindeutig gestohlen, die Pfanne ist der Beweis! Heute sind es Lebensmittel, morgen vielleicht der Schmuck oder das Geld von Gästen, wer weiß, was noch kommt.«

Sandra konnte sich dieser Argumentation nicht verschließen. »Ich werde mit DCI Bourke sprechen«, erwiderte sie. »Behalten Sie und Rosa vorerst die Sache bedeckt, Monsieur.«

Peintré nickte und ging an seine Arbeit zurück. Sandra sah auf die Uhr, es war erst halb acht. Sie wusste, dass Christopher Bourke selten vor acht Uhr im Polizeirevier war, und zögerte, ihn unter seiner privaten Mobilfunknummer anzurufen. Seit ihrer gemeinsamen Nacht hatte sich zwischen ihnen etwas verändert, das Sandra im Moment noch nicht einschätzen konnte. So schrieb sie eine Textnachricht:

Guten Morgen, Christopher. Ich weiß, Du hast mit der Suche nach dem flüchtigen Mörder viel zu tun, auf Higher Barton haben wir aber ein kleines Problem. Nichts Schlimmes, wenn es Dir möglich ist, würde ich Dich gern sprechen. Einen schönen Tag und Grüße, Sandra.

Sofort, nachdem sie die Nachricht abgeschickt hatte, biss

sich Sandra auf die Unterlippe. Der Text war sehr neutral gehalten, als wären sie nur flüchtige Bekannte, sie hatte nicht einmal *xxx*, was so viel wie *Love & Kisses* bedeutete, hinzugefügt. In den letzten Jahren war unter den jungen Leuten diese Tradition ohnehin rückläufig, da sie ihre Gefühle mit Emojis ausdrückten. Während Sandra noch überlegte, eine zweite Nachricht an Christopher zu senden, kam auch schon seine Antwort:

Dir ebenfalls einen guten Morgen, und sorry, Sandra: Solange in Higher Barton nicht jemand umgebracht wird, muss ich mich um den aktuellen Mordfall an dem Richter und den Anschlag auf Alan kümmern. Hier geht es drunter und drüber, die Zentrale in Exeter verweigert uns einen weiteren Mitarbeiter, sie meinen, die Unterstützung aus Truro reiche aus. Wir holen alles nach, versprochen! Christopher 😮

Über das Emoji schmunzelnd legte Sandra das Handy beiseite. Sie hatte Verständnis, obwohl sie ein wenig enttäuscht war. Dass der Mörder endlich gefasst würde, besaß oberste Priorität. So richtig daran glauben, dass ein Dieb in der Hotelküche sein Unwesen trieb, wollte Sandra ohnehin nicht. Nach Harrys und Elizas Ausfällen konnte sie sich nicht auch noch mit einem eventuellen Diebstahl befassen.

Wie gut, dass sie bereits vor Wochen alle Weihnachtsgeschenke besorgt hatte, denn jetzt war es Sandra unmöglich, in die Stadt zu fahren. Das Personal erhielt eine Weihnachtszulage in Höhe eines Monatsgehaltes, und Sandra hatte für jeden zusätzlich noch eine Kleinigkeit gekauft. Kleine Geschenke erhielten die Freundschaft und förderten die Arbeitsmoral. Für Eliza hatte Sandra ein buntes Baumwollhalstuch erstanden, da ihre Mitarbeiterin oft gedeckte Nuancen trug, dabei wirkte sie durch Farbe viel attraktiver. Eliza würde ihr

Geschenk dann eben im nächsten Jahr erhalten, wenn sie aus dem Urlaub zurückkehrte.

Der Tag verlief ohne weitere Unannehmlichkeiten. Am Nachmittag rief Heather Flemming an, bestätigte erneut ihre Ankunftszeit am Flughafen von Newquay und wies Sandra eindringlich darauf hin, ja pünktlich zu sein. Sandra war viel zu entspannt, um gereizt zu reagieren, am Ende des Telefonats hauchte sie ihrer Mutter sogar einen Kuss durch die Leitung. Mit Rosa Piotrowski hatte sie bereits besprochen, dass sie die Rezeption übernehmen solle, damit Sandra ihre Eltern abholen konnte. Die Polin machte das wirklich gut. Sandra dachte daran, dass Rosa eine richtige Ausbildung im Hotelgewerbe machen sollte, um nicht für den Rest ihres Lebens als Spül- und Schnippelhilfe in der Küche arbeiten zu müssen.

Eine längere Pause machte Sandra heute nicht, ihren Lunch und am Nachmittag eine Tasse Kaffee und einen Scone mit gesalzener Butter aß sie am Schreibtisch. Zum Dinner waren nur Major Collins und das deutsche Ehepaar im Restaurant. Sandra setzte sich an den Tisch des Paares, und sie verplauderte eine angenehme Stunde mit den Deutschen, die schon so oft in Cornwall gewesen waren, dass sie sich in diesem Landstrich besser auskannten als Sandra.

»Wenn wir in Rente gehen, können wir uns vorstellen, in einem Cottage irgendwo am Meer zu leben«, erklärte Mrs Heinzelmann mit einem verklärten Blick. »Am liebsten in St Ives oder in Penzance. Bis dahin ist noch viel Zeit. Die derzeitigen Hauspreise sind für uns ohnehin unerschwinglich.«

»Nach dem Brexit wird alles schwieriger für uns Ausländer werden«, gab ihr Mann zu bedenken.

»Tja, dumme Sache, dieser Austritt, aber vielleicht überlegt es sich die May ja doch noch «, bemerkte Mrs Heinzelmann. »Ich finde, es sollte ein zweites Referendum durchgeführt werden.«

»Ich glaube nicht, dass es dazu kommt ...«

Sandra lächelte verhalten und behielt ihre Meinung zu diesem Thema für sich. Ein ungeschriebenes Gesetz im Gastronomiebetrieb war, Gästen gegenüber drei Themen nicht anzusprechen: Religion, sexuelle Ausrichtungen und Politik. In den letzten Monaten hatte Sandra mehrmals festgestellt, wie offen Ausländer ihren Unwillen über den Brexit kundtaten.

Eine Stunde vor Mitternacht schaltete Sandra den Rechner aus. Alles war ruhig, das im Haus wohnende Personal und die Gäste waren auf ihren Zimmern. Sandra kontrollierte, ob die Tür zu den Wirtschaftsräumen abgeschlossen war, löschte dann die Hauptbeleuchtung und schloss die Eingangstür hinter sich. Obwohl ein hektischer Tag hinter ihr lag, fühlte sich Sandra nicht müde. In ihrem Cottage in der Küche brühte sie sich einen Tee auf und ließ ihn fünf Minuten ziehen, damit er seine beruhigende Wirkung entfaltete. Als sie den Kühlschrank öffnete und nach der Milchflasche greifen wollte, fand sie keine vor.

»Ach je, ich habe die Milch heute Morgen ja ausgetrunken«, murmelte Sandra.

Tee trank sie auch ohne Milch, schwarzen Kaffee mochte sie jedoch nicht. Sie hatte jetzt zwei Möglichkeiten: Entweder morgen auf den Kaffee im Stehen zu verzichten und erst im Hotel eine Tasse zu trinken oder noch einmal ins Hotel zu gehen und sich eine neue Flasche zu holen. Möglichkeit eins schied für Sandra nahezu aus. Nach dem Aufstehen benötigte sie den Koffeinschub, bevor sie sich duschte und anzog. Das war sicher nur eine Angewohnheit, gehörte aber zu einem Ritual, von dem sie ungern abwich. Sie seufzte, schlüpfte in ihre Windjacke und ging hinaus. Es war eine ruhige, trockene Nacht. Der Wind rauschte in den mächtigen alten Rotbuchen und Eichen, die zum Teil schon mehrere hundert Jahre alt waren und auch im Winter ihr Laub nicht verloren. Irgendwo schrie ein Käuzchen, neben Sandra raschelte etwas im Gebüsch. Wahrscheinlich ein Dachs auf der Suche nach Nahrung oder ein Kaninchen, die im Park von Higher Barton zuhauf herumhoppelten. Sandra trat wieder in die Hotelhalle, schloss die Tür hinter sich und öffnete mit dem Schlüssel, der immer an ihrem Schlüsselbund hing, die Tür zu den Wirtschaftsräumen. Diese lehnte sie nur an. Sie machte kein Licht, die Notbeleuchtung reichte aus. Sie befand sich gerade im Korridor, an dessen Ende die Tür in den Innenhof führte, als sie ein Geräusch hinter sich hörte, im selben Moment warf das spärliche Licht einen übermannsgroßen Schatten vor ihr an die Wand. Der hob einen Arm, in der Hand schwang ein langer, großer Gegenstand. Im Bruchteil einer Sekunde schossen Sandra mehrere Gedanken durch den Kopf: Der Dieb! Er ist bewaffnet! Mist, Peintré hatte recht!

Sandra schrie auf, gleichzeitig rief eine männliche Stimme: »Hab' ich dich, du Schurke!« Helles Deckenlicht flammte auf. »Sie?«

Sandra, der vor Angst die Knie schlotterten, keuchte: »Monsieur Peintré! Was, um Himmels willen, tun Sie?«

Langsam ließ der Koch die rechte Hand sinken, in der er ein mindestens dreißig Zentimeter langes Hackbeil mit einer breiten Klinge hielt.

»Was machen *Sie* hier?«, blaffte er, nachdem er sich von seinem ersten Schrecken erholt hatte.

»Muss ich Sie daran erinnern, dass das hier *mein* Hotel ist?« Sandra konnte nicht freundlich sein, der Schreck über die unerwartete Begegnung saß ihr tief in den Knochen. »Ich wollte mir eine Flasche Milch holen, auf keinen Fall bin ich der Dieb, den Sie offenbar versuchen, auf eigene Faust zu stellen.«

»Sie müssen das verstehen, Ms Flemming ...«

»»Das muss und das werde ich nicht!«, schnitt Sandra ihm das Wort ab, aus ihren Augen sprühten Funken. »Sie schleichen mitten in der Nacht herum, eine scharfe Waffe in der Hand, mit der Sie jemanden schwer verletzen, wenn nicht sogar töten könnten! Was hätten Sie gemacht, wenn sie des angeblichen Diebs wirklich habhaft geworden wären, Monsieur? Ihn mit dem Beil zu Hackfleisch verarbeitet?«

»Natürlich nicht, Ms Flemming, vielleicht ist er auch bewaffnet, ich wollte nur sichergehen, mich verteidigen zu können.« Von seiner Handlungsweise war Edouard Peintré absolut überzeugt, räumte aber ein: »Es tut mir leid, ich konnte nicht wissen, dass Sie noch mal in die Küche kommen, nachdem Sie vorher nach Hause gegangen sind.«

»Patrouillierten Sie auch in den letzten Nächten?«

Peintré schüttelte den Kopf. »Das ist heute das erste Mal. Da die Polizei nichts unternimmt, musste ich etwas tun.«

»Und es ist das letzte Mal!«, sagte Sandra bestimmt. »Sie legen das Hackbeil jetzt dorthin zurück, wo es hingehört, dann gehen Sie in Ihr Zimmer und ins Bett, Monsieur Peintré. Selbst wenn sich jemand an unseren Lebensmitteln vergreift: Wir üben keine Selbstjustiz! Chief Inspector Bourke, Sergeant Greenbow und der ganze Polizeiapparat

Cornwalls sind auf der Suche nach einem Mann, der kaltblütig zwei Menschen erschossen hat. Den Mörder zu fassen, hat erste Priorität, das werden Sie verstehen, Monsieur. Wir werden die paar Sachen verschmerzen, auf keinen Fall darf sich jemand von uns in Gefahr begeben. Haben Sie das verstanden?«

Zur Unterstreichung ihrer Worte hatte Sandra die Hände in die Hüften gestemmt. Sie war ohnehin einen Kopf größer als der belgische Koch, der wie ein geprügelter Hund wirkte und wortlos nickte. Offenbar sah er ein, dass sein Vorgehen, den Dieb zu stellen, überzogen gewesen war. Peintré ging in die Küche, legte das Hackbeil in eine Schublade und wandte sich dann zur Tür.

»Es tut mir leid«, presste er zwischen schmalen Lippen hervor. »Von den anderen muss niemand davon erfahren, nicht wahr? Ich meine, auch Rosa nicht ...«

»Wenn Sie sich künftig nächtens der Küche fernhalten, bleibt die Sache unter uns, Monsieur Peintré.«

Er lächelte verkrampft. Sandra begleitete ihn zum Fuß der Treppe und wartete, bis er hinaufgegangen war, dann kehrte sie in die Küche zurück. Fast tat es ihr ein wenig leid, Peintré derart angeraunzt zu haben, sein plötzliches Erscheinen hatte sie aber zutiefst erschreckt. Ein Teil von ihr zollte ihm dennoch Respekt. Edouard Peintré war ein kleiner, rundlicher Mann, weder trainiert noch kräftig. Trotzdem besaß er den Mut, sich dem Dieb zu stellen. Wobei Sandra sich nicht ausmalen wollte, was geschehen wäre, hätte Peintré diesen wirklich gestellt. Eine scharfe Waffe in den Händen konnte schnell gegen einen selbst gerichtet werden.

Sandra erinnerte sich, warum sie mitten in der Nacht in die Küche gekommen war. Sie öffnete den Kühlraum, nahm eine Milchflasche, löschte das Licht und wollte gehen, als sie erneut Schritte hörte, die sich dem Wirtschaftsbereich näherten. Sie hatte den Mund schon geöffnet, um Peintré scharf zurechtzuweisen, dass er ihre Anweisung missachtete, da merkte sie, dass die Schritte verhaltener als die des Kochs waren. Vielleicht war Rosa auf die gleiche Idee wie Peintré gekommen und schlich nun ihrerseits durch die Räume. Sandra zog sich tiefer in den Korridor zurück. Bis zur Hintertür drang der Schein der Notbeleuchtung nicht, sie befand sich hier im Dunkeln. Die Schritte kamen näher. Sandra erkannte die Konturen einer Person, größer als Edouard Peintré. Sie machte kein Licht und ging zielstrebig in die Küche. Sandra hörte, wie erst Schranktüren, dann die Kühlschranktür geöffnet und wieder geschlossen wurden, ein Rascheln, ein verhaltenes Klappern. War Sandra vorhin beinahe zu Tode erschrocken, fürchtete sie sich jetzt nicht, obwohl alles dafür sprach, dass sich der Dieb tatsächlich in der Küche gütlich tat. Sie war wütend, wollte die Person aber nicht hier und jetzt stellen, auch weil sie sich an Peintrés Bemerkung, der Dieb könne bewaffnet sein, erinnerte. Sie wollte ihm nachschleichen und herausfinden, um wen es sich handelte. Es konnte niemand von außerhalb sein, das stand fest, da sie die Eingangstür hinter sich geschlossen hatte und diese nur mit der entsprechenden Einlasskarte geöffnet werden konnte.

Die Person schien jetzt alles zu haben und verließ die Küche, in der Hand etwas, das wie eine Tasche oder Korb aussah. Natürlich, dachte Sandra, die Lebensmittel müssen ja transportiert werden. Da sie weiche Sneakers trug, erzeugten ihre Schritte kein Geräusch auf dem Linoleumboden, als sie der Gestalt nachschlich. Sandra war nicht überrascht, als der Dieb die Tür hinter sich abschloss. Es war klar, dass der

Spitzbube einen Schlüssel haben *musste*. Sehr leise öffnete Sandra die Tür wieder und spähte in die schwach beleuchtete Halle. Der Dieb eilte die Treppe hinauf. Doch einer der Gäste? Unmöglich, von denen konnte niemand im Besitz des Schlüssels sein. Im Haus hatten nur Edouard Peintré, Rosa Piotrowski und Eliza Dexter ihre Zimmer, die Hausmädchen, die Kellner und der Barkeeper wohnten in Lower Barton. Der Koch war es sicher nicht, Eliza abwesend, es blieb nur Rosa. Warum sollte sie Essen stehlen? Ihre Bestürzung über die Diebstähle war echt gewesen. Sandra eilte der Person unbemerkt nach. Auch in den Korridoren brannte die Notbeleuchtung. Nachdem der Dieb das zweite Obergeschoss, in dem sich die Räume der Angestellten befanden, erreicht hatte, wandte er sich jedoch keinem dieser Zimmer zu, sondern ging zum Ostflügel und öffnete dort die Tür zu dem Treppenhaus, das ins Dachgeschoss hinaufführte. Es handelte sich um die Treppe, auf der Harry gestürzt war. Inzwischen war sich Sandra sicher, dass es sich bei der Person um eine Frau handelte. Sie war groß und dünn, ihre Schritte leichtfüßig. Sandra gelangte in den Korridor mit den unbenutzten Zimmern und den Lagerräumen. Die Diebin hatte sie noch immer nicht bemerkt, nun verharrte sie vor einer Tür, und Sandra hörte ihren schweren Atem. Jetzt überlegte Sandra nicht lange. Sie sprang vor, legte eine Hand auf die Schultern der Person und rief: »Es ist vorbei, versuchen Sie nicht, abzuhauen!«

Die Frau schrie auf, lies den Korb fallen und drehte sich um, das Licht der Notbeleuchtung fiel auf ihr Gesicht.

»Eliza?« Sandra glaubte zu träumen. »Eliza! Was, um Himmels willen, machen Sie hier? Ich verstehe nicht ...«

Sandra konnte nicht weitersprechen, Eliza nicht antworten, denn die Tür des Raums, in dem die alten Möbel lagerten, wurde aufgerissen. Mattes Licht fiel in den Korridor, unter dem Türsturz erschien ein Mann. Er hielt eine Pistole in der Hand, Sandra sah direkt in den schwarzen Lauf.

»Rein mit Ihnen, schnell!« Der Mann packte Sandra am Oberarm, zog sie grob in das Zimmer und stieß sie in die Mitte. »Hinsetzen und keinen Laut!«

Eliza folgte mit gesenktem Kopf, sie schloss sogar sorgsam die Tür hinter ihnen. Jetzt sah Sandra dem Fremden, der sie um zwei Köpfe überragte und Schultern so breit wie ein Kleiderschrank hatte, zum ersten Mal ins Gesicht. Obwohl sein Haar länger war und Bartstoppeln seine Wangen bedeckten, erkannte Sandra ihn sofort.

»Nicolas Lambourne!«

»Sandra, bitte, bleiben Sie ruhig.« Eliza legte eine Hand auf Sandras Arm. »Schreien Sie nicht, es hat keinen Zweck, außerdem ...«

»Außerdem ergeht es Ihnen schlecht, wenn Sie auch nur einen Mucks von sich geben!«, vollendete der Mann Elizas Satz. Mit der Pistole fuchtelte er direkt vor Sandras Nase herum.

Eine unnatürliche Kälte zog durch Sandras Körper, gepaart mit Übelkeit. Sie fürchtete, ihr Mageninhalt würde jeden Moment nach oben steigen. Gleichzeitig erkannte sie die Wahrheit.

»Sie verstecken einen Mörder hier oben, Eliza«, keuchte sie, »und stehlen aus der Küche das Essen!«

»Ich habe keine andere Wahl.«

»Da hat Ihre Mitarbeiterin recht.« Nicolas Lambourne hatte eine Baritonstimme, die trotz der beängstigenden Situation für Sandra angenehm klang. »Und Sie, Ms Flemming – ich nehme doch an, dass Sie Sandra Flemming sind?« Sandra nickte wie ferngesteuert. »Sie tun gut daran, mir zuzuhören, und keine falsche Bewegung, sonst muss ich meinen kleinen Freund hier bemühen.« Der Lauf der Pistole richtete sich direkt auf Sandras Stirn. »Setzen Sie sich.« Mit dem Kopf deutete er auf einen der alten Stühle. Sandra ließ sich langsam niedersinken, unfähig, darüber nachzudenken, ob ihr die Flucht gelingen könnte. Sie stand einem Menschen gegenüber, der kaltblütig seine Frau und deren Liebhaber erschossen hatte, aus dem Gefängnis geflohen war, den Richter, der ihn verurteilt hatte, ermordet und Alan beinahe ebenfalls umgebracht hätte – und er hatte Eliza in seine Gewalt gebracht.

»Keine Tante in Wales, Eliza«, murmelte Sandra.

»Nein, es gibt keine Tante. Mir fiel auf die Schnelle keine andere Erklärung für meine Abwesenheit ein.«

»Ich wusste, dass Sie mich nicht ohne triftigen Grund im Stich lassen«, entgegnete Sandra. »Außerdem sagte Ihr Bruder, Sie hätten keine Verwandten mehr.«

»Mein Bruder?« Elizas Augen weiteten sich ungläubig. »Sie haben mit Henry gesprochen?«

»Ja, er war im Hotel und wollte ...

»Halten Sie den Mund!«, rief Lambourne und fuchtelte wieder mit der Pistole umher. »Ich unterbreche die Damen nur ungern, wir müssen jetzt aber klären, wie es weitergehen soll. Als Erstes holen Sie, Eliza, das Essen, das Sie fallengelassen haben. Ich habe einen Bärenhunger! Versuchen Sie bloß keine Tricks, Sie wissen ja, was sonst geschieht.«

Eliza nickte, öffnete die Tür und sammelte alles, was nicht kaputtgegangen war, als ihr der Korb entglitten war, ein, brachte es ins Zimmer und legte es auf den Tisch. Nahezu gierig biss Nicolas Lambourne in ein Schinken-Käse-Sandwich, dann trank er einen Schluck Milch direkt aus der Flasche, die den Fall unbeschädigt überstanden hatte. Unvermittelt dachte Sandra, dass ihre Vorliebe, Kaffee mit Milch zu trinken, sie in diese prekäre Lage gebracht hatte. Während Lambourne mit einer Hand aß, hielt er die Waffe in der anderen, und auf dem Tisch lag ein flaches, schwarzes Gerät, ähnlich einem Mobilfunktelefon, nur dicker. Verstohlen musterte Sandra ihn. Was hatte er mit ihr vor? Wollte er sie hier oben wie Eliza gefangen halten? Wollte er Lösegeld erpressen? Wenn ja – warum hatte er sich bisher still verhalten und keine Forderungen gestellt?

»Hören Sie zu«, sagte Sandra bedächtig, äußerlich ruhiger wirkend, als sie sich fühlte. »Wollen Sie Geld, um zu fliehen? Ich habe nicht viel im Haus, werde Ihnen aber alles geben.«

»Ich will Ihr Geld nicht«, blaffte er.

»Was wollen Sie dann? Wie kommen Sie auf meinen Dachboden? Warum ausgerechnet dieses Hotel? Was versprechen Sie sich davon, Lambourne?« Auf die Anrede Mr verzichtete Sandra bewusst. Trotz ihrer Angst würde sie zu diesem Verbrecher nicht höflich sein. »Wollen Sie Eliza Dexter als Geisel nehmen, um ein Fluchtfahrzeug zu erpressen? Selbst, wenn Sie es fertigbringen, Higher Barton zu verlassen: Alle Flug- und Fährhäfen und der Eurotunnel werden überwacht, auf der ganzen Insel hängt Ihr Fahndungsbild aus, und es erscheint in den Medien. Aus England kommen Sie niemals heraus!«

Zu Sandras Erstaunen zuckten Lambournes Mundwinkel, dann lachte er laut. »Es stimmt, was man sich über Sie erzählt, Ms Flemming, und Eliza hat auch nicht übertrieben. Sie haben wohl gar keine Angst, vor nichts und niemandem, was?«

Dass ich eine Scheißangst habe, werde ich dir gewiss nicht

zeigen, dachte Sandra, und bekam es hin, nahezu ungezwungen zu lächeln.

»Was wollen Sie hier, Lambourne? Was wollen Sie von *mir*? Reicht es nicht, dass Sie sich an Richter Audley gerächt haben und Alan Trengove beinahe auch auf dem Gewissen hätten?«

Ein Schatten fiel über sein Gesicht. Zuerst dachte Sandra, sie würde sich irren, Lambourne wirkte aber aufrichtig betroffen oder er konnte sich perfekt verstellen, als er sagte: »Das mit dem Richter und dem Anwalt tut mir sehr leid. Sie fragen, warum ich in dieses Haus gekommen bin? Ich werde es Ihnen sagen. Ich kenne Higher Barton wie meine Westentasche. In meiner Kindheit habe ich hier viel Zeit verbracht. Meine Eltern waren mit den Tremaines befreundet, unsere Familien sind sogar um ein paar Ecken herum miteinander verwandt. Tja, fast alle alten Familien Cornwalls sind irgendwie miteinander verbunden. Haben Sie Lady Tremaine kennengelernt, Ms Flemming?«

»Das Vergnügen hatte ich bisher nicht«, erwiderte Sandra, überrascht, dass sie in ihrer Situation spötteln konnte. Sie hatte nicht das geringste Interesse an den Kindheitserinnerungen dieses Mörders und konnte sich nicht erklären, warum er mit ihr plauderte, als säßen sie gemütlich bei einer Tasse Tee zusammen.

»Den Tremaines blieben eigene Kinder verwehrt, und Abigail war wie eine liebe Tante zu mir«, sprach Lambourne weiter. »Ich mochte es, durch das Haus zu streifen, jeden Winkel zu erkunden, bedauerte allerdings, dass es keine Kerker oder zumindest Zellen gab, in denen einst Spitzbuben schmachten mussten. Dieser Raum hier oben faszinierte mich immer schon. Früher lagerten hier riesige Schrankkoffer, so groß, dass ich aufrecht darin stehen konnte, runde, hohe Hutschachteln und viele kleine Koffer aus feinstem Kalbsleder. Die meisten Sachen stammten aus dem 19. Jahrhundert. Ich malte mir aus, welche Reisen sie unternommen und welche Länder sie gesehen hatten. Tante Abigail hing sehr an den alten Dingen, auch wenn sie schon längst nicht mehr Verwendung fanden.« Er machte eine Pause und trank einen weiteren Schluck Milch. Danach wischte er sich mit einem Taschentuch über den Mund, als säße er im Restaurant. Sandra versuchte, einen Blick mit Eliza zu tauschen, deren Augen hingen jedoch aufmerksam an Lambournes Lippen. »Als ich endlich dem Gefängnis entflohen war, kam ich nach Higher Barton, weil ich nicht wusste, wohin sonst. Hier wollte ich in Ruhe darüber nachdenken, wie ich nun weiter vorgehen soll.«

»Sie wurden allerdings von Eliza entdeckt«, stellte Sandra fest. »Seitdem halten Sie meine Mitarbeiterin als Geisel fest und lassen sich von ihr bedienen. Eliza«, endlich sah diese Sandra an, »es musste Ihnen doch klar sein, dass Monsieur das tägliche Fehlen der Lebensmittel aufgefallen ist.«

Eliza zuckte mit den Schultern. »Was blieb mir anderes übrig? Ich versuchte, immer nur ein bisschen zu nehmen.«

»Unser guter Monsieur ist sehr empfindlich, was seine Küchenbestände angeht«, erwiderte Sandra. »Er vermutete sofort, dass ein Dieb sein Unwesen treibt, und heute Nacht legte er sich persönlich mit einem Hackbeil bewaffnet auf die Lauer!«

Elizas Augen weiteten sich erschrocken. »Er hätte doch nicht ...«

»Ich glaube nicht, nein, Monsieur Peintré ist allerdings schrecklich wütend. Die Diebstähle sind für ihn wie ein Angriff auf seine eigene Person.«

Sandra und Eliza fuhren herum, denn Lambourne kicherte. Er hatte sie dieses Mal nicht unterbrochen, und ihre Unterhaltung belustigte ihn offensichtlich.

»Dieser Koch scheint ein interessanter Mann zu sein«, sagte er schließlich. »Ms Flemming, Sie sind doch die Chefin in diesem Haus, nicht wahr?« Sandra nickte. »Dann werden Sie Ihrem Koch eine plausible Erklärung geben, warum auch künftig Essen und Trinken wegkommen wird.«

»Künftig?« Sandra fuhr hoch, eine rasche Bewegung mit der Pistole brachte sie dazu, sich wieder zu setzen. »Das heißt, Sie wollen hierbleiben? Wie lange, Lambourne? Und warum halten Sie uns als Geiseln fest? «

»Sie haben nicht richtig zugehört, Ms Flemming.« Wieder lächelte er. »Ich habe gesagt, dass Sie es dem Koch erklären sollen, das bedeutet, dass ich Sie gehen lassen werde. Eliza allerdings«, der Lauf der Pistole zielte nun auf Eliza, »wird so lange in meiner Obhut bleiben, bis mein Ziel erreicht ist.«

»Welches Ziel?« Sandra war kurz davor, sich die Haare zu raufen. Aus Lambournes Worten konnte sie sich keinen Reim machen. »Sagen Sie endlich, was Sie wollen, und dann verschwinden Sie! Es ist nur eine Frage der Zeit, bis man Sie entdeckt. Wenn Sie Eliza oder mir auch nur ein Haar krümmen, dann ...«

»Ich habe nichts zu verlieren!«, schnitt er Sandra das Wort ab, im Blick eine unmissverständliche Entschlossenheit, die Sandra ahnen ließ, dass er bereit war, weitere Morde zu begehen. Eiskalt lief es ihr über den Rücken. Schnell verbarg sie ihre Hände unter ihren Oberschenkeln. Er sollte nicht sehen, wie sie zitterten.

»Nicolas, Sandra kann Ihnen helfen«, sagte Eliza zu Sandras Überraschung. »Wenn es jemand kann, dann sie! Sie wissen doch, was ich Ihnen erzählt habe.«

»Ms Flemming könnte mir vielleicht wirklich nützlich sein.« Er grinste und wandte sich an Sandra: »Was Sie für mich tun können, werde ich Ihnen später sagen, zuerst muss ich ein paar Dinge klarstellen. Oder wollen Sie es Ihrer Chefin sagen, Eliza?«

Fahrig wischte sich Eliza Dexter über die Stirn. Ihre Gesichtsfarbe war sehr blass, ihre Haare dünn und strähnig, unter den Augen dunkle Schatten. Elizas Stimme war leise, als sie Sandra erklärte: »Mr Lambourne hat das Hotel und alle Nebengebäude vermint ...«

»Was soll das heißen?«

»Lassen Sie mich bitte aussprechen, Sandra. Mit dem kleinen Gerät da auf dem Tisch kann er die Bomben jederzeit zünden, ich weiß nicht, wo und wie viele es sind. Deswegen bin ich hier oben geblieben, ich konnte es nicht wagen, zu fliehen oder jemanden zu Hilfe zu holen.«

Für Sandra setzte sich alles wie ein Mosaik zusammen.

»Am letzten Samstagabend wollten Sie nach den Möbeln in diesem Zimmer sehen, Eliza, dabei ...«

»Entdeckte sie mich«, vollendete Lambourne den Satz. »Ich war bereits zwei Nächte in diesem Haus. Ihre Sicherheitsvorkehrungen sind nicht gerade gut, Ms Flemming. Am Donnerstagabend spazierte ich einfach durch die Tür, quer durch die menschenleere Halle und konnte mir dieses Plätzchen hier oben aussuchen. Schnell habe ich herausgefunden, dass eine Alarmanlage oder etwas Ähnliches in dem Hotel nicht existiert. Während zwei Nächten habe ich die Bomben im Haus angebracht, die Zündung funktioniert übrigens mittels mobiler Datenübertragung, Sie brauchen also nicht nach

Kabeln zu suchen. Ein kleiner Touch mit meinem Finger auf eine Taste, dann macht es bumm, und von Ihrem schicken Hotel bleibt nur noch ein rauchender Trümmerhaufen übrig. In Ihrem Cottage befindet sich ebenfalls ein Sprengsatz, ebenso an diversen Stellen im Park. Es ist mir möglich, jede Bombe auch einzeln zu zünden.«

Sandra erinnerte sich, dass Christopher ihr erzählt hatte, Lambourne habe im Gefängnis eine Ausbildung zum Elektriker gemacht und sich im Bereich der Computertechnik weitergebildet. Keinen Augenblick zweifelte sie an seinen Angaben. Etwas war ihr noch unklar.

»Woher haben Sie das Equipment, woher die Pistole?«, fragte sie. »Sie sind erst ein paar Tage auf der Flucht, trotzdem behaupten Sie, Sie hätten Bomben, die Elektronik und das ganze Zeugs.«

»Auch wenn ich Ihnen keine Erklärung schuldig bin: Im Gefängnis werden zwar keine Freundschaften geschlossen, es gibt aber eine Art Ehrenkodex, dass man einen Kumpel nicht hängen lässt. Einst habe ich jemandem einen Gefallen getan. Der Typ ist schon länger draußen und hat nicht vergessen, dass er mir noch was schuldig ist. Es war ganz einfach.«

»Aha«, murmelte Sandra und dachte: Er muss auch mal schlafen. Warum konnte Eliza dann nicht fliehen oder ihm das Gerät entwenden?

Lambourne musste ihre Gedanken in ihrer Miene wie in einem offenen Buch gelesen haben, denn er erklärte: »Ich habe einen sehr leichten Schlaf, das ist im Gefängnis lebensnotwendig. Sobald ich nur eine Sirene höre oder ein Stück einer Polizeiuniform sehe, macht es bumm!«

»Wenn Sie das Haus in die Luft jagen, dann sterben auch Sie.«

Er zuckte mit den Schultern, sein Lächeln war bitter, als er antwortete: »Was habe ich noch zu verlieren? Ich habe nur eine Chance, eine einzige, und dabei werden Sie mir helfen, Ms Flemming. Sie werden bald alles erfahren, zunächst möchte ich duschen, und ich brauche neue Klamotten.«

»Duschen? Neue Kleidung?«, wiederholte Sandra fassungslos. Die Hoffnung, sich in einem Albtraum zu befinden, aus dem sie bald aufwachen würde, hatte sie aufgegeben, denn die Situation war sehr real. Irrational waren Nicolas Lambournes Wünsche und sein Verhalten.

»Sandra, ich konnte es nicht wagen, Mr Lambourne in meinem Zimmer duschen zu lassen«, flüsterte Eliza und sah Sandra beinahe entschuldigend an. »Es war schon gefährlich, wenn er dort ... Sie wissen schon, was ich meine ... Die Wasserspülung ist sehr laut, wir können nicht riskieren, dass jemand das Rauschen der Dusche hört, obwohl ich gar nicht auf Higher Barton bin.« Automatisch nickte Sandra. »Wir können ihn zu Emma und George bringen«, schlug Eliza vor. »Sie sind verreist, das Cottage ist weit genug vom Hotel entfernt, und die Sachen von George müssten ihm leidlich passen. Sie haben doch den Schlüssel für das Cottage.«

»Ja, um Emmas Pflanzen zu gießen und die Post durchzusehen«, antwortete Sandra, »was ich bisher sträflich vernachlässigt habe. Wir sollen also einen Schwerverbrecher, der eine Waffe auf uns richtet und das Hotel jeden Moment in die Luft jagen kann, zum Haus von Emma und George bringen, dort abwarten, bis er sich gewaschen und umgezogen hat? Zudem bewirten wir diesen Verbrecher auch noch wie einen lieben Gast!« Sie griff sich an die Stirn und stöhnte. »Das ist irre! Das ist vollkommen irre! Sie, Lambourne, sind wahnsinnig!«

»Im Moment mag Ihnen alles verwirrend erscheinen, Ms Flemming.« Er lächelte tatsächlich verständnisvoll. »Bald werden Sie es verstehen.«

Sandra kam nicht umhin festzustellen, dass sich Nicolas Lambourne gewählt und höflich ausdrückte. Die langen Jahre im Gefängnis hatten seiner exquisiten Erziehung nichts anhaben können.

Eliza trat dicht neben Sandra und raunte: »Sandra, bitte, vertrauen Sie ihm.«

Sandra glaubte, sich verhört zu haben. Eliza verlangte, sie solle einem Mehrfachmörder vertrauen? Das Risiko, Lambourne könnte eine der Bomben zünden, konnte Sandra nicht eingehen. Sie war überzeugt, dass er verrückt war. Wahnsinnige waren bekanntlich außerordentlich gefährlich und unberechenbar. Sie reagierten und handelten nicht rational.

»Ich habe wohl keine andere Wahl«, sagte sie. »Gehen wir also zum Cottage von Emma und George.«

ACHT

Die Situation war bizarr – der Lauf der Pistole, von Nicolas Lambourne in Elizas Rücken gepresst, den Finger am Abzug, war jedoch grausige Realität. Niemand bemerkte die drei Personen, als sie das Hotel verließen und durch den Park gingen. Sie mussten zuerst zu Sandras Cottage, um den Schlüssel für das Haus der Penroses zu holen. Sandra überlegte fieberhaft, was sie tun könnte. Sie zweifelte nicht daran, dass Lambourne sofort schießen würde, wenn sie versuchte zu fliehen, und in der anderen Hand hielt er das kleine Gerät, mit dem er die Bomben zünden konnte.

Christopher, dachte Sandra verzweifelt, als könne sie mit ihren Gedanken den DCI herbeiwünschen oder ihm zumindest signalisieren, dass sie dringend seine Hilfe benötigte.

Die Tür zu dem Cottage, das vom Hotel aus nicht zu sehen war, war so niedrig, dass Sandra und Eliza die Köpfe einziehen und Lambourne sich tief bücken musste. Das verwinkelte Haus, an die zweihundert Jahre alt, verfügte im Innern noch über die ursprüngliche Balkenkonstruktion. Emma Penrose achtete penibel darauf, dass bei notwendigen Reparaturen und Renovierungen der historische Charme nicht verlorenging. Das Schlafzimmer des Ehepaars befand sich im Obergeschoss. Lambourne blieb an der Tür stehen, und Sandra fühlte sich peinlich berührt, als sie im Schrank und den Schubladen von George Penrose herumwühlte. Schließlich drückte sie Lambourne ein Paar Socken, Unterwäsche, eine an den Knien ausgebeulte, dunkelbraune Cordhose, ein Oberhemd und einen von Emma gestrickten Pullover in die Hand.

»Die Länge könnte stimmen«, Sandra wunderte sich, wie ruhig ihre Stimme klang, »George hat allerdings einen schmaleren Oberkörper.«

»Wo ist das Bad?«

»Gleich die nächste Tür.«

»Sie warten brav in der Küche.« Lambourne hielt Sandra die Pistole direkt unter die Nase. »Keine Mätzchen, meine Damen, ich bekomme alles mit, und Sie wissen ja, was dann geschieht.«

Er verschwand im Bad. Eine Minute später hörten Sandra und Eliza das Wasser rauschen, dann sang Lambourne. Laut, kräftig und sehr falsch schmetterte er passenderweise: *Green, Green Grass of Home.*

»Was tun Sie?«, fragte Sandra, als Eliza den Wasserkocher füllte, anschaltete und die Küchenschränke öffnete.

»Ich bereite uns einen Tee zu«, antwortete Eliza, als wäre es das Normalste der Welt. »Solange wir auf Nicolas warten, können wir uns mit einem Tee wärmen. Emma wird es uns verzeihen.«

»Wie können Sie jetzt an Tee denken?«

Lächelnd wandte sich Eliza zu Sandra um. »Eine Tasse Tee ändert zwar nichts an unserer Lage, sie verschlimmert sie aber auch nicht.«

»Ich muss versuchen, Christopher zu erreichen«, murmelte Sandra, »oder ihm eine Nachricht zukommen lassen. Er wird vorsichtig sein, und ...«

»Lassen Sie es!« Eliza schüttelte den Kopf. »Nicolas hat nichts mehr zu verlieren. Muss er ins Gefängnis zurück, kommt er niemals wieder heraus und erhält auch keinen Freigang mehr. Er hat mir gesagt, dass er lieber sterben will, als wieder in den Knast zu gehen.«

»Ich verstehe das alles nicht.« Sandra presste ihre Handflächen gegen den Kopf. »Was will Lambourne von uns? Er muss doch wissen, dass er sich unmöglich dauerhaft in Higher Barton verstecken kann. Lösegeld und die Möglichkeit, uns als Geiseln zu benutzen, um eine Flucht zu erpressen, will er ebenfalls nicht.«

Das Wasser kochte, und Eliza goss den Tee auf. Sofort zog der herbe Duft nach Earl Grey durch den Raum. Sandra merkte, dass sie tatsächlich durstig war. Erst nachdem Eliza die Teebeutel aus der Kanne genommen und in zwei Tassen eingeschenkt hatte, antwortete sie auf Sandras Frage: »Nicolas wird Ihnen alles erklären. Er hat gute Gründe, sich hier aufzuhalten, und Sie können ihm helfen.«

»Wie sollte ich ...« Sandra brach ab, stutzte und starrte Eliza fassungslos an. »Sie haben ihn nun schon mehrmals Nicolas genannt, Eliza! Sie sprechen einen Mörder mit dem Vornamen an!«

»Er ist nicht schlecht.« Beruhigend legte Eliza eine Hand auf Sandras Arm. »Hier, trinken Sie den Tee, er wird Ihnen guttun.«

Eliza trank nun selbst, ihre Miene war vollkommen entspannt. Sandra nippte an ihrer Tasse, dann stellte sie diese so hart auf den Tisch, dass der Tee überschwappte und Emmas blütenweise Tischdecke befleckte.

»Jetzt verstehe ich!«, stieß Sandra hervor. »Sie haben das Stockholm-Syndrom!«

»Was habe ich?«

»Haben Sie noch nie vom Stockholm-Syndrom gehört, Eliza? Gerade bei Geiselnahmen tritt es auf, wenn die Geisel mit dem Täter sympathisiert, für sein Verhalten Verständnis zeigt, mit ihm kooperiert und ein emotionales Verhältnis zu ihm aufbaut. «

»Ja, davon habe ich gehört.« Eliza nickte ernst. »Diese Menschen entwickeln ein solches Verhalten, weil sie um ihr Leben fürchten. Es ist eine Art Verdrängungsmechanismus, eine Verzerrung der Wahrheit, bei der sich das Opfer, um an der Situation nicht zu verzweifeln, einredet, selbst schuld an allem zu sein. Das ist bei mir nicht der Fall, Sandra. Nein, lassen Sie mich bitte ausreden.« Eliza hob die Hand, als Sandra den Mund öffnete. »Natürlich hatte ich anfangs Angst, als ich letzten Samstagabend ins Dachgeschoss ging, um nach den Möbeln zu sehen, und plötzlich Nicolas Lambourne im Korridor stand und mir die Waffe mitten ins Gesicht hielt. Er zerrte mich in das Zimmer, erklärte, er habe das Haus mit Bomben gespickt, dann befahl er mir, Essen und Trinken zu besorgen und an Sie den Zettel zu schreiben, ich hätte Urlaub genommen.«

»Warum sind Sie da nicht geflohen oder haben wenigstens jemanden angerufen?«

Wieder lächelte Eliza nachsichtig. »Ich wusste nicht, ob es mir gelingen würde, alle Personen rechtzeitig aus dem Haus zu bekommen, bevor Nicolas die Bomben zündet. Das Risiko wollte ich nicht eingehen.« Dem konnte Sandra nicht widersprechen. Sie selbst hatte sich ja auch gefügt und machte, was der Mörder wollte.

»Glauben Sie, dass die Sache mit den Bomben wirklich stimmt?«, fragte Sandra zweifelnd.

»Möchten Sie es ausprobieren?«, stellte Eliza die Gegenfrage. »Nicolas ist kein schlechter Mensch, im Gegenteil. Die Geschichte der Familie Lambourne geht auf das 17. Jahrhundert zurück. Einst gehörten ihnen ausgedehnte Ländereien nördlich von Fowey. Wie fast alle Aristokraten Cornwalls vermehrten auch die Lambournes ihr Vermögen durch den Abbau von Zinn und Kupfer. Im Jahr 1875 entstand eine kleine Bäckerei, die ersten Lambourne Biscuits wurden verkauft. Vier Generationen bauten die Firma ständig weiter aus, erst unter Nicolas' Vater traten finanzielle Probleme auf, die der damaligen allgemeinen schlechten Wirtschaftslage geschuldet waren.«

»Woher wissen Sie das alles?«, fragte Sandra ungläubig.

»Wenn man Tag und Nacht in einem Zimmer sitzt, ohne Fernseher, Radio, Zeitungen und Internet, entdeckt man die früher übliche und heute immer mehr vergessene Gepflogenheit der direkten Unterhaltung. Nicolas' Erziehung zielte darauf hin, ein Unternehmen zu führen, und er hätte es wunderbar gemacht, wenn nicht alles anders gekommen wäre.«

»Das hat sich Lambourne ja wohl selbst eingebrockt!« Sandra stieß einen verächtlichen Laut aus. »Sie sprechen von diesem Mann, als wäre er ein Heiliger.«

»Ich glaube ihm«, erwiderte Eliza schlicht.

»Das ist gut.« Sandra und Eliza fuhren herum, sie hatten nicht gehört, dass Lambourne heruntergekommen war. Mit feuchten Haaren und in Georges Kleidung stand er an der Tür. Er schnupperte. »Ah, Tee! Eliza, wären Sie so freundlich, mir eine Tasse aufzubrühen? Bei einem guten Tee spricht es sich gleich leichter, und dann sollen Sie, Sandra, alles erfahren.«

»Gern, Nicolas«, erwiderte Eliza und brachte das Wasser wieder zum Kochen.

Verrückt! Sie sind beide verrückt, dachte Sandra. Zum ersten Mal in ihrem Leben wünschte sie sich, dem Rat ihrer Mutter gefolgt zu sein und sich ein kleines, gemütliches Landhotel nahe ihrer Heimatstadt Dufftown gekauft zu haben.

Nachdem Lambourne von seinem Tee getrunken hatte, sagte er mit einer Selbstverständlichkeit, als ginge es um das Wetter: »Ich bin unschuldig. Ich habe weder meine Frau und ihren Liebhaber noch den Richter umgebracht.«

Sandra verkniff sich die sarkastische Bemerkung, dass das alle Mörder behaupteten und sagte mit einer Spur Zynismus in der Stimme: »Sie bezeichnen Ihren Fall also als Justizirrtum?«

»Es fällt mir schwer, das richtig zu beurteilen«, erwiderte er ruhig. »Ich habe keine juristische Ausbildung, denke aber, dass die Polizei, die Staatsanwaltschaft, die Geschworenen und schlussendlich auch der Richter keine andere Wahl hatten, als mich für immer hinter Gefängnismauern zu verbannen. Ich hatte das perfekte Motiv. Nein, ich hatte sogar das einzige Motiv, dazu kein Alibi, und die Tatwaffe mit meinen Fingerabdrücken befand sich in meinem Büro. Alle in meinem Umfeld wussten, dass meine Ehe am Ende war. Meine Frau machte keinen Hehl daraus, dass sie mich nur geheiratet hatte, um gesellschaftlich aufzusteigen.«

»Und Sie haben sie wegen ihres Geldes geheiratet«, entfuhr es Sandra. »Lambourne Biscuits stand kurz vor dem Bankrott. Bei einer Scheidung hätten Sie jeden Penny, den Ihre Frau in das Unternehmen gesteckt hat, an sie zurückzahlen müssen, zusätzlich eine nicht unerhebliche Abfindung. Ihre Frau hatte sich gut abgesichert. Sie traute Ihnen von Anfang an nicht, zu Recht, denn sie hat es mit ihrem Leben bezahlt.«

Lambourne lachte laut und erwiderte: »Sie haben sich mit meinem Fall ja sehr ausführlich befasst.« Er sah zu Eliza und zwinkerte ihr zu. »Wie Sie es gesagt haben, Eliza.«

»Was haben Sie ihm gesagt, Eliza?«

»Dass Sie Nicolas helfen werden, seine Unschuld zu beweisen«, antwortete Eliza nüchtern, als wäre es das Selbstverständlichste der Welt.

»Ich?« Sandras Augen weiteten sich ungläubig. Die ganze Situation wurde zunehmend unwirklicher. »Was könnte ich denn ausrichten?«

»Auch im Gefängnis gibt es Zeitungen und das Internet«, erklärte Lambourne. »Ich las über Ihre ... *Erfolge*, Ms Flemming. Zweimal ist es Ihnen schon gelungen, den jeweiligen Mörder dingfest zu machen. Sie scheinen ein Näschen für verzwickte Kriminalfälle zu haben.«

»Worauf ich weder stolz noch erpicht bin«, antwortete Sandra kühl und dachte, dass sie weitersprechen musste. Hieß es nicht, man solle Wahnsinnige in ein Gespräch verwickeln? Wenn sie vorgab, sie interessiere sich für seine Geschichte und so tat, als würde sie ihm glauben, könnte Lambourne vielleicht unaufmerksam werden und ihr die Chance geben, die Pistole und das schwarze Kästchen an sich zu bringen. »Die Morde liegen über siebzehn Jahre zurück«, fuhr Sandra fort. »Kaum sind Sie aus dem Gefängnis geflohen, wird der Richter, der sie hinter Gitter brachte, getötet und sein damaliger Mitarbeiter schwer verletzt. Es grenzt an ein Wunder, dass Alan nicht auch gestorben ist.«

»Eliza erklärte mir, in welcher Beziehung Sie zu dem Anwalt stehen.«

»Was haben Sie ihm *nicht* über mich gesagt, Eliza?« Sandras Augen funkelten empört.

»Beruhigen Sie sich, Sandra«, erwiderte Eliza, »und hören Sie Nicolas bitte weiter zu.«

Sandra lehnte sich zurück, die Arme vor der Brust verschränkt. »Es bleibt mir wohl nichts anderes übrig.«

»Der Anschlag auf den Richter und den Anwalt ist ein seltsamer Zufall«, fuhr Lambourne gelassen fort. »Ich kann es mir nur so erklären, dass der Mörder, nachdem er von meiner Flucht erfuhr, die Gelegenheit nutzte, erneut zu töten, um den Verdacht auf mich zu lenken, damit die Polizei auf Hochtouren nach mir sucht. Das ist ihm ja bestens gelungen«, fügte er bitter hinzu. »Wie ich bereits erwähnte, fand sich damals kein anderes Motiv als das meine, Susan und ihren Liebhaber zu erschießen. Dass mir von dieser Affäre nichts bekannt war, glaubte mir niemand. Ja, ich ahnte wohl, dass meine Frau mir nicht treu war, von der Wohnung in Plymouth, ihrem kleinen Liebesnest, hatte ich indes keine Ahnung.«

»Wo waren Sie in der Zeit, als die Morde geschahen?«, fragte Sandra, da er erwähnt hatte, kein Alibi vorweisen zu können.

»Das ist ein weiterer Punkt, den der Täter gezielt konstruierte. Am Vormittag des Tattages erhielt ich einen Anruf. Eine Person sagte, mein Vater wäre im Wald gestürzt und benötige meine Hilfe. Mein Vater war Hobbyfotograf, am liebsten fotografierte er Tiere. Tatsächlich wollte er an diesem Tag im Cardingham Wood auf Motivsuche gehen. Ich erinnere mich genau, es war ein warmer, sonniger Frühlingstag. Vater hatte eine leichte Herzkranzverengung, sein Arzt hatte ihm geraten, weniger zu arbeiten und sich mehr an der frischen Luft aufzuhalten.«

»Sie glaubten dem Anrufer also«, stellte Sandra fest. »Wer war es?«

»Ich habe keine Ahnung.« Lambourne zuckte mit den Schultern. »Später konnte ich nicht einmal mehr sagen, ob es ein Mann oder eine Frau gewesen war. Die Stimme sagte nur, mein Vater sei verletzt und ich möge sofort zu dem Parkplatz bei dem kleinen Tea-Room kommen, dort würde ich ihn finden. Natürlich war, nachdem ich an der besagten Stelle angekommen war, von meinem Vater keine Spur zu sehen. Ein Mobiltelefon besaß er damals nicht, meinte, es wäre Unsinn. So lief ich auf der Suche nach ihm die Wege auf und ab. Erst nach über zwei Stunden kehrte ich nach Hause zurück – und fand meinen Vater Zeitung lesend in der Bibliothek vor.«

»Moment, Lambourne!« Sandra hob unterbrechend die Hand. »Wenn Sie dem Anrufer glaubten, dass Ihr Vater verletzt war: Warum sind Sie selbst hingefahren? Es wäre sinnvoller gewesen, den Notarzt zu verständigen, und mit diesem gemeinsam im Wald einzutreffen.«

»Diesen Fehler warf mir die Staatsanwaltschaft auch vor. Damals wie heute kann ich es nur so erklären, dass ich aus Angst um meinen Vater nicht nachdachte. Außerdem war ich arglos und dachte keinen Moment daran, dass mir jemand eine Falle stellen könnte.«

»Wurde der angebliche Anruf nicht nachverfolgt?«, stellte Sandra die nächste Frage, die Lambourne erneut zum Lachen brachte.

»Wenn ich nicht wüsste, dass Sie ein Hotel führen, könnte ich meinen, ich säße einer strengen Polizistin gegenüber, Ms Flemming. Ich fühle mich wie in einem Verhör.«

»Sie fordern, dass ich Ihnen helfen soll, dann beantworten Sie meine Fragen«, erwiderte Sandra kühl und sah ihn herausfordernd an.

Er antwortete: »Man sagte mir, dass der Anruf aus einer Telefonzelle in Plymouth kam, in der Nähe der Wohnung meiner Frau. Bei der Verhandlung vertrat die Staatsanwaltschaft die Meinung, ich hätte mich selbst angerufen, um die Geschichte glaubwürdig zu machen. Dass in der besagten Telefonzelle keine Fingerabdrücke von mir gefunden wurden, entlastete mich nicht, im Gegenteil. Ich soll Handschuhe getragen haben, außerdem wimmelt es in einem öffentlichen Fernsprecher von Spuren. Ich hingegen weiß, dass der Mörder mich bewusst in die Falle lockte, damit ich für die Tatzeit kein Alibi nachweisen kann. Was ja auch bestens funktioniert hat«, schloss er erbittert.

Sandra dachte, wenn Lambourne die Wahrheit sagte, dann war bei seinem Prozess wirklich fahrlässig ermittelt worden. Sie weigerte sich jedoch, seinen Worten zu glauben, auch wenn sie überzeugend klangen, der Mann war ein guter Geschichtenerzähler.

»Das klingt alles sehr unwahrscheinlich. Ich nehme an, auf dem besagten Parkplatz oder im Wald hat Sie niemand gesehen.«

Er nickte. »Zwei Personen habe ich in der Ferne gesehen, konnte sie aber nicht näher beschreiben. Auf einen entsprechenden Aufruf in den Medien meldete sich niemand.«

Weil du niemals im Cardingham Wood warst, dachte Sandra und fragte: »Was ist mit der Tatwaffe? Wurde diese Ihnen etwa untergeschoben?«

Ein erneutes Nicken, sein stechender Blick bohrte sich in Sandras Augen. »Halten Sie mich für so dumm, dass ich die Pistole, mit der ich zwei Menschen erschossen haben soll, in meinem Büro verstecke, anstatt diese sofort wegzuwerfen? Ich habe die Waffe nie zuvor gesehen und keine Ahnung, wie meine Fingerabdrücke auf den Griff gekommen sind.«

»Beachten Sie das angeblich fehlende Alibi, Sandra!«, sagte Eliza, die bisher schweigend zugehört hatte. »Wenn Nicolas geplant hätte, seine Frau zu ermorden, hätte er versucht, sich ein einigermaßen sicheres Alibi für die Tatzeit zu besorgen und nicht diese unglaubliche Geschichte erzählt.«

Sandra sah Eliza verwundert an und meinte: »Die Geschworenen und der Richter waren anderer Meinung. Es könnte ein Ablenkungsmanöver gewesen sein, um die Behauptung, die Waffe sei Ihnen untergeschoben worden, zu untermauern.«

»Sie sind wirklich eine Pfiffige!« Anerkennend nickte Lambourne. »Verbrecher haben bei Ihnen keine Chance. Sie kriegen sie alle, nicht wahr?«

Sandra vermutete, er mache sich über sie lustig, und fragte mit einem Hauch Sarkasmus: »Als Nächstes werden Sie mir sagen, dass Sie auch wissen, wer der Mörder ist?«

Die Antwort kam prompt: »Es war mein Bruder, vielmehr mein Stiefbruder.«

Sandra schnappte nach Luft. »Wie mir bekannt ist, wusste zur Tatzeit niemand, dass Ihr Vater einen weiteren Sohn hat. Er offenbarte dieses Geheimnis erst nach Ihrer Verurteilung.«

Sandra wusste sofort, dass sie einen Fehler begangen hatte, denn Lambourne beugte sich so dicht zu ihr, dass ihre Gesichter nur noch eine Handbreit voneinander entfernt waren, und raunte: »Sie haben sich sehr intensiv mit meiner Vergangenheit beschäftigt, Ms Flemming.«

Sandra seufzte. »Mein Interesse ist verständlich, da der

Mann meiner Freundin beinahe ermordet wurde, und zwar offenkundig von der Person, die auch Ihre Frau erschossen hat. Kommen wir wieder zu Ihrem Bruder ...«

»Stiefbruder!«, unterbrach Lambourne sie harsch. »Von seiner Existenz war mir nichts bekannt. Ich erfuhr alles erst, als ich bereits inhaftiert war, und auch nur von meinem damaligen Anwalt und durch die Medien, denn weder mein Vater noch mein angeblicher Bruder haben mich jemals besucht. Wollen Sie meine Theorie hören, Ms Flemming?«

»Sie werden sie mir sagen, ob sie mich interessiert oder nicht«, sagte Sandra trocken.

»Denzil Marshall, so der Name des Mannes, der behauptet, ein Sohn meines Vaters zu sein, muss von seinem Erzeuger erfahren haben, und dass dieser ein vermögender und einflussreicher Mann ist. Ich vermute, Denzil hätte nie einen Teil der Firma oder ein sonstiges Erbe erhalten, nicht einmal, wenn er die Anerkennung als legitimer Sohn eingeklagt hätte. So schmiedete er den Plan, meine Frau und ihren Liebhaber zu töten, die Morde mir in die Schuhe zu schieben und meinen Platz einzunehmen. Mein Vater hatte keine andere Wahl, als ihn offiziell anzuerkennen.«

»Bei Ihrer Fantasie sollten Sie Krimis schreiben«, sagte Sandra spöttisch. »Sie sagen, Sie sind Ihrem Stiefbruder nie begegnet, Sie wissen also nicht, was für ein Mensch er ist. Wie können Sie eine solche Theorie aufbauen? Warum haben Sie das nicht Ihrem Anwalt gesagt? Er hätte Ihren Verdacht überprüfen und entweder bestätigen oder zerschlagen können. Sofern in all Ihren fantastischen Behauptungen auch nur ein kleines Körnchen Wahrheit steckt, wäre diese ans Licht gekommen.«

»Halten Sie mich nicht für blöd, Ms Flemming!«, rief Lam-

bourne, sichtlich verärgert. »Natürlich habe ich dem Winkel-
advokaten, der versucht hat, mich während des Prozesses zu
verteidigen, von meinem Verdacht berichtet. Von Anfang an
war der Typ von meiner Schuld überzeugt. Seine Bemühungen, mich zu entlasten, was seine Aufgabe gewesen wäre,
waren weniger als halbherzig. Mein Ersuchen, dieser Theorie
nachzugehen, wischte der Anwalt mit einer Handbewegung
beiseite. In den ersten drei Jahren nach meiner Verurteilung
habe ich fünf Anträge auf eine Wiederaufnahme des Verfahrens gestellt, da ich der Überzeugung war, wichtige Fakten,
unter anderem das Motiv meines angeblichen Bruders, seien
nicht überprüft worden. Alle Anträge wurden abschlägig
beschieden, wie mir auch sonst niemand glauben wollte.«

»Und da nutzten Sie die erstbeste Gelegenheit zur Flucht,
um Ihren Stiefbruder selbst zur Strecke zu bringen.« Sandra
verhehlte nicht, für wie absurd sie die ganze Geschichte hielt.
Jetzt wurde ihr klar, warum Lambourne sich ausgerechnet in
Higher Barton versteckt hielt. Hier war er nahe genug an seinem Bruder dran. Wollte er ihn ebenfalls umbringen?

»Nach siebzehn Jahren war der Freigang wirklich die erste
Gelegenheit, den Mauern zu entkommen«, sagte Lambourne
trocken. »Sie haben keine Ahnung, Sie können es sich nicht
auch nur ansatzweise vorstellen, was es bedeutet, eingesperrt
zu sein. Wenn das Leben strengen Regeln unterliegt, wenn
andere Leute einem sagen, wann man zu essen, zu schlafen,
sich zu waschen, selbst, wann man zu pinkeln hat. Wenn eine
Stunde Hofgang das Highlight des Tages bedeutet, auf das
man sich schon beim Aufwachen freut. Viele Inhaftierte zer-
brechen, besonders die, die zu Unrecht eingesperrt sind. Auch
ich war oft an dem Punkt, mich und mein Leben aufzugeben.
Tief in mir glomm immer der Funke, dass ich irgendwann die

Chance erhalten werde, meine Unschuld zu beweisen.« Er seufzte, sein Blick bohrte sich wieder in Sandras Augen. »Sie glauben mir nicht, Ms Flemming.«

»Kein einziges Wort.« Sandra konnte nicht lügen. »Für mich sind Sie ein eiskalter Mörder! Sie schrecken nicht davor zurück, weitere unschuldige Menschen zu töten, wenn Sie das Hotel in die Luft jagen. Menschen, die Sie nicht kennen, die an Ihrer Lage unschuldig sind, die Ihnen nie etwas getan haben. Menschen wie Eliza und mich. Warum verschwinden Sie nicht? Ich gebe Ihnen Geld, und Sie können auch meinen Wagen haben.«

»Sie wissen ebenso gut wie ich, dass ich aus England nicht rauskomme«, sagte Lambourne. »Ich will kein gejagter Verbrecher sein, immer auf der Flucht und in der Angst lebend, jederzeit erkannt und dann für den Rest meines Lebens eingesperrt zu werden. Ich will Gerechtigkeit! Ich will, dass meine Unschuld offiziell festgestellt und anerkannt wird. Ms Flemming ... Sandra ... ich darf doch Sandra sagen, nicht wahr? Immerhin sind wir jetzt miteinander verbunden. Sie sind eine kluge Geschäftsfrau, sehen wir es als eine Art Geschäft an: Sie überführen Denzil Marshall der drei Morde, und ich verschone solange Eliza, das Hotel und alle Menschen, die Ihnen lieb und teuer sind. Eine Hand wäscht die andere, Sandra.«

Sandra sah ein, dass sie hier und jetzt nichts mehr sagen und ausrichten konnte. Ihr blieb nur Schadensbegrenzung. Wenn sie auf seinen Vorschlag einging, würde er sie gehen lassen, dann konnte sie überlegen, wie sie Eliza und alle anderen retten konnte. Daher antwortete sie: »Sie lassen mir keine andere Wahl, Lambourne. Ich habe allerdings keine Ahnung, was ich tun kann. Denzil Marshall kenne ich überhaupt nicht.«

»Ich werde Ihnen entsprechende Anweisungen geben«, sagte Lambourne. »In der Zelle hatte ich viel, sehr viel Zeit zu überlegen, wie Denzil Marshall zu überführen ist. Selbst kann ich natürlich nicht in Erscheinung treten.«

»Ich soll also als Ihre Marionette agieren«, stellte Sandra fest. »Sie ziehen die Fäden, und ich habe zu folgen.«

Er grinste. »Sie sind nicht nur eine pfiffige Hobbydetektivin, sondern auch eine schnell begreifende Frau. Auf gute Zusammenarbeit, Sandra Flemming.«

Er besaß die Frechheit, ihr die Hand hinzustrecken. Sandra übersah sie geflissentlich und nickte.

»Wenn ich einen Vorschlag machen darf, Sandra?« Eliza sah fragend von Sandra zu Nicolas. »Emma und George Penrose werden erst in einigen Wochen zurückkommen, und ihr Cottage liegt so weit vom Hotel entfernt, dass sich hierher selten Gäste verirren, Angestellte ebenfalls nicht ...«

Sandra verstand sofort und rief: »Sie wollen in diesem Haus bleiben?«

»Es wäre eine Möglichkeit«, sagte Lambourne und betrachtete Eliza wohlwollend. »Sie sind eine intelligente Frau, Eliza.« Zu Sandras Entsetzen errötete ihre Mitarbeiterin bei dem Kompliment. »So sehr ich Ihr Etablissement schätze und ich mit Higher Barton verbunden bin, Sandra – auf dem Dachboden ist es recht unbehaglich, zudem könnte meine Anwesenheit dort entdeckt werden.«

»So, wie Eliza Sie aufspürte«, blaffte Sandra. »Eine Frage noch, Lambourne: Hat Harry Sie ebenfalls bemerkt, und haben Sie ihn deswegen die Treppe hinuntergestoßen?«

»Harry?« Er runzelte die Stirn. »Ich kenne keinen Harry, und ich habe niemandem etwas getan.«

»Sandra, lassen Sie uns in diesem Haus bleiben.« Eliza

flehte förmlich. »Hier haben wir es bequemer, können uns richtig waschen, Essen und Tee kochen. Niemand wird uns in diesem Cottage bemerken.«

»Von mir aus«, stimmte Sandra bereitwillig zu und dachte gleichzeitig, dass es besser war, wenn die Gefahr nicht länger über ihrer aller Köpfe schwebte.

Als hätte Lambourne ihre Gedanken gelesen, legte er den Zeigefinger seiner linken Hand auf das schwarze Kästchen und sagte: »Die Reichweite meines Apparats ist hervorragend.« Sein Finger strich nahezu zärtlich über das Display. »Die Konditionen bleiben unverändert, Sandra. Wenn Sie die Polizei einschalten oder sonst jemanden informieren, dann fliegt Ihnen Ihr hübsches, altes Haus mit allem, was sich darin befindet, um die Ohren. Sie können sich dann auch Gedanken über die Gestaltung des Grabsteines für die sterblichen Überreste Ihrer Angestellten machen.« Er sah Eliza an. »Wenn Sie Wünsche bezüglich Ihrer Trauerfeier und Grabstätte haben, wäre es an der Zeit, diese zu äußern, Eliza.«

Eliza schienen seine brutalen Worte nicht zu berühren, im Gegenteil. Sie legte eine Hand auf seinen Arm und sagte: »Dieser Fall wird nicht eintreffen Nicolas. Sandra wird uns nicht verraten, sie wird uns helfen.«

Wie Eliza *uns* betonte, beunruhigte Sandra fast mehr als die Pistole und das explosive Gerät in Lambournes Händen.

NEUN

Edouard Peintré sah Sandra besorgt an und sagte schonungslos: »Bei allem Respekt, Ms Flemming, Sie sehen furchtbar aus. Sie sind doch nicht etwa krank? Ausgerechnet jetzt?«

»Ich habe denkbar schlecht geschlafen, Monsieur.« Sandras Lippen verzogen sich zu einem Lächeln, das in den Mundwinkeln endete. Der morgendliche Blick in den Spiegel hatte ihr gezeigt, dass Peintrés Worte nicht übertrieben waren.

»Hoffentlich nicht, weil gestern Abend, also ich meine ...«

»Tatsächlich raubte mir Ihr Verhalten den Schlaf.« Dankbar nahm Sandra den Ball auf. Dass der Koch ein schlechtes Gewissen bekam, nahm sie nicht nur in Kauf, es war ihr gerade recht. »Sie halten sich raus, selbst wenn wieder etwas aus der Küche verschwinden sollte. Das ist keine Bitte, sondern eine dienstliche Anweisung, Monsieur.«

»Aber Ms Flemming ...«

»Monsieur Peintré!« Sandra erhob die Stimme. »Ich hoffe, wir haben uns verstanden. Jetzt sagen Sie Rosa, sie möge ab sofort die Rezeption und das Telefon übernehmen.«

»Jetzt?« Peintré schüttelte den Kopf. »Es war ausgemacht, dass Rosa ab ein Uhr, wenn Sie, Ms Flemming, Ihre Eltern vom Flughafen abholen, für zwei, drei Stunden einspringt. Es ist unmöglich, Rosa früher in der Küche zu entbehren.«

»Ich bin überzeugt, Sie werden mit Ihrer Genialität auch ein paar Stunden mehr ohne Hilfe zurechtkommen. Ich bin Ihnen keine Rechenschaft schuldig, Monsieur. Sie und Rosa werden meine Anweisungen befolgen.« Sandra hasste sich für ihren kühlen, fast schon herrischen Tonfall. »Ich glaube, Sie sind mir etwas schuldig, nicht wahr?«

Peintrés buschige Augenbrauen zogen sich über seiner Nasenwurzel zusammen. Aus seiner Miene las Sandra, dass dem Koch noch einiges auf der Zunge lag, er ging aber ohne ein weiteres Wort in die Küche und schickte Rosa in die Halle. Peintré musste ihr von Sandras ungewöhnlichem Verhalten berichtet haben, denn die Küchenhilfe sah ihre Chefin unsicher an, schwieg jedoch. Sachlich gab Sandra Rosa entsprechende Anweisungen, worauf sie zu achten hatte, dann verließ sie das Hotel, ohne zu erklären, wann sie plante, zurückzukommen.

Wie ein Kreuz durchschnitten die High Street und die Fore Street mit ihren Fachwerkbauten den Ort Lower Barton. Von beiden zweigten zwischen den Häusern Fußwege und schmale Durchgänge ab und führten in Wohngegenden aus neuerer Zeit, wobei *neuere Zeit* in Cornwall das 19. Jahrhundert bedeutete. Direkt an der Hauptkreuzung befand sich das Hotel-Restaurant mit dem Namen *Three Feathers*, ein dreistöckiger Tudorbau aus dem 16. Jahrhundert mit einem vorspringenden Obergeschoss. Als Lower Barton unter dem Einfluss der Familie Tremaine ein Zentrum der Minenindustrie war, war das *Three Feathers* eine gut besuchte Unterkunft für Händler und Geschäftsleute gewesen. Zweimal in der Woche hatte die Postkutsche, die zwischen Looe, Polperro und Fowey verkehrte, hier Station gemacht. Auch heute noch war das Hotel bei Reisenden sehr beliebt, und alle sagten, dass die Küche sehr gut war. Das *Three Feathers* konnte sich zwar nicht mit dem *Higher Barton Romantic Hotel* messen, zog aber auch eine andere Klientel an.

Sandra stellte ihren Wagen unmittelbar vor der Eingangstür ab. Hier galt zwar Parkverbot, das war Sandra im Moment aber egal. Durch einen kleinen Vorraum gelangte sie in den Gastraum, beherrscht von einer langen, um die Ecke gehenden Theke. Eine niedrige Balkendecke und mit immergrünen Pflanzen geschmückte Raumteiler machten den Raum heimelig. An einem Tisch in der Ecke saß ein junger Mann mit einer Glatze und einem gepflegten, dichten Vollbart. Hektisch tippte er auf der Tastatur eines Laptops herum, griff mit einer Hand immer wieder nach seiner Teetasse und nippte an dieser, ohne hinzusehen. Er und ein junges Paar mit zwei Kindern waren die einzigen Gäste. Die Mutter fütterte ihren Sohn mit Müsli, während das ältere Mädchen von einer Scheibe Toast mit roter Marmelade abbiss. Sandra starrte auf den harmonischen Anblick von Normalität.

»Guten Tag, Ms Flemming.« John Shaw, der Inhaber des *Three Feathers*, riss Sandra aus ihren Gedanken. Er war ein großer, kräftiger Mann mit lichten, fast vollständig ergrauten Haaren und einem grau melierten Bart im Henriquatre-Stil. Sandra grüßte zurück, und John Shaw lächelte. »Ich nehme an, Agnes hat Sie zu mir geschickt.«

»Agnes?« Verständnislos runzelte Sandra die Stirn.

»Agnes Roberts, die Metzgerin.«

»Ach so, ja, Agnes ...« Sandra schüttelte den Kopf und fragte: »Warum sollte Mrs Roberts mich zu Ihnen schicken, Mr Shaw?«

»Der Unfall Ihres Kellners und die überraschende Reise

von Eliza Dexter sind in Lower Barton kein Geheimnis. Mit zwei Angestellten weniger werden Sie wohl schwerlich allen Wünschen und Bedürfnissen Ihrer Gäste gerecht werden können, Ms Flemming.« Er lächelte hintergründig.

Sandra verbarg ihr Unbehagen. Nachdem sie das Higher Barton Romantic Hotel eröffnet hatte, hatte John Shaw deutlich seinen Unwillen über die Konkurrenz geäußert. Als er dann erkannte, dass sich die Häuser einander keine Gäste wegnahmen, hatte Shaw begonnen, mit ihr zu flirten. Sandra verhielt sich Shaw gegenüber stets zurückhaltend, aber heute musste sie besonders freundlich sein, denn sie brauchte seine Hilfe.

»Was hat Mrs Roberts mit meinem Personal zu tun?«, fragte sie, obwohl ihr eine ganz andere Frage auf der Zunge brannte.

»Ach, Ms Flemming, wir Gastronomen müssen zusammenhalten, besonders zur Weihnachtszeit. Vermutlich ist Higher Barton voll belegt, daher bin ich bereit, Ihnen Charlie zu überlassen, leihweise, sozusagen.«

»Charlie?«, wiederholte Sandra, dann verstand sie. »Sie meinen, Sie erlauben Charlie, die nächsten Tage bei mir auszuhelfen?«

Er nickte. »Das Mädchen ist zwar etwas keck, gleichzeitig aber eine gute, verlässliche Kraft, die anpacken kann. Sie bezahlen ihr den bei Ihnen üblichen Lohn und mir eine Art Provision für die Zeit, in der ich ohne Charlie auskommen muss.«

»Aha.« Sandra nickte verstehend. »Ihr Angebot ist sehr großzügig, Mr Shaw«, antwortete sie, »ich muss es jedoch ablehnen. Auf Higher Barton kommen wir gut zurecht.«

Eine Aushilfe wäre Sandra zwar sehr willkommen gewesen, in der momentanen Situation aber durfte sie niemanden zusätzlich der über dem Haus schwebenden Gefahr aussetzen.

»Wie Sie meinen.« Shaw zuckte mit den Schultern. »Wenn Sie nicht wegen Charlie gekommen sind: Was führt Sie dann in mein bescheiden geführtes Haus, Ms Flemming?«

»Haben Sie noch ein Doppelzimmer frei?« Sandra wollte nicht lange um den heißen Brei herumreden. »Von heute an bis zum Samstag in der nächsten Woche.«

Shaw grinste. »Sie sind überbelegt?«

»Ein Computerfehler«, erklärte Sandra knapp. »Es kam zu einer Doppelbuchung.«

»Und jetzt glauben Sie, dass ich über die Weihnachtstage nicht ausgebucht sein kann, da mein Haus nicht die Eleganz und den Komfort Ihres Hotels bietet, und greifen auf den guten, alten John Shaw zurück.«

Sandra hätte am liebsten mit den Zähnen geknirscht.

»Bitte, Mr Shaw.« Sie hasste es, zu betteln, hatte aber keine andere Wahl. »Es handelt sich um meine Eltern. Sie kommen heute aus Schottland, und jetzt ...« Bedauernd zuckte sie mit den Schultern.

»Ausgerechnet Ihre Eltern können Sie nicht in Ihrem eigenen Hotel unterbringen?« Fassungslos schüttelte Shaw den Kopf und konnte sich den Zusatz »Das muss ja schön chaotisch zugehen bei Ihnen da draußen« nicht verkneifen.

»Für die Buchungen ist Eliza Dexter zuständig«, erklärte Sandra. »Sie fehlt an allen Ecken und Enden.«

»Jetzt doch?« Shaw lehnte sich mit dem Rücken gegen den Tresen und sah Sandra von oben herab an. »Trotzdem lehnen Sie Hilfe ab und verzichten auf meine Kellnerin. Sagten Sie nicht vor einer Minute, Sie kämen ausgezeichnet zurecht?«

Bleib ruhig, Sandra, dachte sie, du redest dich sonst um Kopf und Kragen.

»Eben, weil es sich um meine Eltern handelt, wäre es mir lieb, wenn Sie in einem anderen Haus logieren könnten. Sie kennen meine Mutter nicht, Mr Shaw!« Sandra gelang ein nahezu unbeschwertes Lächeln. »Bei jedem meiner Handgriffe würde sie neben mir stehen, sich einmischen und mir Dutzende von Verbesserungsvorschlägen unterbreiten. Haben Sie Kinder, Mr Shaw?«

»Nein.« Ein Schatten fiel über sein Gesicht.

Sandra erinnerte sich jetzt, dass Mrs Roberts ihr einmal erzählt hatte, John Shaw sei von seiner Exfrau aufs Übelste hintergangen und betrogen worden und dass seine Ehe kinderlos geblieben war.

»Meine Mutter ist eine herzensgute Frau, sie kann nur nicht aus ihrer Haut«, sprach sie schnell weiter. »Ein Kind bleibt eben immer ein Kind, egal, wie alt es ist. Bitte, Mr Shaw«, sie trat näher an ihn heran und legte eine Hand auf seinen Arm, »Sie könnten mir wirklich einen großen Gefallen tun, für den ich mich bei Gelegenheit revanchieren werde.«

Sandra fand ihre heuchlerische Art abscheulich. Ihre Eltern durfte sie auf keinen Fall in Higher Barton unterbringen und einer Gefahr aussetzen. Ob Lambourne wirklich den gesamten Gebäudekomplex und die umliegenden Cottages vermint hatte, wusste sie nicht, durfte das Risiko aber auf keinen Fall eingehen.

»Also gut, weil Sie es sind, Ms Flemming.« Endlich gab John Shaw nach. »Tatsächlich habe ich ein geräumiges Zimmer nach hinten raus frei. Wer kommt für die Kosten auf? Ich nehme nicht an, dass Sie von Ihren Eltern Geld für ein Zimmer in Ihrem Haus verlangt hätten.«

»Ich bezahle den Aufenthalt.«

Shaw nickte zufrieden. »Sie werden verstehen, dass ich den Tarif ansetzen muss, der in Higher Barton üblich ist. Es entstehen mir jetzt Umstände, die so nicht eingeplant waren.«

»Selbstverständlich«, sagte Sandra und dachte etwas völlig anderes. John Shaw fühlte sich in einer Art Machtsituation und versuchte, diese so gut wie möglich auszunutzen. Unter anderen Umständen hätte sie ihm die Meinung gesagt, jetzt blieb ihr nur »Ich danke Ihnen« zu murmeln.

Als Sandra sich zum Gehen wandte, schlug Shaw vor: »Darf ich Sie zu einem Tee einladen, Ms Flemming? Schließlich sind wir jetzt so etwas wie Geschäftspartner.«

»Ein anderes Mal gern, Mr Shaw«, antwortete Sandra unverbindlich. »Ich muss meine Eltern vom Flughafen abholen und bin spät dran. Wir werden spätestens gegen vier Uhr hier sein.«

Auf der Straße atmete Sandra tief durch. Sie wollte jetzt nicht darüber nachdenken, was John Shaw über sie und das Higher Barton Romantic Hotel herumerzählen würde. Mrs Roberts war sicher die Erste, die von Sandras Entscheidung, ihre eigenen Eltern in einem fremden Hotel unterzubringen, erfuhr, und was die Metzgerin wusste, war einen Tag später in ganz Lower Barton bekannt. Doppelbuchungen kamen immer mal wieder vor, für sie und Higher Barton war es insoweit negativ, da ausgerechnet die Eltern der Inhaberin umquartiert werden mussten. Shaw und Mrs Roberts würden die Sache sicherlich noch etwas ausschmücken ...

Mit dem Handrücken wischte sich Sandra über die schweißnasse Stirn, gleichzeitig fror sie. Wenigstens war ihr eine Parkkralle erspart geblieben. Als sie den Motor starten wollte, brauchte sie drei Versuche, so sehr zitterten ihre Finger. Entgegen ihrer Behauptung zu John hatte sie noch Zeit, bis die Maschine aus Gatwick in Cornwall landete. Um diese Zeit herrschte wenig Verkehr, so erreichte Sandra eine Dreiviertelstunde später die Nordküste. Bei Trevarren führte die A 39 zum Flughafen, die Straße linker Hand über den Ort Quintrell Downs direkt nach Newquay. Da kein anderes Auto hinter ihr war, verringerte Sandra die Geschwindigkeit. War es wirklich erst fünf Tage her, dass sie mit Christopher hier beim Tanzen gewesen war und sich rundum zufrieden mit der Welt gefühlt hatte? Für Sandra schienen Wochen vergangen zu sein. Sie beschleunigte wieder, passierte nach wenigen Minuten die Einfahrt zum Flughafen, bog aber nicht ab, sondern fuhr weiter bis zur Watergate Bay. Sandra hatte das Bedürfnis nach frischer Luft. Während es im Sommer unmöglich war, das Auto direkt an der Bucht abzustellen und man auf den höher gelegenen Parkplatz ausweichen musste, standen heute nur fünf Wagen am Strand. Das große Watergate Bay Hotel dominierte die Bucht, auf der anderen Straßenseite befand sich eine Reihe zwei- bis dreistöckiger Häuser. Der Baustil sollte den Eindruck vergangener Zeiten vermitteln, errichtet worden waren die Häuser aber erst in den letzten Jahrzehnten, und es handelte sich um reine Feriendomizile. Die Watergate Bay zählte zu den schönsten Stränden Cornwalls und war eine der besten Surfbuchten von ganz Großbritannien. Regelmäßig wurden hier nationale Meisterschaften im Surfen ausgetragen. Selbst jetzt im Dezember versuchte eine Handvoll Frauen und Männer die hohen, schaumgekrönten Wellen mit ihren Brettern zu bezwingen. Sandra schauderte. Das Wasser hatte elf, höchstens zwölf Grad, die Außentemperatur betrug acht Grad, die Fühltemperatur lag wegen des Westwinds darunter. Die Surfer trugen Wetsuits, ihre Füße, Hände und Köpfe waren bloß. Man musste den Sport schon sehr lieben, um sich bei dieser Kälte in die Fluten zu stürzen. Die Surfschule hatte um diese Jahreszeit geschlossen, vor dem kleinen Strandcafé saßen jedoch Gäste in der Sonne und tranken Tee. Wie vorhin im *Three Feathers* bot sich Sandra auch hier ein Bild friedlicher Harmonie.

»Wenn du Sorgen hast, geh ans Meer! Der Wind bläst dir alle Probleme aus dem Kopf, und plötzlich liegt die Lösung klar vor dir.«

Diesen Ratschlag hatte Ann-Kathrin ihr zu Beginn ihrer Freundschaft gegeben, und Sandra war ihm schon oft gefolgt. Nur eine Stunde an der Küste, hoch oben auf den Klippen, die brodelnde Brandung unter sich und nichts anderes zu hören als das schrille Kreischen der Möwen auf ihrer Suche nach Futter – das wirkte Wunder. Schnellen Schrittes lief Sandra den Fußweg entlang, der in westlicher Richtung auf die Klippen hinaufführte. Sandra zog ein Stück ihres Schals übers Kinn, denn mit jedem Meter Höhe blies der Wind durchdringender, gleichzeitig atmete sie tief ein und aus. Was würde sie dafür geben, jetzt mit Ann-Kathrin sprechen zu können! Ihr zu sagen, dass sich in Higher Barton ein Mehrfachmörder versteckte, der Eliza in seiner Gewalt, das ganze Haus mit Bomben gespickt und Sandra beauftragt hatte, den angeblich richtigen Täter zu überführen. Doch selbst, wenn sie die Freundin bat, mit keinem Menschen darüber zu sprechen, erst recht nicht mit Alan oder mit Christopher Bourke – Ann-Kathrin war schwanger. Sandra wollte und durfte sie nicht noch mehr aufregen. Der Anschlag auf Alan war für Ann-Kathrin schon schwer zu verkraften gewesen. Sandra ließ ihren Blick schweifen. Im Westen lag Newquay, dahinter war ein Teil der weitläufigen Crantock Bay zu erkennen. Aus der Zeitung wusste sie, dass dieser im Sommer sehr beliebte Strand gesperrt worden war. Die starken Regenfälle der vergangenen Wochen hatten zu Klippenerosionen geführt, ganze Felsenteile waren herabgebrochen, an vielen Stellen bröckelte das Erdreich. Gen Osten stiegen die Klippen steil an und wanden sich zerklüftet meilenweit die Küste entlang. Sandra sank auf eine Bank. Einfach jetzt hier sitzenbleiben, die Natur, die Ruhe, den unvergleichlichen Duft nach Salz und Tang genießen – und an nichts anderes mehr denken müssen.

Eine Frau mit einem weiß-schwarz gefleckten Hund näherte sich. Der Greyhound lief ohne Leine, stob auf Sandra zu, wedelte mit dem Schwanz und schnupperte am Saum ihrer Jacke.

»George, bei Fuß!«, rief die Frau. Der englische Windhund gehorchte sofort und sah sein Frauchen erwartungsvoll an. »Verzeihen Sie«, sagte die Spaziergängerin, als sie auf Sandras Höhe war. »Hoffentlich hat George Sie nicht erschreckt. Er ist noch jung und will immerzu spielen.«

»Ich liebe Hunde.« Sandra lächelte.

»Welch herrlicher Tag«, fuhr die Frau fort. »Nach dem langen Regen tut es gut, die Sonne auf der Haut zu spüren. Hoffentlich werden die Weihnachtstage nicht wieder grau und nass.«

Sandra meinte, sie hoffe das ebenfalls, dann nickten sie sich zu, und die Frau setzte ihren Weg fort, George dicht neben ihr. So war es in Cornwall: Fremde Menschen, die sich auf dem Coast Path, dem Wanderweg, der sich an der gesamten Küste entlangschlängelte, begegneten, kamen schnell miteinander in ein unverbindliches Gespräch. Der Name des Hundes hatte Sandra wieder an die Geschehnisse der letzten Nacht erinnert und dass der Mörder Lambourne die Kleidung von George Penrose trug. Mit einem Schlag kehrte Sandras Beklemmung zurück. Für einige Minuten war sie optimistisch gewesen, das Problem »Lambourne« lösen zu können, jetzt jedoch fühlte sie sich so hilflos wie nie zuvor in ihrem Leben.

Bei dem Blick auf ihre Armbanduhr erschrak Sandra. Es war fast halb drei! Sandra eilte zum Wagen zurück und fuhr zum Flughafen. Der Newquay Airport war klein, dementsprechend konnten Ankommende das flache Gebäude schnell verlassen. Sandra fand einen freien Parkplatz, hier durfte sie dreißig Minuten ohne Gebühr zu bezahlen stehen bleiben, und hastete in die Eingangshalle. Wie von ihr befürchtet, erwarteten ihre Eltern sie bereits.

»Endlich, Sandra!« Heather Flemming lief Sandra entgegen und schloss sie in die Arme. »Wo bleibst du denn so lange? Du hattest hoffentlich keinen Unfall, auf den Straßen passiert ja immer so viel ...«

»Deine Mum hat sich Sorgen gemacht.« Douglas Flemming drängte sich zwischen die Frauen, Sandra umarmte ihn ebenfalls. »Es ist schön, dich wiederzusehen, meine Tochter.« Er hielt sie eine Armlänge von sich entfernt und musterte sie. »Du bist blass und dünn geworden.«

»Ich sage die ganze Zeit, sie arbeitet zu viel!«, warf Heather ein. »Nun sind wir hier und werden dafür sorgen, dass du dich vom Stress nicht auffressen lässt.«

»Du willst damit sagen, *du* wirst dafür sorgen, Heather«, murmelte Douglas schmunzelnd.

Dankbar zwinkerte Sandra ihrem Vater zu. Für seine fast siebzig Jahre war er ein noch attraktiver Mann mit einem schlanken Körperbau und schneeweiß gewelltem, vollem Haar. Sandra vermutete, die Aktivität ihres Vaters kam auch daher, dass er von früh bis spät, sechs Tage in der Woche, in seinem kleinen Laden stand und sich die Zeit nahm, mit jedem Kunden ausführlich zu plaudern. Die Flemmings hätten es nicht nötig, zu arbeiten, sie erhielten eine gute Rente, und Sandra hätte sie finanziell gern unterstützt, aber Douglas lehnte ab, er war der Meinung: Wer rastet, der rostet.

Sandra deutete auf drei Trolleys, eine Reisetasche und das Beauty-Case und fragte: »Mehr Gepäck hast du nicht mitgebracht? Hoffentlich reicht es dir aus, Mum?«

Heather entging der feine Spott in Sandras Stimme, sie antwortete voller Ernst: »Wir wissen nicht, wie das Wetter wird, in Cornwall schwankt das ja täglich, und schließlich möchte ich zu den Abendessen und den Weihnachtsfeierlichkeiten angemessen gekleidet sein.«

»Deine Mum hat sogar meinen alten Smoking herausgesucht und ihn extra reinigen lassen«, bemerkte Douglas trocken. »Seit Jahren habe ich den nicht mehr getragen, wahrscheinlich passt er mir gar nicht mehr.«

»Abendkleidung ist nicht erforderlich, so förmlich halte ich es in meinem Hotel nicht.« Sandra senkte den Blick und kramte in ihrer Handtasche nach dem Autoschlüssel.

Sie wuchtete das Gepäck ihrer Eltern auf die geräumige Ladefläche ihres roten Land Rovers mit dem schwarzen Dach. Den Wagen hatte sich Sandra vor fünf Wochen gekauft. Bei den engen, gewundenen, oft steilen Straßen mit den beidseitig verlaufenden, hohen und mit Hecken überwucherten Steinmauern war ein Geländewagen mit Allrad-Antrieb genau das richtige Fortbewegungsmittel.

Heather stieg in den Fond, Sandras Vater setzte sich auf den Beifahrersitz und sagte: »Ich bin sehr stolz auf dich, dass du den Führerschein gemacht hast.«

Sandra schenkte ihm ein dankbares Lächeln. Als Jugendliche und ohne Fahrerlaubnis hatte sie einen schweren Unfall verursacht. Nur mit Glück waren keine Toten oder Schwerverletzten zu beklagen gewesen, danach hatte sich Sandra nicht vorstellen können, sich jemals wieder hinter das Steuer eines Autos zu setzen. Keinen eigenen Wagen zu haben, war in ihrem Beruf jedoch mit vielen Unannehmlichkeiten verbunden. Vor einigen Monaten hatte eine einfühlsame Fahrlehrerin, Monica Grain aus St Austell, Sandra geholfen, ihre Ängste zu überwinden. Inzwischen fuhr sie gern und sicher und bedauerte, so viele Jahre damit gewartet zu haben.

Als sie die ersten Häuser von Lower Barton erreichten, senkte sich die Dämmerung über das Land. Hinter den Fenstern flammten Lichter auf, über die High Street spannte sich eine bunte Kette mit den Worten *Merry Christmas*, und die fünf Meter hohe Tanne auf der Hauptkreuzung erstrahlte im hellen Lichterglanz. Sandra hielt vor dem *Three Feathers*, wieder im Parkverbot. Da sie jetzt Gäste und deren Gepäck abladen wollte, durfte sie zu diesem Zweck hier ein paar Minuten stehenbleiben.

»Hast du noch was zu erledigen?«, fragte Heather vom Rücksitz. »Hoffentlich geht es schnell. Ich möchte mich vor dem Dinner frisch machen und umziehen.«

»Nein, Mum, ich ...« Sandra schluckte trocken, dann stieß

sie hastig hervor: »Ihr werdet in diesem Haus wohnen. Es ist ein sehr gutes Hotel mit gemütlichen Zimmern und hervorragendem Essen.«

»Wir sollen *was?*« Heather glaubte, sich verhört zu haben, auch Douglas sah seine Tochter verständnislos an.

»Mum, Dad, es tut mir leid.« Entschuldigend hob Sandra die Hände. »Durch einen dummen Computerfehler wurden in Higher Barton Zimmer doppelt gebucht. Ich kann die Gäste nicht auf der Straße stehen lassen, darum...«

»Schiebst du deine Eltern in ein Provinzhotel ab«, vollendete Heather Sandras Satz, die Mundwinkel nach unten gezogen. »Warum hast du uns das nicht früher gesagt?«

»Mum, ich weiß es auch erst seit heute Vormittag, da wart ihr bereits auf dem Weg nach Cornwall.«

»Wir reisen Hunderte von Meilen in den Süden, um Weihnachten mit unserer Tochter zu feiern, die wir ohnehin kaum noch zu Gesicht bekommen, und jetzt werden wir irgendwo fern von Higher Barton einquartiert!«

»Heather, bitte beruhige dich«, schaltete sich Douglas ein. Wie immer klang er ruhig und entschlossen. »Ich bin sicher, Sandra hat keine andere Wahl, und das Haus sieht mit seinen dunklen Balken und dem hellen Fachwerk doch sehr ansprechend aus.« Er legte eine Hand auf Sandras Unterarm. »Du wirst trotzdem Zeit mit uns verbringen können, nicht wahr?«

»Natürlich, Dad«, entgegnete Sandra, dabei hatte sie keine Ahnung, wie sie die kommenden Tage durchstehen sollte, denn sie musste ja irgendwie die unsägliche Forderung Lambournes erfüllen. Hauptsache, ihre Eltern waren im *Three Feathers* sicher untergebracht und fernab der Gefahr, die über Higher Barton schwebte.

John Shaw erwartete sie bereits, und Charlie half Sandra mit dem Gepäck. Das Zimmer im ersten Stock hatte ein Himmelbett mit einer mintgrünen Bespannung, die Fenstervorhänge waren in derselben Farbe gehalten. Auf den alten Dielenbrettern, die bei jedem Schritt knarrten, lag ein heller, weicher Teppich. Douglas sah sich um und meinte: »Es ist sehr hübsch, und das Bad ist recht groß. Wir werden uns bestimmt wohlfühlen.«

Sandra, die zum ersten Mal in einem von John Shaws Zimmern war, musste neidlos zugeben, dass der Raum geschmackvoll und mit Charme eingerichtet war. Heather hingegen verschränkte die Arme vor der Brust, eine steile Falte über der Nasenwurzel und schwieg. Sie machte auch keine Anstalten, ihre Tochter zu umarmen, als Sandra sich verabschiedete.

»Ich melde mich morgen«, sagte Sandra, dann ging sie schnell. Mochten ihre Eltern, besonders Heather, sie für unhöflich halten – sie konnte darauf jetzt keine Rücksicht nehmen.

Sandra hatte bereits die Tür ihres Wagens geöffnet, als sie jemand ihren Namen rufen hörte.

»Christopher!« Ein Zittern lief durch ihren Körper.

»Ich habe dich aus dem Hotel gehen sehen. Hast du Mr Shaw einen Besuch abgestattet? Heute wollten deine Eltern ankommen, nicht wahr?«

Sandra nickte schnell. »Sie müssen bei John Shaw wohnen, in Higher Barton ist alles belegt.« Sie musste unbedingt bei dieser Geschichte bleiben.

Prompt stellte der DCI auch schon die nächste Frage: »Ausgerechnet deine Eltern kannst du nicht bei dir unterbringen? Sandra, ist alles okay?«

»Was soll nicht okay sein?« Sandra hörte, wie ihre Stimme schnippisch klang. »Du entschuldigst mich? Ich bin in Eile.«

Er machte eine Geste, als wolle er sie umarmen. Sandra wich zurück, und ein Schatten fiel über Bourkes Gesicht.

»Es tut mir leid, dass ich dir in den letzten Tagen immer nur kurz schreiben konnte«, sagte er leise. »Nach dem, was am Samstag geschehen ist ... Also, du darfst nicht glauben, dass mir das nichts bedeutet hat, im Gegenteil. Es wäre schön, wenn wir wieder zusammen ausgehen könnten, derzeit hänge ich aber nahezu rund um die Uhr an dem Fall Nicolas Lambourne.«

Bei der Nennung des Namens begannen Sandras Knie zu zittern. Beherrscht antwortete sie: »Das ist in Ordnung, Christopher, auch ich habe sehr viel zu tun. Du weißt ja: ein verletzter Kellner, Eliza im Urlaub, am Montagabend die Firmenfeier, am Weihnachtstag das Dinner und am Abend der Ball. Im Augenblick weiß ich nicht, wo mir der Kopf steht.«

»Du bist sehr blass.« Er musterte sie kritisch. »Irgendwie habe ich den Eindruck, dass etwas nicht stimmt, Sandra. In Higher Barton ist doch nicht schon wieder etwas geschehen?«

»Natürlich nicht!« Sandra versuchte empört zu klingen, dabei schrie alles in ihr danach, Christopher die Wahrheit zu sagen. »Deine Fragen klingen wie ein Verhör, und du siehst mich an wie ein strenger Polizist einen Schwerverbrecher.«

»Ich *bin* ein Polizist«, erwiderte Christopher, »und meine Art, Fragen zu stellen, ist wohl eine Berufskrankheit. Sandra, du würdest mir doch sagen, wenn dich etwas bedrückt, ja? Du weißt, du kannst dich mir anvertrauen, egal was geschehen ist. Ich nehme mir morgen Abend ein oder zwei Stunden Zeit und komme nach Higher Barton. Wir können zusammen einen Wein trinken, denn ...«

»Bitte, lass mich in Ruhe, ich habe weder die Zeit noch die Nerven, mich mit privaten Angelegenheiten zu beschäftigen.« Nur mit Mühe hielt sie ihre Tränen zurück. »Wir sollten dem, was letzte Woche geschehen ist, nicht zu viel Bedeutung beimessen.«

»Sandra, ich verstehe nicht ... Ich dachte, du magst mich ... Ich dachte, wir zwei könnten vielleicht ...«

Da war er wieder: Der schüchterne Christopher Bourke, dessen Ohren sich jetzt so rot wie sein Haar färbten. In den letzten Monaten war er kaum noch errötet und hatte viel mehr Selbstsicherheit ausgestrahlt.

Sandra schluckte schwer und stieß hervor: »Ich muss jetzt wirklich los. Einen schönen Tag noch, Christopher.«

Sie riss die Tür auf, stieg ein und startete den Motor, bevor der DCI sie länger aufhalten konnte. Als sie anfuhr, sah sie durch den Rückspiegel zu Christopher. Wie ein begossener Pudel starrte er dem Wagen nach. Wie gern hätte sie ihn umarmt, ihn geküsst und gesagt, wie wichtig er für sie war, wie glücklich sie sich in seiner Gegenwart fühlte. Sie musste unbedingt auf Abstand zu ihm gehen und verhindern, dass er nach Higher Barton kam. Das ging am besten, wenn sie ihm vermittelte, dass die gemeinsam verbrachte Nacht für sie nur von geringer Bedeutung war. Würde er die Wahrheit über das erfahren, was sich auf Higher Barton gerade abspielte, würde er zwar nichts tun, was die Sicherheit aller gefährdete, doch als Polizist war er verpflichtet, seine Vorgesetzten einzuschalten, wenn nicht sogar Scotland Yard, um Lambourne zu verhaften. Verschwieg Christopher Bourke eine solch brisante Information, konnte das weitreichende Konsequenzen haben, wahrscheinlich würde er sogar den Polizeidienst quittieren müssen.

Sandras Mundwinkel zuckten, die Tränen, die in ihre Augen stiegen, zwinkerte sie weg, um die Straße gut zu erkennen. Ann-Kathrin schwanger, Alan noch geschwächt, Emma und George Penrose in weiter Ferne – nie zuvor in ihrem Leben hatte sie sich derart alleingelassen gefühlt.

ZEHN

Auf den ersten Blick sah Constable John Greenbow, dass sein Chef heute Morgen nicht mit der besten Laune gesegnet war. Der DCI warf die Tür lauter als nötig hinter sich ins Schloss und brummelte einen kaum verständlichen Gruß.

»Haben Sie schlecht geschlafen, Sir?« Greenbow konnte sich eine so persönliche Frage erlauben. Seit er im Frühjahr 2017 dem Detective Chief Inspector unterstellt worden war, arbeiteten sie harmonisch und nahezu auf Augenhöhe zusammen. Nach Dienstschluss tranken sie manchmal ein Bier im örtlichen Pub *Sailor's Rest*.

Christopher Bourke ging zu dem vollautomatischen Kaffeeautomat, stellte eine Tasse unter die Düsen und drückte auf den entsprechenden Knopf. *Bohnen füllen* leuchtete im Display auf.

»Auch das noch!«, stöhnte Bourke. »Greenbow, sehen Sie nach, ob wir noch Kaffeebohnen haben, dann bringen Sie mir eine Tasse in mein Büro.« Auch die nächste Tür fiel mit lautem Knall zu.

Der Constable tat wie geheißen, auch wenn er nicht der Kaffeekocher für seinen Vorgesetzten war. Etwas musste geschehen sein, denn der DCI war blass und hatte Schatten unter den Augen.

Die Tasse in der einen Hand klopfte er mit der anderen

an Bourkes Bürotür, trat nach dessen Aufforderung ein und stellte ihm den Kaffee auf den Schreibtisch.

»Sir, der Fall Lambourne beschäftigt uns alle sehr«, tastete er sich vor, »wir sind aber nicht das einzige Revier, das mit ganzem Einsatz nach dem Flüchtigem sucht.«

»Deswegen erhalten wir auch keine Unterstützung aus Truro«, antwortete Bourke und dann: »Danke für den Kaffee, Greenbow, und entschuldigen Sie meine schlechte Laune. Heute scheint irgendwie nicht mein Tag zu sein.« Er nahm einen Schluck von dem heißen Kaffee. Greenbow lächelte verständnisvoll.

»Wir können nicht jeden Tag fröhlich sein, Sir. Übrigens: Ich soll Sie von Randolph Warden grüßen, er hat vorhin angerufen und wollte Sie sprechen.«

»Warden?« Bourke sah den Constable überrascht an. »Sie kennen Randolph Warden?«

»Kennen ist zu viel gesagt, Sir. Im Sommer war ich doch bei dieser einwöchigen Fortbildung in Exeter zu dem Thema: Drohnen – eine unterschätzte Gefahr oder eine neue Möglichkeit für die Polizeiarbeit? Der Kollege Warden hielt einen sehr interessanten Vortrag. Danach kamen wir ins Gespräch, dabei erfuhr ich, dass er früher der leitende Ermittler in Lower Barton war.«

»Ja, der gute Randolph Warden.« Zum ersten Mal an diesem Morgen lächelte Bourke. »Von ihm habe ich viel gelernt, Greenbow, auch wenn es manchmal den Eindruck hatte, Warden wisse nicht, was er tue. Ich hoffe, ihm und seiner Frau geht es in Exeter gut.« In diesem Moment klingelte das Telefon auf Bourkes Schreibtisch. Es war eine Nummer aus Exeter. »Wenn man vom Teufel spricht ...«, murmelte Bourke, nahm den Hörer ab und meldete sich mit seinem Namen.

»Ausgeschlafen, Bourke?«, hörte er die lachende Stimme seines früheren Vorgesetzten. »Sie haben gestern Abend wohl gebührend in Ihren Geburtstag hineingefeiert, zu dem ich Ihnen gratulieren möchte. Die besten Wünsche auch von meiner Frau.«

»Sie wissen noch, wann ich Geburtstag habe?«, fragte Bourke überrascht. »Ich danke Ihnen, Mr Warden. Leider ist Feiern derzeit nicht möglich.«

»Der flüchtige Mörder, ich bin darüber informiert.« Warden seufzte. »Richter Audley kannte ich persönlich, und beinahe hätte es den Anwalt Trengove ebenfalls erwischt. Eine scheußliche Sache. Ich gebe zu, dass ich froh bin, mit solchen Fällen nichts mehr zu tun zu haben. Wenigstens ist Higher Barton diesmal nicht involviert, Bourke, das ist eine kleine Beruhigung.«

»Nicht ganz, Sir.« Bourke räusperte sich. »Mrs Trengove, die Frau des Anwalts, und die Inhaberin des Higher Barton Hotels haben sich angefreundet.«

Warden lachte vergnügt. »Solange in dem alten Gemäuer nicht wieder jemand ermordet wird und die junge Frau meint, Detektivin zu spielen, können Sie sich entspannt zurücklehnen. Sie kennen die Hotelbesitzerin, Bourke?«

»Wir sind uns mehrmals begegnet, Sir«, antwortete Christopher vage. Zu seiner Erleichterung verfolgte Warden das Thema nicht weiter.

»Auf jeden Fall wünsche ich Ihnen einen schönen Tag, Bourke. Heute Abend werde ich auf Ihren Geburtstag ein Glas trinken.«

»Vielen Dank, Sir, ich freue mich sehr über Ihre Glückwünsche, und grüßen Sie bitte Ihre Frau von mir.«

Nachdem Bourke aufgelegt hatte, sagte Constable Greenbow, der während des Telefonats das Büro nicht verlassen und die Worte richtig interpretiert hatte: »Sie haben heute Geburtstag, Sir? Meine Glückwünsche! Ich hatte keine Ahnung ...«

»Warum auch?«, unterbrach Bourke ihn und winkte ab. »Es ist ein Tag wie jeder andere, ich bin nur ein Jahr älter geworden.« Er trank den Kaffee aus, stand auf und griff nach seiner Jacke, die er vorhin achtlos über die Stuhllehne geworfen hatte. »Ich fahre noch mal zu der Keksfabrik. Vielleicht hat Marshall inzwischen etwas Neues erfahren.«

»Soll ich Sie begleiten, Sir?«

»Das ist nicht nötig, Greenbow. Gehen Sie weiter die Akten der Personen durch, mit denen Lambourne in der Haftanstalt in Kontakt stand. Ich nehme an, bisher gibt es kein Ergebnis?«

»Leider nein«, bestätigte der Constable. »Es sind Dutzende, die in den vergangenen Jahren zusammen mit Lambourne inhaftiert waren und inzwischen entlassen worden sind. Einige haben es nicht geschafft und sitzen wieder hinter Gittern, andere führen ein völlig normales, unbescholtenes Leben, zwei sind verstorben.«

»Lambourne muss Hilfe von außerhalb gehabt haben, wahrscheinlich hat er sie noch immer. Irgendwo muss sich der Mann verstecken, und er muss essen und trinken. Das geht nicht, ohne dass ihm jemand hilft, und das Gift, mit dem er die Kekse versetzte, hat er sich auch nicht einfach so an der nächsten Straßenecke besorgt. Ich bin überzeugt, Lambourne hält sich noch in Cornwall auf und befürchte, dass er wieder töten wird. Sehen Sie noch mal alle Akten durch, wer von den ehemaligen Insassen in Cornwall lebt oder zumindest Beziehungen zu unserer Gegend hat.«

»Ja, Sir.«

Constable Greenbow teilte Bourkes Verdacht. Die Überprüfung ehemaliger Insassen war von der Zentrale nicht angeordnet worden, Christopher Bourke sah derzeit darin die einzige Möglichkeit, irgendeine Spur des Mörders zu finden.

Die Fabrik *Lambourne Biscuits* erstreckte sich auf einem weitläufigen Gelände nordöstlich von Fowey. Neben den vor etwa hundert Jahren erbauten Fabrikationshallen aus grauem Schieferstein gab es auch moderne Gebäude aus Stahl mit großen Fenstern. Auf einer Anhöhe thronte die im 19. Jahrhundert erbaute Villa, das Wohnhaus der Familie. Nach Christopher Bourkes Recherchen beschäftigte die Firma derzeit einhundertsechzig Mitarbeiter in der Produktion und in der Verwaltung und war einer der größten Arbeitgeber im Osten Cornwalls. Er stellte seinen Wagen auf einem der Besucherparkplätze ab. Als er ausstieg, schnupperte Bourke. In der Luft lag der Duft nach Mandeln, Zimt und Kakao. Unwillkürlich fuhr er sich mit der Zunge über die Lippen. Seine große Schwäche waren Süßigkeiten. Nun ja, und Sandra Flemming ... Rasch wischte er sich mit dem Handrücken über die Stirn. Er wollte und konnte jetzt nicht an Sandra denken, er musste sich auf das kommende Gespräch konzentrieren.

Die Empfangsdame trug ein lindgrünes Kostüm mit einer zartgelben Bluse, um den Hals ein farblich passendes, ebenfalls grünes Tuch. Lindgrün und gelb waren die Farben von *Lambourne Biscuits*, und die Mitarbeiter kleideten sich dementsprechend.

DCI Bourke zeigte seinen Dienstausweis vor und sagte: »Ich möchte mit Mr Marshall sprechen.«

Sie zögerte. »In wenigen Minuten hat Lord Beechwood eine wichtige Konferenz ...«

»Die auf ihn warten muss«, unterbrach Bourke bestimmt. Er hatte genau gehört, wie die Frau den Titel ihres Chefs betont hatte. Der Empfangsdame blieb nichts anderes übrig, als zum Telefon zu greifen und ihren Chef zu informieren.

Wenige Minuten später saß Bourke Denzil Marshall, Lord Beechwood, gegenüber Er war mittelgroß, von kräftiger, gedrungener Statur, mit hellblonden Haaren und wasserhellen Augen.

»Was wollen Sie?« Marshall machte keinen Versuch, freundlich zu sein. Demonstrativ sah er auf seine Uhr. »Alles, was ich weiß, habe ich bereits Ihren Kollegen erzählt. Inzwischen hat sich herausgestellt, dass das Gift in den Keksen ein Einzelfall war, keineswegs hatte es Lambourne flächendeckend auf unser Sortiment abgesehen. Allein der Tag, an dem ich die Produktion anhalten musste, kostete mich eine Summe, die Sie in einem Jahr nicht verdienen. Mindestens!«

»Machen Sie sich keine Gedanken um mein Gehalt«, erwiderte Bourke kühl. »Wir sind nicht davon ausgegangen, dass Ihr Bruder ...«

»Stiefbruder!«, betonte Marshall entschieden.

»Dass Lambourne einen Anschlag auf Ihre Firma plante, trotzdem mussten wir vorsichtig sein. Es ist bereits ein Mensch gestorben, ein zweiter entging nur knapp dem Tod.«

»Was ich aufrichtig bedaure.« Marshall seufzte, sah wieder auf die Uhr. »Was kann ich noch für Sie tun, Chief Inspector? Meine Zeit ist wirklich begrenzt.«

»Wie war es damals, als Sie von den Morden Ihres Stiefbruders und Ihrer Abstammung erfuhren?«

Marshalls Augen weiteten sich verständnislos. »Auch das

habe ich damals alles erzählt. Ich weiß wirklich nicht, was das nach den vielen Jahren noch für eine Rolle spielt, Sir! Dort draußen«, er deutete vage aus dem Fenster, »läuft ein skrupelloser Verbrecher herum, der sich an allen, die ihn seiner gerechten Strafe zuführten, rächen will. Denken Sie einen Moment daran, dass ich ebenfalls in Gefahr sein könnte, Chief Inspector? Lambourne und ich sind uns nie begegnet, er kann mir nicht vorwerfen, dass unser Vater mich in die Welt gesetzt und dann mir die Firma und das Erbe übertragen hat: Nicolas ist allerdings vollkommen irre! Vielleicht tickt in seinem kranken Hirn der Plan, auch mich umzubringen oder meiner Frau etwas anzutun. Anstatt Ihre Zeit zu vergeuden, indem Sie sich für alte Geschichten interessieren, sollten Sie lieber zusehen, Lambourne zu finden und ihn für den Rest seines Lebens wegzusperren.«

In Marschalls Worten lag eine gewisse Wahrheit, der Bourke nicht widersprechen konnte. Polizeischutz bekam der Unternehmer jedoch nicht, da keine unmittelbare Gefahr zu erkennen war.

Ruhig sagte Bourke: »Bei allem Verständnis, Sir, berichten Sie mir bitte, wie Sie erfahren haben, wessen Sohn Sie sind.«

Marshall seufzte, rollte mit den Augen, griff zum Telefon und wies seine Sekretärin an, das Meeting um eine halbe Stunde nach hinten zu verschieben und zwei Tassen Tee in sein Büro zu bringen.

»In Gottes Namen, wie Sie wollen, Chief Inspector. Ich werde Sie sonst nicht los. Sie trinken doch Tee, nicht wahr? Setzen Sie sich, so spricht es sich leichter.« Bourke setzte sich auf einen Stuhl vor dem Schreibtisch, Marshall ihm gegenüber in seinen Sessel. Er verschränkte die Finger und sagte: »Es kam völlig unerwartet. Meine Mutter hatte mir erzählt, mein Vater wäre bereits vor meiner Geburt gestorben. Ich habe das nie angezweifelt. Geld hatten wir zwar nicht viel – meine Mutter arbeitete von früh bis in die Nacht hinein, meistens auf Putzstellen –, doch sie war immer liebevoll zu mir. Unser Haus in Manchester lag in einer wenig schönen Gegend, war klein, stets sauber und, im Rahmen unsere finanziellen Möglichkeiten, gemütlich eingerichtet.«

Sein Bericht wurde durch das Eintreten der Sekretärin unterbrochen. Sie stellte zwei Tassen Tee auf den Schreibtisch, dazu einen Teller mit einer Auswahl Keksen, bei deren Anblick Christopher Bourke das Wasser im Mund zusammenlief. Er widerstand der Versuchung und trank nur einen Schluck von dem heißen, kräftigen Darjeeling.

Marshall wartete, bis sie wieder allein waren, dann fuhr er fort: »Nach meinem Schulabschluss studierte ich Betriebswirtschaftslehre. Heute erscheint mir das wie ein seltsamer Zufall, als ahnte ich, was mich erwartete. Ich war im letzten Semester und auf der Suche nach einer passenden Anstellung, als plötzlich Lambourne, Lord Beechwood, vor der Tür des Studentenwohnheims stand und behauptete, er sei mein Vater und wolle, dass ich mit ihm nach Cornwall komme, um in seiner Fabrik zu arbeiten.«

»Was sagte Ihre Mutter dazu, Sir?«

»Nur, dass der Adlige die Wahrheit sagte und ich mit ihm gehen soll.« Bitter verzog Marshall die Mundwinkel. »Lambourne weigerte sich, mit meiner Mutter zu sprechen oder sie auch nur zu sehen. Sie akzeptierte seine Zurückweisung und erklärte mir, sie und Lambourne wären sich zufällig begegnet, als er geschäftlich in Manchester zu tun hatte, und hätten eine kurze, leidenschaftliche Affäre gehabt, dessen Ergebnis ich sei. Auf meine Frage, warum er sich ausgerechnet jetzt blicken lässt – nach über fünfundzwanzig Jahren! – berichtete er, was sein ehelicher Sohn getan hatte. Von dem Mordfall hatte ich nichts mitbekommen. Mag sein, dass es damals in der Presse stand, früher interessierten mich solche Dinge nicht. Plötzlich war mein Leben auf den Kopf gestellt. Lord Beechwood hegte keinen Zweifel an seiner Vaterschaft, die Möglichkeit, diese mit einem DNA-Test feststellen zu lassen, bestand damals noch nicht. Er zeigte mir Fotos aus seiner Jugendzeit, die Ähnlichkeit war verblüffend. So kam eines zum anderen. Beechwood brauchte jemanden, der die Firma führt. Er erkannte mich offiziell als Sohn an und setzte mich als alleinigen Erben ein. Als er wenige Jahre später starb, erhielt ich auch den Titel, was für mich kaum Bedeutung hat. Das ist nur ein Name, die Zeiten, in denen sich der Adel von allein ernährt, sind lange vorbei.«

»Warum haben Sie Ihren Bruder nie im Gefängnis besucht?«, fragte Bourke.

»Warum hätte ich ihn aufsuchen sollen?« Verständnislos schüttelte Marshall den Kopf. »Ich kenne diesen Mann nicht und möchte auch keinen Kontakt zu einem skrupellosen Mörder haben. Es war schwer genug, den Schatten, der dadurch auf die Firma gefallen war, zu vertreiben. Um das Unternehmen stand es damals nicht zum Besten, was Sie sicher wissen, Inspector. Es hat meinen Vater viel Kraft gekostet, aus dem Tief herauszukommen, was wahrscheinlich auch zu seinem frühen Tod geführt hat.« Er winkte ab und seufzte. »Das ist alles lange her, Sir. Heute steht die Firma besser da als je zuvor. Lambourne wurde zu lebenslanger Haft verurteilt, was in unserem Land – im Gegensatz zu vielen anderen Ländern in Europa – wirklich bedeutet, dass er das Gefängnis erst in einem Sarg verlässt. Warum ihm Freigang gewährt wurde, ist mir völlig unverständlich! Dieses Privileg nutzte er sogleich, um einen weiteren Mord zu begehen. Ich hoffe, die Verantwortlichen sind sich ihrer Schuld bewusst.«

Etwas unbehaglich rutschte Bourke auf dem Stuhl hin und her. Hatte er Marshall anfangs wenig Sympathie entgegengebracht, so musste er jetzt feststellen, dass der Mann intelligent war und richtig kombinierte. Er stand auf.

»Ich danke Ihnen, Lord Beechwood.«

»Mr Marshall reicht.« Zum ersten Mal sah Bourke ihn lächeln. »Wie ich eben sagte: Es ist nur ein Titel. Ich fürchte, meine Aussage wird Ihnen nicht weiterhelfen, und wie ich Ihren Kollegen schon sagte: Ich habe keine Ahnung, wo Lambourne sich versteckt halten könnte, und ich habe die Sicherheitsmaßnahmen verstärkt. Hier dringt niemand unbemerkt ein, unsere Produkte werden akribisch kontrolliert, bevor sie die Fabrik verlassen. Hoffen wir, dass der Tod des Richters Lambourne gereicht hat.«

Das hoffe ich ebenfalls, dachte Bourke und sagte: »Wir werden Sie informieren, sobald es neue Erkenntnisse gibt oder Lambourne wieder in Gewahrsam ist.«

Marshall nickte, an seinem Gesichtsausdruck erkannte Bourke deutlich, dass er Zweifel hegte.

Sandra trat so schnell und hart auf die Bremse, dass die Reifen auf dem trockenen Asphalt quietschten. Ihr Pulsschlag beschleunigte sich. In letzter Sekunde hatte sie den Wagen erkannt, der aus der Ausfahrt nach links abbog, gerade als sie, von rechts kommend, in den Hof fahren wollte. Christopher, dachte Sandra. Da er seine Fahrt fortsetzte, hatte er sie offenbar nicht bemerkt. Es war nicht verwunderlich, dass der DCI die Keksfabrik aufsuchte. Hätte Christopher sie gesehen, hätte er ihr bestimmt unliebsame Fragen gestellt, was sie hier zu suchen habe. Dabei wusste Sandra das selbst nicht so genau. Vergangene Nacht hatte sie von Nicolas Lambourne den »Auftrag« erhalten, seinen Stiefbruder und dessen Frau nach Higher Barton einzuladen.

»Warum sollten die Marshalls kommen?«, hatte Sandra verwundert gefragt. »Die Leute kennen mich überhaupt nicht.«

»Weil Sie sie davon überzeugen werden.« Lambourne hatte wieder mit dem kleinen, schwarzen Kästchen herumgespielt, und Eliza sagte leise: »Bitte, Sandra, Sie müssen es versuchen!«

Sandra blieb nichts anderes übrig, als die Marshalls aufzusuchen, auch wenn sie nicht wusste, was es nutzen sollte und was sich Lambourne davon versprach. Monsieur Peintré hatte keinen Hehl aus seinem Unverständnis gemacht, als Sandra Rosa ein weiteres Mal als Rezeptionistin abstellte, wie er es ausdrückte.

»Bei allem Verständnis für den personellen Engpass, aber wie, um Himmels willen, soll ich ohne Hilfe in der Küche ein anständiges Essen auf den Tisch bringen?«

Sandra war ihm eine Antwort schuldig geblieben. Ihr Kopf fühlte sich an wie in Watte gepackt, es gelang ihr kaum, einen klaren Gedanken zu fassen. Als sie nun wieder anfahren wollte, klingelte ihr Handy. Auf dem Display erkannte sie die Nummer ihrer Mutter. Sandra drückte den Anruf weg. Später, wenn alles vorbei war, würde sie es ihren Eltern erklären, und sie würden es verstehen.

»Es tut mir leid, Lord Beechwood ist in einer wichtigen Konferenz und für niemanden zu sprechen.« Sandra erhielt diese Auskunft von der in Lindgrün und Gelb gekleideten

Empfangsdame, die einen leicht genervten Eindruck machte. »Ab morgen ist Wochenende, dann Weihnachten, bis zum neuen Jahr haben wir geschlossen.« Die Frau sah in den Kalender. »Ich könnte Ihnen einen Termin in der zweiten Januarwoche anbieten, wenn es unbedingt sein muss, besser wäre es erst im Februar.«

»Ich fürchte, es liegt ein Irrtum vor.« Sandra setzte eine geschäftsmäßige Miene auf und sagte von oben herab: »Ich habe einen Termin mit Mr Denzil Marshall. Heute um elf Uhr. Ich habe mich lediglich um fünf Minuten verspätet, das wird wohl nicht so tragisch sein.«

»Sie haben einen Termin?« Die dunkel nachgeschminkten Brauen der Frau zogen sich über ihrer Nasenwurzel zusammen. Konzentriert blickte sie auf den Bildschirm des Rechners. »Wie war noch mal Ihr Name?«

»Flemming, Sandra Flemming. Mir gehört das Higher Barton Romantic Hotel.«

»Es tut mir leid«, wiederholte die Dame, »ich habe keinen Termin vermerkt. Ich kann mir nicht vorstellen, dass Lord Beechwood«, erneut betonte sie den Titel, »ausgerechnet für heute einen Termin vereinbart haben soll. Die Konferenz steht seit einer Woche fest.«

»Dann muss wohl ein Fehler vorliegen, denn Mr Marshall«, Sandra betonte nun ihrerseits diesen Namen, »setzte *meinen* heutigen Termin bereits vor zwei Wochen fest. Wenn Sie ihn jetzt bitte informieren wollen? Ich habe meine Zeit schließlich nicht gestohlen und bin extra den ganzen Weg von Lower Barton gekommen, obwohl meine Anwesenheit im Hotel dringend erforderlich ist.«

Es war Sandra gelungen, durch ihre überzeugende Schwindelei die unterkühlte Empfangsdame zu verunsichern.

»Wenn Sie bitte einen Moment Platz nehmen würden.«
Die Frau deutete auf eine Sitzgruppe aus elfenbeinfarbenem
Leder. »Ich werde Lady Beechwood informieren.«

Sandra nickte und verstärkte den ungeduldigen Eindruck
noch, indem sie auf ihre Armbanduhr sah und seufzte. Tatsächlich musste sie nur wenige Minuten warten, bis eine
elegante, nicht mehr junge und sehr attraktive Frau zu ihr
trat.

»Miss Flemming?« Der Blick aus ihren grünen Augen war
fragend. »Man sagte mir, Sie hätten einen Termin mit meinem
Mann?«

»Guten Tag, Mrs Marshall, oder soll ich Mylady sagen?«
Sandra lächelte unbefangen. »Verzeihen Sie mir die Frage, ich
kenne mich mit den Gepflogenheiten bei den Adelshäusern
dieses Landes nicht aus.«

Die perfekt zartrosa geschminkten Lippen der Frau verzogen sich leicht, das Lächeln erreichte nicht ihre Augen.

»Mylady ist ein Relikt aus vergangenen Zeiten. Von Fremden werde ich in der Regel mit Lady Beechwood angesprochen, das halte ich für passend. Nun, was kann ich für Sie
tun?«

»Ich wollte eigentlich Ihren Mann, Lord Beechwood ...«

»Das ist unmöglich, offenbar liegt ein Fehler in der Termin-
planung vor, wofür ich um Entschuldigung bitte. Es ist im
Moment ausgeschlossen, meinen Mann zu stören. Wenn es
sich um geschäftliche Belange handelt, stehe ich Ihnen gern für
ein Gespräch zur Verfügung. Mein Aufgabenbereich erstreckt
sich auch auf die Kundenakquise.«

»Das wäre sehr freundlich.« Schnell disponierte Sandra
um. Wahrscheinlich stieß ihr Anliegen bei Vivian Marshall,
Lady Beechwood, sogar auf mehr Zustimmung.

Lady Beechwood gab Sandra einen Wink, ihr zu folgen. Neidlos bewunderte Sandra Vivians schlanke Figur mit Rundungen an den richtigen Stellen. Der rostbraune Hosenanzug war perfekt geschnitten, Sandra vermutete eine Maßanfertigung. Mühelos und elegant bewegte sie sich auf den hohen, schmalen Absätzen. Aus dem Augenwinkel sah Sandra, dass die Sohlen der Schuhe knallrot waren.

Eine Seite des Büros bestand aus einer bodentiefen Fensterfront, an den weißen Wänden hingen Kunstdrucke, die auf den ersten Blick einfach aussahen, gerade durch diese Schlichtheit beeindruckten und wahrscheinlich wertvoll und teuer waren. Vier Sessel aus ebenfalls weißem Leder um einen schwarzen, ziemlich futuristisch gearbeiteten Tisch, ein Schreibtisch aus Stahl und deckenhohe Regale vervollständigten die Einrichtung.

»Was kann ich für Sie tun, Ms Flemming?«

Vivian Marshall blieb mitten im Raum stehen und bot Sandra keinen Platz an. Ihre Haltung drückte Arroganz aus. Sandra ihrerseits trug ebenfalls einen Hosenanzug mit einer Seidenbluse, darüber einen Trenchcoat und Schuhe mit flachen Absätzen. Im Vergleich zu der eleganten Lady Beechwood fühlte sie sich plötzlich wie Aschenputtel.

»Ich hoffe, mein Haus, das Higher Barton Romantic Hotel, ist Ihnen geläufig.« Sandra setzte nun ihrerseits auf Überheblichkeit.

»Sollte es das?« Vivian Marshalls perfekt geformte Nase, die unmöglich ohne Hilfe des Skalpells eines Chirurgen derart ebenmäßig sein konnte, kräuselte sich. »Wenn Sie bitte zur Sache kommen wollen.«

Sandra setzte ihr charmantestes Lächeln auf. »Da sich Ihre Produkte bei den Gästen meines Hauses großer Beliebtheit erfreuen, ist es mir ein Bedürfnis, Sie und Ihren Gatten persönlich kennenzulernen und Sie zum Weihnachtsessen und dem anschließenden Ball nach Higher Barton einzuladen. Für die Nacht steht Ihnen selbstverständlich ein schönes Zimmer zur Verfügung.«

Vivians Marshalls Lippen formten ein lautloses »Oh!«, ihr Blick blieb skeptisch. »Das mag vielleicht eine große Ehre sein, und auch im Namen meines Mannes bedanke ich mich für Ihre Einladung, die wir leider ablehnen müssen.«

»Meine Einladung ist sehr kurzfristig«, fuhr Sandra fort, »deswegen bin ich persönlich gekommen. Es wird Ihnen bekannt sein, dass zwischen Ihrer Familie und der Familie der Tremaines, die Higher Barton erbaut und bis vor wenigen Jahren bewohnt haben, familiäre Bindungen bestehen.«

»Ich verstehe nicht, was das mit Ihnen zu tun hat, Ms Flemming.« Es war Sandra gelungen, die kühle Lady zu verwirren. »Sind Sie ebenfalls eine Tremaine oder gar mit der Familie meines Mannes verwandt?«

»Soweit mir bekannt ist, leider nicht.« Lächelnd zuckte Sandra mit den Schultern. »Ich stamme aus Schottland und habe aus dem Herrenhaus ein kleines, feines Hotel gemacht. Es wäre mir und meinen Angestellten eine große Ehre, Sie in unserem Haus als Gäste begrüßen zu dürfen.« Das funktioniert nie, hämmerte es in Sandras Kopf. Warum sollten die Marshalls ausgerechnet an Weihnachten mich, eine Fremde, besuchen? Nicolas Lambourne bestand darauf, Vivian und Denzil dazu zu bringen, dass sie nach Higher Barton kommen. Was er dann vorhatte – darüber wollte Lambourne keine Auskunft geben.

»Mein Mann und ich haben bereits andere Pläne.« Vivian

Marshall wirkte nicht mehr ganz so abweisend. »Vielleicht ein andermal? Ein Wochenende im nächsten Jahr?«

»Sie und Ihr Gatte sind mir jederzeit herzlich willkommen, Lady Beechwood. Bitte richten Sie Ihrem Mann meine Einladung aus, vielleicht können Sie es doch einrichten.« Sandra versuchte, nicht flehentlich zu klingen. »Gegen zwölf Uhr reichen wir Aperitifs und Amuse-Gueules, danach erwartet Sie ein Dinner mit sechs Gängen, zubereitet von einem Koch mit zwei Michelin-Sternen. Am Abend ein festliches Tanzvergnügen, gegen Mitternacht ein kaltes Buffet.«

Zum ersten Mal erreichte Vivian Marshalls Lächeln auch ihre Augen, als sie sagte: »Es ist gut, Ms Flemming, ich glaube Ihnen ja, dass Sie einen rundum perfekten Weihnachtstag geplant haben.« Vivian Marshall sah auf ihre Armbanduhr. »Vielleicht ist es möglich, umzudisponieren. Ich werde Ihre Einladung mit meinem Mann besprechen und Ihnen eine Nachricht zukommen lassen. Geben Sie mir bitte Ihre Karte.«

Sandra nahm eine Visitenkarte aus dem flachen, silbernen Etui, da klingelte ihr Handy. Wieder ihre Mutter! Sie drückte den Anruf erneut weg.

»Sie können das Gespräch gern annehmen«, sagte Vivian Marshall. »Ich glaube, wir haben alles besprochen.«

»Es ist nicht wichtig«, murmelte Sandra.

Zum Abschied reichte Lady Beechwood Sandra die Hand. Ihre Haut war glatt und kühl, der Druck lasch.

Als Sandra in ihrem Auto saß, legte sie die Arme auf das Lenkrad und bettete ihren Kopf darauf. Sie wusste nicht, ob die Marshalls ihrer Einladung folgen würden, tippte eher auf eine Absage, wenn Mrs Marshall sich überhaupt noch einmal meldete. Und wenn sie doch nach Higher Barton kamen – was hatte Nicolas Lambourne vor?

Als Sandra eine halbe Stunde später die Hotelhalle betrat, stürmte ihre Mutter auf sie zu.

»Sandra! Wo bist du gewesen? Seit Stunden versuche ich dich zu erreichen!«

»Mum, nicht so laut.« Sandra fasste ihre Mutter am Arm und zog sie an die Seite. An der Rezeption tat Rosa so, als hätte sie nichts gehört. »Ich hatte zu arbeiten. Was machst du hier?«

»Was ich hier mache?« Verständnislos schüttelte Heather Flemming den Kopf. »Ich werde mich doch wohl um meine Tochter sorgen dürfen, nachdem diese uns nach Cornwall eingeladen, uns dann in einem zweitklassigen Hotel abgeladen hat und keine Neigung zeigt, sich um ihre Eltern zu kümmern.«

»Seid ihr mit der Unterkunft im Three Feathers unzufrieden?«, fragte Sandra. »Wo ist eigentlich Dad?«

»Dein Vater macht einen Spaziergang, und nein, es ist dort schon in Ordnung. So haben wir uns den Urlaub aber ganz sicher nicht vorgestellt.«

»Bitte, Mum, ich habe dir doch erklärt, dass wir personelle Ausfälle haben.« Sanft schob Sandra ihre Mutter in Richtung Tür. »Ich habe jetzt wirklich zu tun. Vielleicht wäre es besser, ihr reist wieder nach Hause und kommt in ein paar Wochen, wenn alles seinen geregelten Gang geht.«

Heather Flemming blieb wie angewurzelt stehen. »Warum habe ich das Gefühl, dass du uns so schnell wie möglich loswerden willst?«

»Ach, Mum, das möchte ich nicht.« Sandra brauchte alle Kraft, unbekümmert zu lächeln. »Es war alles nicht so geplant. Ich kann nicht mehr, als mich erneut zu entschuldigen und dich um Verständnis zu bitten.«

»Kind«, Heather strich sanft über Sandras Wange, »etwas stimmt doch nicht mir dir. Du kannst mich nicht hinters Licht führen, ich bin deine Mutter, niemand kennt dich besser als ich, auch dein Dad nicht. Ist etwa wieder jemand zu Tode gekommen? Das würde mich nicht wundern, denn über diesem Haus scheint ein Fluch zu liegen. Du weißt, ich kann nicht verstehen, warum du den alten Kasten kaufen musstest, anstatt dir ein kleines, feines Hotel in deiner Heimat zu suchen.«

»Cornwall ist inzwischen meine Heimat«, murmelte Sandra. Der Versuchung, sich an die Brust der Mutter zu schmiegen und von ihren Armen tröstend umfangen zu werden, als wäre sie ein kleines Kind, widerstand sie nur schwer. »Im Moment ist alles nicht so einfach, es kommen auch wieder bessere Zeiten.«

Heather Flemming merkte, dass sie von Sandra nicht mehr erfahren würde. Mochte sie auch oft übervorsichtig sein und zur Schwarzmalerei neigen: Dass in Higher Barton etwas nicht in Ordnung war – das merkte auch ein weniger sensibler Mensch.

»Also gut, ich fahre nach Lower Barton zurück««, gab sie nach. »Es wäre wirklich schön, wenn du in den nächsten Tagen ein wenig Zeit für uns erübrigen könntest.«

»Ich werde es versuchen«, versprach Sandra und wusste, dass sie dieses Versprechen nicht würde einhalten können.

ELF

Edouard Peintré war aufrichtig gekränkt, nicht aufbrausend und unbeherrscht, wie Sandra ihn häufig erlebte. Seine in schönster Regelmäßigkeit geäußerten Ankündigungen, er werde sich eine andere Stelle suchen – »Wenn ich wollte, könnte ich in den ersten Häusern Europas kochen, dort, wo meine Arbeit wirklich gewürdigt wird« – belächelte Sandra im Stillen, denn sie wusste, dass der Koch im Inneren ein herzensguter Mensch war, auf den man sich verlassen konnte. Peintré sah Sandra jetzt mit einem Blick an, in dem nicht Ärger, sondern Enttäuschung lag, und sagte: »Ich habe geglaubt, Sie zu kennen, Ms Flemming, und hätte nie gedacht, dass ein Geldgewinn ausgerechnet Sie derart verändern wird. Ja, Sie sind die Chefin hier, das waren Sie schon, als Higher Barton noch zu der Hotelkette gehörte, bisher haben Sie das nie ausgespielt. Immer waren Sie auf ein kollegiales Miteinander bedacht, betonten, wir wären ein Team, in dem alle am selben Strang ziehen müssen, um den Gästen einen angenehmen Aufenthalt zu bereiten. Ihre Autorität stelle ich nicht infrage, ich bedauere nur Ihre radikale Wesensveränderung. Wenn Sie mit meiner Arbeit nicht mehr zufrieden sind und nicht länger Wert auf meine Meinung legen, sagen Sie das bitte offen und ehrlich, dann trennen sich unsere Wege, was ich, zugegebenermaßen, sehr bedauern würde.«

Für Edouard Peintré war das eine lange Rede gewesen, ruhig und nachdenklich, keine seiner sonst üblichen Drohungen, die Enttäuschung über Sandras Verhalten klang aus jedem einzelnen Wort.

»Monsieur Peintré«, antwortete Sandra leise und wich dem Blick des Kochs aus, »Sie wissen, wie sehr ich Ihre Kompetenz und Ihre Arbeit schätze, in diesem einen Fall bitte ich Sie lediglich, sich aus der Sache herauszuhalten.«

»Wie könnte ich das?«, brauste er auf. »Seit geraumer Zeit werde ich ... werden wir systematisch bestohlen! Heute Morgen fehlten erneut Lebensmittel und Getränke. Das ist kein merkwürdiger Zufall oder ein Lausbubenstreich, wie Sie es hinstellen wollen, Ms Flemming, sondern eine Sache für die Polizei.«

»Wir haben alles besprochen.« Sandra schluckte trocken, ihre Stimme klang belegt, als sie weitersprach: »Sie kennen meine Anweisung, Monsieur: Sollte in der Küche künftig etwas fehlen, dann bestellen Sie es ganz einfach nach, alles andere geht Sie nichts an. Wegen einer solchen Lappalie will ich die Polizei nicht im Haus haben. Schlussendlich bin ich es, die die Sachen mit meinem Geld bezahlt, und ich kann es verschmerzen. Wenn Sie jetzt bitte so freundlich sind, wieder an Ihre Arbeit zu gehen und den Dingen ihren Lauf zu lassen, Monsieur Peintré.«

Sandra wartete nicht ab, ob Peintré noch etwas erwidern wollte. Sie ließ ihn einfach stehen und ging aus der Küche. Auf dem Weg durch die Halle, in der sich Major Collins mit dem deutschen Ehepaar unterhielt, hielt sie den Kopf hoch erhoben und lächelte ihren Gästen zu. Kaum, dass sie die Bürotür hinter sich geschlossen hatte, sank sie in sich zusammen, fiel auf den Stuhl, legte die Arme auf den

Schreibtisch und bettete ihren Kopf darin. Sie wünschte, sie könnte weinen, ihre Augen blieben trocken. Nie zuvor hatte sie mit einem Angestellten in einem solch kompromisslosen Ton gesprochen. Natürlich war es notwendig, Autorität zu zeigen und nicht zuzulassen, dass ihre Anweisungen miss-achtet wurden, Peintré aber hatte es auf den Punkt gebracht: Sandras Verhalten war von einem kollegialen Verhalten weit entfernt.

In der letzten Nacht hatte Lambourne im Cottage von Emma und George von ihr gefordert, dass ab sofort *sie* ihn mit Nahrung versorgte. So bestand keine Gefahr, dass jemand Eliza entdeckte, die sich offiziell immer noch im Urlaub befand. Morgen wollte Sandra die notwendigen Lebensmittel im Supermarkt Morrisons in Lower Barton kaufen, um einer weiteren Konfrontation mit Monsieur Peintré aus dem Weg zu gehen.

Nachdem Sandra Lambourne von ihrem Besuch bei Vivian Marshall berichtet und ihre Zweifel geäußert hatte, ob sie und Denzil tatsächlich zum Weihnachtsball kommen wür-den, sagte Lambourne nüchtern: »Wenn nicht, werden wir eben nachhelfen müssen. Sie wissen, was Sie als Nächstes zu tun haben, Sandra?«

»Alles über die Marshalls herausfinden, was möglich ist. Ich kann Ihnen einen Laptop bringen. Dieses Cottage verfügt über WLAN, so können Sie selbst recherchieren.«

»Damit ich abgelenkt bin, Eliza mir bei der ersten Gele-genheit etwas über den Schädel zieht, flieht und die Polizei informiert.« Er lachte kehlig, packte Eliza am Arm, zog sie dicht vor seinen Körper und setzte die Spitze eines Messers, das er in Emmas Küchenschublade gefunden hatte, an ihre Kehle. Ein Messer sei besser als die Pistole, deren Schuss man hören konnte, wenn er die Waffe verwenden musste, hatte er gemeint.

»Bitte, Sandra, tun Sie, was Nicolas sagt.« Elizas Stimme war leise, aber nicht ängstlich.

»Ich werde es versuchen«, antwortete Sandra.

»Versuchen reicht nicht!«, rief Lambourne. »Ich weiß selbst, dass meine derzeitige Lage nicht von Dauer sein kann und mir die Zeit davonläuft.«

»Was meinen Sie denn, was ich im Internet finden könnte, was Sie nicht schon selbst nachgelesen haben?«, fragte Sandra mühsam beherrscht. »Glauben Sie, Denzil Marshall schreibt in den sozialen Netzwerken, er habe drei Menschen ermordet?«

Lambourne schubste Eliza beiseite und trat mit dem erhobenen Messer dicht vor Sandra. Obwohl sie vor Angst zitterte, wich sie keinen Zentimeter zurück.

»Es muss etwas geben, irgendetwas, das wir gegen Marshall verwenden können. Sie müssen seine Leiche im Keller finden, ich bin sicher, Denzil hat eine versteckt. Dann habe ich gegen ihn etwas in der Hand.«

»Sie planen, Ihren B … Stiefbruder zu erpressen?«, fragte Sandra. »Angenommen, es gibt wirklich ein dunkles Geheimnis oder eine Skandalgeschichte in der Familie Marshall: Denzil wird deswegen doch keine Morde gestehen!« Die er nicht begangen hat, fügte Sandra in Gedanken hinzu, spielte Lambourne aber weiterhin vor, sie würde ihm glauben.

»Sie müssen meinen sauberen Stiefbruder so schnell wie möglich dazu bringen, dass er die Morde gesteht«, flüsterte Lambourne eindringlich, dabei roch Sandra das Rasierwasser, das auch George verwendete. Er musste sich davon bedient haben, und erst jetzt bemerkte sie, dass Lambourne seinen

Bart gestutzt hatte. »Stellen Sie sich nicht dumm, Sandra! Inzwischen weiß ich, dass Sie gern Miss Marple spielen.«

»Meine Zeit ist ebenfalls begrenzt«, erwiderte Sandra. »Ab morgen ist das Hotel voll belegt, zu den jeweiligen Weihnachtsfeiern erwarte ich Dutzende Gäste. Lambourne, Sie verlangen, dass ich für Sie Detektivin spiele, gleichzeitig soll ich mich verhalten wie immer. Wie, um Himmels willen, kann mir das gelingen, wenn ich meine Gäste vernachlässige? Bereits jetzt schöpfen die Ersten Verdacht, weil ich mich anders benehme als sonst.« Da er nicht antwortete, nahm Sandra ihren ganzen Mut zusammen und schlug vor: »Wir können uns Hilfe holen! Ich kenne Leute, denen wir vertrauen können und die nichts tun werden, die Sicherheit Elizas und aller anderen im Hotel zu gefährden.«

»Sandra hat recht«, raunte Eliza. »Alan Trengove wird auf unserer Seite stehen ...«

»Der Anwalt hat mit dafür gesorgt, dass ich lebenslänglich bekam!«, brauste Lambourne auf. »Wenn Sie auch nur ein Wort verlauten lassen, ist Ihre Mitarbeiterin tot!« Er packte Eliza, die Spitze des Messers bohrte sich in ihren Hals. Nicht tief, aber ein kleiner Blutstropfen trat aus. Dann stieß Lambourne Eliza auf einen Stuhl und hob die Hand mit dem Steuergerät. »Es ist Ihre Sache, wie Sie das hinbekommen, morgen Nacht erwarte ich erste Ergebnisse. Sonst ...«

Sandra hatte nur genickt, dann hatte Lambourne sie gehen lassen, und sie verbrachte eine weitere schlaflose Nacht.

Dementsprechend war sie jetzt schrecklich müde und ihr war so übel, dass sie keinen Bissen hinunterbekam.

Sandra schrie auf, als sie plötzlich eine Berührung an ihrer Schulter spürte. Ann-Kathrin stand neben ihr.

»Verzeih, Sandra, ich wollte dich nicht erschrecken. Ich hatte geklopft, du hast nicht geantwortet.« Die Augenbrauen der Freundin zogen sich zusammen. »Fühlst du dich nicht wohl? Du siehst, ehrlich gesagt, furchtbar aus.«

»Ich bin nur müde.« Sandra strich sich eine Haarsträhne aus der Stirn. »Was machst du hier?«

»Wir wollten dir Hallo sagen.« Hinter Ann-Kathrin trat Alan ein. »Ich bin heute entlassen worden.«

»Alan ...« Sandra versuchte zu lächeln. »Wie geht es dir?«

»Ich bin noch ziemlich wacklig auf den Beinen.« Der Anwalt grinste. »Das ist ein völlig neues Gefühl für mich, ich fürchte, es wird noch ein paar Tage dauern, bis ich wieder Tennis spielen kann.«

In den Tagen im Krankenhaus hatte Alan an Gewicht verloren. Sein Teint war fahl, und mit Jeans, Pullover und einer dunklen Windjacke war er für Sandra ungewohnt leger gekleidet, da sie ihn bisher immer nur in maßgeschneiderten Anzügen und mit Hemd und Krawatte gesehen hatte.

Sandra besann sich auf ihre Rolle als Gastgeberin, auch wenn es ihr lieber wäre, die Freunde würden gleich wieder gehen.

»Ich bestelle Kaffee und Tee«, murmelte sie, griff zum Haustelefon und bat Lucas, die Erfrischungen zu bringen.

Ann-Kathrin und Alan zogen sich Stühle heran und setzten sich. Es dauerte nur wenige Minuten, bis Alan und Ann-Kathrin je eine Tasse Tee und Sandra den Kaffee vor sich stehen hatten. Die früher dazu angebotenen Lambourne Biscuits waren laut Sandras Anweisung weiterhin aus dem Hotel verbannt. Auch wenn Nicolas Lambourne behauptete, er habe das Gebäck nicht vergiftet – irgendjemand hatte es getan, und dieser Jemand lief da draußen noch frei herum.

»Hat Christopher neue Spuren?«, fragte Alan, nachdem er einen Schluck getrunken hatte. »Ich weiß nur, dass Nicolas Lambourne immer noch auf der Flucht ist.«

»Wieso fragst du mich?«, brauste Sandra auf. »Ebenso wie Christopher bist du der Ansicht, ich möge mich aus den polizeilichen Ermittlungen heraushalten. Warum also sollte ich etwas über diesen Verbrecher wissen?«

Ann-Kathrin sah Sandra erstaunt an und sagte: »Hast du dich mit Christopher gestritten?«

»Ist das hier ein Verhör oder was?«

»Sandra ...« Ann-Kathrin legte beruhigend eine Hand auf Sandras Arm. »Du bist übermüdet und solltest dich mal richtig ausschlafen. Vielleicht wäre es besser, ein paar Termine abzusagen, zumindest die Firmenfeier am Heiligen Abend.«

»Das kann ich mir nicht leisten«, erwiderte Sandra. »Mein ganzes Geld habe ich in Higher Barton gesteckt, das Hotel läuft aber nicht von allein. Und was Christopher gerade macht, geht mich weder was an noch interessiert es mich.«

»Oje, oje.« Ann-Kathrin nahm ihre Brille ab und rieb sich den Nasenrücken. »Ihr habt also mal wieder eine Meinungsverschiedenheit. Gestern Abend war Christopher auch etwas seltsam, als ich ihn nach dir fragte.«

»Du hast Christopher gestern Abend gesehen?«, fragte Sandra.

»Zufällig, ja. Ich habe eine Kollegin besucht, die sich eine waschechte Grippe eingefangen hat, und für sie gekocht, da sie allein lebt.« Ann-Kathrin stutzte, dann fragte sie: »Hörst du mir überhaupt zu, Sandra?«

»Doch, ja, natürlich ...« Sandra brachte ein Lächeln zustande. »Was war mit Christopher?«

»Ich traf ihn in der Fore Street. Er und Constable Greenbow waren auf dem Weg ins Sailor's Rest. Allerdings sagte Christopher, er hätte keine Lust auf ein Bier, und Greenbow erklärte, er habe seinen Chef überreden müssen, trotz aller Arbeit wenigstens für eine Stunde auf seinen Geburtstag anzustoßen.«

»Constable Greenbow hatte gestern Geburtstag?«, hakte Sandra nach.

Ann-Kathrin schüttelte den Kopf. »Nicht Greenbow, gestern war Christophers Geburtstag.« Sandra stöhnte und schloss die Augen. »Du hast das nicht gewusst, Sandra«, stellte Ann-Kathrin fest, »ergo hast du ihm auch nicht gratuliert. Das erklärt Christophers Verhalten.«

»Meine Güte!« Sandra rollte mit den Augen. »Wir haben nie über unsere Geburtstage gesprochen! Daraus kann Christopher mir wirklich keinen Strick drehen, das wäre maßlos übertrieben.«

»Er meinte, er hätte gestern Abend ins Hotel kommen und mit dir anstoßen wollen, und du hättest gesagt, du wolltest ihn nicht sehen.«

»So war es nicht ...«

»Ann-Kathrin, lass Sandra besser in Ruhe«, sagte Alan mit seiner markanten Stimme. »In das, was Sandra und den DCI verbindet, scheinen wir wohl zu viel hineininterpretiert zu haben.«

Sandra wand sich unbehaglich. Es widerstrebte ihr zutiefst, die Freunde anzulügen oder ihnen zu verschweigen, was zwischen ihr und dem DCI geschehen war. Gestand sie das ein, zöge das weitere Fragen nach sich, warum Sandra zum Beispiel derart erpicht darauf war, sich von Christopher fernzuhalten.

»Ich werde ihn nachher anrufen und nachträglich gratulieren«, sagte sie nur. »Können wir das Thema Christopher jetzt bitte lassen? Mich interessiert mehr, ob du, Alan, dich an Nicolas Lambourne und die Gerichtsverhandlung erinnern kannst.«

Dieser Gedanke war Sandra eben erst gekommen. Sie konnte die Freunde nicht einfach bitten zu gehen, ohne Verdacht zu erregen, daher wollte sie versuchen, von Alan mehr über Lambourne zu erfahren.

»Dich interessiert der Fall also doch!«, rief Ann-Kathrin triumphierend.

»Wenn der Mann meiner Freundin beinahe gestorben wäre, dann interessiert mich das selbstverständlich«, antwortete Sandra und sah Alan erwartungsvoll an.

»Als Christopher mich im Hospital aufsuchte und mir mitteilte, Lambourne habe die Kekse vergiftet, war ich zutiefst schockiert«, gestand Alan ein. »In den vielen Jahren meiner anwaltlichen Tätigkeit habe ich mir nicht nur Freunde gemacht, dass aber jemand so weit geht, mich töten zu wollen, habe ich nie zuvor erleben müssen.«

»Alan, damals warst du nur ein Handlanger des Richters und wurdest jetzt zum zufälligen Opfer«, warf Ann-Kathrin ein. »Lambourne hatte es auf den Richter abgesehen. Es war Pech, dass du von dem Gebäck gegessen hast.«

»Wie war das damals bei dem Prozess?«, fragte Sandra gespannt.

»Ich fand ihn sehr interessant«, antwortete Alan. »Es war mein erster Strafprozess, bei dem es um Mord ging, in diesem Fall sogar um grausigen Doppelmord. Ich hatte mich durch sämtliche Akten gewühlt, jedes Beweisstück und die Indizien von allen Seiten geprüft.«

»Lambourne leugnete die Taten«, sagte Sandra und fügte

178

schnell hinzu: »Christopher hat mir das gesagt. Er hat die alten Akten ebenfalls durchgesehen.«

Alan nickte. Das Kinn auf eine Hand gestützt erzählte er weiter: »Ich erinnere mich noch gut an den Moment, als Lambourne in den Saal geführt wurde und ich ihn zum ersten Mal sah. Trotz der monatelangen Untersuchungshaft sah er überraschend gut aus. Er hielt sich gerade, den Kopf hocherhoben und – jetzt halte mich bitte nicht für einen Snob, Sandra – seine aristokratische Abstammung und seine ausgezeichnete Erziehung waren in seinem Gebaren deutlich zu erkennen, ohne dass er überheblich gewirkt hätte.«

»Die Familien Beechwood und Tremaine, denen Higher Barton früher gehörte, sind miteinander verwandt«, sagte Sandra. »Das Adelsgeschlecht Beechwood reicht über dreihundert Jahre zurück, wobei sie sich während des Bürgerkrieges nicht gerade mit Ruhm bekleckert haben. Das ist jetzt aber unwichtig.« Sandra winkte ab. »Wie verlief der Prozess?«

Alan zuckte mit den Schultern. »Die Indizien und Beweise gegen Lambourne waren erdrückend, und du kennst das Urteil, Sandra. Er nahm den Richterspruch gelassen auf, ich sah ihm an, dass er mit lebenslang gerechnet hatte. Als man ihn aus dem Saal führte, drehte er sich nochmal zu Richter Audley um, sah ihm fest in die Augen und sagte so ruhig, als ginge es um eine Lappalie: ›Ich bin unschuldig‹.« Alan seufzte: »Obwohl Lambourne eindeutig überführt war, der Richter alles ganz genau abgewogen und das Urteil nicht leichtfertig gefällt hatte: In diesem Moment glaubte ich Lambourne. Inzwischen bin ich so manchem Täter begegnet, der nach dem Urteilspruch auf seine Unschuld beharrte, keiner war aber derart überzeugend wie damals Nicolas Lambourne.«

Sandra nickte. »Für die Zeit der Morde fehlte Lambourne ein Alibi, und er hatte das stärkste, eigentlich sogar das einzige Motiv, und dass sich auf der Tatwaffe nur seine Fingerabdrücke befanden, gibt mir sehr zu denken.«

Gespannt beugte Ann-Kathrin sich vor. »Was willst du damit sagen?«

»Dass Lambourne, so wie er beschrieben wird, wohl nicht so dumm gewesen wäre, die Pistole nicht abzuwischen, wenn er sie schon bei sich aufbewahrte. Für mich klingen die Indizien sehr konstruiert, so, als wären Lambourne die Taten untergeschoben worden.«

Sandra bewegte sich auf dünnem Eis, aber die Chance, durch Alan mehr Informationen zu erhalten, erhielt sie vielleicht nicht so schnell wieder.

»Du meinst, er könnte wirklich unschuldig sein?«, fragte Ann-Kathrin. »Dann saß er siebzehn Jahre zu Unrecht hinter Gittern. Das wäre ja grauenhaft!«

»Meine Damen, meine Damen!« Alan lachte laut. »Ich weiß, dass ihr Spaß daran habt, Verbrechen aufzuklären, in diesem Fall jedoch gibt es nichts, was ihr tun könnt. Heute ist es tatsächlich fraglich, ob die Indizien für eine Verurteilung ausreichen würden, damals haben alle Beteiligten, Richter Audley eingeschlossen, nach bestem Wissen und Gewissen gehandelt.«

»Warum wurden Lambournes Wiederaufnahmeanträge abschlägig beschieden?«, fragte Sandra.

»Woher weißt du das?« Alan sah sie verwundert an. »Hat dir Christopher auch davon erzählt? Das wundert mich, da er weiß, was passiert, wenn du dich so sehr für ein Verbrechen interessierst.«

»Ich habe lediglich ein bisschen im Internet recherchiert«,

wiegelte Sandra ab. »Als plötzlich ein weiterer angeblicher Sohn von Lord Beechwood auftauchte: Warum geriet dieser nicht unter Verdacht? Durch Lambournes Verurteilung war er zu einem vermögenden Mann geworden, mit einer Firma und einem Adelstitel. Vielleicht hat Denzil Marshall die Morde begangen und die Schuld seinem Stiefbruder in die Schuhe geschoben, um dessen Platz einzunehmen.«

»Denzil Marshall?«, fragten Ann-Kathrin und Alan wie aus einem Mund, und Alan fügte an: »Du hast dich wirklich sehr intensiv mit Nicolas Lambourne und seiner Geschichte beschäftigt.«

Der Klang der Rezeptionsglocke entband Sandra einer Antwort. Sie hoffte, die Freunde nahmen an, ihr Interesse beruhe lediglich auf der Tatsache, dass Alan zum Opfer geworden war.

Nachdem Sandra die neu angekommenen Gäste, ein Ehepaar aus Blackpool, eingecheckt und Lucas gebeten hatte, deren Gepäck auf das Zimmer zu tragen, verabschiedeten sich die Freunde. Als Alan die Waschräume aufsuchte, raunte Ann-Kathrin ihr zu: »Danke, dass du dir nichts von meinem kleinen Geheimnis hast anmerken lassen. Ich platze beinahe und möchte es am liebsten in die Welt hinausposaunen, aber ich werde mich beherrschen und Alan das wohl schönste Weihnachtsgeschenk machen, das er sich vorstellen kann.«

»Pass gut auf dich auf und kümmere dich um Alan«, bat Sandra die Freundin. »Er ist noch nicht wieder ganz gesund. Es ist besser, wenn wir uns an Weihnachten nicht sehen. Ich habe hier alle Hände voll zu tun, und für euch wäre der Trubel zu viel.«

Ann-Kathrin öffnete den Mund, da läutete das Telefon an der Rezeption.

»Soll ich abnehmen?«, fragte Rosa, die gerade vorbeiging.

»Das wäre nett, danke.«

Alan trat wieder zu seiner Frau, und Sandra begleitete die Freunde zur Tür. Da rief Rosa: »Eine Lady Beechwood möchte Sie sprechen, Ms Flemming.«

»Sagen Sie ihr bitte, ich rufe in ein paar Minuten zurück.«

»Lady Beechwood? Die Ehefrau von Lambournes Stiefbruder Denzil Marshall?« Alan runzelte die Stirn. Bevor er weitere Fragen stellen konnte, umarmte Sandra Ann-Kathrin, küsste sie auf die Wange und reichte Alan die Hand.

»Danke für euren Besuch, ihr seht, die Arbeit ruft. Ich wünsche euch einen schönen Tag und, Ann-Kathrin, fahr vorsichtig!«

Schnell drehte sich Sandra um und kehrte in ihr Büro zurück. Was für ein dummer Zufall, dass Vivian Marshall ausgerechnet jetzt anrufen musste.

Sie wählte die von Rosa notierte Nummer, und Lady Beechwood nahm nach nur einmaligem Klingeln ab.

»Ms Flemming, mein Mann und ich haben uns entschieden, Ihre freundliche Einladung anzunehmen«, hörte Sandra deren kühle Stimme. »Vielleicht können wir unsere geschäftliche Beziehung ausbauen und Ihr Hotel exklusiv mit unseren Produkten beliefern.«

»Das klingt nach einer sehr guten Idee«, erwiderte Sandra. »Ich freue mich, Sie in meinem Haus zu begrüßen und werde Ihnen für die Nacht ein sehr schönes Zimmer reservieren.«

Sie beendeten das Gespräch, dann rief Sandra im Rechner den Belegungsplan auf, griff wieder zum Telefon und wählte erneut. Als sich der Teilnehmer meldete, sagte sie:

»Mrs Harris, hier spricht Sandra Flemming vom Higher Barton Romantic Hotel in Cornwall. Es tut mir sehr, sehr leid, aber ich muss Ihre Buchung ab nächsten Montag stornieren.«

»Das ist nicht Ihr Ernst!«, antwortete die Frau am anderen Ende der Leitung. »Mein Mann und ich freuen uns sehr darauf, das Weihnachtsfest in Cornwall zu verbringen. Den Aufenthalt in Ihrem Haus haben wir bereits vor Wochen gebucht.«

»Es tut mir wirklich leid«, wiederholte Sandra mit belegter Stimme. »Im ganzen Haus ist die Heizungsanlage ausgefallen. In den Zimmern ist es kalt, und ein Techniker ist derzeit nicht zu bekommen. Sie wissen ja, wie schwierig es mit Handwerkern ist, ganz besonders kurz vor den Feiertagen.« Sandra merkte selbst, wie gekünstelt sich ihr Lachen anhörte. »Es ist mir wirklich peinlich. Als Entschuldigung biete ich Ihnen einen kostenlosen Aufenthalt im nächsten Jahr an, Mrs Harris.«

Die Frau zögerte, dann sagte sie leise: »Das ist wohl nicht zu ändern, Ms Flemming, gegen solche Widrigkeiten ist keiner gefeit. Derart kurzfristig eine andere Unterkunft in Cornwall zu finden, wird wohl nicht möglich sein, nicht wahr?«

Dem musste Sandra leider zustimmen, dann beendete sie das Gespräch. Mit dem Handrücken fuhr sie sich über die schweißnasse Stirn, obwohl es im Büro nicht übermäßig warm war. Wieder eine Lüge, und es würde nicht die letzte sein. Als sie aufblickte, sah sie Ann-Kathrin in der Tür stehen. Keuchend zog sie die Luft ein.

»Ich habe meine Handtasche vergessen«, murmelte Ann-Kathrin und deutete auf die Stuhllehne, über der ihre Tasche baumelte. »Was ist los, Sandra? Warum sagst du solche Sachen? Ich verstehe das nicht ...«

»Ganz einfach: Ich brauche ein Zimmer für Lord und

Lady Beechwood, da wir aber voll belegt sind, musste ich jemand anderem absagen. Man hat nicht oft die Gelegenheit, solch hochrangige Gäste zu begrüßen. Deren Aufenthalt wird den Bekanntheitsgrad und das Ansehen des Higher Barton Romantic Hotels steigern, da müssen andere, aus deren Aufenthalt ich keinen Nutzen ziehen kann, hintenanstehen.«

»Sandra ...« Ann-Kathrin kam langsam näher, im Blick völlige Verständnislosigkeit. »Du hast noch nie Menschen nach Namen und Titeln beurteilt und diese bevorzugt, im Gegenteil. Sandra, was ist passiert?«

»Nichts ist passiert.« Mit einem Ruck schob Sandra den Stuhl zurück, stand auf, nahm Ann-Kathrins Handtasche und drückte sie der Freundin in die Hand. »Ich bin Geschäftsfrau, dem Personal gegenüber bin ich verpflichtet, deren Arbeitsplätze zu erhalten, da muss ich manchmal Entscheidungen treffen, die du nicht verstehst.«

Ann-Kathrin wich zurück. Sie war verletzt, hakte trotzdem noch mal nach: »Warum ausgerechnet die Marshalls, Lambournes Stiefbruder und dessen Frau? Sandra, ich bin deine Freundin, du kannst mir vertrauen! Wir haben schon so vieles miteinander durchgestanden.«

»Alan wartet auf dich.« Mit sanfter Gewalt schob Sandra die Freundin zur Tür hinaus. »Außer, dass ich derzeit zu wenig Schlaf bekomme, ist alles in bester Ordnung. Es könnte nicht besser sein. Darüber hinaus bin ich niemandem eine Erklärung schuldig, wie ich *mein* Hotel führe, und ich muss keine meiner Entscheidungen rechtfertigen. Auch nicht dir gegenüber, als Lehrerin hast du nicht die geringste Ahnung, was es heißt, ein Unternehmen zu führen. Wenn du mich jetzt bitte allein lassen würdest, damit ich weiterarbeiten kann?«

Ann-Kathrins Unterkiefer klappte herunter. Sandras Worte hatten sie getroffen, und es kam selten vor, dass sie nicht wusste, was sie noch sagen sollte. Mit einem letzten, verständnislosen Blick auf Sandra verließ sie das Haus.

Sandra spritzte sich kaltes Wasser ins Gesicht, um ihre heißen Wangen zu kühlen. Als sie aufsah und ihr Spiegelbild erblickte, wurde ihr übel. Ihr Unwohlsein kam nicht von dem nagenden Hungergefühl in ihrem Magen. Sie hasste sich für ihre Worte und ihr Verhalten gegenüber Ann-Kathrin, ebenso für die Härte, die sie bei Monsieur Peintré gezeigt hatte. Über Christopher konnte und wollte sie nicht nachdenken, das schmerzte am meisten. Menschen, die immer freundlich zu ihr gewesen waren, in deren Gegenwart sie sich geborgen fühlte, stieß sie vor den Kopf. Sandras einzige Hoffnung war, dass die anderen sie – wenn alles vorbei war – verstehen und ihr verzeihen würden. *Wenn* es irgendwann vorbei war! Alans Äußerung, er habe von Nicolas Lambourne den Eindruck gewonnen, er könnte tatsächlich unschuldig sein, war für Sandra wenig hilfreich gewesen. Auch wenn Eliza der gleichen Meinung war – es brachte sie keinen Schritt weiter. Andauernd dachte Sandra darüber nach, ob Lambourne wirklich fähig war, Eliza und andere zu töten. Wenn er für die früheren Taten nicht verantwortlich war, passte das nicht zusammen. Nach wie vor konnte Sandra das Risiko nicht eingehen, herauszufinden, wie weit Lambourne gehen würde.

Nachdem Sandra ihre beste Freundin derart weggeschickt hatte, wollte sie ihre Eltern wenigstens nicht noch mehr vor den Kopf stoßen. Rosa war inzwischen gewohnt, die Rezeption zu betreuen, und Monsieur Peintré sprach mit Sandra ohnehin nur noch das Nötigste. Sandra wagte nicht, sich vorzustellen, was geschehen sollte, wenn der Koch tatsächlich Knall auf Fall seine Arbeit hinwerfen würde. Seit sie Nicolas Lambourne auf dem Dachboden entdeckt hatte, konnte Sandra nicht weiter als ein paar Stunden in die Zukunft denken.

Heather Flemming begrüßte ihre Tochter zurückhaltend, während Douglas Sandra in die Arme schloss. Heather stellte sachlich fest: »Du siehst schlecht aus, Sandra. Du arbeitest zu viel.«

»Deswegen habe ich mir den Nachmittag freigenommen, und wir fahren jetzt zu einem schönen Weihnachtsmarkt in einem Herrenhaus in der Gegend.«

»Nun ja, das Wetter lädt nicht gerade zu einem Spaziergang auf den Klippen ein«, stellte Heather fest. »Nur gut, dass der Regen im Südwesten wärmer ist als der in Schottland. Worauf warten wir noch? Ich möchte losfahren, bevor meiner Tochter wieder ein wichtiger Termin dazwischenkommt.« Den letzten Satz unterstrich sie mit einem Augenzwinkern.

Sandra war froh, dass ihre Eltern auf weitere Vorwürfe verzichteten. Alle Flemmings lebten nach dem Motto: Warum über etwas jammern, was ohnehin nicht zu ändern ist? Bisher war Sandra damit immer gut gefahren, die derzeitige Situation überstieg ihre Kräfte jedoch gewaltig. Heute wollte sie versuchen, für ein paar Stunden Nicolas Lambourne, seine Pistole, die Bomben und vor allem die Gefahr, in der Eliza schwebte, zu vergessen.

Lanhydrock House, zwölf Meilen nordwestlich von Higher Barton gelegen, gehörte zu den touristischen Highlights

Cornwalls und zog zu jeder Jahreszeit eine Vielzahl von Besuchern an. Zusammen mit Ann-Kathrin war Sandra im letzten Sommer dort gewesen. Beim Rundgang durch über fünfzig im Victorianischen Stil eingerichtete Räume wurde die Vergangenheit lebendig. Es wirkte alles so echt, als könne jeden Moment ein Mitglied der kinderreichen Familie Agar-Robartes, die letzten Eigentümer des Hauses, um eine Ecke kommen und von früheren Zeiten erzählen. Jeder Raum war liebevoll eingerichtet und bis ins kleinste Detail mit Accessoires aus der Vergangenheit ausgestattet. Ein besonderes Highlight waren die Wirtschaftsräume, die in ihrer Größe und Einrichtung in Südengland ihresgleichen suchten. Sandra, die alle Folgen der vom Fernsehsender ITV produzierten Serie *Downton Abbey* regelrecht inhaliert hatte, fühlte sich sofort in diese Zeit zurückversetzt. Die Gärten mit ihrer Vielfalt einheimischer und exotischer Blumen, den Bäumen und Sträuchern und der weitläufige Landschaftspark waren von Frühjahr bis Herbst zusätzliche Publikumsmagneten.

Obwohl es regnete, standen auf dem Parkplatz Dutzende von Autos. Der alljährlich stattfindende Markt in der Vorweihnachtszeit zog viele Besucher an. Sandra und ihre Eltern mussten etwa fünfzehn Minuten bis zum Eingang des Hauses laufen. Dabei kamen sie an einer Rinderherde vorbei, die auch im Winter draußen graste, von den Besuchern aber keine Notiz nahm. Unwillkürlich drückte sich Sandra näher an ihren Vater, sie traute den großen, kraftvollen Tieren nicht. Douglas Flemming lachte und legte schützend einen Arm um Sandras Schultern. Sie durchschritten das imposante, zweistöckige, mit Zinnen bewehrte Pförtnerhaus aus dem siebzehnten Jahrhundert und strebten schnell dem Haupteingang zu, da der Wind auffrischte und ihnen den Regen nahezu waagrecht ins Gesicht fegte. Nachdem ein freundlicher älterer Herr ihre Tickets kontrolliert hatte, traten sie in die wohlige Wärme der äußeren Halle. Einst wurden hier die weniger wichtigen Besucher, wie Pächter und einfache Arbeiter, empfangen. Ein deckenhoher, prächtig geschmückter Baum dominierte den weitläufigen, rechteckigen Raum. Eine grauhaarige Frau in einem dunkelgrünen Tweed-Kostüm bot warme, nach weihnachtlichen Gewürzen duftende Getränke an. Sandra wählte einen Früchtepunsch, ihre Eltern ließen sich einen heißen Cider schmecken. Die warmen Tassen in den Händen schlenderten sie durch die Räume im Erdgeschoss. Verkaufsstände boten allerhand Zierrat, handgearbeitete Tischdecken und Untersetzer, Grußkarten, Kochbücher, Seifen, duftendes Potpourri und vieles mehr an. Im Hintergrund erklangen unaufdringlich Weihnachtslieder. Alle Besucher lächelten sich freundlich an, man sprach über das Wetter, tauschte Backrezepte aus und war sich einig, dass der hiesige Weihnachtsmarkt noch nie so schön war wie in diesem Jahr.

»Hallo, Sandra!«, hörte sie eine vertraute Stimme. Eine wohlbeleibte Frau eilte auf sie zu und drückte kräftig Sandras Hand. »Sie haben sich tatsächlich ein paar Stunden abgezweigt, um unser schönes Lanhydrock zu besuchen.«

»Mrs Roberts ... Agnes«, murmelte Sandra und befreite ihre Hand aus der der Metzgerin. Verstohlen massierte sie sich die Knöchel, die Metzgerin hatte wohl berufsbedingt einen sehr festen Händedruck. »Wie ich sehe, haben Sie heute Ihren Laden Ben überlassen.«

»An den Samstagen schließe ich immer am Mittag«, erwiderte Mrs Roberts mit einem belehrenden Unterton, als müsse Sandra das wissen. Erwartungsvoll sah sie zu den

Flemmings. »Sie müssen Sandras Eltern sein. Möchten Sie uns nicht miteinander bekannt machen?«

»Mrs Roberts, das sind meine Mutter Heather Flemming und mein Vater Douglas. Mum, Pa, das ist Mrs Roberts, die Inhaberin der einzigen Metzgerei in Lower Barton.«

Die drei gaben sich die Hand, und Mrs Roberts sagte: »Ich hoffe, Sie haben einen angenehmen Aufenthalt im Three Feathers. Wenn etwas nicht in Ordnung sein sollte, sagen Sie es mir. John Shaw ist nämlich ein guter Bekannter von mir. Sie sind bestimmt enttäuscht, nicht bei Ihrer Tochter in Higher Barton wohnen zu können, wenn Sie schon die weite Reise auf sich genommen haben.« Ohne ihren Redefluss zu unterbrechen, sah sie mit einem vorwurfsvollen Blick zu Sandra. »Eine dumme Panne, die Ihnen da unterlaufen ist, oder vielmehr Eliza. Ich hoffe, Sie schimpfen nicht zu sehr mit ihr, wenn Sie aus dem Urlaub zurückkehrt. Oh, ich sehe gerade, Mrs Flemming, Ihre Tasse ist leer. Darf ich Ihnen noch einen Drink holen? Der Punsch ist ausgezeichnet.«

»Das wäre ganz wundervoll!« Heather hängte sich bei Mrs Roberts unter. »Ich begleite Sie, dann können wir weiter plaudern.«

Als die beiden Frauen im Nebenraum verschwunden waren, fragte Douglas: »Hast du mit dieser Frau regelmäßig zu tun? Sie ist etwas anstrengend und sehr direkt.«

»Direkt ist nett ausgedrückt, Pa.« Sandra schmunzelte. »Mrs Roberts beliefert das Hotel mit Fleisch- und Wurstwaren, darüber hinaus ist ihr Laden der Dreh- und Angelpunkt Lower Bartons, wenn es um aktuellen Klatsch geht. Agnes war mir auch schon das eine und andere Mal behilflich, sie hat ein gutes Herz, was auf den ersten Blick nicht gleich zu erkennen ist.«

»Ihr Befremden, dass wir in einem anderen Hotel wohnen, kann ich allerdings verstehen. Deine Mum und ich haben es akzeptiert, ebenso, dass du kaum Zeit für uns hast, nach außen wirkt das aber schon sonderbar.«

Mrs Roberts und Heather kehrten zurück und enthoben Sandra einer Antwort. Mrs Roberts sagte dann auch gleich: »Ich habe gehört, Alan Trengove ist aus dem Krankenhaus entlassen worden. Er hat großes Glück gehabt, ebenso hätten wir auch zu seiner Beerdigung gehen können.«

»Trengove? Ist das nicht der Mann deiner Freundin?«, hakte Heather sogleich ein. »Hatte er einen Unfall?«

»Ja, Mum, so ungefähr ...«

»Aber nein, Mrs Flemming, auf den Anwalt wurde ein Mordanschlag verübt!«, rief Mrs Roberts und weiter: »Der Richter, für den Mr Trengove früher gearbeitet hat, starb, und ich bin der Meinung, dass der Mörder alle beide auf einen Schlag umbringen wollte. Es ist zu befürchten, dass sich der Mann noch in unserer Gegend aufhält.«

Heather Flemming stellte ihre noch volle Tasse so hart auf einen der Stehtische, dass der Punch überschwappte.

»Sandra Flemming, davon hast du uns nichts gesagt!« Ihr Blick bohrte sich in Sandras Augen. »Du suchst doch nicht schon wieder nach dem Täter? Hast du aus der Vergangenheit nichts gelernt? Hat dieser Anschlag etwas damit zu tun, dass dein Hotel offenbar überbelegt ist?«

»Heather, lass es gut sein.« Sanft drängte sich Douglas zwischen seine Frau und Sandra. »Unsere Tochter ist erwachsen, sie weiß, was sie tut. Ich bin sicher, Sandra wird sich nicht wieder in Gefahr begeben.«

»Danke, Dad, so ist es.«

Sandra atmete erleichtert auf, Mrs Roberts indes war noch

nicht fertig. Sie drängte sich nah an Heather heran und raunte: »Der Mann, der den Anschlag verübt hat, ist ein entflohener Schwerverbrecher. Vor vielen Jahren hat er zwei Menschen erschossen. Die Polizei schafft es nicht, ihn zu schnappen, und wer weiß, wann er wieder zuschlägt.«

»Das ist schrecklich!« Heather erbleichte. »Sandra, du darfst nicht länger hierbleiben! Was, wenn der Mörder in dein Haus kommt? Was, wenn er dich als Geisel nimmt, um seine Flucht zu erpressen, was, wenn ...«

»Es tut mir leid, aber ich muss an die frische Luft!«

Sandra machte auf dem Absatz kehrt und rannte davon. Sie meinte, sich jeden Moment übergeben zu müssen. Erst draußen, als die Regentropfen ihr Gesicht benetzten und sie tief die frische Luft einatmete, beruhigte sich ihr Magen wieder. Es war ein Fehler gewesen, ihre Eltern am Flughafen nicht sofort in die nächste Maschine zurück nach Schottland gesetzt zu haben. Heather war oft übervorsichtig, gleichzeitig hatte sie einen scharfen Verstand und eine gute Kombinationsgabe. In diesem Punkt kam Sandra ganz nach ihrer Mutter, während Douglas eher pragmatisch war.

Unbeeindruckt davon, dass der Regen sie durchnässte, wandte sich Sandra nach rechts, umrundete den Ostflügel des Hauses und ging hinter das Gebäude, in dem früher die Pferdeställe untergebracht waren und sich heute die öffentlichen Waschräume befanden. Angenehme Wärme schlug ihr entgegen. Sie war allein. Schwer stützte sie sich auf den Rand des Waschbeckens. Aus dem Spiegel sah ihr eine abgekämpfte, müde Person entgegen, ihr sonst glänzendes, dunkles Haar wirkte stumpf. Sie trank ein paar Schlucke Wasser aus dem Hahn. Als sie die Toilette verließ, stand ihr Vater vor der Tür.

»Auf der Stelle möchte ich wissen, was mit dir los ist, Sandra, und bitte – keine weiteren Ausflüchte!« Sein Tonfall ließ keinen Einwand oder gar Widerspruch gelten. »Ich kenne dich seit über vierunddreißig Jahren. Auch wenn du die Hälfte von diesen in Hotels in ganz Europa verbracht hast und nur selten zu Hause gewesen bist: Ich spüre, dass du etwas verschweigst. Nein, lass mich bitte ausreden«, sagte er laut, als Sandra den Mund öffnete. »Deine Mutter sieht immer gleich Gespenster, das ist richtig, in diesem Fall bin ich aber mit Heather einer Meinung. Sandra, die Wahrheit: Hast du irgendetwas mit diesem flüchtigen Mörder und seinen Machenschaften zu tun?«

»Ach, Dad, Daddy ...« Sandra schluckte schwer. Sie stürzte sich in seine Arme und schmiegte ihr Gesicht an seinen Hals. Das hatte sie sehr lange nicht mehr getan. Er roch immer noch nach dem gleichen Rasierwasser und nach Vater. Es war, als wäre sie wieder ein kleines Kind, das Schutz und Hilfe beim großen, starken Vater suchte. Der Moment, sich einfach fallenzulassen, ging schnell vorüber. Sandra löste sich von Douglas, nahm aus der Jackentasche ein Taschentuch, schnäuzte sich ausgiebig und versuchte, unbeschwert zu lächeln. »Also gut, ich will dir die Wahrheit sagen, Dad. Es gibt eine Person, die mir sehr viel bedeutet. Die ganze Sache ist jedoch ziemlich kompliziert. Aus diesem Grund bin ich derzeit etwas zart besaitet, ich schlafe auch schlecht, und dass im Hotel sehr viel Arbeit anfällt, weil zwei Kräfte fehlen, kommt hinzu.«

Sandra hatte nicht gelogen, das hätte sie in diesem Moment ihrem Vater gegenüber nicht fertiggebracht. Es stimmte, dass sie nicht wusste, wie es mit Christopher weitergehen würde, ebenfalls entsprach ihre enorme Arbeitsbelastung der Wahrheit. Etwas zu verschweigen war nicht gleichbedeutend mit lügen, das redete sich Sandra zumindest ein.

Douglas verbarg nicht seine Erleichterung und erwiderte: »Ich hoffe, dass der Mann bald einsieht, welch wundervoller Mensch du bist, Sandra.« Er stockte und fügte unsicher hinzu: »Es handelt sich doch um einen Mann, nicht wahr? Ich meine nur ... heutzutage ist ja alles möglich.«

»Ja, natürlich ist es ein Mann.« Zum ersten Mal am heutigen Tag lachte Sandra unbekümmert. »Wenn es anders wäre: Wäre das ein Problem für euch?«

»Für mich nicht, für deine Mutter hingegen schon. Manche ihrer Ansichten entsprechen nicht unbedingt der heutigen Zeit.« Fürsorglich legte er einen Arm um Sandras Schultern. »Es ist deine Privatangelegenheit, daher nur noch eine Frage: Du hast dich nicht etwa wieder in einen Kollegen verliebt? Nach dem, was damals geschehen ist ...«

Sandra schüttelte den Kopf. »Es ist der örtliche Detektive Chief Inspector.«

Er lachte. »Das überrascht mich nicht, so viel Zeit, wie du mit der Polizei verbracht hast, seit du nach Cornwall gekommen bist.«

»Dad, es wäre mir recht, wenn Mum nichts davon erfährt, zumindest vorerst. Sie würde mit Ratschlägen nicht sparen, und ich glaube, allein die Tatsache, dass ich Gefühle für einen Polizisten entwickelt habe, lässt sie gleich wieder vermuten, ich stecke inmitten von Mord und Totschlag.«

»Die Sache mit dem flüchtigen Mörder solltest du trotzdem nicht auf die leichte Schulter nehmen, Sandra.«

»Keine Sorge, Dad, ich habe alles im Griff.«

Arm in Arm kehrten sie ins Herrenhaus zurück. Sandra

war überzeugt, ihrem Vater die Sorge um sie genommen zu haben.

Zwischenzeitlich hatte Mrs Roberts Sandras Mutter alles erzählt, was sie über Nicolas Lambourne zu wissen glaubte. Als Sandra und Douglas zu ihnen traten, hörten sie Heather sagen: »Ich persönlich glaube zwar, dass der Mörder längst über alle Berge ist, sicherheitshalber werde ich aber nur noch in Begleitung meines Mannes auf die Straße gehen.«

»Nun beenden wir das beklemmende Thema«, sagte Douglas entschieden. »Schließlich sind wir hierhergekommen, um die Weihnachtsstimmung zu genießen, die in Lanhydrock House wirklich wundervoll ist. Heather, wollen wir in den ersten Stock hinaufgehen? Der alte Kindertrakt soll sehr sehenswert sein.«

»Was ist mit Sandra ...«

»Mit Sandra ist alles gut! Komm, Heather, sonst schließt das Haus, bevor wir alle Räumlichkeiten gesehen haben.«

Sandra blieb mit Mrs Roberts zurück, und die Metzgerin meinte: »Ihre Eltern sind sehr sympathisch, und Ihre Mutter ist sehr stolz auf Sie, Sandra.«

»Wirklich?« Sandra schmunzelte. »Das verbirgt sie in der Regel geschickt.«

»Ich glaube, Ihre Mutter möchte nur nicht als sentimental gelten.« Agnes Roberts musterte Sandra, nicht neugierig, sondern sorgenvoll. »Ich hoffe, bei Ihnen ist wirklich alles in Ordnung. Wie Sie vorhin davongestürzt sind – als wäre der Leibhaftige persönlich hinter Ihnen her.«

Sandra versicherte, es gehe ihr gut, und wiederholte ihre Argumente von viel Arbeit und wenig Schlaf. Glücklicherweise erzählte Mrs Roberts jetzt von Diane Keyham, die Sandra ebenfalls bekannt war, und dass diese ab Januar in der Personalverwaltung des Supermarktes für einige Stunden in der Woche als Bürohilfe arbeiten konnte. Das freute Sandra aufrichtig, Diane Keyham hatte schlimme Erlebnisse hinter sich, die ihr Leben verändert hatten. Nach einer halben Stunde stießen die Flemmings wieder zu ihnen, und Sandra war froh, endlich nach Hause fahren zu können, auch wenn sie nicht wusste, ob sich in Higher Barton vielleicht eine neue Katastrophe anbahnte.

ZWÖLF

Eine Woche befand sich Eliza Dexter nun schon in Lambournes Gewalt. Als Sandra in dieser Nacht das Cottage der Penroses aufsuchte, war sie überrascht, wie gelassen ihre Mitarbeiterin wirkte, so, als wäre das alles nur ein aufregendes Spiel. Sie hielten sich in dem kleinen Raum neben der Küche auf, deren Fenster nach hinten rausging. Hierher verirrte sich eigentlich niemand, zur Sicherheit hatte Lambourne aber angewiesen, das Fenster mit Emmas dunklem Tweed-Mantel zu verhängen. Als einzige Lichtquelle diente ihnen eine kleine Tischlampe, um deren Schirm Eliza noch zusätzlich einen Schal gebunden hatte.

»Das ist alles, was ich gefunden habe, Lambourne.« Sandra legte fünf Blätter mit Computerausdrucken vor ihn. »Es gibt eine Firmenseite von Lambourne Biscuits, von der Geschichte des Unternehmens wird nichts erwähnt. Von Denzil und Vivian Marshall gibt es lediglich je ein Foto ohne nähere Angaben.«

Nicolas Lambourne blätterte flüchtig durch die Ausdrucke, in der anderen Hand hielt er die Pistole, das elektronische Steuergerät lag auf dem Tisch. Der Mann lässt es niemals aus den Augen, dachte Sandra.

»Dass über das Früher nichts auf der Webseite steht, ist verständlich«, sagte er schließlich. »Ich nehme an, Denzil war froh, als die Erinnerungen an meine angeblichen Taten zu verblassen begannen.«

»Durch Ihre Flucht sind Sie nun wieder in aller Munde«, bemerkte Sandra trocken.

»Tee?«, fragte Eliza und trat mit einem Tablett in den Händen ein. »Keine Sorge, Nicolas, ich habe kein Licht gemacht. Einen guten Tee zubereiten kann ich auch in völliger Dunkelheit.«

»Davon bin ich überzeugt.«

Als Eliza ihm eine Tasse mit dem karamellfarbenen Tee reichte, legte er die Pistole auf den Tisch. Für einen Moment dachte Sandra daran, nach der Pistole zu greifen und sie auf Lambourne zu richten. Doch abgesehen davon, dass sie noch nie eine Waffe in der Hand gehabt und keine Ahnung hatte, wie damit umzugehen war, wusste sie, dass sie auf einen Menschen nicht ohne Weiteres schießen könnte. Sie würde zögern, und diese Zeit würde Lambourne ausreichen, Higher Barton in die Luft zu jagen.

»Die Marshalls werden am Dienstag kommen und die Nacht im Hotel verbringen, so, wie Sie es wollten«, kam Sandra auf das ursprüngliche Thema zurück. »Was haben Sie vor, Lambourne? Es werden an die fünfzig Gäste im Haus sein. Wollen Sie die alle töten?«

Unwillig runzelte er die Stirn und blaffte: »Wenn Sie tun, was ich von Ihnen verlange, dann wird niemandem ein Leid geschehen. Sie haben meine Frage nicht beantwortet, Ms Flemming: Was haben Sie seit gestern unternommen, um meinen Stiefbruder zu überführen?«

»Was hätte ich denn noch tun sollen?« Sandra versuchte, ihre Hilflosigkeit zu verbergen. »Bei allem Verständnis für Ihre Lage, ich habe ein Unternehmen zu führen, in dem mir ohnehin zwei Personen fehlen. Manche sind bereits misstrauisch geworden, da ich auf eine Art handle, die sie von mir nicht gewohnt sind. Soll ich etwa auf Denzil Marshall zugehen und ihm den Verdacht ins Gesicht schleudern?« Sandra lachte bitter auf. »Er wird die Taten selbstverständlich sofort zugeben, ebenso den Anschlag auf den Richter.«

»Es muss etwas geben, das Denzil verrät«, beharrte Lambourne. »Stochern Sie in seiner Vergangenheit herum, drehen Sie jeden Stein um, so klein er auch sein mag, wühlen Sie in seiner schmutzigen Wäsche.« Er stockte und grinste. »Das Letzte meine ich nur bildlich, Ms Flemming.«

»Ich bin sicher, die Polizei hat Denzil genau überprüft.«

»Nicht gründlich genug«, fiel Lambourne Sandra ins Wort. »Als sich mein Vater damals zu ihm bekannte und ich meinem Anwalt und den Behörden gegenüber anmerkte, dass Denzil ein starkes Motiv hatte, mich für alle Zeiten in der Versenkung verschwinden zu lassen, glaubte mir niemand. Ich erfuhr lediglich, dass mein Vater eine eidesstattliche Erklärung abgab: Denzil Marshall habe erst an dem Tag, als er ihn persönlich aufsuchte, von seiner Abstammung erfahren und sei darüber ehrlich überrascht gewesen. Das war Monate, nachdem meine Frau und ihr Liebhaber ermordet worden waren und ich längst hinter Gittern saß. Es mag stimmen, dass mein Vater davon ausging, dass sein unehelicher Sohn nichts über seinen Erzeuger wusste, aber es ist durchaus möglich, dass Denzil es irgendwie herausfand und diesen perfiden Plan schmiedete.«

»Für mich klingt das zu weit hergeholt«, bemerkte Sandra und rührte nachdenklich in ihrer Tasse. »Wer sich so etwas ausdenkt, muss über eine Menge krimineller Energie verfügen. Nach allem, was ich über Denzil in Erfahrung bringen konnte, passt es nicht zu ihm. Er arbeitete intensiv für sein Studium und geriet nie mit dem Gesetz in Konflikt.«

»Auf den ersten Blick ein unbescholtener Bürger.« Lambourne seufzte. »Wenn es Denzil nicht war – wer dann? Jahrelang habe ich in den Nächten wach gelegen und gegrübelt, wer mir das angetan hat. Früher war ich beliebt, war in vier verschiedenen Clubs, hatte viele Bekannte und gute Freunde. Von diesen ließ sich, nachdem ich verurteilt worden war, niemand blicken.« Verächtlich stieß er die Luft aus.

»Dann waren es keine echten Freunde«, murmelte Sandra und dachte an Ann-Kathrin. Als sie, Sandra, in eine ähnliche Lage gekommen war, hatte Ann-Kathrin als Einzige an ihre Unschuld geglaubt und war ihr zur Seite gestanden.

Lambourne griff nach seiner Tasse und trank einen Schluck, dabei spreizte er den kleinen Finger ab. Sie begann, Elizas Verhalten zu verstehen. Der Mann war kultiviert und gebildet, drückte sich gewählt aus, und seine Überlegungen waren nicht von der Hand zu weisen. Konnte ein Mensch so lange lügen? Konnte jemand nach über siebzehn Jahren im Gefängnis immer noch derart vehement seine Unschuld beteuern, ohne sich in Widersprüche zu verwickeln?

»Nehmen wir an, Sie haben recht ...« In seinen Augen leuchtete ein Funke auf, und Sandra fügte schnell hinzu: »Ich sagte, nehmen wir an, das bedeutet nicht, dass ich Ihnen glaube, Lambourne! Warum sollte Ihr Stiefbruder das Risiko eingehen, den Richter zu vergiften, nachdem seine Taten bis heute unentdeckt geblieben sind? Marshall hätte sich doch im Hintergrund gehalten, damit ihm niemand auf die Schliche kommt.«

»Er weiß, dass ich weiß, dass er der Mörder ist«, rief Lambourne. »Über meine Flucht wurde Denzil unverzüglich informiert, und er weiß, dass ich alles tun werde, ihn zu überführen. Was ist da einfacher, als den Richter, der mich verurteilte, und passenderweise auch dessen damaligen Mitarbeiter zu töten, um mit dem Motiv Rache die Schuld erneut auf mich zu schieben?«

»Allein wegen Ihrer Flucht wäre wahrscheinlich auch nicht der gesamte Polizeiapparat Englands in Bewegung gesetzt worden«, sinnierte Sandra. »Ein neuer Mord jedoch lässt die Sache anders aussehen, jetzt ist es von größter Bedeutung, Sie so schnell wie möglich zu finden, bevor Sie wieder zuschlagen werden.«

»Sie beginnen, Nicolas zu glauben.« Eine Hand legte sich auf Sandras Schulter, und sie fuhr herum. Eliza lächelte sanft. »Ich weiß, es mag verrückt sein, aber ich bin überzeugt, dass Nicolas in allen Punkten unschuldig ist.« Sie griff nach der Teekanne. »Ist noch Tee da?«

Lambourne nahm ihr die Kanne aus der Hand und schenkte Eliza ein. »Zucker und Milch?«, fragte er.

»Nur ein Quäntchen Milch, danke.«

Sandra war kurz davor, sich die Haare zu raufen. Es war halb drei in der Nacht, sie saß mit einem verurteilten und flüchtigen Mörder und ihrer Mitarbeiterin, die von dem Verbrecher als Geisel gehalten wurde, wie bei einer nachmittäglichen Teestunde zusammen, bei der man unbeschwert über dieses und jenes plauderte.

»Was soll ich als Nächstes tun?«, fragte Sandra mit belegter Stimme.

»Heute ist doch Sonntag, nicht wahr?«, fragte Lambourne und Sandra nickte. »Gibt es einen Computer in diesem Haus?«

»Selbstverständlich.« Sandra stand auf, und Lambourne fuhr ebenfalls hoch.

»Wo wollen Sie hin?«

»Den Laptop holen«, erwiderte Sandra. »George bewahrt ihn im Wohnzimmer auf.«

»Okay, aber keine Tricks.« Der entspannte Moment verflog, und Sandra empfand wieder Furcht vor Lambourne.

Glücklicherweise hatte George den Computer nicht mit einem Passwort gesichert, so konnte Lambourne problemlos das Internet aufrufen. Er tippte etwas ein, rief eine Seite auf, las, dann lächelte er zufrieden.

»Ich ahnte, dass Denzil Marshall die Tradition fortsetzt.«

Er drehte das Gerät so, dass Sandra auf den Bildschirm sehen konnte. Er hatte die Homepage des Lanhydrock Golf Clubs aufgerufen. Die Anlage und das dazugehörige, elegante und teure Hotel befanden sich oberhalb des Städtchens Loswithiel, etwa zehn Meilen von Lower Barton entfernt.

Lambourne erklärte: »Immer am letzten Sonntag vor Weihnachten findet nach alter Tradition ein Golf-Turnier statt, dessen Erlös wohltätigen Zwecken zugeführt wird. Bereits mein Vater nahm regelmäßig an dem Wettbewerb teil, ich selbstverständlich auch, und ich kann mit Stolz sagen, dass wir einige Pokale unser Eigen nennen können. Und hier die heutige Teilnehmerliste.« Mit dem Cursor markierte er den Namen *Denzil Marshall, Lord Beechwood*.

»Ich soll zu dem Turnier gehen?«, fragte Sandra.

Er nickte. »Suchen Sie den Kontakt zu Denzil, vielleicht gelingt es Ihnen, ihm auf den Zahn zu fühlen. Ich muss alles über ihn wissen.«

Sandra bezweifelte, dass ein Spieler Zeit finden würde, sich mit ihr zu unterhalten. Marshall würde sich auf das Turnier konzentrieren. Sie behielt ihre Zweifel für sich und fragte: »Wie soll ich es begründen, das Hotel schon wieder allein zu lassen? Mein Koch wirft seine Arbeit hin, wenn ich die Küchenhilfe schon wieder an der Rezeption einsetze.«

»Ihnen wird schon was einfallen, und ein Koch ist ersetzbar«, erwiderte Lambourne. »Wie ist die Frau, die heute den Titel einer Lady Beechwood trägt?«

»Kühl und zurückhaltend, elegant und sehr attraktiv«, antwortete Sandra. »Das war mein Eindruck, aber ich habe mit Vivian Marshall nur wenige Minuten gesprochen.«

»Es ist anzunehmen, die Lady wird als Zuschauerin bei dem Turnier sein«, sagte Lambourne. »Eine gute Gelegenheit, sie näher kennenzulernen.«

»Das Turnier beginnt um zehn Uhr«, warf Eliza ein und sah auf die Wanduhr über der Tür. »Das ist in weniger als sechs Stunden. Nicolas, wir sollten Sandra noch ein paar Stunden Schlaf gönnen.«

Lambourne nahm die Pistole auf, richtete den Lauf auf Eliza und sah Sandra mahnend an. »Gehen Sie jetzt. Ich erwarte Sie morgen Nacht mit neuen Erkenntnissen, am besten mit Ergebnissen.«

»Einen Moment noch, Lambourne«, rief Sandra. »Erregt mein Interesse an Vivian und Denzil nicht deren Verdacht? Nur, weil ich in meinem Hotel Lambourne Biscuits anbiete ... angeboten habe«, berichtigte sie sich, »erklärt nicht, warum ich den engeren Kontakt zu den Leuten suche.« Sandra verschwieg, dass sie bereits in Ann-Kathrin Misstrauen geweckt hatte.

Er zuckte mit den Schultern. »Sie und Vivian Marshall sind erfolgreiche Geschäftsfrauen. Warum sollten Sie sich nicht anfreunden?«

»Nicolas hat recht«, sagte Eliza. Dass eine scharfe Waffe auf sie gerichtet war, schien sie nicht zu bekümmern. Sandra spürte, dass Eliza fest an die Unschuld Lambournes glaubte. »Frauen neigen dazu, schneller als Männer etwas auszuplaudern«, fuhr Eliza fort. »Vielleicht gab es mal etwas, das Vivian an Denzil aufgefallen ist, irgendeine Ungereimtheit oder etwas in der Art.«

»Ich werde es versuchen.« Sandra legte ihre Hand auf den Türknauf. »Bitte, Lambourne, verlieren Sie nicht die Nerven. Es ist niemandem gedient, auch Ihnen nicht, wenn Sie durchdrehen und ein Blutbad anrichten.«

Lambournes einzige Antwort war eine spöttisch hochgezogene Augenbraue, und Sandra dachte: Ich fürchte, ich bin kurz davor, überzuschnappen, denn ich glaube ihm. Dieser Mann ist kein kaltblütiger Mörder.

Auf dem Parkplatz vor dem Lanhydrock Hotel standen ausschließlich Wagen der gehobenen Mittel- und Oberklasse, denn niemand, der in Cornwall Geld, Rang und Namen hatte, ließ sich das weihnachtliche Benefizturnier entgehen. Alle Spieler waren in helle Farben gekleidet, einige machten sich am Rand des Greens warm, und das Wetter hatte heute auch ein Einsehen. Es war bedeckt, nahezu windstill und mild.

Sandra trat zu dem Tisch, hinter dem eine junge Frau saß und die Eintrittskarten verkaufte.

»Einhundertfünfundzwanzig Pfund, bitte.«

»Wie viel?«, entfuhr es Sandra entsetzt. »Ich bin keine Teilnehmerin, ich möchte nur eine oder zwei Stunden zusehen.«

Das Lächeln der Frau blieb unverändert, als sie die Summe wiederholte und hinzufügte: »Die Erlöse der Veranstaltung fließen in den Fond zur Erhaltung und zum Ausbau der Kinderkrebsstation des Hospitals in Truro.«

»Das ist mir bekannt«, murmelte Sandra und zückte ihr Portemonnaie. »Nehmen Sie auch Kreditkarten?«

»Selbstverständlich.«

Während Sandra über das Gelände schlenderte und sich suchend umsah, stellte sie fest, wie unpassend sie gekleidet war. Die Damen, die als Zuschauerinnen gekommen waren, trugen elegante Kleider und Kostüme, darüber ihre besten Mäntel, auf den Haaren elegante Hüte, die Absätze ihrer Schuhe waren hoch. In schlichten Jeans, flachen Boots, dem Wollpullover und der grauen Windjacke, die Haare mit einem Gummi zu einem Pferdeschwanz gebunden, das Gesicht ungeschminkt, passte Sandra gar nicht zu dieser illustren Gesellschaft. So war es nicht überraschend, dass eine ältere Dame mit grauen Kringellöckchen unter einem ausladenden roten Hut und in eine Wolke eines süßlichen, schweren Parfüms gehüllt, auf Sandra zutrat und fragte: »Wo befinden sich die Waschräume?« Sie hielt Sandra für eine Angestellte.

»Im Hauptgebäude.« Sandra deutete vage auf den Eingang des Hotels, in dem sie noch nie gewesen war, aber die Waschräume befanden sich in der Regel immer in der Nähe von Hotelhallen. Die Dame wandte sich ab, ein Dank kam nicht über ihre Lippen.

In der Nähe des ersten Abschlags wurden in einem Zelt Getränke und Snacks angeboten. Sandra bestellte sich einen Milchkaffee, den sie in einem Pappbecher bekam und für den sie fünf Pfund bezahlen musste. Auch wenn das alles hier einem guten Zweck diente, fand sie die Preise maßlos übertrieben. Unwillkürlich kam ihr die Idee, auf Higher Barton ebenfalls Wohltätigkeitsveranstaltungen zu planen. Das würde zwar keine Einnahmen, aber eine gute Werbung bedeuten. Sie wollte Eliza fragen, was sie von dieser Idee hielt.

Eliza … Sandra schluckte trocken. Sie war nicht zu ihrem Vergnügen hier, sondern hatte eine Aufgabe zu erfüllen.

Die Finger um den warmen Becher gelegt, schlenderte Sandra am Rand des Greens entlang. Vom Golfsport hatte sie nicht den Hauch einer Ahnung, auch wenn es hieß, der Sport wäre von Schotten erfunden worden, und noch heute galt Schottland als das Mekka für Golfer. Sandra konnte sich auch nicht vorstellen, an diesem Sport Gefallen zu finden. Zweifelsohne gehörte viel Geschick und auch eine gewisse Kraft dazu, doch sie hatte Golf bisher immer als Beschäftigung für ältere Herrschaften angesehen. Diese Annahme wurde hier und heute widerlegt, denn der Großteil der Spieler war kaum älter als sie, viele sogar jünger.

Jetzt stutzte Sandra und verharrte im Schritt. In ein paar Metern Entfernung stand Vivian Marshall, Lady Beechwood. Auch heute war sie elegant gekleidet. Der helle Kamelhaarmantel war am Kragen und den Ärmelaufschlägen mit Pelz verbrämt. Sandra vermutete, der Pelz war echt, was sie sofort gegen die Frau einnahm. Das rotblonde Haar schmückte ein glamouröser dunkelbrauner Batisthut mit einer seitlichen, beigen Schleife. Vivian Marshall war in ein Gespräch mit ihrem Mann vertieft. Auf der Webseite von *Lambourne Biscuits* hatte Sandra ein Foto von Denzil Marshall gesehen, daher erkannte sie ihn sofort. Lord Beechwood, von kräftiger, gedrungener Statur, trug eine hellgraue Hose im Glencheck-Muster, ein weißes, langärmeliges Polo-Shirt, darüber eine ebenfalls hellgraue ärmellose Weste und auf dem Kopf eine dunkelgraue Schildkappe. Die elegante Dame und der auf den ersten Blick grobschlächtig wirkende Mann schienen so gar nicht zusammenzupassen, dachte Sandra und dann: War dieser Mann ein kaltblütiger Mörder? Ein Mensch, der früher wie heute Menschen tötete, um seinen Stiefbruder loszuwerden und selbst zu einem vermögenden und einflussreichen Mann zu werden?

Scheinbar desinteressiert schlenderte Sandra näher an das Paar heran. Dieses hatte sie bisher nicht bemerkt, und Sandra hörte Vivian Marshall gerade sagen: »Du darfst dich nicht so unter Druck setzen, Denzil.«

»In diesem Jahr muss ich das Turnier unbedingt gewinnen! Viermal musste ich mich Davies geschlagen geben, nun habe ich wie ein Berserker trainiert und werde es ihm heute zeigen.«

»Was kümmert dich dieser Davies?«, erwiderte Vivian. »Heute geht es doch nur um den guten Zweck ...«

»Es geht um das Ansehen unserer Familie«, blaffte Denzil Marshall. »Das bin ich dem Namen Lambourne schuldig.«

»Den du nicht trägst«, erwiderte Vivian, ihr Lächeln war höhnisch. »Dein Vater hat dir zwar die Firma und das Haus vererbt, weil niemand anderer da war, die Keksfabrik weiterzuführen. Aber bis zu seinem Tod hat er sich geweigert, dir auch seinen Namen zu geben, Denzil.«

»Vater hat mich offiziell als seinen Sohn anerkannt, und ich trage den Titel Lord Beechwood, so wie du heute Lady Beechwood, und du bist dadurch in Sphären aufgestiegen, von denen du nicht einmal zu träumen gewagt hast. Ich erwarte nicht, dass du verstehst, welche Bedeutung in unseren Kreisen Tradition hat, Vivian. Dein Vater war ein einfacher Arbeiter in den Kohleminen des Nordens, du selbst eine wenig erfolgreiche Schreiberin für Klatschzeitungen, deren Artikel kaum jemand lesen wollte.«

»Und deine Mutter eine Putze!«

»Die mich zu einem anständigen Mann erzogen hat, die

du ablehnst und mit der du so wenig wie möglich zu tun haben willst.«

Wie zwei Kampfhähne standen sie sich gegenüber. Aus Vivians Augen sprühten Funken, als sie zischte: »Ja, ich bin froh, dass sich meine Schwiegermutter aus dem gesellschaftlichen Leben weitgehend heraushält. Es ist unfair, mich wegen meiner Vergangenheit zu beleidigen, weil ich dich bitte, weniger Verbissenheit zu zeigen. Es ist nur ein Golfspiel ...

»Von dem du nichts verstehst«, unterbrach Denzil seine Frau. Er winkte ab und meinte zynisch: »Jetzt geh, trink ein Glas Champagner oder auch mehrere und störe nicht länger meine Konzentration. Versuch bitte nicht zu viel Blödsinn zu reden, wenn du getrunken hast.«

»Deine charmante Art ist nur mit einem entsprechenden Level an Champagner zu ertragen«, erwiderte Vivian süffisant, woraufhin Denzil spöttisch grinste.

Hoppla, die beiden gehen nicht gerade liebevoll miteinander um, dachte Sandra, trat näher, räusperte sich vernehmlich und sagte: »Lady Beechwood, wie schön, Sie hier zu treffen.«

Vivian Marshall drehte sich zu Sandra um. »Kennen wir uns?« Eine ihrer sorgfältig gezupften dunklen Augenbrauen ruckte hoch. »Sie wünschen?«

»Ich bin es, Sandra Flemming«, erwiderte Sandra freundlich lächelnd, »die Inhaberin des Higher Barton Romantic Hotels. Ich freue mich, dass Sie meine Einladung angenommen haben.«

»Oh, ich habe Sie nicht gleich erkannt.« Vivian Marshalls Blick glitt mit deutlichem Missfallen über Sandras Kleidung, und Denzil Marshall fragte:

»Ach, Sie sind das?« Weder begrüßte er Sandra noch

stellte er sich ihr vor. »Ich habe keine Ahnung, warum wir ausgerechnet den Weihnachtstag in Ihrem Haus verbringen sollen, und noch weniger, warum meine Frau die Einladung angenommen hat.«

»Denzil, ich habe dir doch erklärt ...«

»Dass unsere Familie mit den Tremaines verwandt ist, ja, ja.« Er winkte gelangweilt ab. »Daraus erschließt sich mir trotzdem nicht, was wir in dem Hotel zu suchen haben. Sie«, er sah Sandra an, der Blick aus seinen wasserhellen Augen war durchdringend, »stehen in keinem verwandtschaftlichen Verhältnis zu Lady Abigail Tremaine oder jemandem sonst aus der Familie, nicht wahr?«

»Das ist richtig, Sir.« Sandras Mundwinkel begannen durch das permanente Lächeln zu schmerzen. »Ihrer Gattin sagte ich bereits, dass ich Kapazitäten sehe, wie wir unsere geschäftlichen Beziehungen vertiefen, beziehungsweise ausbauen können.«

»Dafür ist die Marketingabteilung zuständig.« Denzil Marshall zeigte keine Regung eines freundlichen Verhaltens. »Vereinbaren Sie mit meinem Büro einen Termin für das kommende Jahr.«

»Aber Denzil.« Vivian legte eine Hand auf den Arm ihres Mannes. »Die Einladung ist doch sehr nett, und ich würde Ms Flemming gern näher kennenlernen. Wir haben in der Umgebung nicht viele Freunde. Verdirb mir bitte nicht die Freude auf die Gesellschaft.«

»Die Leute, mit denen ich gesellschaftlich verkehre, suche ich mir lieber selbst aus.« Denzil schüttelte die Hand seiner Frau ab und griff nach seinem voll beladenen Pushtrolley. »Ich muss mich jetzt konzentrieren. Heute muss und werde ich Davies in die Knie zwingen.« Denzil Marshall ließ sich zu einem Nicken in Richtung Sandra herab. »Viel Vergnügen, Ms Flemming.« Er ging davon, ohne seiner Frau einen Blick zu gönnen.

»Sie müssen das Verhalten meines Gatten verzeihen«, sagte Vivian mit einem zuckersüßen, nach Sandras Gefühl aufgesetzten Lächeln. »Seit Wochen trainiert er für das Turnier und will unbedingt gewinnen. In früheren Zeiten wurde das Turnier nämlich meistens von den Männern der Familie Beechwood gewonnen. In den letzten vier Jahren nahm immer Sir Davies den Pokal mit nach Hause.« Sie musterte Sandra erneut von oben bis unten, sah dann den Pappbecher in ihrer Hand. »Ich nehme an, Sie sind zum ersten Mal bei diesem traditionsreichen Turnier?«

»Bisher hatte ich keine Gelegenheit, Mylady, ich bin auch noch keine zwei Jahre in Cornwall. Ich stamme ursprünglich aus Schottland.«

»Dann wissen Sie über Golf sicher mehr als ich. Mir verschließt sich die Freude, die mein Mann an diesem Sport findet. Ich empfinde es als furchtbar langweilig, stundenlang über einen Rasen zu laufen und kleine Bälle in irgendwelche Löcher, die kaum als solche auszumachen sind, zu ballern.«

Überrascht über Vivians Offenheit und dass sie plötzlich derart vertraulich zu ihr sprach, erwiderte Sandra spontan: »Ich teile Ihre Meinung, Lady Beechwood.«

»Lassen Sie die Lady weg«, Vivian winkte ab, »sagen Sie Vivian zu mir. Leisten Sie mir Gesellschaft bei einem Glas Champagner? Hier draußen wird es langsam ungemütlich.«

Tatsächlich hatte ein leichter Nieselregen eingesetzt, drizzling rain genannt. Obwohl Sandra am Vormittag niemals Alkohol trank, stimmte sie zu. Heute zeigte sich Vivian

Marshall in einer völlig anderen Stimmung als in der Firma. Das konnte ihr vielleicht von Nutzen sein.

An der Hotelbar bestellte Vivian den Champagner.

»Aber von der guten Marke und nicht wieder lauwarm wie beim letzten Mal«, sagte sie zu dem Barmann. »Bei den Preisen, die Sie hier verlangen, erwarte ich allerbeste Qualität. Und hurtig, wenn ich bitten darf.«

Sandra zollte dem Barmann Respekt, wie gelassen er auf Vivians unfreundliche Forderung reagierte.

Während Vivian mit einem Schluck ihr Glas zu zwei Dritteln leerte, benetzte Sandra kaum mehr als ihre Lippen. Sie musste einen klaren Kopf behalten.

»Leben Sie schon lange in Cornwall?«, fragte Sandra.

»Seit fast siebzehn Jahren«, antwortete Vivian. »Ich kam hierher, als ich meinen Mann heiratete.«

»Sie sind so lange verheiratet?« Sandra spielte die Überraschte. »Sie müssen sehr jung gewesen sein, gerade mal volljährig.«

»Ach!« Scheinbar verlegen schlug Vivian die Lider nieder und zupfte an der Schleife ihres Hutes. »Ich war durchaus im richtigen Alter, um zu heiraten.«

Sandra wusste, dass Vivian Marshall kurz vor ihrem vierzigsten Geburtstag stand, und sagte charmant: »Ich hätte Sie für viel jünger gehalten, Lady ... Vivian.«

Ein erneutes, scheinbar verlegenes Lächeln. »Sie brauchen sich auch nicht zu verstecken, Sandra.« Mit dem nächsten Schluck trank sie ihr Glas aus, wandte sich an den Barkeeper, bestellte einen weiteren Drink und sagte: »Mögen Sie den Champagner nicht? Sie trinken ja kaum etwas, dabei ist dieser Fusel recht genießbar, wobei wir zu Hause natürlich bessere Marken bevorzugen.«

»Ich muss am Nachmittag wieder arbeiten«, antwortete Sandra und nippte wieder an ihrem Glas. »Die Gäste könnten es mir übelnehmen, wenn ich Sie mit einer Alkoholfahne begrüße.«

Vivian sah auf ihre Armbanduhr, ein teures Modell eines sehr bekannten Herstellers. »Erst elf Uhr«, sie seufzte, »die Männer werden noch mehrere Stunden spielen. Es ist ja für einen guten Zweck, und für die armen Kinderchen opfere ich gern meine Zeit, auch wenn es mich furchtbar langweilt.«

»Sie selbst haben keine Kinder?«

»Um Gottes willen nein!« Vivian spitzte die Lippen und wirkte, als hätte Sandra eine haarsträubende Frage gestellt. »In dieser Figur hier«, sie strich sich über ihre schmale Taille und die sanft gerundeten Hüften, »steckt viel Arbeit. Ich versaue sie mir doch nicht, indem ich ein Balg bekomme und auseinandergehe wir ein Pfannkuchen. Haben Sie Kinder?«

Sandra schüttelte den Kopf. »Bisher ergab sich noch keine Gelegenheit.«

»Sie sollten sich beeilen, wenn Sie planen, sich ein solch halsloses, schreiendes Ungeheuer anzuschaffen«, erwiderte Vivian zwischen zwei Schlucken Champagner. »Ihre biologische Uhr tickt bereits.«

Sandra lächelte unverbindlich. Der Alkohol löste Vivians Zunge, daher verfiel sie in den Slang ihrer Kindheit und Jugend.

»Ich hoffe, Lord Beechwood kann das Turnier für sich entscheiden.« Sandra wechselte das Thema und fügte hinzu: »Nicolas Lambourne war bestimmt auch ein guter Golfspieler.«

»Was sagen Sie?« Vivian stellte ihr Glas so hart auf dem

Tresen ab, dass es klirrte. »Warum erwähnen Sie diesen Namen? Was wissen Sie über Nicolas Lambourne?«

»Nicht viel«, Sandra zuckte mit den Schultern, »nur das, was in den Zeitungen steht. Landesweit wird nach ihm gefahndet, auch hier in Cornwall, nachdem er den Richter getötet haben soll, der ihn damals hinter Gitter brachte.«

»Ich frage mich, wofür wir unsere Steuern bezahlen, wenn die Polizei nicht in der Lage ist, diesen Mörder zu finden und für den Rest seines Lebens wegzusperren.« Ihre Wangen unter dem perfekt aufgetragenen Make-up wurden fleckig, ihre Augenlider zuckten, als sie hervorstieß: »Können Sie sich vorstellen, was es für unsere Firma bedeutet, dass der Richter mit unserem Gebäck vergiftet wurde? Auch wenn inzwischen gesichert ist, dass es sich um einen Einzelfall handelte – die Sache verschwindet nicht aus den Archiven der Presse und wird immer wieder hervorgekramt werden.«

»Sind Sie Nicolas Lambourne jemals begegnet?«

»Natürlich nicht!«, rief Vivian empört. »Damals, als das alles geschah und Denzil die Firma übernahm, schlug ich eine Umbenennung vor. Der Alte, Denzils überraschend aufgetauchter Vater, weigerte sich strikt und meinte, Lambourne Biscuits wäre eine eingeführte Marke, man könne den Namen nicht einfach ändern. Denzil teilte seine Meinung.«

»Sie hingegen nicht, Vivian«, stellte Sandra fest. »Sie haben Ihren Mann also schon gekannt, als Nicolas seine Frau und deren Liebhaber erschoss?«

Vivians Augen verengten sich, sie rückte ein Stück von Sandra ab.

»Warum stellen Sie mir diese Fragen, Sandra? Was für ein Interesse haben Sie an Nicolas?«

Sandra, die mit dieser Frage gerechnet hatte, antwortete

ehrlich: »Alan Trengove, der Anwalt, der bei dem Anschlag auf den Richter auch fast gestorben wäre, ist der Mann meiner Freundin. Inzwischen geht es ihm besser, ich habe aber allergrößtes Interesse, dass der Täter so schnell wie möglich wieder in Gewahrsam kommt.«

Unerwartet sanft legte Vivian eine Hand auf Sandras Unterarm. »Es ist eine furchtbare Sache, damals wie heute. Ich verstehe nicht, warum Nicolas überhaupt Ausgang gewährt wurde. Tag und Nacht fürchte ich, er könnte kommen und an Denzil und mir Rache üben.«

Innerlich frohlockte Sandra. Eine solch vertrauliche Offenheit hätte sie nie erwartet, und sie merkte, dass der Alkoholgenuss – Vivian hatte inzwischen das dritte Glas Champagner in der Hand – die Frau gesprächig machte.

»Besteht denn Grund, dass Lambourne sich an Ihnen rächen könnte?«, fragte sie. »Die Medien meinen, Ihr Mann sei seinem Stiefbruder nie begegnet.«

»Das ist richtig, was wissen wir jedoch, was im Kopf eines Mörders vor sich geht? Denzil hat schließlich all das bekommen, von dem Nicolas glaubte, es wäre seins.«

»Durch seine eigene Schuld hat Nicolas sein Erbe verspielt«, wandte Sandra ein und fragte direkt: »Erhalten Sie Polizeischutz?«

Vivian schüttelte den Kopf. »Ein arroganter Chief Inspector, der meiner Ansicht nach viel zu jung für einen solchen Job ist, ist der Meinung, es gäbe keinen Grund zu der Annahme, dass Nicolas uns kontaktiert. Sie müssten diesen Schnösel mal sehen, Sandra! Andauernd errötet er, hat für nichts eine vernünftige Erklärung, Hinweise auf den Verbleib von Nicolas schon gar nicht. Ein völlig inkompetenter Polizist, und so ein Typ will Nicolas finden und uns vor ihm schützen!«

Da täuschst du dich gewaltig in Christopher, dachte Sandra und verkniff sich ein Schmunzeln. Laut sagte sie: »Nachdem Lambourne seine Vergeltung an dem Richter vollzogen hat, wird er das Land wohl verlassen haben. Er wäre dumm, länger in Cornwall zu bleiben.« Sie sah nun ihrerseits auf die Uhr. »Ich fürchte, ich muss jetzt gehen, die Arbeit ruft.«

Vivian nickte verstehend. »Sie müssen meinem Mann seine Worte verzeihen, ich freue mich auf die Weihnachtsfeier. Sie sind eine nette Frau, Sandra. Ich hoffe, wir können unsere Bekanntschaft vertiefen. Bis übermorgen dann.«

»Ja, bis Dienstag«, erwiderte Sandra.

An der Tür drehte sie sich noch einmal um und sah, wie sich Vivian Marshall das nächste Glas Champagner bestellte, dabei hielt sie sich mit einer Hand stützend am Tresen fest.

Was Sandra jedoch nicht sah, war, wie ein Mann sich tiefer in die lederne Sitzgruppe drückte, die vom Barbereich durch einen bepflanzten Paravent abgeteilt war. Sein konsternierter Blick folgte ihr.

DREIZEHN

Christopher Bourke stand auf, als Ann-Kathrin und Alan das Pub *Sailor's Rest* in Lower Barton betraten, und kam den Freunden entgegen.

»Danke, dass du dir die Zeit genommen hast«, sagte Ann-Kathrin.

»Ich weiß zwar nicht, wie ich euch helfen kann, aber ob ich drüben im Revier auf Nachrichten warte oder hier«, er zuckte mit den Schultern, »spielt keine große Rolle.«

»Immer noch kein Anhaltspunkt, wo sich Nicolas Lambourne aufhält?«, fragte Alan.

»Nicht auch nur der Zipfel einer Spur«, erwiderte Christopher. »Der Mann scheint vom Erdboden verschluckt zu sein.«

»Wahrscheinlich ist er längst außer Landes«, sagte Ann-Kathrin. »Es wird ihm gelungen sein, durch das Netz der Kontrollen zu schlüpfen.«

»Ich hole die Getränke«, bot Alan an. »Einen Weißwein für dich, Schatz, und für dich, Christopher, ein Pint Tribute, wie immer?«

»Keinen Alkohol bitte«, antworteten Ann-Kathrin und der DCI gleichzeitig, und Christopher fügte hinzu: »Ich bin im Dienst, ich nehme ein Bitter Lemon.«

»Ich einen Organgensaft«, ergänzte Ann-Kathrin und

wich dem Blick ihres Mannes aus. »Du kannst gern ein Bier trinken, Alan, ich fahre nach Hause.«

Nachdem Alan die Getränke gebracht und alle einen Schluck getrunken hatten, sah Christopher Ann-Kathrin an und sagte: »Nicolas Lambourne ist nicht der Grund, warum du mich angerufen und um ein Treffen gebeten hast, nicht wahr?«

»Das ist richtig.« Ann-Kathrin seufzte. »Wir machen uns Sorgen um Sandra. Seit einiger Zeit ist sie in jeder Hinsicht verändert.«

»Wie ich eben sagte: Ich weiß nicht, wie ich helfen kann. Constable Greenbow und ich arbeiten Tag und Nacht an dem Fall Lambourne, dazu kommen die üblichen Straftaten, wie Ladendiebstähle und die eine oder andere Schlägerei, daher habe ich Sandra seit Tagen nicht gesehen. Da glücklicherweise auf Higher Barton kein Mord oder ein sonstiges Verbrechen geschehen ist, besteht kein Grund für einen regelmäßigen Kontakt.«

Er rang sich ein Lächeln ab, das auf Ann-Kathrin sehr gezwungen wirkte. Sie machte sich ihre eigenen Gedanken, die sie vorerst für sich behalten wollte.

»Heute Vormittag traf sich Sandra mit Denzil und Vivian Marshall«, ließ Alan die Bombe platzen. Christopher zuckte zusammen.

»Was hat Sandra mit dem Stiefbruder des Flüchtigen zu tun?«

»Genau das ist die Frage«, antwortete Ann-Kathrin. »Wir kennen Sandra gut genug, um zu wissen, dass sie sich wieder in was verstrickt hat, das mit Lambourne zu tun haben muss. Das ist aber noch nicht alles. Gestern hörte ich mit an, dass die Marshalls Weihnachten in Higher Barton verbringen werden. Unter einem fadenscheinigen Vorwand sagte Sandra anderen Gästen ab, um für die Marshalls ein freies Zimmer zu haben. Warum tut Sandra so etwas?«

»Weil sie um dich, Alan, besorgt ist?«, vermutete Christopher. »Lambourne hat versucht, dich umzubringen, und Sandra vertraut nur ungern uns, der Polizei. Wahrscheinlich stellt sie eigene Nachforschungen an. Als sich herausstellte, dass Richter Audley an dem vergifteten Gebäck gestorben ist, hat Sandra sofort alle Lambourne Biscuits aus dem Hotel entfernt. Wie ihr wisst, gehen wir von einem Einzelfall aus.«

Alan nickte. »Lambourne hat sich eine Packung der Kekse gekauft, das Gift konnte er sich einfach besorgen, und er hat nur diese eine Packung dem Richter zukommen lassen. Ob er wusste, dass ich ausgerechnet an diesem Abend bei Audley sein werde und er so beide Personen, die ihn hinter Gitter gebracht haben, vernichten kann? Wir werden das erst erfahren, wenn Lambourne gefasst ist und er ein Geständnis ablegt.«

»Was sollte Sandra in Erfahrung bringen können, wenn sie mit den Marshalls in Kontakt steht?«, fragte Ann-Kathrin. »Ihr habt das Ehepaar und alle Mitarbeiter der Firma überprüft. Es gibt keinen Zweifel daran, dass Denzil Marshall nichts vom Aufenthalt Lambournes weiß?«

»Warum sollte er seinen Stiefbruder decken?«, stellte Christopher die Gegenfrage. »Es heißt zwar: Blut ist dicker als Wasser, in diesem Fall sind sich die beiden Männer aber nie begegnet. Die Keksfabrik läuft sehr profitabel, und Lord und Lady Beechwood sind angesehene Mitglieder der Gesellschaft. Wir haben die Finanzen der Firma überprüft und keine Unregelmäßigkeiten oder eventuelle Schwierigkeiten gefunden. Denzil Marshall würde alles aufs Spiel setzen, wenn er einen Mörder decken sollte.«

»Trotzdem scheint Sandra etwas zu wissen«, beharrte Ann-Kathrin, »außerdem hat sie sich verändert. Sie ist ständig angespannt und nervös, auf meine Anrufe reagiert sie nicht oder wenn, dann nur kurz. Ich habe den Eindruck, sie wimmelt mich regelrecht ab.«

»In der letzten Woche sind zwei Angestellte ausgefallen«, murmelte Christopher. »Über Weihnachten ist das Hotel ausgebucht, da hat Sandra keine Zeit für private Angelegenheiten.«

»Das ist anzunehmen, warum verbringt sie dann ausgerechnet Zeit bei einem Golfturnier?«, warf Alan ein. »Ich wusste nicht, dass sich Sandra überhaupt für diesen Sport interessiert.«

»Hat sie dir eine Erklärung gegeben, Alan?«, fragte Christopher.

Alan schüttelte den Kopf. »Sandra hat mich nicht bemerkt. Als ich sie im Gespräch mit Vivian Marshall sah, hatte ich das Gefühl, es wäre besser, mich im Hintergrund zu halten. Sandra sah, gelinde gesagt, nicht gut aus. Sie hat abgenommen und wirkte übermüdet.«

»Seit Sandra das Geld gewonnen und Higher Barton gekauft hat, hat sie sich tatsächlich verändert«, sagte Christopher mit einem bitteren Unterton. »Wahrscheinlich hängt alles damit zusammen. Sandra sucht den Kontakt zu einflussreichen und bekannten Persönlichkeiten Cornwalls, zu denen die Marshalls gehören, wobei ich nicht gedacht hätte, dass ihr ein solcher Umgang wichtig ist. Als reiche Frau jedoch ...«

»Einen Moment, Christopher!«, unterbrach Alan. »Eigentlich dürfte ich euch das gar nicht sagen, da Sandra meine Klientin ist, in diesem Fall mache ich eine Ausnahme, da es um eine Person geht, die uns allen lieb und teuer ist.« Er sah zuerst Christopher, dann Ann-Kathrin beschwörend an. »Ihr müsst das für euch behalten, bitte, auch kein Wort zu Sandra.« Beide nickten und sahen Alan gespannt an. »Ja, Sandra hat zwar eine große Summe in der Lotterie gewonnen, den Mammutanteil musste sie für den Erwerb des Hotels ausgeben. Von dem Rest hat sie das Haus und das Ladengeschäft ihrer Eltern in Schottland bezahlt, auf dem eine Hypothek lag. Außer dem Kauf des Jeeps, der in dieser Gegend sehr sinnvoll ist, hat Sandra von dem Geld nichts für sich verwendet. Es ist also nicht so, dass sie sich entspannt zurücklehnen und den Dingen ihren Lauf lassen kann. In Higher Barton arbeiten neun Angestellte, für deren Gehälter muss Sandra Sorge tragen, und wir wissen, dass Sandra eine gute Geschäftsfrau ist.«

»Das mag wohl alles sein«, sagte Ann-Kathrin, »es erklärt trotzdem nicht eine solch drastische Veränderung ihres Charakters.«

Christopher sah auf seine Armbanduhr, trank sein Glas leer und stand auf. »Ich muss wieder ins Revier zurück, noch einige Akten durcharbeiten. Wenn der Weihnachtstrubel vorbei und Eliza Dexter zurück ist, wird sich bestimmt alles wieder normalisieren.«

»Warte!« Ann-Kathrin legte eine Hand auf Christophers Arm und raunte: »Sind das nicht die Flemmings? Sandras Eltern?« Mit einer Kopfbewegung deutete sie zur Tür, durch die gerade ein älteres Paar den Pub betrat und einen Schwall kalter Luft in den Gastraum brachte.

Die Männer sahen verstohlen zu dem Mann und der

Frau, die jetzt an die Theke traten und ihre Bestellung aufgaben,

»Ich weiß es nicht«, flüsterte Christopher, »ich kenne Sandras Eltern nicht.« Er setzte sich wieder.

»Ich auch nicht«, sagte Ann-Kathrin, »Sandra hat mir aber Fotos von ihrer Familie gezeigt, und ich weiß, dass ihre Eltern über die Feiertage in Cornwall sind.«

Ann-Kathrin stand auf, und Alan fragte: »Was hast du vor?«

Seine Frau antwortete nicht. Sie trat an die Theke und sagte mit einem strahlenden Lächeln: »Einen schönen Abend. Sie sind doch Mrs und Mr Flemming, nicht wahr? So ein Zufall, Sie hier zu treffen. Ich bin Ann-Kathrin Trengove, eine Freundin von Sandra.«

Heather Flemming erwiderte das Lächeln. »Sandra hat mir bereits von Ihnen erzählt, Mrs Trengove. Ihr Gatte ist der Anwalt, der Sandra geholfen hat, das Hotel zu kaufen, nicht wahr? Das ist mein Mann Douglas.«

Auch Mr Flemming sah Ann-Kathrin freundlich an, diese bat: »Möchten Sie sich nicht zu uns setzen?«

Die Flemmings warteten, bis der Wirt ihre Getränke – für Heather ein Glas mit einem dunklen Rotwein, für Douglas ein Pint Bitter – hinstellte, dann traten sie zu Alan und Christopher, die Sandras Eltern erwartungsvoll entgegensahen. Ann-Kathrin stellte erst ihren Mann, dann Christopher vor. Als sein Name fiel, zuckte eine Augenbraue von Douglas Flemming nach oben.

»Ach, Sie sind das ...«, murmelte er, und Heather meinte: »Es ist erfreulich, dass Sie unsere Tochter nicht wieder dazu verleiten, Detektivin zu spielen und sich in Lebensgefahr zu begeben.«

Christopher ließ die Bemerkung unkommentiert. Sandra hatte mal erwähnt, dass ihre Mutter äußerst besorgt war. Als Sandra einige Zeit in der Schweiz gearbeitet hatte, hatte Heather Flemming sie mehr als einmal unter einer Lawine begraben oder in eine Gletscherspalte abgestürzt gesehen. Ihren Vater hingegen hatte Sandra als verständnisvoll geschildert, und Christopher konnte sich nicht erklären, warum Douglas Flemming ihn jetzt kritisch, beinahe schon unfreundlich musterte.

»Sie haben sich heute Abend aus Higher Barton in den Ort begeben?«, fragte Ann-Kathrin, um eine zwanglose Unterhaltung in Gang zu bringen. »Das Sailor`s Rest ist schon mehrere Jahrhunderte alt, und ...«

»Wir wohnen nicht in Higher Barton«, fiel Heather Ann-Kathrin ins Wort. »Wir logieren in Lower Barton, in einem kleinen Hotel mit dem Namen Three Feathers.«

»Wie bitte?« Ann-Kathrin riss die Augen auf. »Warum sind Sie nicht bei Sandra im Hotel?«

Douglas erklärte: »Durch einen Computerfehler kam es zu Doppelbuchungen. Sandra konnte anderen Gästen nicht absagen, wofür ich Verständnis zeigte, und wir fühlen uns im Three Feathers recht wohl.«

Heather setzte ungehalten hinzu: »So haben wir uns den Urlaub nicht vorgestellt! Sandra bekommen wir kaum zu sehen. Selbst gestern, als wir einen Ausflug in ein Herrenhaus in der Gegend machten, hatte ich den Eindruck, wir wären ihr lästig, und sie wolle uns so schnell wie möglich loswerden.«

»Nun übertreibst du maßlos, Heather!«, sagte Douglas forsch. »Unsere Tochter ist eben ein Arbeitstier, ihr Job steht immer an erster Stelle.«

Ann-Kathrin und Alan tauschten einen verstohlenen Blick, Christopher rutschte unruhig auf dem Stuhl umher. Die Nachricht, dass die Flemmings nicht in Higher Barton logierten, kam für sie alle überraschend. Die Überbuchung war zwar eine plausible Erklärung, zu Sandra passte es aber nicht, ausgerechnet die eigenen Eltern in einem anderen Hotel unterzubringen. So, wie in den letzten Tagen einiges, was Sandra tat und wie sie reagierte, nicht ihre Art war.

»Sandra hat es derzeit schwer«, sagte Ann-Kathrin vorsichtig. »Sie wissen von den personellen Engpässen im Hotel?«

Heather nickte grimmig. »So belastend werden diese wohl nicht sein, da Sandra die Aushilfe, die Mr Shaw ihr anbot, ablehnte.«

Douglas konnte sich nun nicht länger zurückhalten, sah Christopher an und blaffte: »Normalerweise mische ich mich nicht in die Angelegenheiten meiner erwachsenen Tochter ein, aber wenn Sie, junger Mann, Sandra verletzen, bekommen Sie es mit mir zu tun! Es ist mir ganz gleich, dass Sie ein Chief Inspector sind. Meine Vorfahren haben schon vor über dreihundert Jahren bei Culloden gegen die Engländer gekämpft«, fügte Douglas hinzu, um seiner Aussage noch mehr Entschlossenheit zu verleihen.

»Na, na, wir sind hier doch nicht auf dem Schlachtfeld, Mr Flemming«, sagte Alan beschwichtigend.

»Ich habe keine Ahnung, was Sie mit Ihren Worten andeuten möchten, Sir«, erwiderte Christopher ruhig und errötete prompt.

»Nein?«, blaffte Douglas. »Sandra hat keine Geheimnisse vor mir, Inspector. Sie hat mir alles erzählt.«

»Was hat Sandra Ihnen erzählt?«, fragte Ann-Kathrin und sah verwirrt von Sandras Vater zu Christopher.

»Das würde ich auch gern wissen.« Heather starrte ihren Mann an. »Sandra hat dich ins Vertrauen gezogen, und mich – ihre eigene Mutter – lässt sie außen vor?«

»Beruhige dich bitte, Heather. Sandra bat mich, dich vorerst mit ihren Problemen bezüglich dieses Herrn hier«, er deutete auf Christopher, »nicht zu behelligen.«

Zwischen der Gesichtsfarbe des DCIs und seinen Haaren war kein Unterschied mehr zu erkennen. Dabei hatte Christopher sein Erröten in den letzten Monaten immer mehr in den Griff bekommen.

»Christopher, habt ihr euch gestritten? Ist etwas vorgefallen, von dem ich nichts weiß?«, fragte Ann-Kathrin.

»Ja ... nein, ach, ich weiß nicht«, stammelte Christopher, dann gab er sich einen Ruck und sagte geradeaus: »Am vorletzten Samstag waren Sandra und ich zum Tanzen in Newquay. Dabei sind wir uns ...«, er schluckte schwer, »nähergekommen.« Ann-Kathrin riss die Augen auf, Alan hingegen lächelte verstehend. »Ich verstehe nicht, Mr Flemming, was Sie zu der Meinung veranlasst, ich könnte Sandra verletzen. Ich habe eher den Eindruck, Ihre Tochter geht mir aus dem Weg.«

»Sandra ist eine Person, die nicht gedrängt werden möchte«, wandte Douglas ein.

»Ich habe sie in keiner Weise bedrängt, im Gegenteil«, erwiderte Christopher. »Wir waren uns einig, nichts zu überstürzen, und Sandra kann es mir ehrlich sagen, wenn sie keinen weiteren privaten Kontakt mit mir möchte.«

»Das kann ich mir nicht vorstellen.« Nervös trommelte Ann-Kathrin mit ihren Fingernägeln auf der Tischplatte. »Ich möchte mich nicht zu weit aus dem Fenster lehnen, aber ich weiß, dass Sandra dich, Christopher, sehr gern hat. Ich sage doch: Da stimmt etwas nicht! Irgendetwas muss passiert sein! Ich werde Sandra auf den Zahn fühlen.«

»Nicht mehr heute, mein Schatz«, sagte Alan bestimmt. »Es ist spät, du wirkst erschöpft, und übermorgen sind wir ohnehin in Higher Barton. Sie kommen doch auch, Mrs und Mr Flemming?«

Sandras Eltern tauschten einen Blick, und Heather antwortete eingeschnappt: »Bisher wurden wir von unserer Tochter nicht eingeladen.«

»Wir gehen alle gemeinsam«, sagte Ann-Kathrin, »auch du, Christopher.«

»Ich glaube nicht, dass meine Arbeit ...«

»Papperlapapp!«, unterbrach Ann-Kathrin ihn. »Es ist Weihnachten! Wenn du jeden Abend in alten Akten stöberst, bekommst du nur eine Stauballergie.«

Christopher lächelte, und Alan bemerkte trocken: »Meine Frau hat wie immer recht. Christopher, solltest du je mit dem Gedanken spielen zu heiraten, stell dich darauf ein, dass deine Meinung dann nur noch zur Hälfte zählt. Wenn überhaupt.«

Gespielt empört knuffte Ann-Kathrin ihrem Mann in die Seite. Er legte einen Arm um ihre Schultern und zog sie an sich. Christopher verspürte einen Stich. Sandra war schon immer schwer zu durchschauen gewesen, gerade das fand er an ihr reizvoll, aber ihr Verhalten in den letzten Tagen hatte ihn mehr verletzt, als er es den Freunden gegenüber zugeben wollte.

Detective Chief Inspector Christopher Bourke hatte nur die halbe Wahrheit gesagt, dass er ins Revier zurückmusste, um Akten durchzuarbeiten. Der ganze südwestliche Polizei-apparat war auf der Suche nach Nicolas Lambourne, er und Constable Greenbow waren nur Rädchen im Getriebe. Es war Christophers persönliches Interesse, den Flüchtigen zur Strecke zu bringen, da er ihn für den Anschlag auf Alan Trengove verantwortlich machte. Dass Sandra Kontakt zu dem Ehepaar Marshall aufgenommen hatte, überraschte Christopher weit weniger als Ann-Kathrin. Sandra konnte es nicht lassen, ihre – zugegebenermaßen – hübsche Nase in Dinge zu stecken, die sie nichts angingen. In diesem Fall war sie nicht unmittelbar betroffen. Was sollte sie über Vivian und Denzil Marshall herausfinden, was die Polizei nicht längst in Erfahrung gebracht hatte? Das war ohnehin wenig, und es gab überhaupt nichts, das auch nur den klein-sten Hinweis auf den Verbleib von Nicolas Lambourne gab.

Nachdem Christopher das Revier betreten hatte, nickte er seinem Constable freundlich zu und sagte: »Machen Sie für heute Schluss und gehen Sie nach Hause, Greenbow.«

»Sir, wir haben ihn!« John Greenbow wirkte sehr zufrie-den.

»Wen?« Christopher zuckte zusammen. »Lambourne?«

»Nein, ihn leider noch nicht, jedoch den Mittelsmann, der ihm nach der Flucht geholfen hat. Es war immer klar, dass Lambourne nicht allein auf sich selbst gestellt untertauchen konnte.«

Das waren wirklich sehr gute Nachrichten und Christo-pher bat: »Berichten Sie, Greenbow!«

»Sein Name lautet Bill Grafton, wegen diverser kleinerer Straftaten bereits verurteilt. In Tintagel hat Grafton einen Laden für Elektrogeräte, und da unsere Kollegen in Camel-ford seit Längerem vermuteten, in diesem Geschäft würden

Drogen gehandelt und illegale Waffengeschäfte getätigt, stand Grafton unter ständiger Beobachtung. Unter dem Vorwand, Waffen kaufen zu wollen, suchte ein verdeckter Ermittler ihn auf. Grafton schöpfte keinen Verdacht, bei der Übergabe vor vier Tagen wurde er verhaftet.«

»Wie ist die Verbindung zu Nicolas Lambourne?«, fragte Christopher gespannt.

»Bei der routinemäßigen Durchsuchung von Graftons Geschäftsräumen und der darüberliegenden Wohnung fand die Spurensicherung Fingerabdrücke und DNA von Nicolas Lambourne.«

»Das ist hochinteressant!« Christopher war plötzlich hellwach. »Wo ist der Mann jetzt?«

»Noch auf dem Revier in Camelford.«

»Ich fahre sofort dorthin.«

»Jetzt?« John Greenbow sah auf die Uhr. »Es ist fast halb elf, Sir, ich weiß nicht, ob die Kollegen …«

»Sie werden sich die Zeit nehmen müssen«, unterbrach Christopher seinen Constable. »Sie brauchen mich nicht zu begleiten, Greenbow. Gehen Sie nach Hause. Da ich in dieser Nacht ohnehin nicht schlafen kann, werde ich die Zeit nützlich verbringen.«

Der Constable zögerte. Da er inzwischen vierzehn Stunden im Dienst war, hatte die Vorstellung, zu Hause ein warmes Schaumbad zu nehmen, durchaus seinen Reiz.

»Wir können morgen gemeinsam nach Camelford fahren«, schlug er vor.

Christopher schüttelte den Kopf. »Ich möchte keine Zeit verlieren. Bevor Sie gehen, Greenbow: Rufen Sie bitte die Kollegen in Camelford an und richten Sie aus, ich bin in etwa einer Stunde bei ihnen.«

Nachdem der DCI das Revier verlassen hatte, sah Constable Greenbow ihm kopfschüttelnd nach. Auch er war daran interessiert, Nicolas Lambourne zu finden, sein Chef hatte sich in diesen Fall aber regelrecht verbissen.

Die Straßen waren an diesem Sonntagabend und zu dieser Uhrzeit nahezu leer. Aus Westen war wieder eine Regenfront herangezogen, und die Scheibenwischer klackten im regelmäßigen Rhythmus. Unwillkürlich erinnerte er sich an den Abend, als Sandra und er nach Newquay zum Tanzen gefahren waren und es auch geregnet hatte – und an das, was danach geschehen war. War das wirklich erst acht Tage her? Was hatte er falsch gemacht, dass Sandra ihm aus dem Weg ging? Douglas Flemming hatte gesagt, Sandra habe über ihn gesprochen, und er hatte gemeint, er solle Sandra nicht verletzen. Das passte nicht zusammen, es passte nicht zu Sandra. Keinen Moment glaubte er, dass Sandra aus rein beruflichen Gründen den Kontakt zu Vivian und Denzil Marshall suchte und sich von der Bekanntschaft Vorteile erhoffte. Morgen wollte er Lord Beechwood noch mal auf den Zahn fühlen, ob er nicht doch etwas über seinen Stiefbruder wusste, auch wenn er behauptete, Nicolas Lambourne nie begegnet zu sein.

Christopher fuhr erst nach Bodmin, von dort nahm er die A 389 in Richtung Wadebridge und bog dann auf die kurvige B 3266 ab, die direkt zu der kleinen Stadt Camelford führte. Seinen Namen hatte der Ort von dem Fluss Camel, über den in früheren Zeiten eine Furt führte, durch die die Farmer ihr Vieh getrieben hatten. Obwohl Camelford seit dem 13. Jahrhundert die Marktrechte besaß, war es nur wenig über seine Hauptstraße mit den grauen Häusern hinausgewachsen. Touristen verirrten sich selten hierher. Seit zwei Jahrzehnten führte eine Umgehungsstraße in westlicher Richtung zu den Hauptattraktionen dieses Abschnitts der cornischen Nordküste: Nach Tintagel mit den Ruinen von Tintagel Castle, dem angeblichen Geburtsort des legendären Königs Artus, und zu dem uralten Dorf Boscastle mit einem der wenigen Häfen der Gegend, die unter dem Management des National Trust und damit unter Denkmalschutz standen.

Auch Christopher kam nur selten nach Camelford, denn er hatte keine Verbindung zu jemandem in diesem Ort. Von der Hauptstraße etwas zurückgesetzt fand er die Polizeistation. Sie war kaum größer als sein Revier in Lower Barton. Nachdem er geklingelt hatte, verging einige Zeit, bis der Summer ertönte und Christopher eintreten konnte. Ein in Zivil gekleideter Mann kam ihm entgegen.

»DCI Bourke?« Christopher nickte, zückte seinen Ausweis und hielt ihn dem Kollegen hin. »DS Dan Bishop«, stellte der Kollege sich vor. »Ich habe keine Ahnung, warum Sie zu nachtschlafender Zeit mit unserem Gefangenen sprechen möchten. Aber bitte schön ...«, er zuckte mit den Schultern, »es ist schließlich Ihre Sache, wenn Sie sich die Nacht um die Ohren schlagen. Folgen Sie mir, ich bringe Sie zu der Zelle.«

»Warum befindet sich Grafton noch hier und wurde nicht längst nach Plymouth oder Exeter überstellt?«, fragte Christopher.

»Die haben keinen Platz, sind voll bis unters Dach«, murrte Bishop. »Immer vor Weihnachten meinen alle Verbrecher, unbedingt jetzt losschlagen zu müssen.« Im hinteren Abschnitt des Gebäudes öffnete er eine Zellentür, knipste an dem außen liegenden Schalter das Licht an und rief: »He, Grafton, Besuch für dich.« Dann ließ er Christopher an sich vorbei eintreten, schloss die Tür und sperrte wieder ab.

»Mann, was wollen Sie?« Von der Pritsche rappelte sich ein untersetzter Mann mit schütterem Haar und einem grauen, ungepflegten Vollbart hoch. »Könnt ihr Bullen nicht die Nachtruhe respektieren? Auch als Gefangener habe ich Rechte, darunter sicher auch das Recht, ausreichend an der Matratze zu horchen.«

»Beruhigen Sie sich, Mr Grafton«, sagte Christopher ruhig. »Ich habe nur ein paar Fragen, dann dürfen Sie weiterschlafen. Ich bin DCI Bourke vom Revier in Lower Barton.«

»Sehr interessant, und was wollen Sie von mir?« Graftons Blick aus den wasserhellen Augen war ablehnend. »Ihre Kollegen nehmen mich seit Tagen in die Mangel. Ich habe alles gesagt, was ich weiß, außerdem habe ich nichts getan. Das mit der Waffe war ein Zufall, ich mache so was normalerweise nicht, nur das einzige Mal ...«

»Ihre Waffenschiebereien und der Drogenhandel interessieren mich nicht, Mr Grafton«, fiel ihm Christopher ins Wort. »Ich will mit Ihnen über Ihre Beziehung zu Nicolas Lambourne sprechen.«

»Nicolas wer? Nie gehört den Namen.«

»Kommen Sie, Grafton, in Ihrem Laden fanden sich ausreichend Spuren, die beweisen, dass Nicolas Lambourne bei Ihnen gewesen ist, und zwar vor nicht allzu langer Zeit.«

»Hören Sie, Chief Inspector«, er sah Christopher eindringlich an, »ich führe ein öffentliches Geschäft, in das Tag für Tag die Kunden kommen und gehen. Die meisten kenne ich überhaupt nicht, manche sehen sich nur um und gehen wieder, ohne was zu kaufen. Mag sein, dass dieser Lambourne mal da gewesen ist, wenn ja, dann kann ich mich an ihn nicht erinnern. Ihre Kollegen haben mir schon ein Foto gezeigt. Den Typ habe ich nie gesehen.«

»Wie kommen dann Lambournes Fingerabdrücke in das Badezimmer Ihrer Wohnung?«

Bill Grafton zeigte keine Verunsicherung und antwortete klar und deutlich: »Die Wohnung liegt über dem Laden, die Tür dazwischen schließe ich tagsüber nicht ab. Meine Güte, ich muss auch mal austreten oder ich habe im Lager zu tun. Da kann schon mal jemand ungesehen in meine Wohnung gelangen. Überwachungskameras oder so was habe ich nicht, die kann ich mir nicht leisten, und in meinen Räumen oben gibt's auch nichts zum Klauen.«

»Sie bleiben also dabei, Nicolas Lambourne nicht zu kennen? Ihm nie begegnet zu sein?«

Mit einer unschuldigen Geste hob Grafton die Hände. »Im Fernsehen habe ich natürlich gesehen, dass der Typ aus dem Knast entkommen ist, das ist alles, was ich über ihn weiß. Kann ich jetzt weiterpennen, Chief Inspector?« Grafton legte sich hin, wandte Christopher demonstrativ den Rücken zu und zog sich die Decke bis ans Kinn.

Christopher klopfte an die Tür, und Sergeant Bishop ließ ihn aus der Zelle.

»Und?«, fragte er mit gerunzelter Stirn. »Haben Sie etwas erfahren, das Ihre nächtliche Störung wenigstens rechtfertigt?«

»Leider nicht«, musste Christopher zugeben. »Der Mann lügt, wenn er den Mund aufmacht, die gefundenen Spuren von Nicolas Lambourne beweisen es. Bill Grafton hat dem Mörder geholfen, wahrscheinlich kaufte Lambourne bei Grafton auch das Gift, mit dem er Richter Audley tötete. Wir müssen davon ausgehen, dass Lambourne im Besitz einer Waffe und Munition ist.«

»Bis Grafton der Prozess gemacht wird, können Monate vergehen. Wenn er wirklich in Kontakt zu Lambourne steht, vielleicht sogar weiß, wo dieser sich aufhält ...«

»Ist es vielleicht zu spät«, vollendete Christopher Bishops Satz. »Entschuldigen Sie bitte die späte Störung, ich darf aber nichts unversucht lassen, den flüchtigen Mörder zu finden.«

Etwas freundlicher als zuvor begleitete Sergeant Bishop Christoper hinaus und sagte abschließend: »Ich bleibe an Grafton dran, Sir, und informiere Sie, sollte der Mann eine Aussage machen.«

Es war drei Uhr, als Christopher Bourke Lower Barton und dort sein Apartment im Erdgeschoss eines Reihenhauses erreichte. Er fühlte sich erschöpft und hoffte, wenigstens ein paar Stunden Schlaf zu finden.

Zur selben Zeit stand Sandra Flemming am Küchenfenster, die Finger um eine Tasse mit warmer Milch gelegt. Eine weitere schlaflose Nacht, jede Minute sich wie Kaugummi ziehend, raubte ihr die Energie. Der Tag des Heiligen Abends war angebrochen, in fünfzehn Stunden erwartete sie in Higher Barton an die hundert Gäste. Als Sandra vor Monaten die Buchung für die Firmenfeier angenommen hatte, war sie voller Optimismus gewesen, auch wenn es bedeutete, dass sie am Weihnachtsabend keine Minute Luft holen konnte. Daran war Sandra gewöhnt. In keinem der Häuser, in denen sie zuvor gearbeitet hatte, bekam das Personal an Weihnachten frei, im Gegenteil. Wenn andere ausgelassen feierten, aßen und tranken, bedeutete das für die Angestellten höchste Konzentration, Durchhaltevermögen, wenig Schlaf und schmerzende Füße. Sandra hatte das nie gestört, in Gegenwart von Menschen lebte sie auf, was andere als Stress bezeichneten, war für sie anregend und motivierend.

Zum ersten Mal seit Sandra sich für ihren Beruf entschieden hatte, wünschte sie sich in die ländliche Beschaulichkeit ihrer schottischen Heimat zurück. Um diese Zeit war ihr Elternhaus mit Stechpalmenzweigen und Misteln geschmückt; bereits Wochen vor dem Fest hatte ihre Mutter angefangen zu backen, der Duft nach weihnachtlichen Gewürzen lag in den Räumen; die deckenhohe Tanne stand neben dem Kamin, in dem ein wärmendes Feuer brannte, während draußen der Schneesturm tobte. Im Gegensatz zu Cornwall hatten sie oben in Schottland meistens Schnee zu Weihnachten gehabt. Oft war der Vater mit ihr auf die nahen Hügel gegangen, andere Kinder mit ihren Eltern hatten sich ihnen angeschlossen, und sie waren mit ihren Schlitten in halsbrecherischem Tempo die Abhänge hinuntergesaust. Wenn sie wieder nach Hause kamen – durchgefroren, mit roten Nasen und Wangen und vollkommen glücklich – hatte die Mutter heißen Früchtepunsch für die Kinder und gewürzten Wein für die Erwachsenen bereitgehalten. Wenn es Zeit war, zu Bett zu gehen, hatte sie geglaubt, kein Auge zutun zu können, und dann doch tief und traumlos geschlafen. Am nächsten Morgen, wenn sie herunterkam, waren die Wachskerzen am Baum bereits angezündet – Heather Flemming weigerte sich bis heute, elektrische Lichter zu verwenden –, am Kamin hingen bunte, prall gefüllte Strümpfe. Die Flemmings waren nie reich gewesen, als Kind war Sandra nicht mit Geschenken überhäuft worden, und so mancher Wunsch war nie erfüllt worden, dennoch hatte sie nie etwas vermisst.

Eine Träne tropfte in die inzwischen erkaltete Milch. All diese Erinnerungen hatte Sandra nie verdrängt, sondern mit einem zärtlichen Gefühl in ihrem Herzen bewahrt. Die Kindheit war vorbei, sie stand lange genug im Berufsleben, um alten Zeiten nicht nachzutrauern. Heute jedoch, in der Nacht zu dem Tag, an dem Jesus Christus vor über zweitausend Jahren auf die Erde gekommen war, befiel sie die Melancholie so heftig wie niemals zuvor, und sie weinte.

Dann versuchte sie, ihre Gedanken auf den bevorstehenden Tag zu richten. Alles war bestens vorbereitet. Entgegen seiner Androhung, alles hinzuwerfen, hatte Monsieur Peintré wieder einmal sehr gute Arbeit geleistet, auch auf Rosa, Lucas und David würde sich Sandra heute verlassen können. Die Weihnachtsfeier der Firma verlief bestimmt zur Zufriedenheit aller. Das sechsgängige Menü für den Weihnachtstag war bis ins letzte Detail geplant, teilweise vorbereitet, und der Ballsaal für das abendliche Tanzvergnügen dekoriert und aufgestuhlt. Es war richtig gewesen, Lambourne und Eliza in dem Cottage unterzubringen, da Lucas und David die Tische und Stühle aus den Lagerräumen holen mussten. Sandra wäre keine einigermaßen logische Erklärung eingefallen, um zu verhindern, dass jemand den Dachboden betrat, und sie allein hätte diese Arbeit niemals bewältigen können. Unter anderen Umständen würde Sandra den kommenden Tagen mit gespannter Erwartung entgegensehen, jetzt war ihr ständig übel, und sie hatte Kopfschmerzen. Ihre Beschwerden waren rein seelischer Natur, der enormen psychischen Anspannung und dem Schlafmangel geschuldet. Auch wenn sie inzwischen dazu neigte, an Lambournes Unschuld zu glauben – der Mann war unberechenbar! Selbst, wenn er die Drohung, Higher Barton in die Luft zu sprengen, nicht wahr machen würde: Solange sich Eliza in seiner Gewalt befand, saß Lambourne am längeren Hebel, jederzeit konnte es zu einer Tragödie kommen.

Endlich neigte sich die Nacht ihrem Ende zu. Bereits um sechs Uhr duschte Sandra und zog sich an, eilte dann zu dem Cottage der Penroses hinüber. Es war noch stockfinster, auch in den Fenstern von Higher Barton schimmerte kein Licht. Eliza sah heute erholter aus als in den Tagen davor, im oberen Stockwerk hörte Sandra das Wasser rauschen.

»Ich habe vier Stunden fest geschlafen«, erklärte Eliza, sie wirkte entspannt und bot Sandra einen Tee an, den diese jedoch ablehnte. »Ich danke Ihnen, Sandra, dass wir hier im Cottage bleiben können.«

»Lambourne schläft wirklich niemals?«, vergewisserte sich Sandra. Sie flüsterte, obwohl sie nun hörte, wie Lambourne oben eine ihr unbekannte Melodie pfiff. »Besteht keine Möglichkeit, ihm die Pistole und das Steuergerät abzunehmen?«

»Ich glaube, Nicolas schläft erst, wenn er sicher ist, dass ich es nicht mitbekomme«, erwiderte Eliza. »Vorletzte Nacht stellte ich mich schlafend und wartete, bis er im Sessel einnickte. Aber er hielt das Kästchen so fest in der Hand, ich konnte nicht wagen, es an mich zu bringen.«

»Glauben Sie, dass Lambourne die Bomben wirklich zünden würde?«

»Ich werde es nicht riskieren, und Sie sollten es auch nicht tun«, erwiderte Eliza gelassen. »Nicolas hat nichts mehr zu verlieren.«

»Sie sind von Lambournes Unschuld wirklich überzeugt?«

Eliza nickte so heftig, dass sich Haarsträhnen aus ihrem locker aufgesteckten Dutt lösten. »Sie glauben es doch auch, Sandra, nicht wahr? Ich kenne Sie inzwischen gut, Sie würden das Spiel nicht mitmachen, wenn Sie Nicolas nicht helfen wollten.«

»Ich mache das *Spiel*, wie Sie es nennen, mit, weil meine Hotelmanagerin als Geisel gehalten und mit einer Waffe bedroht wird.«

»Im Augenblick allerdings nicht.« In Elizas Augen blitzte es triumphierend. »Was hindert Sie daran, jetzt DCI Bourke anzurufen und ihm alles zu sagen? Oder mich zu bitten, gemeinsam mit Ihnen einfach durch die Tür zu spazieren? Sie wollen Nicolas ebenso helfen, wie ich es möchte.«

»Ich denke an die Sicherheit der Menschen im Hotel, ebenso an die Ihrige. Es dauert mindestens eine halbe Stunde, alle zu evakuieren.«

»Das haben Sie richtig erkannt, Sandra.«

Die Frauen fuhren herum. Unter dem Türsturz stand Nicolas Lambourne, das Schaltkästchen in der Hand, den Zeigefinger auf einem der Knöpfe. Sie hatten nicht bemerkt, wie er heruntergekommen war.

»Ich habe Frühstück gemacht«, sagte Eliza, als wäre es das Normalste der Welt.

»Lambourne, was war eigentlich mit Ihrer Frau?«

»Mit Susan?« Er runzelte verwundert die Stirn. »Ich verstehe Ihre Frage nicht.«

»Für den Vorwurf, Ihr Stiefbruder habe die Morde begangen, um Sie aus dem Weg zu räumen, gibt es außer Ihrer

Behauptung keinen einzigen Beweis. Sie sagen ebenfalls, dass der Mann, der mit ihr zusammen erschossen wurde, nicht ihre einzige Affäre war, dass Ihre Frau Sie regelmäßig betrogen und zu diesem Zweck das Apartment in Plymouth gemietet hat.«

»Von dem ich nichts wusste!«, fiel Lambourne Sandra ins Wort, überlegte einen Moment und sagte dann: »Ich weiß, worauf Sie anspielen, Sandra. Ein abgelegter Liebhaber, jemand, der mit Susan noch eine Rechnung offen hatte, könnte der Täter sein.« Er seufzte und winkte ab. »Obwohl damals alle Indizien gegen mich sprachen und mein Anwalt die Sache so schnell wie möglich vom Tisch haben wollte, wurde das Leben meiner Frau genau durchleuchtet. Ohne ein positives Ergebnis.«

»Erzählen Sie mir von Ihrer Frau, von Susan«, bat Sandra. »Was war sie für ein Typ? Woher kam sie?«

»Die Eltern waren geschieden, die Mutter hatte wieder geheiratet und lebte in San Francisco, sie und Susan hatten kaum noch Kontakt. Susan war das einzige Kind eines Immobilienmoguls, der es verstanden hat, sein Vermögen dank kluger Spekulationen in diversen Wirtschaftskrisen zu vermehren«, erklärte Lambourne. »Wir trafen uns in London, so richtig klischeehaft am Trafalgar Square, als es zu regnen begann und Susan keinen Schirm hatte. Ich bot ihr meinen an. Vielleicht war es nicht die große Liebe, ich habe Susan dennoch immer geachtet und ihr vertraut.«

»Sie erhielten das Geld, um die Firma vor dem Ruin zu retten, sie den Titel einer Lady und den Aufstieg in die Gesellschaft.« Sandra schüttelte verwundert den Kopf. »Für mich hört sich das an wie aus dem vorletzten Jahrhundert, Lambourne!«

»Das verstehen Sie nicht, Sandra.«

»In der Tat nicht, nein, könnte es nicht trotzdem sein, dass der Mörder im Umfeld Ihrer Frau zu finden ist? Sind Susans Eltern noch am Leben?«

»Ihr Vater starb bereits vor unserer Heirat, was mit Susans Mutter ist ...« Er zuckte mit den Schultern. »Da ich bereits einen Tag nach den Morden verhaftet wurde, konnte ich an Susans Beerdigung nicht teilnehmen. Ich erfuhr nicht einmal, ob ihre Mutter aus den Staaten angereist und dabei gewesen ist.«

Eliza, die verstand, in welche Richtung Sandras Überlegungen gingen, fragte: »Sandra, welchen Grund hätte Susans Mutter gehabt, ihre eigene Tochter zu ermorden? Eine Mutter tötet doch nicht ihr eigenes Kind! Sie lebte Tausende von Meilen entfernt, hatte mit Susan kaum Kontakt – das ergibt keinen Sinn.«

»In Susans Umfeld hatte niemand auch nur den Hauch eines Motivs«, ergänzte Lambourne, »selbst keiner ihrer früheren Liebhaber. Diese hatten alle ein hieb- und stichfestes Alibi.« Mit einem Lächeln fügte er hinzu: »Ich erkenne Ihre klugen Überlegungen allerdings an, Sandra. Sie machen sich wirklich Gedanken, wie ich zu entlasten bin.«

»Bilden Sie sich bloß nichts darauf ein, Lambourne! Ich mache das lediglich, um Eliza und mein Hotel zu schützen.« Sandra sah zur Uhr. »Ich muss an die Arbeit, sonst werden die anderen misstrauisch.« Noch argwöhnischer, als sie ohnehin schon sind, setzte sie in Gedanken hinzu.

»Haben Sie über Denzil Marshall mehr herausgefunden?«, fragte Lambourne.

»Nichts, was Sie nicht selbst wissen.« Sandra zuckte mit den Schultern. »Darf ich jetzt bitte gehen? Sie und Eliza verlassen das Cottage nicht und halten sich von den Fenstern fern.«

Eliza und Lambourne nickten, und Eliza flüsterte: »Danke, Sandra. Es wird alles gut werden.«

Obwohl es für die abendliche Party noch viel zu tun gab, surfte Sandra über eine Stunde im Internet. Dazwischen war sie immer wieder an der Rezeption. Glücklicherweise gab es heute keine neuen Anreisen. Zwischen ihr und Monsieur Peintré herrschte eine gespannte, unterkühlte Stimmung, sie nickten sich lediglich kurz zu, während Rosa Sandra sorgenvoll ansah und kein Wort mit ihr sprach.

In jeder freien Minute flogen Sandras Finger über die Tasten, und sie klickte sich durch Dutzende von Internetseiten. Den Einfall, der Mörder könnte im Umfeld von Susan Lambourne zu finden sein, hatte sie in der letzten Nacht gehabt. Nicolas hatte das zwar dementiert, trotzdem versuchte Sandra, etwas über die Frau herauszubekommen. Es hieß zwar, es gebe nichts, was im World Wide Web nicht zu finden sei, doch in heutiger Zeit vergaß man gern, dass das Internet noch gar nicht so lange einer breiten Masse zur Verfügung stand. 2001, als die Taten geschahen, steckte es noch in den Kinderschuhen, nur wenige Privatpersonen verfügten über entsprechende Anschlüsse. Damals schlugen die Morde hohe Wellen, später war allerdings nur wenig digitalisiert und ins Netz gestellt worden. Die Spur Susan Lambourne lief ins Leere.

Einmal klingelte das Telefon, es war Henry Dexter, der sich erkundigte, ob Sandra etwas von Eliza gehört hatte.

»Ja, Mr Dexter, Sie brauchen sich keine Sorgen zu machen«, schwindelte Sandra. »Wie von mir vermutet, befindet sich Ihre Schwester in Cardiff bei einer Bekannten, die sie Tante nennt. Die Frau ist fast achtzig und musste sich einer Hüftoperation unterziehen. Eliza hilft ihr, bis sie sich wieder selbst versorgen kann.«

»Haben Sie Eliza von meinem Besuch erzählt?«

»Sie wird sich bei Ihnen melden, Mr Dexter«, antwortete Sandra. »Sobald sie etwas mehr Zeit hat.«

Am anderen Ende der Leitung zögerte Henry Dexter. Sandra hatte den Eindruck, er wolle noch etwas sagen, aber er erwiderte nur: »Nun ja, ich wünsche Ihnen ein frohes und gesundes Fest.«

Sandra wünschte es ihrerseits und legte auf. Sie hoffte, Elizas Bruder überzeugt zu haben.

Auf der Homepage von *Lambourne Biscuits* gab es außer den Fotos von Vivian und Denzil Marshall keine weiteren Informationen über das Ehepaar. Nicht, woher sie kamen, was sie gemacht hatten, bevor Denzil die Fabrik übernahm, nichts über sein oder Vivians früheres Leben. Nach ihren bisherigen Informationen hatte Denzil kurz vor dem Abschluss seines Studiums gestanden, als der alte Lord Beechwood ihn nach Cornwall holte. Sandra fragte sich, ob Denzil wirklich völlig ahnungslos über seine Abstammung gewesen war. Laut Nicolas' Aussage war im Hause Lambourne nie die Rede von einem illegitimen Sohn gewesen, auch nicht, nachdem Nicolas' Mutter gestorben war. Wo hatte Lord Beechwood Denzils Mutter kennengelernt? Wann, das konnte Sandra sich ausrechnen, da sie Denzils Geburtsdatum kannte. Was war geschehen, nachdem die Affäre beendet war? War es nur ein One-Night-Stand gewesen? Wie und wann hatte Lord Beechwood von seinem jüngsten Sprössling erfahren?

»Ms Flemming, haben Sie noch einen weiteren Cornwall Observer im Haus?« Sandra schreckte auf. In der Tür stand Major Collins. »Ist die heutige Ausgabe vielleicht nicht zugestellt worden, weil Weihnachten ist?«

»Auch am Heiligen Abend gibt es die Tageszeitung«, erwiderte Sandra. »Befindet sich der Observer nicht auf dem Tisch in der Halle?«

»Nein, sonst würde ich wohl kaum fragen.« Seine Worte unterstrich der Major mit einem Aufklopfen seines Stocks auf dem Boden. »Sie wissen, dass ich während des Frühstücks immer die Zeitung lese.«

»Ich kümmere mich gleich darum, Major Collins.« Es fiel Sandra immer schwerer, freundlich zu lächeln. »Wahrscheinlich haben andere Gäste die zwei Ausgaben, die wir täglich erhalten, mitgenommen.«

Mit einem Brummen drehte der Major sich um und stapfte davon.

Der *Cornwall Oberserver* war die größte Tageszeitung des Herzogtums. Gegen Sandras Willen war sie selbst wiederholt zur Schlagzeile geworden. Tatsächlich hatte ein männlicher Gast ein Exemplar mit ins Restaurant genommen. Sandra trat zu ihm und bat, die Zeitung dem Major zu geben, wenn er mit der Lektüre fertig war. Den Verbleib des zweiten Exemplars konnte sie auf die Schnelle nicht klären.

»Mit was ich mich alles herumschlagen muss«, murmelte Sandra, als sie wieder ins Büro gehen wollte – und blieb wie angewurzelt auf der Schwelle stehen. Sie erinnerte sich an das von ihr mitgehörte Gespräch zwischen den Marshalls auf dem Golfplatz. Nicolas Lambourne hatte keine Erklärung, warum sein Vater plötzlich seinen unehelichen

Sohn aufsuchte. Da Lord Beechwood jeglichen Kontakt zu Nicolas nach dessen Verhaftung abgebrochen und auch nie auf seine Briefe geantwortet hatte, erfuhr Nicolas kaum etwas über seinen Stiefbruder. Denzil Marshall hatte gesagt, Vivian habe für eine Zeitschrift gearbeitet. Was, wenn Vivian im Rahmen einer Reportage auf Walter Lambourne, Lord Beechwood, gestoßen war und sein Geheimnis herausgefunden hatte? Vivian hatte ihre Chance gewittert, Nicolas auszuschalten, Denzil zu heiraten und Lady Beechwood zu werden. Hatte die kühle, elegante Frau, die heute dem Alkohol mehr zusprach, als gut für sie war, etwa die Morde begangen und die Schuld Nicolas zugeschoben?

An den erstaunten Blicken von Lucas vorbei eilte Sandra aus dem Haus. Sie hörte zwar, wie der Kellner ihr eine Frage nachrief, reagierte aber nicht. Außer Atem trat sie in das Cottage. Nicolas fuhr hoch, die Pistole in der Hand.

»Was wollen Sie mitten am Tag hier?«, herrschte er Sandra an. »Wenn Sie jemand sieht ...«

»Tun Sie die Waffe weg, Lambourne«, keuchte Sandra, vom schnellen Laufen hatte sie Seitenstechen. »Ich habe nur eine Frage: Hatten Sie oder Ihr Vater Kontakt zur Presse, bevor Ihre Frau ermordet wurde?«

Nicolas runzelte die Stirn, dann nickte er.

»Es gab immer mal wieder Reportagen über die Keksfabrik. Eine gute Presse ist für ein Unternehmen unabdingbar. Ich verstehe nicht ...«

»Wann war der letzte Besuch eines Journalisten?« Erneut fiel Sandra ihm ins Wort. »Vielmehr einer Journalistin?«

»Daran kann ich mich nicht erinnern. Warum spielt das eine Rolle?«

»Haben Sie etwas herausgefunden?«, fragte Eliza erwartungsvoll.

»Es ist vielleicht zu weit hergeholt«, antwortete Sandra. »Vivian Marshall arbeitete früher bei einer Illustrierten und schrieb Klatschgeschichten. Es könnte sein, dass sie im Rahmen einer Reportage auf Walter Lambourne stieß und herausfand, dass er einen unehelichen Sohn hatte. Vivian und Denzil stammen beide aus Manchester, sie waren bereits ein Paar, bevor Ihre Frau getötet wurde.«

An Lambournes Gesichtsausdruck erkannte Sandra, wie seine Gehirnzellen arbeiteten. Er verstand schnell.

»Denzil wusste vielleicht wirklich nichts über seinen Erzeuger«, sagte er langsam. »Vivian jedoch witterte ihre Chance, eine gute Partie zu machen, wenn ich – der bis zu diesem Zeitpunkt einzige Sohn und Erbe – von der Bildfläche verschwinde. Warum hat sie nicht einfach mich umgebracht? Warum eine solche, bis ins kleinste Detail ausgeklügelte Intrige? Ist die Frau zu so einem Plan geistig überhaupt fähig?«

»Es ist denkbar, ja«, antwortete Sandra. »Vivian mag aus einfachen Verhältnissen stammen, auf mich macht sie allerdings einen sehr intelligenten Eindruck. Ich vermute, das Risiko, Sie, Lambourne, zu töten, wollte sie nicht eingehen. Die Verbindung zu Denzil und schlussendlich zu ihr hätte man sehr schnell herausgefunden.«

»Dieser Gedanke klingt derart an den Haaren herbeigezogen, dass schon fast wieder was dran sein könnte«, bemerkte Eliza. »Ich bewundere Ihre Fantasie, Sandra.«

»Ich versuche lediglich, alle Faktoren in Betracht zu ziehen, mögen sie noch so weit hergeholt erscheinen.«

»Verfolgen Sie das weiter«, sagte Lambourne, und, als

Sandra bereits an der Tür war: »Übrigens: Gute Arbeit, Sandra! In diese Richtung habe ich tatsächlich noch nicht gedacht.«

Sandra ärgerte sich, dass sie das Kompliment erfreute.

Rosa verzichtete auf die Frage, wo Sandra gewesen war, als sie nach einer halben Stunde zurückkam, ihr Gesichtsausdruck sprach jedoch Bände.

»Ihre Mutter hat angerufen«, sagte sie nur kühl. »Sie bittet um Rückruf, wann sie und Ihr Vater morgen zum Essen kommen und ob Sie sie abholen oder sie sich ein Taxi nehmen sollen.«

Am besten gar nicht, dachte Sandra, und nickte nur. Rosa ging zurück in die Küche, und Sandra konnte es kaum erwarten, wieder an ihren Rechner zu kommen. Ihre Recherchen in Bezug auf Vivian Marshall verliefen ergebnislos. Weder konnte sie herausfinden, für welches Magazin Vivian früher gearbeitet hatte, noch fand sie einen entsprechenden Artikel über die Keksfabrik. Selbst wenn es einen Bericht gegeben hatte: Es lag so lange zurück und war ohnehin in Vergessenheit geraten. Sandra blieb nichts anderes übrig, als zu versuchen, Vivian auf den Zahn zu fühlen. Wenn sie und Denzil morgen hier waren, musste Sandra dafür sorgen, dass die Lady genügend Wein zu trinken bekam. Vielleicht würde sich ihre Zunge wieder lockern und sie etwas von ihrer Vergangenheit preisgeben.

In Erinnerung an das gestrige Golfturnier rief Sandra die Homepage der Veranstaltung auf. Zuerst hatte Marshalls stärkster Konkurrent Sir Davies geführt. An Loch 17 angekommen lag Marshall nur noch einen Schlag hinter dem Führenden und platzierte den Ball perfekt in die Mitte des

Fairways knapp 30 Meter von der Fahne entfernt. Davies traf dann den Ball dünn an der Innenseite der Schlagfläche, sodass er über das Grün ins hohe Gras rollte. Davies konnte das Par nicht mehr retten. Das Bogey beförderte ihn zurück auf acht Schläge unter Par. Das Hole-Out-Eagle an Loch 18 gelang ihm schließlich nicht mehr, sodass Marshall mit einem Birdie an Loch 18 das Turnier beendete.

Abgesehen davon, dass Denzil Marshall das Turnier und den Pokal gewonnen hatte, verstand Sandra kein Wort des Artikels. Sie hoffte, durch den Sieg war Marshall freudig gestimmt, sodass er morgen vielleicht aufgeschlossener sein würde. Nach wie vor hatte Sandra keine Ahnung, was Lambourne plante, wenn sein Stiefbruder im Haus war. Wollte er ihn kidnappen, ihm die Pistole an den Kopf setzen und ihn dazu bringen, ein Geständnis abzulegen? Lambourne musste wissen, dass ein so erzwungenes Geständnis vor Gericht keinen Bestand hatte.

Nur wenige Gäste nahmen den Lunch im Hotelrestaurant ein. Die meisten erledigten die letzten Einkäufe, da die Geschäfte am Heiligen Abend wie gewohnt geöffnet hatten, und aßen auch am Abend auswärts. Am frühen Nachmittag bat Sandra erneut Rosa, die Rezeption zu übernehmen, was von Monsieur Peintré mit einem unwilligen Schnauben kommentiert wurde, dann fuhr sie nach Lower Barton. Ihre Eltern saßen im Restaurant des *Three Feathers* und tranken Kaffee. Sie waren die einzigen Gäste.

»Kennen wir Sie?«, fragte Heather Flemming erstaunt, als Sandra zu ihnen trat. »Ihr Gesicht kommt mir tatsächlich bekannt vor ...«

»Mum, bitte, lass deine Spitzfindigkeiten.« Sandra runzelte unwillig die Stirn. »Ich habe mir eine Stunde frei genommen, um euch zu besuchen, wenn es dir nicht passt, kann ich gleich wieder gehen.«

»Du bist heute wohl mit dem falschen Fuß aufgestanden«, erwiderte Heather, »oder warum bist du so kratzbürstig?«

»Heather, Sandra!«, rief Douglas, »lasst es gut sein! Heute ist Weihnachten. Ich freue mich, dich zu sehen und vermute, du hast letzte Nacht wieder kaum geschlafen.«

»Das ist richtig, Dad.« Dankbar sah Sandra ihren Vater an. »Darf ich mich zu euch setzen?«

Heathers zustimmende Handbewegung war übertrieben huldvoll. Die Kellnerin Charlie trat zu ihnen und fragte Sandra nach ihren Wünschen.

»Einen Latte macchiato bitte.«

Charlie nickte, musterte Sandra skeptisch, dann sagte sie: »Bei allem Respekt, Ms Flemming, sind Sie wirklich sicher, dass ich Ihnen heute Abend und morgen nicht aushelfen soll? Mr Shaw braucht mich nicht, ich mache das wirklich gern, und ein kleiner Zusatzverdienst ist auch nicht schlecht.«

»Haben Sie keine Familie, mit der Sie das Fest verbringen möchten«, fragte Sandra, »oder einen Freund?«

»Derzeit bin ich Single«, antwortete Charlie offen, »und meine Eltern sind über die Feiertage bei Verwandten in Chippenham, die ich absolut nicht ausstehen kann. Ich arbeite lieber, als mir stundenlang belangloses Zeugs und Klatsch über Leute, die ich nicht kenne, anzuhören. Wenn Sie es sich also doch noch anders überlegen«, Charlie spreizte Daumen und Zeigefinger einer Hand ab und legte diese an ihr Kinn, »Anruf genügt.« Sie beugte sich näher zu Sandra und flüsterte: »Verraten Sie es nicht John Shaw, denn ich habe unheimlich Bock, in einem Haus wie Higher Barton zu arbeiten, wo die Vergangenheit an jeder Ecke lebendig ist.«

»Ich werde es niemandem sagen«, versprach Sandra mit einem Lächeln, das erste heute, das aus ihrem Herzen kam. »Im neuen Jahr können wir mal miteinander sprechen, ob es nicht eine längerfristige Möglichkeit gibt. Heute und morgen benötige ich Sie wirklich nicht, Charlie. Nochmals danke für das Angebot.«

»Schade, aber okay.« Charlie grinste breit. »Ihr Latte kommt sofort.«

Sandras Eltern hatten das Gespräch schweigend verfolgt, jetzt sagte Douglas ohne die Spur eines Vorwurfs in der Stimme: »Warum nimmst du keine Hilfe an, Sandra? Selbst ein Blinder sieht, wie überfordert du bist. Wenn du nicht aufpasst, wird das ein Burn-out.«

»Dad, es geht mir gut, ich habe alles im Griff!«

»Das kannst du dem Weihnachtsmann erzählen«, konterte Heather. Sie griff nach der Hand ihrer Tochter, Sandra entzog sie ihr sofort. »Selbst deine Freunde meinen, dass mit dir etwas nicht stimmt.«

»Meine Freunde?« Sandras Augen weiteten sich. »Ihr habt mit ihnen über mich gesprochen? Hinter meinem Rücken?« Sandra war laut geworden.

»Beruhige dich, Kind, wir machen uns nur Sorgen«, sagte Douglas besänftigend. »Wir trafen zufällig deine Freundin Ann-Kathrin, deren Mann und den Chief Inspector im Pub, wobei ich dem Polizisten gleich meine Meinung gesagt habe. Er stellte die Situation allerdings anders dar als du. Ich finde ihn recht sympathisch, das nur am Rande erwähnt. Ihr solltet euch zusammensetzen und aussprechen.«

»Es ist befremdlich, dass du deinen Vater in dein Liebesleben eingeweiht hast und mich außen vor lässt.« Heather wirkte zutiefst beleidigt.

Sandra stand so hastig auf, dass ihr Stuhl polternd zu Boden fiel.

»Wie könnt ihr es wagen! Haltet euch aus meinem Leben raus und lasst mich in Ruhe!«

Ihre Stimme überschlug sich. Sie schnappte ihre Jacke und stürmte zur Tür, dabei stieß sie gegen Charlie, die ihr den bestellten Latte macchiato servieren wollte. Als Sandra wie von Furien gehetzt aus dem Lokal rannte, starrten ihr drei Augenpaare zutiefst besorgt nach.

Sandra war zu aufgewühlt, um sich jetzt hinter das Steuer ihres Wagens zu setzen. So eilte sie ohne Ziel die High Street hinunter in der Hoffnung, die frische Luft würde sie beruhigen. An der Ecke zur Fore Street prallte sie gegen einen Mann.

»Hoppla, Sandra! Heute so stürmisch unterwegs?«

»Christopher!« Sandra schluckte schwer. »Christopher ...« Ihre Nerven waren kurz davor, zu versagen, ihre Unterlippe zitterte.

Mit einem Blick erkannte Christopher Bourke Sandras desolaten Zustand. Er legte einen Arm um ihre Schultern. »Komm mit.«

»Ich kann nicht, ich muss ...«

»Nichts da! Du stehst total neben dir. Ich werde dich erst gehen lassen, wenn ich weiß, was los ist.«

Seine Stimme duldete keinen Widerspruch, der Druck seines Armes war fest, und Sandra wusste, dass sie keine Chance hatte, Christopher zu entkommen.

Er führte sie in den kleinen Tea-Room *Anne's Café* in einer schmalen Gasse, die von der Fore Street zu einem begrünten Platz führte, auf dem einst der Galgen von Lower Barton gestanden hatte und der heute von Häusern aus dem 16. und

17. Jahrhundert umschlossen wurde. Angenehme Wärme und der Duft nach Schokolade, Vanille, Orangen, Zimt und anderen weihnachtlichen Gewürzen schlug Sandra entgegen, als sie den kleinen Gastraum betraten. Es gab nur vier Tische, mit geschmackvollen weihnachtlichen Gestecken dekoriert, im Hintergrund lief leise das Lied *White Christmas.* Sie waren die einzigen Gäste. Christopher drückte Sandra auf einen Stuhl, er zog den anderen dicht neben sie und setzte sich ebenfalls.

»Anne«, rief Christopher der Inhaberin zu, »bring uns bitte zwei Kamillentees.«

»Sofort, Chief Inspector«, antwortete die ältere Frau, die Christopher kannte. »Darf es auch etwas Süßes sein? Gerade habe ich einen Rotwein-Zimt-Kuchen aus dem Ofen gezogen.«

»Im Moment nicht, danke, Anne«, erwiderte Christopher.

Sandra verzog angewidert das Gesicht. »Ich hasse Kamillentee.«

»Er wird dich beruhigen, das hast du im Moment dringend nötig.« Christopher lächelte sanft. »Na also, deine Wangen bekommen wieder etwas Farbe. Vorhin sahst du aus, als wärst du einem Gespenst begegnet.«

»Ich habe mich mit meinen Eltern gestritten«, gab Sandra zu. »Sie haben mir erzählt, dass ihr gestern Abend über mich gesprochen habt.« Sandra rückte ein Stück von Christopher ab. »Findet ihr das fair? Hinter meinem Rücken über mich herzuziehen?«

»Wir haben nicht über dich hergezogen, Sandra.« Christopher seufzte vernehmlich. »Ann-Kathrin, Alan und ich trafen deine Eltern zufällig im Sailor's Rest, ein Wort ergab das andere. Wir machen uns alle große Sorgen um dich.«

»Dazu besteht kein Grund.« Anne servierte den Tee, dann zog sie sich diskret in das Hinterzimmer zurück. Sandra nahm einen Schluck und schüttelte sich. »Ich mag keinen Kamillentee«, wiederholte sie.

»Trink aus, und dann will ich wissen, was mit dir los ist.« Christopher war sehr ernst, keine Spur von Verlegenheit oder gar von Erröten.

»Ich habe viel zu tun ...«

Er unterbrach sie mit einer Handbewegung. »Das hast du, seit du nach Cornwall gekommen bist, Sandra, und ich höre das ständig von dir, aber nie zuvor warst du so ...«, er suchte nach den richtigen Worten, »kalt und abweisend. Ich bin kein Mann, der lange um den heißen Brei herumredet, ich lege die Karten lieber offen auf den Tisch. Wenn du bereust, was zwischen uns geschehen ist, dann sage es hier und jetzt. Ich werde keine weiteren Fragen stellen, es respektieren und dich in Ruhe lassen. Vielleicht kommt der Zeitpunkt, dass wir wieder auf freundschaftlicher Basis miteinander umgehen können.«

»Das ist es nicht, ich bereue es keinen Moment, im Gegenteil.« Sandra sprach so leise, dass er sie kaum verstehen konnte. Den Blick gesenkt, rührte sie hektisch in der Tasse, obwohl sie keinen Zucker hineingetan hatte. »Mir wächst einfach alles über den Kopf.«

»Trotzdem lehnst du Hilfe ab. Ich weiß, dass John Shaw dir seine Kellnerin als Unterstützung angeboten hat.«

»Ach ja? Was weißt du noch?« Sandras Gesichtsausdruck verschloss sich, alles an ihrer Haltung war Abwehr.

»Dass du zu Vivian und Denzil Marshall Kontakt aufgenommen hast«, erwiderte Christopher. »Wie ich eben sagte: Es ist an der Zeit, mit den Geheimnissen Schluss zu machen.«

»Woher weißt du, dass ich die Marshalls kontaktiert habe?«, brauste Sandra auf. »Lässt du mich heimlich überwachen? Spionierst du mir etwa nach? Du bist wohl immer im Dienst.«

»Alan hat dich gesehen, als du mit den Marshalls gesprochen und mit Lady Beechwood Champagner getrunken hast.«

»Alan war bei dem Golfturnier? Ich habe ihn nicht gesehen.«

»Alan ist ein leidenschaftlicher Golfspieler, schon vergessen?« Mit einem Schmunzeln versuchte Christopher, die angespannte Situation zu lockern. »In diesem Jahr konnte er nicht am Turnier teilnehmen, dafür ist er noch nicht fit genug. Er war aber im Hotel.«

»Warum hat er mich nicht angesprochen?« Sandras Augen verengten sich. »Bespitzelt er mich ebenfalls?«

»Niemand spioniert dir nach, Sandra.« Christopher wollte nach ihrer Hand greifen, Sandra verschränkte schnell die Arme vor der Brust. »Von mir aus nenn mich einen übereifrigen Polizisten, denn ich möchte wissen, was du mit dem Stiefbruder von Nicolas Lambourne zu tun hast. Ich kenne deine Neigung, Detektivin zu spielen, Sandra, und in der Vergangenheit hast du einiges ans Tageslicht gezerrt, was mir verborgen geblieben war. In diesem Fall jedoch ...«

»Lambourne gilt als Mörder an Richter Audley und hat beinahe auch Alan umgebracht.«

»Gilt?« Eine Augenbraue Christophers ruckte hoch. Er hatte ein feines Gespür für Worte, das brachte sein Beruf mit sich. »Du zweifelst an seiner Schuld?«

Sandra merkte, dass sie sich beinahe verraten hatte, und beschloss, ihre Strategie zu ändern. Christopher würde nicht lockerlassen, sie nicht gehen lassen, bis seine Fragen beantwortet waren, und vielleicht konnte sie von ihm mehr erfahren.

»Ich gestehe, dass ich mich in den letzten Tagen mit dem Fall Lambourne beschäftigt habe. Dabei erfuhr ich, dass Lambourne immer geleugnet hat, seine Frau und deren Liebhaber getötet zu haben. Seine Verurteilung basierte auf Indizien und einem fehlenden Alibi.«

»Aha.« Christopher lehnte sich zurück und faltete die Hände vor seinem Bauch. »Verrätst du mir auch, woher du diese Informationen hast?«

»Aus dem Internet.«

»Aha.« Seine Miene blieb ausdruckslos. »Es war mir nicht bekannt, dass nähere Fakten des Falls derart detailreich digitalisiert worden sind.«

»Auch Alan hat mir erzählt, wie er den Prozess erlebte. Er war schließlich von Anfang an dabei«, konterte Sandra und hoffte, ihre Unsicherheit merkte man ihrer Stimme nicht an.

Christopher beugte sich wieder vor, stützte einen Ellenbogen auf den Tisch und legte das Kinn in die Hand.

»Angenommen, damals ist wirklich ein fataler Fehler passiert: Warum flieht Lambourne bei der ersten Gelegenheit? Und wer hat den Richter ermordet?«

»Audley wurde von dem Täter, der die früheren Morde verübt hat, getötet, um den Verdacht auf Lambourne zu lenken. Wenn Lambourne gestellt wird, belastet ihn das zusätzlich, er wird niemals wieder freikommen.«

Christophers Mundwinkel zuckten, als er erwiderte: »Über deine Fantasie bin ich immer wieder erstaunt und bewundere sie gleichzeitig. Möchtest du nicht einen Kriminalroman schreiben? Vielleicht liegt deine Zukunft eher in der Schriftstellerei als im Hotelgewerbe?«

»Du machst dich über mich lustig.«

Christopher versuchte nicht, es zu verbergen. »Ein wenig schon, Sandra. Glaubst du nicht, dass alle Indizien, die gegen Lambourne sprachen, ganz genau geprüft worden sind? In unserem Land gilt ein Mensch so lange als unschuldig, bis er ein Geständnis ablegt oder seine Schuld zweifelsfrei bewiesen ist. Es gab nichts, das Lambourne entlastet hat.«

»Ich weiß.« Sandra winkte ab. »Er hatte das stärkste Motiv. Bei einer Scheidung hätte er Susan auszahlen müssen, was einem Bankrott gleichgekommen wäre. Für die Tatzeit konnte er kein glaubhaftes Alibi vorweisen oder jemanden benennen, der ihn gesehen hat. Und schließlich wurde bei ihm die Tatwaffe mit seinen Fingerabdrücken gefunden. Christopher!« Inständig sah Sandra den DCI an. »Hätte jemand, der vorhat, solche kaltblütigen Morde zu begehen, wirklich so viele Fehler gemacht? Hätte Lambourne nicht für ein lückenloses Alibi gesorgt und die Waffe unverzüglich entsorgt?«

»Bei einer Tat im Affekt denkt man nicht rational ...«

»Lambourne wurde des vorsätzlichen Mordes in einem besonders schweren Fall verurteilt, nicht für eine spontan ausgeübte Tat! Dann wäre es Totschlag, allenfalls Mord im Affekt gewesen, wofür man in unserem Land nicht lebenslänglich bekommt.«

»Wow!« Christopher pfiff anerkennend durch die Zähne. »Ich nehme meinen Vorschlag, du solltest Krimis schreiben zurück, stattdessen wäre der Job einer Anwältin was für dich. Nicolas Lambourne hätte in dir eine glühende Verteidigerin, obwohl du ihn gar nicht kennst.«

Sei vorsichtig, Sandra, ermahnte sie sich. Gleichmütig winkte sie ab. »Ich benutze lediglich meinen gesunden Menschenverstand und zähle eins und eins zusammen. Im Fall Lambourne lautet das Ergebnis allerdings drei.«

»Aha.« Sandra wünschte, Christopher würde mit diesem viel- und zugleich nichtssagenden »Aha« aufhören. »Dann, liebe Sandra, hast du dir sicher Gedanken gemacht, wer die Morde damals und die Anschläge heute verübt haben könnte.«

»Denzil Marshall!«, rief Sandra. »Marshall profitierte am meisten von Lambournes Verurteilung. Er, das Ergebnis einer wohl flüchtigen Affäre, stieg zu einem einflussreichen Geschäftsmann auf, dazu mit dem Titel eines Lords und dem damit verbundenen Vermögen. Oder seine Frau, Vivian Marshall. Zufällig stieß sie auf Denzils Vater. Unter normalen Umständen hätte sich Lord Beechwood wohl niemals zu seinem zweiten Sohn bekannt. Ist Nicolas jedoch ausgeschaltet, dann bleibt dem alten Lord keine andere Wahl als ...«

»Stopp, Sandra!« Abwehrend hob Christopher beide Hände, grinste, drehte sich zu Anne um, rief: »Anne, bringe mir bitte noch einen Earl Grey und für meine Begleitung einen Kaffee mit viel Milchschaum«, dann wieder zu Sandra: »Einen Kaffee hast du dir jetzt verdient, denn ich sehe, dass du dich wieder beruhigt hast und dein Verstand auf Hochtouren arbeitet.«

Sandra gelang es, in sein ungezwungenes Lachen einzustimmen. Sie sprachen erst wieder, als Anne die Getränke serviert hatte. Genüsslich löffelte Sandra den Milchschaum. Tatsächlich entspannte sie sich von Minute zu Minute, die sie mit Christopher verbrachte. Spontan griff sie nun ihrerseits nach seiner Hand.

»Christopher, das mit uns war wunderschön«, flüsterte sie heiser. »Bitte, sei mir nicht böse, dass ich in den letzten Tagen derart ruppig war. Es ist wirklich nur die Last des Hotels, die mir zentnerschwer auf den Schultern liegt. Wenn alles vorbei ist, dann freue ich mich, wenn wir uns wieder öfters sehen können, ich meine auf privater Ebene. Ich weiß nicht, wohin es führen wird, ich möchte aber die Chance ergreifen, es herauszufinden.«

Seine Augenlider zuckten, er ging auf ihre Worte jedoch nicht ein, sondern sagte: »Sandra, was ich dir jetzt mitteile, dürfte ich dir eigentlich nicht sagen, da es sich um eine ermittlungsinterne Information handelt. Ich komme in Teufels Küche, wenn jemand erfährt, dass ich mit dir darüber spreche.«

»Meine Lippen sind versiegelt.« Sandra legte zwei Finger auf ihren Mund und sah Christopher erwartungsvoll an.

»Wir haben den Mann verhaftet, der Lambourne nach seiner Flucht geholfen hat.«

»Wer ist es?«

»Das darf ich dir nun wirklich nicht sagen. Er leugnet hartnäckig, Lambourne zu kennen und ihm je begegnet zu sein, die gefundenen Spuren hingegen sind eindeutig. Er hat einen kleinen Laden für Elektronik und Elektroartikel, der vorrangig ein Deckmantel ist. Schon länger steht der Mann unter dem Verdacht des illegalen Waffenhandels, in Drogengeschäften soll er ebenfalls seine Finger drin haben. Ich nehme an, er hat Lambourne nicht nur das Gift, sondern auch eine Waffe besorgt.« Christopher brach ab und sah Sandra befremdet an. »Du bist plötzlich bleich wie der Tod, Sandra, dabei ging es dir eben doch besser.«

»Ich muss auf die Toilette ...« Hastig sprang Sandra auf und eilte in die Waschräume. Hier lehnte sie sich mit dem

Rücken gegen die hell gekachelte Wand. Ihr Herzschlag raste, fahrig strich sie sich eine Haarsträhne aus dem Gesicht. Es stimmte also! Das kleine, schwarze Gerät in Lambournes Händen und die Drohung, im Hotel Bomben versteckt zu haben, die er mit einem Knopfdruck zünden konnte, waren von Lambourne keine Vorspiegelung falscher Tatsachen. Bis eben hatte Sandra gezweifelt, ob er – auch wenn er im Gefängnis entsprechende Erfahrungen sammeln konnte – wirklich das Wissen und vor allen Dingen das Equipment hatte, Higher Barton in die Luft zu sprengen. Lambourne hatte Hilfe von jemandem gehabt, der sich auf solche Utensilien spezialisiert und ihm alles Notwendige gegeben hatte.

Sandra ließ sich kaltes Wasser über die Handgelenke laufen, langsam beruhigte sich ihr Puls. Mit steifen Schritten kehrte sie in den Gastraum zurück, zog ihre Jacke an, sagte: »Ich muss ins Hotel zurück, ich war länger als geplant fort«, und zückte ihr Portemonnaie.

»Ich lade dich ein, Sandra«, sagte Christopher, stand auf und wollte Sandra umarmen. Sie wich zurück. »Was habe ich denn nun wieder gesagt?«

»Nichts, nichts, alles okay«, sagte Sandra hastig, zu hastig, um aufrichtig zu klingen. »In ein paar Stunden erwarten wir einhundert Gäste, und es gibt noch viel zu tun. Danke für den Tee und den Kaffee, Christopher.«

Sie war schon an der Tür, als Christopher ihr nachrief: »Schöne Weihnachten, Sandra!«

»Dir ebenfalls ein frohes Fest.«

»Ich komme morgen nach Higher Barton, dann können wir unser Gespräch fortsetzen.«

Bitte nicht, schrie es in Sandra, sie konnte es ihm aber

nicht verbieten. Wenn sie vehement darauf bestand, Christopher, Ann-Kathrin, Alan und nicht zuletzt ihre Eltern vom Hotel fernzuhalten, würden sie erst recht kommen. Sie hatte sich in der letzten Stunde schon verdächtig genug gemacht.

Nicolas Lambourne – was hast du vor, hämmerte es in Sandras Kopf, während sie nach Higher Barton fuhr. Würdest du wirklich unschuldige Menschen töten, um deine Rache zu vollziehen?

»Sie übertreffen unsere Erwartungen!« Der große, schlanke Mann nickte Sandra wohlwollend zu. »Das Büfett ist von exzellenter Qualität, auch Vegetarier und Veganer finden eine reichliche Auswahl. Ich empfehle Sie gern weiter.«

»Herzlichen Dank, Mr Hellescott«, antwortete Sandra und freute sich aufrichtig über sein Lob. »Wir sind stets bemüht, den Wünschen unserer Gäste gerecht zu werden.«

»Am besten vereinbaren wir gleich den Termin für das nächste Jahr«, antwortete Mr Hellescott, der Inhaber der IT-Firma. »Nicht, dass Sie dann ausgebucht sind, wenn ich zu lange warte.«

Wenn es Higher Barton in einem Jahr noch gibt, dachte Sandra und sagte mit einem geschäftsmäßigen Lächeln: »Ihr Vertrauen ehrt mich, Mr Hellescott. Ich trage Sie sehr gern für das nächste Weihnachtsfest ein. Wieder am Heiligen Abend, zur selben Uhrzeit und dieselbe Anzahl an Gästen?«

»Ich hoffe es.« Ein Schatten fiel über das Gesicht des Mannes. »Sie müssen wissen, dass ich über zwanzig Mitarbeiter aus dem europäischen Ausland beschäftige, vorrangig Deutsche, Belgier und Niederländer. Ob diese in einem

Jahr noch in Cornwall arbeiten können ...« Vielsagend brach er ab.

»Dieses Hin und Her wegen des Brexits ist für uns Geschäftsleute äußerst belastend«, stimmte Sandra zu. »Auch unter meinen Angestellten befinden sich Ausländer, unter anderem der Koch, der all diese Köstlichkeiten zubereitet hat.«

»Es wäre ein schrecklicher Verlust, wenn Sie ausgerechnet diesen Mann entlassen müssten«, antwortete Mr Hellescott. »Wenn ich ehrlich bin, Ms Flemming, hege ich die Hoffnung, dass es zu einem zweiten Referendum kommen und das Ergebnis dann zugunsten der EU ausfallen wird.«

»Damit ist eher nicht zu rechnen. In diesem Punkt ist Mrs May unnachgiebig.« Sandra nickte ihm zu. »Wenn Sie mich jetzt bitte entschuldigen? Der DJ ist gerade gekommen, ich muss ihn entsprechend einweisen, damit Sie und Ihre Mitarbeiter mit der Party beginnen können.«

Eine halbe Stunde später begann der DJ mit der Musik, zusätzlich wurde Karaoke gesungen, und die Stimmung war ausgelassen. Die Leute jeder Altersgruppe, von fast noch Jugendlichen bis zu grauhaarigen Frauen und Männern, tranken, aßen, tanzten und sangen. Lucas und David wurden beim Bedienen von den Zimmermädchen unterstützt. Alles verlief reibungslos und zu Sandras Zufriedenheit. Sie warf einen letzten Blick auf das bunte Treiben, dann ging sie in die Küche.

Edouard Peintré und Rosa Piotrowski saßen inmitten von Dutzenden von schmutzigen Töpfen, Pfannen, Platten und Schüsseln. Sandra konnte es ihnen nicht verübeln, dass sie sich, nachdem die meiste Arbeit getan war, eine Pause gönnten.

»Alle sind voll des Lobes, Monsieur«, sagte Sandra. »Ich danke Ihnen beiden für Ihre hervorragende Arbeit.«

»Das war nicht gerade ein Kinderspiel«, brummte Peintré, »besonders nicht unter den derzeit hier bestehenden Rahmenbedingungen.«

»Was möchten Sie damit andeuten, Monsieur?«

Grimmig antwortete er: »Meine Arbeit in diesem Haus mache ich gern, wirklich gern, Ms Flemming. Die seit Tagen hier herrschende Atmosphäre schränkt meine Kreativität allerdings ein. Ein guter Koch ist wie ein Künstler. Er benötigt ein ruhiges und gesichertes Umfeld, etwas, auf das er bauen und sich verlassen kann. Nur so sind wahre Meisterwerke zu vollbringen.«

»Wenn Sie Sorge haben, dass Ihre und Rosas Positionen nach dem Brexit ungesichert sind ...«

»Das wollte ich nicht sagen«, unterbrach Peintré Sandra und erhob die Stimme. »Ich spreche von der Stimmung, die Sie hier verbreiten. Sie müssen schon entschuldigen Ms Flemming, und bei allem gebührenden Respekt: So habe ich es mir nicht vorgestellt, nachdem Sie Higher Barton übernommen haben. Anfangs versprachen Sie, dass ich in der Küche nach wie vor der alleinige Herr bin.« Vielsagend zog er die Augenbrauen hoch und sah Sandra hochmütig an.

Sandras Lächeln blieb unverändert, obwohl ihr nicht fröhlich zumute war. Peintré spielte auf die verschwundenen Lebensmittel und Sandras Weigerung, den Diebstählen nachzugehen, an.

»Es wird sich alles einpendeln«, antwortete sie vage. »Sobald Eliza aus dem Urlaub zurückgekehrt ist, werde auch ich wieder entspannter sein.«

Sie sah Peintré an, dass er daran zweifelte, wollte die Unterhaltung jetzt aber nicht fortsetzen.

Nach einem weiteren Blick in den Ballsaal, der ihr sagte, dass die Stimmung auf den Höhepunkt zusteuerte und alle Gäste zufrieden waren, lief sie schnell zum Cottage. Sie fand Nicolas Lambourne und Eliza im Wohnzimmer sitzend vor, im Fernsehen sahen sie sich die Liveübertragung des Weihnachtskonzerts aus der Kirche St Martin-in-the-Field in London an. Auf dem Tisch standen eine Kanne Tee und zwei Tassen, auf einem Teller etwas Gebäck, das Sandra am gestrigen Abend aus dem Hotel mitgebracht hatte. Für einen Moment dachte Sandra: Welch harmonischer Anblick, fast wie ein altes Ehepaar!

»Mr Lambourne, Eliza ...«

Die beiden fuhren herum, Eliza sagte: »Fröhliche Weihnachten, Sandra. Ist drüben alles in Ordnung?«

»Alles im grünen Bereich, ich habe allerdings nur ein paar Minuten Zeit.« Sie sah das schwarze Gerät auf dem Tisch liegen. »Mr Lambourne ...«

»Das sagen Sie jetzt schon zum zweiten Mal«, fiel Lambourne ihr ins Wort. »Bisher haben Sie darauf verzichtet, mich Mister zu nennen. Heißt das, dass Sie nicht länger in mir einen brutalen, kaltblütigen Killer sehen?«

Sandra täuschte sich nicht: Lambourne grinste tatsächlich und wirkte unglaublich heiter.

»Mr Lambourne, was ich glaube und was nicht, spielt keine Rolle«, antwortete Sandra besonnen. »Ich möchte gern wissen, was Sie für morgen geplant haben, wenn die Marshalls meine Gäste sind. Wollen Sie Ihren Stiefbruder zur Rede stellen? Ihn vor allen Leuten zu einem Geständnis zwingen? Das wäre Wahnsinn! Wenn Sie wirklich unschuldig sind, dann werden Sie nicht so weit gehen, Unschuldige in Gefahr zu bringen, Mr Lambourne! Bitte, geben Sie mir wenigstens dieses Kästchen, wenn Sie schon nicht bereit sind, aufzugeben und Eliza gehen zu lassen.«

Emotionslos hatte Lambourne Sandra aussprechen lassen und sagte jetzt sachlich: »Ich weiß, was ich tue.«

»Mr Lambourne, die Polizei hat den Mann, der Ihnen nach Ihrer Flucht geholfen hat, verhaftet.«

»Grafton ist aufgeflogen?« Lambourne schoss aus dem Sessel hoch, mit seinen Worten hatte er sich verraten. Wie von Sandra erwartet, wühlte ihn diese Nachricht auf. In Gedanken bat sie Christopher um Abbitte, dass sie diesen internen Fakt preisgab.

»Grafton«, nun kannte Sandra auch seinen Namen, »wird reden. Er wird aussagen, was Sie von ihm bekommen haben und was Sie vorhaben«, fuhr Sandra fort. Sie hatte sich die Worte zuvor genau überlegt und musste diesen Schuss ins Blaue wagen. »Die Polizei wird von den Bomben erfahren, sie weiß jetzt schon, dass Sie eine Pistole haben. Man wird Ihre Spur bis nach Higher Barton verfolgen, und zwar ganz ohne mein Zutun. Sie werden mit einem Spezialeinsatzkommando kommen, das Haus und das Gelände umstellen. Was wollen Sie dann machen, Mr Lambourne? Eliza töten? Uns alle töten? Die Polizei und der Staatsapparat lassen sich nicht erpressen, das Cottage wird gestürmt werden. Wenn Sie nicht mehr am Leben sind, gibt es niemanden mehr, der Ihre eventuelle Unschuld beweisen kann. Die Polizei wird den Fall nicht erneut aufrollen, Sie werden nur noch einen Mord mehr auf Ihrem Schuldenkonto verbuchen.«

»Was schlagen Sie vor, Sandra?« Lambourne sah sie lauernd an. »Sie sind ja so schön neunmalklug!«

Seine Worte entsprangen seiner Beunruhigung, das konnte Sandra deutlich spüren. Lambourne hatte wohl nicht damit gerechnet, dass sein Mittelsmann Grafton verhaftet worden war.

»Geben Sie auf.« Sandra streckte ihm ihre Hände entgegen. »Geben Sie mir die Pistole und das Steuergerät, dann verschwinden Sie. Ich bin bereit, niemandem etwas von Ihrem Aufenthalt zu verraten, und Eliza ist es ebenfalls, nicht wahr, Eliza?«

Ihre Mitarbeiterin nickte, ihre Augen schimmerten feucht. Seit Eliza Lambournes Geisel war, hatte Sandra sie nicht weinen sehen. Jetzt wirkte sie nicht nur traurig, sondern regelrecht verzweifelt.

Nicolas Lambourne trat einen Schritt zurück. Seine rechte Hand umklammerte fest das Kästchen. Sandra hoffte, dass er nicht unabsichtlich den Auslöser berühren würde.

»Morgen werden Sie Denzil zu einem Geständnis bringen«, sagte er ruhig, »oder Vivian, wenn sich Ihr Verdacht bestätigen sollte. Wenn ich bis morgen Abend keine positive Nachricht erhalte, dann ...«

Vielsagend zog er eine Augenbraue hoch und Sandra wusste: Nicolas Lambourne würde nicht aufgeben. Lieber starb er.

FÜNFZEHN

Abschätzend sah Denzil Marshall auf den mittelgroßen Trolley, das Beauty-Case und den Kleidersack aus feinem Kalbsleder und sagte: »Vivian, wir bleiben nur für eine Nacht!«

Lady Beechwood sah in den bodentiefen Spiegel, rückte den flaschengrünen Fascinator aus durchbrochener Gaze, geschmückt mit zwei üppigen Federn und farblich passend zu ihrem Coco-Chanel-Kostüm, auf dem rotblonden Haar zurecht, zupfte sich zwei Strähnen in die Stirn und zog ihre, mit Hilfe von regelmäßigen Hyaluronsäure-Injektionen vollen Lippen in einem knalligen Rot nach.

»Wir wissen nicht, wie sich die Gesellschaft zusammensetzt«, erwiderte Vivian dann. »Ich möchte dem Anlass entsprechend gekleidet sein. Heute Abend wirst du deinen Smoking tragen und sicher nicht wollen, dass ich wie Aschenputtel neben dir stehe.«

»Was erwartest du von einem Provinzhotel?« Er schnaubte verächtlich. »Es ist nicht zu hoffen, auf jemanden aus der königlichen Familie zu treffen. Für die Landpomeranzen der Gegend müssen wir uns nicht derart in Schale werfen.«

»Diese Landpomeranzen, wie du sie abfällig bezeichnest, sind unsere Kunden, Denzil.« Vivian sah ihren Mann unwillig an. »Aus gutem Grund fällt die Kundenakquise in meinen Aufgabenbereich. Mit Menschen kannst du nicht umgehen, ständig stößt du andere mit deinem ruppigen Verhalten vor den Kopf. Heute solltest du dich bemühen, freundlich zu den anderen Gästen zu sein, es könnten potenzielle neue Kunden darunter sein.«

»Ich sage ja schon nichts mehr«, lenkte Denzil ein. »Beeil dich, sonst versäumen wir den Empfang vor dem Essen.«

Denzil Marshall wandte sich ab. Seine Frau hatte den Finger auf seine wunde Stelle gelegt. Er war ein guter Theoretiker, liebte den Umgang mit Zahlen und wusste eine Firma gewinnorientiert zu leiten. Risiken ging er selten ein, und wenn, dann versuchte er, sich nach allen Seiten abzusichern. Vivian hingegen hatte das gewisse Etwas und den Charme, mit Menschen umzugehen, mit den Kunden wie auch mit den Angestellten. Wenn es möglich war, überließ er ihr repräsentative Auftritte, er selbst stand ungern im Mittelpunkt oder gar in der Öffentlichkeit, Pressegespräche waren ihm ein Graus. So waren ihre Aufgabenbereiche geteilt, und es war ohnehin besser, Vivian von allem Finanziellen fernzuhalten. Seine Frau liebte den Luxus. Wenn Denzil nicht ständig ein Auge auf ihre Ausgaben hätte, würde sie das Geld mit vollen Händen ausgeben. Als Jüngste von vier Geschwistern war Vivian ein *Ausrutscher* ihrer Eltern gewesen, die ihre Tochter hatten spüren lassen, dass sie weiterhin sparen mussten anstatt sich jetzt, nachdem die älteren Geschwister im Berufsleben standen, endlich etwas leisten zu können. Bereits in früher Jugend hatte Vivian gejobbt, hatte die schreienden Babys der Nachbarn gehütet, Zeitungen ausgetragen und in Cafés und Kneipen bedient. Trotzdem musste sie jeden Penny dreimal umdrehen, Ausgaben für Extravaganzen waren nie drin. Damals hatte sich Vivian geschworen, in naher Zukunft reich zu sein, so reich, dass ihr niemand mehr Vorschriften machen konnte, wofür sie das Geld ausgab. Als sie Denzil kennenlernte, hatte Vivian ein lediglich mit einem Taschengeld bezahltes Volontariat bei einem kleinen Provinzblatt ergattert. Sie schrieb Kolumnen, die kaum jemand las und am nächsten Tag schon wieder vergessen waren. Vivian hatte keine Ausbildung zur Journalistin, hatte aber gedacht, dies wäre ein Job, in dem sie mit wichtigen Leuten, den Schönen und Reichen in Kontakt kam und davon profitieren würde. Das war ein Irrtum gewesen. Dann fingen sie und Denzil eine Affäre an. Vivian gab ihm allerdings schnell und in aller Deutlichkeit zu verstehen, dass nie mehr daraus werden könne. Sie wollte keinen armen Schlucker heiraten, und Denzil musste mitansehen, wie Vivian ständig nach anderen Männern Ausschau hielt, nach Männern, die finanziell bessergestellt waren als er. Zu Denzils Erleichterung war keiner darunter, der Vivian zu seiner Frau machen und ihr das erträumte Leben bieten konnte. Er war Vivian inzwischen heillos verfallen, konnte nicht mehr von ihr lassen, eine andere Frau als sie hatte bei Denzil Marshall keine Chance.

Auch in seinem Elternhaus hatte nie viel Geld zur Verfügung gestanden, dennoch waren sie über die Runden gekommen. Bei seiner Geburt war seine Mutter erst zwanzig Jahre alt gewesen. Ihre Eltern hatten sie auf die Straße gesetzt, als ihre Schwangerschaft sichtbar wurde, und auch später kam es zu keiner Versöhnung. Denzil war seinen Großeltern nie begegnet. Mildred Marshall verdiente ihren Lebensunterhalt mit diversen Putzstellen. Ihm hatte sie gesagt, sein Vater sei vor seiner Geburt gestorben. Denzil hatte das nie infrage gestellt, nie nach eventuellen Verwandten seines

Vaters gefragt. Immer wieder hatte es Männer gegeben, die in dem winzigen Reihenhaus in einer wenig ansprechenden Wohngegend von Manchester mehr oder weniger lang lebten. Manche waren ganz okay gewesen und hatten versucht, gegenüber Denzil eine Vaterrolle einzunehmen, von anderen hingegen war er wie ein Störenfried behandelt worden. Seine Mutter war der Typ Frau, die nicht allein sein konnte. Dafür nahm sie sogar in Kauf, dass manche Männer auf ihre Kosten lebten. Wenn Denzil versuchte, seiner Mutter Vorhaltungen zu machen, hatte sie ihn angeblafft, er solle sich aus ihrem Leben heraushalten.

Sein Betriebswirtschaftsstudium hatte sich Denzil selbst verdient. Damals war er froh gewesen, der räumlichen Enge entfliehen zu können. Fortan lebte er sein eigenes Leben im Studentenwohnheim. Der Kontakt zwischen Mutter und Sohn beschränkte sich auf ein Minimum, es gab Monate, in denen sie sich weder sahen noch miteinander sprachen. Warum ihn ausgerechnet Betriebswirtschaftslehre interessierte, wusste er nicht. Heute dachte Denzil, ob es wohl das gab, was der Volksmund als *Stimme des Blutes* bezeichnete. Dann, es war im letzten Semester gewesen, war plötzlich dieser fremde Mann vor seiner Tür gestanden und hatte ihm gesagt, er sei sein Vater und wolle ihn in seine Firma nach Cornwall holen. Denzil erfuhr von seinem Stiefbruder Nicolas und was er getan hatte. Nun benötigte Walter Lambourne jemanden, den er in die Firmenleitung einarbeiten und ihm eines Tages alles überlassen konnte, denn der Mann war herzkrank. Auf Denzils Nachfragen, wo Lambourne all die Jahre gewesen, warum er sich nie um ihn gekümmert, ja, nicht einmal nachgefragt hatte, erhielt er keine Antwort. Lambourne weigerte sich, Denzils Mutter zu begegnen oder auch nur ein Wort mit ihr zu wechseln. Er war bereit, seinen Sohn zu sich zu holen, seine einstige Geliebte musste Cornwall fernbleiben. Mildred stimmte dem Arrangement zu. Erst Jahre später erfuhr Denzil, dass Lambourne seine Mutter bezahlt hatte, damit sie sich im Hintergrund hielt. Von Walter Lambourne erfuhr Denzil nichts aus der Vergangenheit. Anfangs stellte er noch Fragen, dann aber wurde es zunehmend unwichtiger. Sein Vater forderte ihn sehr in der Firma, und Denzil erkannte, dass die Theorie des Studiums etwas anderes war als die Praxis in der Keksfabrik. Vivian und Denzil feierten eine pompöse Hochzeit mit über dreihundert Gästen, von denen Denzil nur eine Handvoll kannte – seine Mutter war nicht darunter. Einige Tage vor der Trauung kam es deswegen zu einem heftigen Streit zwischen den Brautleuten.

»Jeder, der in Cornwall Rang und Namen hat, wird zu dem Empfang kommen, da können wir unmöglich eine Putzfrau als deine Mutter präsentieren«, hatte sie gerufen. »Lord Beechwood, mein künftiger Schwiegervater, teilt meine Meinung. Die schreckliche Sache mit Nicolas und dass Walter dich als seinen Sohn anerkannt hat, gerät in der Presse zunehmend in Vergessenheit. Über unsere Hochzeit soll nur Gutes berichtet werden, daher sind Walter und ich übereingekommen, zu sagen, deine Mutter sei unpässlich.«

Denzil hatte sich gefügt, auch weil seine Mutter gerade in einer Beziehung mit einem Mann gewesen war, der die Finger nicht vom Alkohol lassen konnte. In sein neues Leben hatte sich Denzil schnell hineingefunden. Um die Keksfabrik stand es zwar nicht sehr gut, er sah aber einen Weg, *Lambourne Biscuits* aus den roten Zahlen zu bringen, was ihm schlussendlich auch gelungen war.

Denzil hatte es sich nicht nehmen lassen, die Mutter finanziell zu unterstützen, allerdings bestand er darauf, dass das Geld, das er monatlich nach Manchester überwies, nicht in zweifelhafte Beziehungen floss. Sie sahen sich immer seltener. Dann war der alte Lambourne, Lord Beechwood, gestorben. Gegen den Willen seiner Frau hatte Denzil Mildred zu sich in die Villa geholt, in Manchester wäre seine Mutter ganz allein gewesen. Zuerst hatte sie gezögert, schließlich aber zugestimmt. Es war eine gute Entscheidung gewesen, denn im ländlichen und milden Klima von Cornwall blühte Mildred regelrecht auf. Ein eventuelles Gerede war Denzil gleichgültig, ebenso der lautstarke Streit mit Vivian. Mochte sie auch ständig an die falschen Männer geraten: Mildred Marshall war seine Mutter und hatte immer gut für ihn gesorgt. Sie verzichtete bereitwillig auf die Teilnahme am öffentlichen Leben, dafür war sie, ihren eigenen Worten nach, ohnehin nicht geschaffen. Was seine Ehe betraf, hatte der alte Lord Beechwood vorgesorgt und auf einem Vertrag bestanden. Vivian stand es frei, jederzeit zu gehen – sie würde jedoch keinen Penny erhalten. Es war genau andersherum als bei Nicolas. Denzil genoss die Verantwortung für die Firma ebenso wie die finanzielle Sicherheit, in der er nun lebte, und er liebte Vivian. Glücklicherweise war sie zu sehr auf ihr Ansehen und schlussendlich auch auf das Geld fixiert, als dass sie ihn verlassen würde.

Als hätte er mit seinen Erinnerungen seine Mutter heraufbeschworen, trat eine mittelgroße Frau aus der Bibliothek in die Halle. Mildred Marshall trug ein schlichtes, dunkelblaues Kleid mit einem weißen Spitzenkragen, der einzige Schmuck waren zwei kleine in Gold gefasste Perlenohrringe.

Beim Frühstück hatte Denzil ihr den Schmuck als Geschenk überreicht.

»Genießt den Tag«, sagte sie mit ihrer dunklen, rauen Stimme, in der immer noch der Akzent des Nordens schwang und dem Tonfall etwas Gewöhnliches gab, was insbesondere Vivian störte. »Es tut euch gut, für zwei Tage rauszukommen und mal nicht an die Arbeit zu denken.«

»Danke, Mum.« Denzil küsste sie auf die Stirn. »Ist es für dich wirklich in Ordnung, dass wir dich ausgerechnet an Weihnachten allein lassen? Heute hat das Personal frei, so wirst du ganz allein sein, während wir uns amüsieren.« Er warf einen Seitenblick zu Vivian, die unwillig die Stirn runzelte.

Mildred nickte. »Die Köchin hat vorgekocht, ich werde mir nachher etwas warm machen. Hunger habe ich ohnehin keinen.«

Mildred Marshall war immer schon schlank und drahtig gewesen, in den letzten Monaten hatte sie aber deutlich an Gewicht verloren. Wenn Denzil sie drängte, zu einem Arzt zu gehen, winkte sie ab und meinte, das bringe das Alter mit sich. Sie war jetzt zweiundsechzig, und das frühere, entbehrungsreiche, harte Leben hatte in ihrem Gesicht Spuren hinterlassen.

»Können wir jetzt fahren?«, nörgelte Vivian. »Zuerst drängelst du mich, und jetzt scheinst du alle Zeit der Welt zu haben.«

Denzil seufzte, drückte die Hand seiner Mutter, dann wandte er sich zum Gehen.

Immer wieder sah Sandra zur Uhr. Es war zehn Minuten nach zwölf, und die Marshalls waren noch nicht eingetroffen.

Nur noch zwanzig Minuten bis zum Beginn des Christmas Dinners. Alle anderen Gäste standen in lockeren Gruppen in der Halle zusammen und tranken ihre Aperitifs. Vielleicht hatten es sich die Marshalls kurzfristig anders überlegt. Sandra wusste nicht, was sie mehr begrüßen sollte. Was wollte Nicolas Lambourne tun, wenn sein Stiefbruder im Haus war? Waren sie nicht alle sicherer, wenn die Marshalls dem Hotel fernblieben?

Ihre Eltern hatte Sandra mit Major Collins bekanntgemacht. Als junger Mann hatte Douglas in der Army gedient, und Heather interessierte sich grundsätzlich für fremde Länder und Abenteuergeschichten. In den Flemmings fand der Major daher dankbare Zuhörer. Selbst Heather erkannte, dass Sandra keinen Moment Zeit hatte, sich um ihre Eltern zu kümmern. Unruhig trat Sandra von einem Fuß auf den anderen, nicht nur, weil die Marshalls noch nicht eingetroffen waren, sondern auch weil sie befürchtete, Christopher würde kommen. Sandra hoffte, seine Arbeit ließ ihm – trotz Weihnachten – keine Zeit dafür. Unter anderen Umständen hätte sie den Weihnachtstag sehr gern mit ihm verbracht, in der derzeitigen Situation war es besser, Christopher nicht hier in Higher Barton zu haben.

»Wir haben alles im Griff, Ms Flemming«, raunte Lucas ihr zu, in den Händen ein Tablett mit gefüllten Gläsern, die er den Gästen anbot. Er hatte Sandras Unruhe bemerkt, interpretierte sie aber in eine andere Richtung. »Das Servieren des Essens wird vielleicht etwas länger dauern, David und ich bekommen das hin.«

»Danke, Lucas.« Sandras Lächeln war gezwungen. »Wenn alles vorbei ist, werde ich mich erkenntlich zeigen.«

»Das ist schließlich unser Job«, erwiderte Lucas und strebte zwei Männern zu, die ihm mit der Bitte um neue Drinks zuwinkten.

Fünf Minuten vor halb eins betraten Vivian und Denzil Marshall die Hotelhalle. Sandras Herz schlug schneller, als sie auf das Paar zuging.

»Fröhliche Weihnachten«, sagte sie und bemühte sich, herzlich zu klingen. »Es ist schön, dass Sie meiner Einladung gefolgt sind.«

»Meine Frau bestand darauf, sie denkt, es könne ein vergnüglicher Tag und Abend werden.« Es war Denzil anzusehen, dass er diese Meinung nicht teilte. »Unser Gepäck befindet sich im Wagen, dem dunkelgrünen Bentley. Es wird doch wohl auf unser Zimmer gebracht werden?« Er drückte Sandra den Autoschlüssel in die Hand.

Sandra sah sich um, winkte David heran und sagte: »Bringen Sie bitte das Gepäck aus dem Bentley in Zimmer vier.«

»Jetzt?« David runzelte die Stirn. »Wir müssen gleich servieren ...«

»Sie tun, was ich Ihnen sage, und beeilen Sie sich.«

»Selbstverständlich, Ms Flemming.« David nahm den Autoschlüssel, sein Blick sprach Bände.

»Sie haben Ihr Personal im Griff«, sagte Vivian anerkennend, und Denzil ergänzte:

»Mit Angestellten darf man nicht zimperlich sein, sonst tanzen sie einem auf der Nase herum. Davon kann ich ein Liedchen trällern.« Sein Lachen hatte etwas Abfälliges. Sandras erster Eindruck vom Golfplatz bestätigte sich: Der Mann war ihr von Grund auf unsympathisch.

»Wenn Sie mir bitte ins Restaurant folgen möchten?«, sagte sie mit einem ihrem Gefühl nach festgefrorenen Lächeln. »Ich führe Sie an Ihre Plätze, das Essen wird gleich serviert.«

»Gern, Sandra.« Vivian sah sich in der Halle um. »Das Haus ist sehr alt, nicht wahr? Ich fühle mich fast ins Mittelalter zurückversetzt.«

»Ganz so früh wurde Higher Barton nicht erbaut, sondern erst im 16. Jahrhundert«, erklärte Sandra. »Die Halle ist nahezu unverändert geblieben. Ein paar Umbauten mussten im Haus natürlich vorgenommen werden, um den Gästen die Annehmlichkeiten eines Hotels zu bieten.«

»Ich mag Häuser mit langer Geschichte«, erwiderte Vivian. »Beechwood House ist nur etwas über hundert Jahre alt.«

»Ich glaube nicht, dass du in einem Haus leben wolltest, in dem es ständig durch das Dach regnet, die Fenster nicht richtig schließen und die Kamine qualmen, anstatt zu wärmen.« Spöttisch verzog Denzil Marshall die Lippen. »Dein Gezeter, wenn der Warmwasserboiler spinnt und du auf dein tägliches Schaumbad verzichten müsstest, kann ich mir lebhaft vorstellen.«

»Trotzdem darf ich wohl frei heraus sagen, dass der Charme von Higher Barton mir gefällt.« Vivians Stimme hatte einen trotzigen Unterton. »Du musst immer alles miesmachen.«

»Ich rede nichts schlecht, ich bin nur realistisch.«

Einerseits peinlich berührt, erneut Zeuge einer Missstimmung zwischen den Marshalls zu werden, gleichzeitig auch interessiert, tat Sandra, als ginge alles an ihren Ohren vorbei. Sie führte das Paar zu einem runden Tisch am Fenster, an dem vier Personen bereits Platz genommen hatten.

»Mrs und Mr Milton, Sir Blakiston, Mr Norris – ich möchte Sie mit Lady und Lord Beechwood bekannt machen.«

Die Herren erhoben sich halb von ihren Stühlen und nickten den Marshalls freundlich zu.

Sir Blakiston fragte: »Lord Beechwood? Haben Sie etwas mit Lambourne Biscuits zu tun?«

»Ich leite das Unternehmen«, erwiderte Denzil mit sichtlichem Stolz. »Es freut mich, dass Sie unser Gebäck kennen, Sir.«

Blakistons Mundwinkel zogen sich herunter. »Wem der Name bisher nichts sagte, der kennt ihn spätestens, seit dieser Mörder dem Gefängnis entflohen ist. Handelt es sich dabei nicht um Ihren Bruder?«

»Er ist mein Stiefbruder.« Denzil gefror das Lächeln auf den Lippen. »Wir haben nichts miteinander zu tun und sind uns nie begegnet.«

»Wurde nicht jemand mit vergifteten Keksen von Ihnen ermordet?«, fragte nun Mrs Milton. »Man liest ja immer wieder, dass Produkte vergiftet werden, um die Firmen zu erpressen.«

»Das war ein Einzelfall«, presste Denzil zwischen schmalen Lippen hervor. »Ich kann Ihnen versichern, dass alle unserer Produkte von einwandfreier Qualität sind.«

»Lassen Sie uns heute nicht von solch unerfreulichen Dingen sprechen«, mischte sich Mr Norris ein und sah auffordernd in die Runde. »Es ist Weihnachten, uns erwartet ein sechsgängiges Menü, am Abend ein Tanzvergnügen. Ich habe mir sagen lassen, der Koch in diesem Haus hat zwei Sterne.«

»Solange keine Kekse auf dem Speiseplan stehen, werde ich mir den Appetit nicht verderben lassen.« Mr Milton war der Einzige, der über seinen geschmacklosen Scherz lachte, während Vivians Gesichtszüge zu Eis gefroren.

Denzil sprang auf und rief: »Wenn Sie vorhaben, mich weiterhin zu beleidigen, ist es wohl besser, wir suchen uns einen anderen Platz oder fahren gleich wieder nach Hause.«

»Seien Sie nicht so empfindlich, Sir«, lenkte Mr Norris ein. »Wir werden das Thema nicht mehr anschneiden. Für Sie muss es belastend sein, mit einem Mehrfachmörder in direkter Verwandtschaft zu stehen.«

Sandra hatte das Gespräch verfolgt und den Eindruck, Denzil Marshall sei auf dem besten Weg, aus dem Restaurant zu stürmen. Vivian flüsterte ihrem Mann etwas ins Ohr, er runzelte die Stirn, zögerte, setzte sich dann wieder. Sandra konnte nicht länger verweilen, sie musste sich um die anderen Gäste kümmern.

Nachdem alle das Amuse-Gueule aus Lachs-Shrimps-Kanapees genossen hatten, begannen Lucas und David mit dem Servieren des ersten Gangs. Sandra hatte sich für ein traditionelles cornisches Christmas Dinner entschieden, bei dem Monsieur Peintré auch seine eigenen Ideen hatte einbringen können. Als Vorspeise wurden sautierte Jakobsmuscheln auf Topinambur-Püree gereicht, danach eine Orangen-Karotten-Suppe. Als Hauptspeise der obligatorische gebratene Truthahn mit einer raffinierten, geschmackvollen Füllung, deren genaue Zusammensetzung Peintrés Geheimnis war und allen köstlich mundete. Dazu gab es geröstete, kleine Kartoffeln, eine kräftige Bratensoße, Cranberry-Gelee, in Butter geschwenkten Rosenkohl und Broccoli-Röschen. Eine vegetarische oder gar vegane Speisenfolge gab es nicht. Jeder Gast hatte bei seiner Buchung das Menü gesehen und entscheiden können, ob es zusagte oder nicht. Nach zwei Stunden kamen der Plumpudding und dicke, süße Clotted Cream auf die Tische, danach gab es Kaffee, Tee, gesalzene Kekse und eine Auswahl verschiedener Käsesorten. Sandra ging zwischen den Gästen umher, wünschte einen guten Appetit, erkundigte sich, ob alles in Ordnung war, und reichte hier und da mal die Salz- oder Pfeffermühle. Sie selbst aß nichts. Nicht wegen des Zeitmangels, ihr Magen war wie zugeschnürt.

Das Dinner dauerte bis vier Uhr. Die Gäste waren rundum zufrieden und lobten das Menü in höchsten Tönen. Nachdem Denzil ein Glas Burgunder getrunken hatte, war er entspannter geworden und hatte sich am regen Tischgespräch beteiligt. Vivian hingegen winkte dem Kellner Lucas und bat um das dritte Glas Weißwein. Sie hatte glasige Augen und kicherte wie ein kleines Mädchen. Sandra hoffte, später mit Vivian ins Gespräch zu kommen, zuvor ging sie in die Küche, um die positive Beurteilung der Gäste zu übermitteln. Monsieur Peintré und Rosa hatten sich nun auch hingesetzt und zu essen begonnen, sie hatten sich eine Pause verdient.

»Das Menü mundete allen Gästen ausgezeichnet«, sagte Sandra. »Ich habe nur höchstes Lob gehört und danke Ihnen, Monsieur, und Ihnen, Rosa, für Ihre hervorragende Arbeit.«

Während Rosa schüchtern lächelte und den Kopf senkte, lehnte sich Edouard Peintré zurück und faltete die Hände vor seinem nicht unerheblichen Bauch. Wohlgefällig sagte er: »Wenn Sie mir freie Hand lassen, Ms Flemming, werden die Gäste immer zufrieden sein. Ich weiß, wie man den Leuten wahre Gaumenfreuden bereitet.«

An Selbstbewusstsein mangelt es dem Koch nicht, dachte Sandra. Sie öffnete eine Flasche Cola, goss ein Glas ein und trank durstig.

»Soll ich Ihnen einen Teller richten, Ms Flemming?«, bot Rosa an.

»Nein, danke, ich habe keinen Hunger.«

»Bei allem Respekt, Ms Flemming, aber ich glaube, Sie haben heute noch gar nichts gegessen«, widersprach Rosa. »Sie sind schrecklich mager und blass.«

Das ist wohl meine Sache, lag es Sandra auf der Zunge. Sie besann sich rechtzeitig und erwiderte: »Vielleicht haben Sie recht, Rosa, ich kann jetzt auch ein paar Minuten erübrigen. Stellen Sie mir eine reichliche Portion zusammen und packen Sie diese ein. Ich gehe nachher in mein Cottage rüber, dort kann ich in Ruhe essen.«

Dagegen war nichts einzuwenden. Als Sandra das Hotel verließ, taten es ihr einige der Gäste gleich. Sie schlenderten durch den Park, um sich die Füße zu vertreten, bevor man sich um fünf Uhr im Fernsehzimmer wieder versammelte, um die Weihnachtsansprache der Queen anzusehen. Sandra ging erst zu ihrem Haus, sah sich dort verstohlen um, dann nahm sie den schmalen Trampelpfad, der hinter ihrem Cottage zwischen hohen, dichten Hecken verlief und zu dem Cottage der Penroses führte. Da sich heute ungewöhnlich viele Menschen im Hotelpark aufhielten, hatte sie Lambourne gebeten, in den oberen Zimmern zu bleiben.

Auf der Treppe rief sie seinen Namen, und die Tür öffnete sich einen Spalt breit.

»Ich habe Ihnen und Eliza zu essen gebracht.« Sandra stellte den abgedeckten Teller auf den Tisch. »Es müsste für zwei Personen reichen.«

»Haben Sie schon gegessen?«, fragte Eliza. Die Antwort las sie in Sandras Augen und seufzte. »Ich bin nicht hungrig, Sandra, bitte nehmen Sie sich meine Portion.«

Sandra schüttelte den Kopf. Mit vor der Brust verschränkten Armen lehnte sie sich gegen die Tür und beobachtete, wie sich Nicolas Lambourne den Truthahn, die Füllung, die Kartoffeln und das Gemüse schmecken ließ. Obwohl er schnell aß, hatten seine Bewegungen etwas Elegantes, fast schon Katzenhaftes. Weder schlürfte noch kleckerte er. Er hatte vollendete Tischmanieren und zeigte keine Anzeichen der langen Jahre im Gefängnis, wo andere, raue Sitten herrschten.

»Denzil und Vivian befinden sich im Restaurant«, sagte Sandra. »Was geschieht jetzt?«

Er kaute in aller Ruhe zu Ende, schluckte, tupfte sich dann die Lippen mit der Serviette ab. »Das Fleisch und die Füllung sind ganz besonders köstlich. Eliza hat nicht übertrieben, als sie meinte, Sie hätten den wohl besten Koch in ganz Cornwall.«

»Ich übertreibe niemals, Nicolas«, bemerkte Eliza, »und hoffe, dass der Tag, wenn Sie als freier Mann in unser Haus kommen und im Restaurant nach Herzenslust speisen können, nicht mehr fern sein wird.«

»Das haben Sie nett gesagt, Eliza.«

»Verdammt noch mal!«, rief Sandra, beinahe hätte sie mit dem Fuß auf den Boden gestampft. »Wir sind hier doch nicht bei einem Teekränzchen! Sagen Sie mir endlich, was nun geschehen wird! Ich präsentiere Ihnen Denzil und Vivian auf dem Silbertablett – was wollen Sie jetzt tun?«

»Ich werde gar nichts tun«, antwortete Lambourne in aller Ruhe. »Verwickeln Sie die beiden in ein Gespräch und finden Sie heraus, was sie wissen oder bringen Sie sie dazu, sich zu verraten. Sie erzählten mir, dass Vivian zu Champagner nicht nein sagt. Sorgen Sie also dafür, dass ihr Glas immer gut gefüllt ist. Betrunkene Frauen plaudern gern.«

»Sprechen Sie aus Erfahrung, Lambourne?«, fragte Sandra. »Ich werde es versuchen, muss mich aber auch um die anderen Gäste kümmern.«

»Ja, das sollten sie wirklich.« Behutsam fuhr er mit dem Daumen über das Steuergerät. »Sie wissen ja, was geschieht, wenn Ihre Mission von keinem Erfolg gekrönt ist. Ganz abgesehen von Ihrer Mitarbeiterin. Um Sie, Eliza, täte es mir wirklich sehr leid. In den letzten Tagen sind Sie mir sympathisch geworden. Erstaunlich, wie schnell man sich aneinander gewöhnt, nicht wahr?«

Eliza wandte den Kopf ab, Sandra hatte aber gesehen, wie sie errötete. Ihre Befürchtung, Eliza wäre vom Stockholm-Syndrom befallen und hegte mehr als Sympathie für ihren Geiselnehmer, vertiefte sich. Wie sollte das alles bloß enden? Selbst, wenn sich Lambournes Unschuld bei allen drei Morden herausstellte – für die Geiselnahme und die Bombendrohung drohte ihm eine erneute Haftstrafe.

»Nicolas Lambourne, ich habe alles getan, was Sie von mir verlangt haben.« Entschlossen trat Sandra vor. »Denzil und Vivian werden den Abend und die Nacht im Hotel verbringen. Wenn Sie einen Plan haben, Ihren Stiefbruder zu einem Geständnis zu zwingen, dann ist jetzt der Zeitpunkt gekommen, mich entweder einzuweihen oder selbst zu handeln.«

»Sie werden es bald wissen«, erwiderte Lambourne. »Gehen Sie nun zurück und lassen Sie Ihre Gäste nicht länger warten.«

»Ich habe die Nase gestrichen voll! Wissen Sie, was ich glaube, Lambourne?« Sandra deutete auf das schwarze Kästchen. »Wenn Sie tatsächlich noch nie einen Menschen getötet haben, werden Sie weder Eliza noch all den Menschen im Hotel etwas antun. Wenn Sie allerdings der kaltblütige Killer sind, für den Sie alle halten, dann wird nichts und niemand Sie davon abhalten, ein Blutbad anzurichten, bei dem Sie selbst sterben werden. So oder so – Sie haben verloren, Nicolas Lambourne.«

»Sandra, bitte! Sprich nicht so mit Nicolas!« Eliza riss

erschrocken die Augen auf und wollte sich zwischen Lambourne und Sandra drängen. Mit einer Handbewegung gebot er ihr, zurückzubleiben.

»Sie glauben also nicht, dass ich zum Äußersten entschlossen bin?« Seine Stimme war gefährlich leise, der Blick aus seinen Augen stechend. »Vielleicht zweifeln Sie sogar, dass es die Bomben tatsächlich gibt. Aha!« Er grinste, als er sah, wie Sandra zusammenzuckte. »Obwohl Sie inzwischen wissen, dass Bill Grafton mir geholfen hat und sich der Mann mit Bomben und solchen Dingen bestens auskennt, halten Sie alles lediglich für eine Täuschung. Gehen Sie jetzt, Sie werden von mir hören.«

Vor verhaltener Wut ballte Sandra die Hände zu Fäusten. Ihre Empfindungen schwankten ständig zwischen Unmut und Furcht, augenblicklich überwog ihr Groll. Lambourne hatte es auf den Punkt gebracht: Sie glaubte nicht länger, dass Higher Barton mit Bomben gespickt war. Trotzdem konnte sie nichts gegen ihn unternehmen, solange er Eliza in seiner Gewalt hatte. Sandra machte sich zunehmend Sorgen um ihre Mitarbeiterin. Auch wenn Lambourne sie höflich behandelte: Keinen Moment würde er zögern, Eliza für seine Zwecke zu missbrauchen und ihren Tod zu riskieren.

Die meisten Gäste befanden sich noch im Park. Es war angenehm mild, zwischen den Wolken blitzte immer mal wieder die Sonne hervor. Die Marshalls hingegen hatten sich auf ihr Zimmer zurückgezogen.

»Die Lady benötigt dringend ein paar Stunden Schlaf.« David grinste zweideutig. »Ihr Mann musste sie auf der Treppe stützen, sonst wäre sie hingefallen.«

»Lautet nicht einer unserer Grundsätze, das Verhalten der

Gäste weder zu kommentieren noch zu kritisieren?«, fragte Sandra streng.

»Entschuldigung, Ms Flemming«, erwiderte David, wirkte jedoch nicht reuig. »Gedanken machen darf ich mir, oder?«

»Solange Sie diese für sich behalten, David.«

»Übrigens, Ms Flemming: Der Inspector, Mrs Trengove und ihr Mann sind zusammen mit Ihren Eltern im Büro.«

»Wie bitte?« Sandra schnappte nach Luft. »Warum sagen Sie mir das erst jetzt?«

»Kam nicht dazu, da Sie mich ja gemaßregelt haben.« David zuckte mit den Schultern und ging davon. Sandra bereute ihren barschen Tonfall. Der Schlafmangel und die permanente seelische Belastung hatten aus ihren Nerven Seidenfäden gemacht.

Vor der Tür straffte sie die Schultern, atmete tief durch, dann öffnete sie schwungvoll die Tür und rief: »Was macht ihr hier? Ich habe euch doch gesagt, dass ich zu arbeiten habe.«

Christopher ging Sandra entgegen und sagte in aller Ruhe: »Ich wünsche dir ein frohes Fest.«

Sandra wich seinem Blick aus, ablehnend verschränkte sie die Arme vor der Brust. Ihre Augenlider flatterten, als sie kühl sagte: »Ich muss euch bitten, wieder zu gehen, denn ich habe wirklich keine Minute Zeit. Ihr würdet hier nur herumsitzen und euch langweilen.« Sie sah zu ihrer Mutter. »Das gilt auch für euch, Mum.«

»Du willst uns wegschicken? Uns, deine eigenen Eltern? Ausgerechnet am Weihnachtstag?« Heather Flemming machte ihrer Empörung Luft. »Kind, so habe ich dich nicht erzogen.«

»Ich bin längst kein Kind mehr«, murmelte Sandra.

»Ich sagte Ihnen gleich, es ist der Mühe nicht wert«, bemerkte Christopher Bourke, seine Miene war wie eingefroren. Er zeigte nicht, wie sehr Sandras erneute Zurückweisung ihn traf. »Sandra, du scheinst dich auf einem Egotrip zu befinden, den wir weder nachvollziehen noch verstehen können. Was mich persönlich angeht, möchte ich es auch nicht. Trotzdem wünsche ich dir ein frohes Fest und ein schönes Leben. Tu mir bitte nur den Gefallen, nicht wieder über eine Leiche zu stolpern, so können wir uns künftig aus dem Weg gehen. Das dürfte ganz in deinem Interesse sein.«

Mit einem lauten Knall fiel die Tür hinter Christopher zu.

Geh nicht, schrie Sandra innerlich. Sie wollte ihm nachlaufen, ihn festhalten und um Hilfe anflehen, ihre Beine schienen aber wie am Boden festgenagelt zu sein. Nicht zurückhalten konnte sie allerdings die Tränen, die nun über ihre Wangen liefen. Sie wehrte Ann-Kathrin nicht ab, als die Freundin sie in die Arme schloss.

»Dir geht es miserabel«, raunte Ann-Kathrin, unhörbar für die anderen. »Was immer dich belastet, du kannst mir alles sagen und mir vertrauen. Ich fürchte, du hast einen klassischen Burn-out.«

»Hast du Alan schon ...?«

Ann-Kathrin schüttelte den Kopf. »Es war noch nicht der passende Zeitpunkt.«

Sandra wusste genau, dass die Freundin Alan von ihrer Schwangerschaft noch nichts gesagt hatte, weil sie sich um sie, Sandra, sorgte. Wie sie alle sich um sie sorgten.

»Ich werde einen Arzt anrufen«, sagte Heather bestimmt, das Telefon bereits in der Hand.

»Mum, nein!«, rief Sandra. »Okay, ja, ich bin überlastet, vielleicht stehe ich sogar am Rand eines Burn-outs, den heutigen Tag muss und werde ich durchstehen. In zwei Stunden ist der Ballsaal voller Gäste, die sich auf einen schönen Abend mit Stimmung, Musik und Tanz freuen. Ich kann sie nicht enttäuschen.«

»Dann helf ich dir.« Entschlossen stand Sandras Mutter auf. »Habe ich dir je erzählt, dass ich, bevor ich deinen Vater heiratete, gekellnert habe?«

Trotz der angespannten Situation schmunzelte Sandra. »Nein, das wusste ich bisher nicht. Du wirst in meinem Haus auf keinen Fall arbeiten.«

»Lass sie, Sandra«, sagte Douglas. »Bevor deine Mutter herumsitzt und sich die schlimmsten Dinge vorstellt, die dir passieren können, ist es besser, etwas zu tun.«

»Ich werde ebenfalls helfen«, bemerkte Ann-Kathrin.

»Nicht in deinem Zustand!« Erschrocken schlug sich Sandra die Hand vor den Mund. »Ach, du meine Güte ...«

»Was soll das heißen: in ihrem Zustand?« Zum ersten Mal sprach Alan, der die Situation bisher wortlos verfolgt und sich seine eigenen Gedanken gemacht hatte. »Bist du krank, Ann-Kathrin? Fühlst du dich nicht wohl?«

»Tja, dann ist die Bombe jetzt eben geplatzt.« Bei dieser Wortwahl erbleichte Sandra, Ann-Kathrin bemerkte es nicht. »Ich bin nicht krank und fühle mich wohl. So gut wie nie zuvor in meinem Leben.« Sie grinste vielsagend.

»Ach herrje, Sie erwarten ein Baby!«, rief Heather. »Das ist ja wundervoll!«

Alan wirkte völlig verdattert, deutlich war ihm anzusehen, wie seine Gedanken arbeiteten, dann war er mit einem großen Schritt bei seiner Frau und nahm sie in die Arme.

»Ist das wahr, mein Liebling? Ist das wirklich wahr?«

Ann-Kathrin nickte. »Eigentlich solltest du es nicht so nebenbei erfahren, nun ist es halt raus.«

Douglas gratulierte Ann-Kathrin mit einem festen Händedruck. Für einen Moment waren Sandra und ihr seltsames Gebaren vergessen.

»Das ist jetzt die perfekte Gelegenheit für Champagner«, schlug Heather vor. »Für Sie, Ann-Kathrin, natürlich nicht. Auf diesen werden Sie in den nächsten Monaten verzichten müssen.«

Sandra holte eine Flasche Champagner, Orangensaft und Gläser aus der Bar. Es tat ihr sehr leid, Ann-Kathrins Überraschung für Alan verdorben zu haben. Sie sah ein, dass sie die Freunde und ihre Eltern nicht dazu bewegen konnte, Higher Barton zu verlassen, daher musste sie versuchen, das Beste aus der momentanen Situation zu machen.

Alan nahm ihr die Champagnerflasche aus der Hand, löste das Stanniolpapier, drehte am Draht, und in dem Moment, als der Korken aus der Flasche ploppte, knallte es ohrenbetäubend. Irritiert starrte Alan die Flasche an. »Hoppla ...«

»Das war nicht der Korken«, rief Sandra. »Das war ... das ist ...«

Wie von Furien gehetzt rannte sie aus dem Büro, die anderen folgten ihr. Durch den Knall aufgeschreckt, strömten die Gäste und Angestellten in die Halle. Alle redeten durcheinander.

»Was war das?«

»Vielleicht ein Gewitter?«

»Quatsch, das war kein Donner.«

»Feuer!«, rief Major Collins und deutete mit der Spitze seines Spazierstockes zu einem der Fenster. »Es brennt!«

Im Bruchteil einer Sekunde erkannte Sandra, dass eines der Nebengebäude, etwa fünfhundert Yards vom Hotel entfernt, in lodernden Flammen stand.

»Lucas, ruf die Feuerwehr! Sie, liebe Gäste, bleiben bitte in der Halle. Hier besteht keine Gefahr. David, Rosa, schließt alle Fenster und Türen, damit kein Rauch ins Haus dringt.«

»Was, wenn die Flammen aufs Haupthaus übergreifen?«, fragte Mrs Milton ängstlich. »Wir waren eben spazieren, es geht ein stürmischer Wind.«

»Die Frau hat recht«, bemerkte jemand anderer. »Am besten wir verschwinden von hier.«

»Oder dort drüben lagern explosive Stoffe, Gasflaschen vielleicht, und wir fliegen alle in die Luft!«, schrie eine jüngere Frau nahezu hysterisch.

»Wir werden alle sterben!«

»Ich packe sofort meine Sachen und hau ab«, rief Mr Norris und hechtete zwei Stufen auf einmal nehmend die Treppe hinauf.

»Der Brand ist weit genug weg vom Hotel.« Sandra versuchte, sich in dem allgemeinen Tumult Gehör zu verschaffen. »Es lagert auch nichts in dem Gebäude, das explodieren könnte.«

Alan packte Sandra am Arm. »Menschen sind dort nicht in Gefahr?«

Sandra schüttelte den Kopf. »Früher war es die Molkerei des Herrenhauses, das Haus steht inzwischen leer.« Sie sah sich um. »Wo sind deine Frau und meine Eltern?«

»Ann-Kathrin kümmert sich um deine Mutter. Sie ist kurzzeitig in Ohnmacht gefallen, aber keine Sorge, sie ist schon wieder bei sich. Ich muss wirklich sagen, Sandra: Bei dir wird es nie langweilig. Du bietest immer das volle Programm.«

»Wie kannst du jetzt lachen?«, empörte sich Sandra.

»Entschuldigung, aber du musst zugeben, dass ein ruhiges Weihnachtsfest zu diesem ereignisreichen Haus nicht gepasst hätte.«

Sandra biss sich auf die Unterlippe, um kein verräterisches Wort zu äußern. Keinen Augenblick nahm sie an, dass die alte Molkerei ausgerechnet jetzt zufällig in Flammen stand. Wie sollte sie auch? In dem Gebäude befand sich nichts, das hätte explodieren können, es hatte nicht einmal einen Stromanschluss. Es ist eine Warnung von Lambourne. Er wollte ihr beweisen, dass seine Drohung, das Hotel jederzeit in die Luft jagen zu können, keine leeren Worte waren. Zu deutlich hatte sie ihm ihre Zweifel gezeigt, die er nun widerlegt hatte. Sandra hoffte, dass die Zündung einer Bombe in dem leer stehenden Gebäude nur ein Warnschuss von Lambourne gewesen war, weil er von Eliza wusste, dass dort niemand zu Schaden kommen konnte.

Edouard Peintré lief an Sandra vorbei. Händeringend rief er: »Mon Dieu, que se passe-t-il dans cette maison? Je rends mon tablier, je jure, je le rends. Je suis trop vieux pour une telle excitation!«

Immer, wenn er aufgeregt war, verfiel er in seine Muttersprache, Sandra verstand nur einzelne Worte. Sie hoffte, von den verbleibenden Gästen sprach niemand so gut Französisch, um den Koch zu verstehen. Peintré eilte die Treppe hinauf, als wolle er ebenfalls seine Sachen packen und gehen.

Es vergingen Minuten, die allen wie Stunden vorkamen, bis endlich das Signal der herannahenden Feuerwehr ertönte. Lower Barton verfügte über keine eigene Feuerbrigade, für die Gegend war die Wache im fünf Meilen entfernten Looe zuständig. Sandra stand am Fenster und starrte auf die Flammen. Das Knistern des Feuers war deutlich zu hören, der Wind trug den Rauch jedoch in nordöstlicher Richtung vom Hotel fort. Drei Löschzüge und zwei Rettungswagen fuhren vor. Sandra und Alan gingen den Sanitätern entgegen und versicherten, dass niemand zu Schaden gekommen war. Sandra bat jedoch, jemand möge nach ihrer Mutter sehen.

Außer Major Collins befand sich kein Gast mehr in der Halle. Der alte Haudegen saß in einem der Sessel vor dem Kaminfeuer, auf dem Tisch eine Flasche Single Malt und ein halbvolles Glas.

»In der Bar war niemand«, erklärte er, bevor Sandra etwas sagen konnte. »Ich habe mir erlaubt, mich selbst zu bedienen. Auf den Schrecken brauche ich einen kräftigen Schluck. Setzen Sie den Whisky auf meine Rechnung.«

»Der geht aufs Haus«, murmelte Sandra. Sie hatte jetzt andere Sorgen, als sich um den Betrag einer Flasche Talisker Storm, dem Lieblingsgetränk des Majors, zu kümmern. Die Explosion würde untersucht werden und dabei würde schnell festgestellt werden, dass kein technischer Defekt vorlag. Die Experten würden Reste einer Bombe oder was immer für das Feuer verantwortlich war, finden und Sandra in Erklärungsnot bringen. Ein leer stehendes Gebäude, aus massivem Stein erbaut und mit einem Dach aus Schieferplatten, ohne Anschluss an das Stromnetz, flog nicht einfach so in die Luft. Die Explosion war von rund vier Dutzend Personen gehört worden, es war nur eine Frage der Zeit, bis die Polizei sie in die Mangel nahm. Zwar war die Angelegenheit kein Fall für das Revier in Lower Barton, Sandra wusste jedoch, dass Christopher sich an dieser Sache festbeißen würde.

Als beträfe sie das alles nicht, stand Sandra am Fenster und starrte auf die Löscharbeiten. Sie hatte das Gefühl, über sich zu schweben und die Szenerie wie eine unbeteiligte Zuschauerin zu beobachten. Als sich eine Hand auf ihre Schulter legte, zuckte sie zusammen, schrie auf und drehte sich um. Es war Alan.

»Bist du in Ordnung?«

»Ja, ja, natürlich. Es ging mir noch nie besser als jetzt, wenn ein Teil von Higher Barton in Schutt und Asche versinkt und die Gäste fluchtartig das Hotel verlassen.«

Sandra versuchte, sarkastisch zu wirken, das Zucken ihrer Mundwinkel und die Tränen in ihren Augen straften ihre Worte Lügen. Alan legte einen Arm um ihre Schultern und führte sie mit sanftem Druck in das inzwischen verwaiste Restaurant. Dort drehte er Sandra zu sich herum, legte zwei Finger unter ihr Kinn, sodass sie zu ihm aufsehen musste, und sagte im gleichen Tonfall, mit dem er die Zeugen im Gericht zum Sprechen brachte: »Und jetzt will ich die Wahrheit wissen, Sandra Flemming! Die ganze, umfassende Wahrheit, keine weiteren Ausflüchte oder noch mehr Lügen.«

Die Mauer, die sich seit Lambournes Entdeckung um Sandras Seele gebildet hatte, brach. Sie bröckelte nicht nur, nein, sie stürzte mit einem Schlag in sich zusammen. Zusammenhangslos und stockend kam ihr alles über die Lippen. Mit jedem Satz wirkte Alan mehr erschüttert. Als sie geendet hatte, sagte er: »Nur noch mal zur Sicherheit zusammengefasst: Nicolas Lambourne, ein sich auf der Flucht befindender Schwerverbrecher und der mutmaßliche Mörder von Richter Audley, versteckte sich zuerst auf dem Dachboden dieses Hotels, und jetzt befindet er sich im Cottage von Emma und

George? Er hat Eliza in seiner Gewalt und die Molkerei in die Luft gesprengt?«

Sandra nickte und wischte sich mit dem Handrücken die Tränen aus dem Gesicht.

»Ich dachte, wenn er wirklich unschuldig ist, dann wird er Eliza nichts antun, auch glaubte ich, dass seine Drohung, hier überall Bomben versteckt zu haben, eine Finte ist. Er hat es jetzt getan, um mir zu beweisen, dass er zu allem entschlossen ist.«

»Mein Gott, Sandra! Du musst Christopher ...«

»Auf keinen Fall! Du siehst, wozu Lambourne fähig ist. Selbst wenn wir uns hier retten können, selbst, wenn Higher Barton und damit mein Lebenstraum in Flammen aufgeht: Elizas Leben setze ich unter keinen Umständen aufs Spiel!«

»Was hat Lambourne vor?«, fragte Alan und rieb sich nachdenklich übers Kinn. »Wie sollte es dir gelingen, Denzil Marshall zu einem Geständnis zu bewegen?«

»Oder Vivian Marshall«, ergänzte Sandra und berichtete Alan, was sie über Vivian herausgefunden hatte. »Bitte, Alan, du darfst niemandem etwas verraten!« Sie klammerte sich so fest an seinen Arm, dass ihre Fingerknöchel weiß hervortraten. »Du musst es schwören!«

Alan zögerte zunächst, dann nickte er. »Ich erkenne durchaus die im wahrsten Sinne des Wortes brenzlige Lage, in der wir uns befinden. Auch wenn es gegen mein Berufsethos verstößt, werde ich dir helfen, Sandra. Von Lambournes Unschuld bin ich keinesfalls überzeugt, trotzdem werde ich versuchen, mehr über die Marshalls herauszufinden. Damals, während des Prozesses, sind beide nicht in Erscheinung getreten. Der alte Lord Beechwood holte seinen unehelichen Sohn erst nach Nicolas´ Verurteilung zu sich.«

»Wir müssen herausfinden, ob Denzil wusste, wer und was sein Vater war – oder Vivian. Wenn ja, dann ist das ein ebenso starkes Motiv, wie es Nicolas Lambourne vorgeworfen wurde. Vielleicht, wenn der Fall wieder aufgerollt wird ...«

»Das wird kaum der Fall sein«, unterbrach Alan sie. »Auch wenn ein neues Motiv auftauchen sollte – ohne Beweise oder ein Geständnis von jemand anderem wird Nicolas Lambourne weiterhin als Mörder gelten. Zunächst müssen wir wissen, ob die Marshalls wirklich ein Motiv haben könnten und, wenn ja, überhaupt die Möglichkeit, die Morde zu begehen.«

»Danke, Alan, ich danke dir so sehr!« Sandras Tränen rollten erneut. »Ich konnte nicht länger schweigen, ich konnte einfach nicht mehr ...«

»Es erklärt einiges an deinem Verhalten.« Alan schmunzelte. »Du bist eine außergewöhnlich starke Persönlichkeit, Sandra. Hast diese Last so viele Tage allein getragen.«

Er legte seine Arme um sie, und Sandra schmiegte ihr Gesicht an sein Revers und fühlte sie sich sicher und geborgen. Alan würde nichts unternehmen, das Eliza in Gefahr bringen konnte. Sie hatte großes Glück, einen so guten und verlässlichen Freund zu haben.

»Sandra, deiner Mutter geht es wieder besser, sie möchte dich sprechen ...« Sandra und Alan fuhren auseinander. In der Tür stand Ann-Kathrin, mit weit geöffneten Augen und blassen Wangen. »Ach, so ist das, und ich erfahre es wahrscheinlich als Letzte«, murmelte sie, machte auf dem Absatz kehrt und rannte davon.

»Ann-Kathrin, warte!« Sandra wollte der Freundin nachlaufen, aber Alan hielt sie am Ärmel fest.

»Ich kläre es mit meiner Frau.«

»Von Lambourne darfst du ihr nichts sagen!«, beschwor Sandra den Freund erneut. »Schon gar nicht jetzt, in ihrem Zustand.«

»Einen Teufel werde ich tun«, erwiderte Alan ungewöhnlich derb, was seine Anspannung verriet. »Schwangere Frauen sind etwas empfindlich und interpretieren Situationen falsch.« Alan drückte Sandra die Hand und fügte hinzu: »Du bist nicht länger allein, gemeinsam finden wir einen Ausweg.«

SECHZEHN

Sandra holte tief Luft und wappnete sich für die Begegnung mit ihren Eltern. Heather Flemmings Wangen waren noch blass, von ihrer kurzen Ohnmacht hatte sie sich inzwischen erholt, denn ihre Augen funkelten zornig, als Sandra zu ihr trat.

»Was soll noch alles passieren, bis du kapierst, dass du dieses Haus aufgeben sollst? Wir könnten jetzt alle tot sein!«

Wie recht du hast, dachte Sandra, laut sagte sie allerdings: »Mum, niemand im Hotel war oder ist in Gefahr. Es ist ein unglücklicher Zufall, wahrscheinlich ein Kurzschluss. Auch wenn kein Grund zur Besorgnis besteht, wäre es besser, wenn ihr nach Lower Barton zurückkehrt. Den Ball heute Abend werde ich wohl besser absagen.«

»Die meisten Gäste sind ohnehin abgereist«, sagte Douglas, auch er war sehr besorgt. »Sandra, mein Mädchen, du weißt, dass deine Mutter häufig übertreibt, jetzt allerdings muss ich Heather zustimmen. Seit du nach Cornwall gekommen bist, passiert andauernd etwas. Es fing schon vor der Eröffnung des Hotels an, als dein Chef ...«

»Dad, das ist lange vorbei!«, unterbrach Sandra ihn. »Higher Barton ist ein Hotel, und wo sich viele Menschen die Klinke in die Hand geben, geschieht ab und zu eben etwas.«

»Ich kenne kein anderes Hotel, dessen Nebengebäude einfach mal so in die Luft fliegt«, warf Heather ein.

»Auch das gab es schon, sogar hier in Cornwall«, konterte Sandra. »Erst vor ein paar Wochen brannte ein Hotel oben in Newquay, schuld war eine defekte Gasleitung. Menschen kamen glücklicherweise keine zu Schaden.«

Langsam, als wäre sie eine alte Frau, rappelte sich Heather aus dem Sessel hoch und sagte leise: »Wir fahren jetzt ins Three Feathers, ich brauche Ruhe. Douglas, check bitte, ob für morgen Flüge nach Inverness buchbar sind.«

»Heather, wir sollten nicht ...«

»Ich will nach Hause!«, rief Heather laut. »Wir hätten gleich, nachdem Sandra uns bei Shaw einquartiert hat, wieder abreisen sollen. Vom ersten Tag an spürte ich, dass etwas nicht stimmt, und da unsere Tochter mehr als einmal den Eindruck erweckt, uns loswerden zu wollen, tu ich ihr nun gern den Gefallen.« Sie sah Sandra traurig an. »Ich weiß nicht, warum du dich derart verändert hast, Sandra. Ist es das Geld oder die Macht, dein eigener Chef zu sein? Dein Vater und ich werden es jedenfalls nicht herausfinden, denn ich habe keine Lust, mich länger deiner unverhohlenen Abneigung auszusetzen.«

»Ach, Mum!« In Sandras Augen stiegen wieder Tränen. Sie umarmte ihre Mutter und spürte, wie deren Körper sich versteifte. »Es wird alles gut werden«, flüsterte sie. »Bald schon, und dann werde ich ganz viel Zeit für euch haben.«

»Wenn es jemals dazu kommen sollte, weißt du ja, wo du uns findest.«

Ohne Sandra noch einen Blick zu gönnen, ging Heather davon. Wie um Hilfe suchend sah Douglas Sandra an, wartete, dass sie etwas sagte, das Heather zurückhalten könnte.

Sandra verharrte jedoch wie erstarrt auf der Stelle. Ihr blieb nur die Hoffnung, dass die Eltern, Ann-Kathrin und auch Christopher ihr verzeihen würden, wenn sie erfuhren, warum Sandra gezwungen war, alle Menschen, die ihr etwas bedeuteten, vor den Kopf zu stoßen.

Die Flammen waren nahezu gelöscht, jetzt stieg dichter, schwarzer Qualm aus den verkohlten Mauerresten auf. Die Brandwache war bis zum nächsten Morgen angesetzt, um ein eventuelles Aufflackern neuer Flammen zu verhindern. Sandra rannte zum Cottage der Penroses. Sie musste sich beeilen, jeden Moment konnte die Polizei eintreffen. Außer Atem riss sie die Tür auf und stolperte in die Küche. Auf dem Tisch standen zwei Tassen, die Zuckerdose und eine angebrochene Flasche Limonade. Von Nicolas und Eliza keine Spur.

»Lambourne, wo sind Sie?«, rief Sandra. »Warum haben Sie das getan? Ich habe doch alles gemacht, was Sie wollten!«

Sandra fand die beiden weder im Wohnzimmer noch in den oberen Räumen. Wieder rief sie deren Namen, alles blieb still, auch das schwarze Kästchen und die Pistole konnte sie nirgendwo entdecken.

Lambourne war abgehauen! Schwer atmend lehnte sich Sandra gegen eine Wand, kalter Schweiß auf der Stirn. Sein Verschwinden hätte sie begrüßt, er aber hatte Eliza mitgenommen. Sandra vermutete zwar, dass ihre Mitarbeiterin ihm bereitwillig gefolgt war, das beruhigte sie allerdings kein bisschen. Lambourne hatte bewiesen, dass er zu allem fähig war. Menschen waren bei der Explosion zwar nicht zu Schaden gekommen, und für niemanden hatte Gefahr bestanden – was aber, wenn Lambourne jetzt völlig durchdrehte und die nächste Bombe im Hotel hochgehen ließ?

Wo könnten sie hingegangen sein? Sandra, denk nach, hämmerte es in ihrem Schädel, in dem sich ein schmerzhafter Druck aufbaute. Noch einmal ging sie durch alle Zimmer. Sie suchte nach einer Nachricht, nach einem Zettel mit einem Hinweis. Vergeblich. Es wäre von Lambourne auch zu leichtsinnig gewesen, zu hinterlassen, wo er sich verstecken wollte. Nicolas Lambourne war vielleicht rücksichtslos und brutal – eines war er sicherlich nicht: dumm.

Sie, Sandra, hingegen war mehr als naiv gewesen, ihm zu glauben, er sei unschuldig. Seine Argumente waren logisch gewesen, und es gab ohne Zweifel andere Personen, die ein ebenso starkes Motiv wie er gehabt hatten, Susan Lambourne und deren Liebhaber zu töten. Sandra war geneigt gewesen, an einen furchtbaren Justizirrtum zu glauben. Ein Fehler, wie sie jetzt wusste. Nicolas Lambourne war ein eiskalter Killer, und er hatte zu Recht ein so hartes Urteil bekommen. Nachdem ihm die Flucht gelungen war, hatte er nicht gezögert, erneut zu morden – und würde es wieder tun.

Wie durch dicke Watte hörte Sandra die Sirene weiterer Einsatzfahrzeuge. Zwei Wagen der Polizei fuhren auf das Rondell, Christopher kam mit seinem zivilen Fahrzeug. Sie öffnete den Hahn über der Küchenspüle, spritzte sich kaltes Wasser ins Gesicht und ließ es über ihre Handgelenke laufen. Eine Konfrontation mit Christopher war unausweichlich, am besten brachte sie es so schnell wie möglich hinter sich.

Der Gesichtsausdruck von Christopher Bourke ließ keinen Zweifel zu, dass er als Detective Chief Inspector und nicht als Freund gekommen war.

»Sandra, wir müssen miteinander reden, und es wird kein freundschaftliches Gespräch werden«, sagte er streng, als Sandra ihm gegenübertrat.

»Was willst du wissen?«, fragte sie. »Darf ich dich unter diesen Umständen überhaupt duzen, oder soll ich besser Chief Inspector, Mr Bourke oder gar Sir sagen?«

»Wie du jetzt scherzen kannst, ist mir unbegreiflich.«

Mir auch, dachte Sandra, und leise: »Es sollte kein Scherz sein, Christopher.« Sie seufzte, fuhr dann lauter fort: »Du bist gekommen, um zu erfahren, warum ein leer stehendes Nebengebäude von Higher Barton in Flammen aufgegangen ist.« Sandra packte den Stier bei den Hörnern, es war sinnlos, jetzt noch zu versuchen, etwas zu beschönigen. »Ich habe keine Ahnung, wie es passieren konnte, und bin sicher, eure Leute werden es schnell herausfinden. Hat es Sinn, dir zu versichern, dass ich damit nichts zu tun habe? Oder willst du mir unterstellen, ich hätte das Haus angezündet, um die Versicherung zu betrügen?«

»Sandra, ich bin nicht gekommen, dir Vorwürfe zu machen«, sagte Christopher deutlich sanfter, »und ich weiß, dass du niemals etwas tun würdest, das deinen Traum von diesem Hotel gefährden könnte. Leider passieren immer wieder Explosionen und Brände, besonders in alten Häusern, deren Leitungen dem aktuellen Stand nicht entsprechen, wenn ein solcher ...«, er zögerte, »Unfall allerdings auf Higher Barton geschieht, dann ist das kein Zufall. Sandra, bei allem Verständnis, in diesem Fall werde ich eine ausführliche Untersuchung nicht verhindern können. Wie du richtig sagtest, wird die Ursache schnell festgestellt werden. Es ist angeraten, wenn du mir jetzt sagst, was du weißt, bevor du dich vor jemandem verantworten musst, der es nicht gut mit dir meint.«

»Du meinst es gut mit mir?« Sandra ärgerte sich, dass ihre Augen erneut feucht wurden. »Ich kann nur immer wieder versichern, dass ich es nicht weiß, Christopher! Ich weiß nur, dass alle meine Gäste abgereist sind, natürlich ohne ihre Rechnungen zu begleichen, was ich ihnen unter diesen Umständen nicht verübeln und auch nicht nachberechnen kann. Auch meine Eltern sind weg, meine Mutter ist nicht nur beleidigt, ich habe sie zutiefst verletzt, und du, du ...«

Ihre Stimme brach. Christopher machte eine Geste, als wolle er Sandra in den Arm nehmen, zögerte und trat schließlich einen Schritt zurück. Er räusperte sich und fragte: »Du hast mir also nichts zu sagen?« Sie schüttelte den Kopf und vermied, ihn anzusehen. »Dann, Sandra, kann ich nichts mehr für dich tun. Für Brandermittlungen bin ich nicht zuständig, die Kollegen aus Bodmin werden dich aufsuchen, sobald sich herausstellt, dass die Explosion kein technischer Defekt war. Wovon ich, nebenbei gesagt, zu einhundert Prozent überzeugt bin.«

Sergeant Greenbow trat zu ihnen und enthob Sandra einer Antwort, indem er sagte: »Sir, das Feuer ist eingedämmt. Ich sprach soeben mit dem leitenden Kommandanten. Für genaue Ergebnisse ist es noch zu früh, er ist aber der Meinung, dass alles für Vorsatz spricht.«

Vielsagend zog Christopher eine Augenbraue hoch und starrte Sandra an. Sie schwieg. Kerzengerade stand sie Christopher gegenüber, die Hände hinter dem Rücken verschränkt.

»Ich habe dir nichts mehr zu sagen.« Die Worte dröhnten in ihren Ohren. Sie erwartete, jeden Moment würde sich der Boden unter ihren Füßen öffnen und sie mit Haut und Haaren verschlingen. Sie würde es begrüßen ...

»Inspector! Wie gut, dass Sie hier sind!«

Sandra, Christopher und Greenbow fuhren herum. Aus der Halle stürzte ihnen Vivian Marshall entgegen, die Haare wirr, das Make-up fleckig, die Wimperntusche verschmiert. Ihr Mann folgte ihr, sein Teint war gräulich.

Sie sind noch da? fragte sich Sandra. Sie hatte angenommen, die Marshalls hätten wie alle anderen Higher Barton fluchtartig verlassen. Sie erinnerte sich, wie Vivian und Denzil nach dem Dinner auf ihr Zimmer gegangen waren, weil die Lady zu viel getrunken hatte. Wahrscheinlich waren sie eingeschlafen und hatten, da ihr Zimmer entgegengesetzt der alten Molkerei lag, gar nichts von der Explosion mitbekommen.

Vivian klammerte sich an Christophers Arm. »Er war es!«, schrie sie außer sich. »Er will uns alle umbringen!«

»Wen meinen Sie, Lady Beechwood?« Christopher reagierte ruhig und zurückhaltend.

»Nicolas natürlich!«, stieß Vivian hervor. »Nicolas Lambourne hat den Brand gelegt. Er will uns umbringen! Ich wusste es von dem Tag an, als er geflohen ist. Sie wollten uns ja nicht glauben!«

»Ich gebe es ungern zu, aber ich fürchte, meine Frau hat recht.« Denzil Marshalls Stimme klang belegt, Sandra sah, dass seine kräftigen Hände zitterten. »Nicolas will sich an uns ... an mir rächen, weil ich alles habe, was einst ihm zugestanden hätte.«

»Warum sollte er das tun?«, fragte Christopher.

»Weil Sie, Vivian, oder Sie, Sir Beechwood, oder Sie beide zusammen, Susan ermordet haben!« Sandra hatte nicht nachgedacht, sie konnte nicht mehr klar denken oder handeln. Sie musste es loswerden, sonst würde sie auf der Stelle platzen.

»Sandra!«

»Ms Flemming!«

Christopher und Mr Marshall riefen es gleichzeitig, und Vivian sagte: »Sind Sie verrückt geworden, Sandra?«

»Im Gegenteil, Vivian.« Der Druck in Sandras Kopf verstärkte sich. Die Worte sprudelten unkontrolliert über ihre Lippen: »Nicolas leugnete stets, die Morde begangen zu haben, und Sie, Denzil Marshall, behaupten, erst Wochen später überhaupt erfahren zu haben, wessen Sohn Sie in Wahrheit sind. Das ist eine Lüge! Ich glaube, dass Sie es zuvor wussten, ebenso, dass Lord Beechwood Sie niemals anerkennen oder Ihnen einen Teil seines Vermögens geben würde. Oder Sie, Vivian«, Sandra wirbelte herum und bohrte einen Finger auf Vivians Brustbein, »Sie wollten dem Mann, den Sie liebten, zu seinem Recht verhelfen. Als Journalistin haben Sie die Wahrheit herausgefunden, vielleicht auch versucht, Beechwood mit ihrem Wissen zu erpressen. Als dieser darauf nicht einging, schmiedeten Sie den teuflischen Plan, Nicolas Lambourne für immer auszuschalten, weil Sie vermuteten, dass sich dann der alte Lord zu seinem anderen Sohn bekennen würde. Was schlussendlich auch geschehen ist.«

Warum sage ich das alles?, fragte sich Sandra. Noch vor weniger als einer Stunde hatte sie fest daran geglaubt, dass Nicolas Lambourne der Täter war, dass alle Beteuerungen seiner Unschuld nichts als Lügen waren.

Für einen Moment herrschte Schweigen, dann brach Vivian in lautes Gelächter aus. »Sie *sind* wahnsinnig, Sandra

Flemming! Was haben wir Ihnen getan, dass Sie uns derart verleumden?«

»Dein Verdacht ist wirklich ungeheuerlich«, sagte Christopher. »Damals beschuldigte Lambourne tatsächlich seinen Stiefbruder, woraufhin Sie, Sir Beechwood, entsprechend überprüft wurden.«

»Und zwar ohne ein Ergebnis«, knurrte Denzil, die Augen vor Wut zu Schlitzen verengt. »Auch wenn ich Ihnen gegenüber, Ms Flemming, keinen Grund zur Verteidigung habe: Ich schwöre bei allem, was mir heilig ist, beim Leben meiner Mutter, dass ich von Nicolas Lambourne, seinem Verbrechen und von meinem Vater erst erfuhr, als mein Stiefbruder bereits hinter Gittern saß.« Er legte einen Arm um die Schultern seiner Frau, eine Geste, die in den letzten Jahren zwischen dem Ehepaar selten geworden war, jetzt hielten sie fest zusammen. »Dir, Vivian, traue ich zwar allerhand zu, aber nicht eine solche Intrige. Oder irre ich mich?«

»Ich habe nichts damit zu tun, auch ich kann es beschwören!«, rief Vivian. »Woher wissen Sie das alles, Sandra? Haben Sie uns aus diesem Grund in Ihr Haus gelockt und versucht, meine Freundschaft zu gewinnen? Spionieren Sie eventuell sogar im Auftrag von Lambourne hinter uns her?«

Sandra blickte von einem zum anderen. Sie sah das entsetzte Gesicht von Vivian, die die Wahrheit erkannt hatte, das vor Wut verzerrte Antlitz von Denzil, Sergeant Greenbow hingegen wirkte verwirrt und Christopher ...

Der Druck in ihrem Kopf wurde immer stärker, gleich würde sich ihre Schädeldecke ablösen.

»Christopher ...« Sie streckte einen Arm nach ihm aus. Vor ihren Augen tanzten schwarze Flecken, dann wurde es dunkel um Sandra.

Etwas Kühles benetzte ihre Stirn, es war angenehm. Sandra öffnete die Augen.

»Mum? Du?« Ihre Lider flackerten. »Was machst du hier?«

»Ganz ruhig, Sandra.« Heather Flemming lächelte. »Verzeih mir meine harten Worte. Ich lasse mein Kind doch nicht im Stich, wenn es mich am meisten braucht.«

»Was ist passiert?«

»Du bist bewusstlos geworden. Der nette, junge Inspector hat dich in dein Cottage getragen, einen Arzt geholt und mich angerufen. Der Doktor diagnostizierte Erschöpfung, das habe ich auch ohne diesen Quacksalber gewusst. Er rät zu Ruhe und gab dir eine Spritze. Du hast über zwölf Stunden geschlafen.«

»Zwölf Stunden!« Sandra fuhr hoch, sofort wurde ihr schwindlig. Sie stöhnte und erkannte, dass es heller Tag war.

»Die Explosion, das Feuer ...«

»Ist vollständig gelöscht, allerdings wühlt die Spurensicherung jetzt in der Brandruine herum. Der DCI erzählte deinem Vater und mir eine haarsträubende Geschichte. Sandra, du hast unbescholtene Bürger des mehrfachen Mordes beschuldigt!«

»Wo sind die Marshalls jetzt?«

»Sie sind natürlich nach Hause gefahren«, erwiderte Heather. »Sandra, in was hast du dich verstrickt? Ich kann nicht glauben, dass du krampfhaft nach einem Mörder suchst, um einen Mann zu entlasten, den du nicht einmal kennst und mit dessen Geschichte du nichts zu tun hast.«

Sandras Miene verschloss sich. »Ich muss aufstehen, die Arbeit ...«

»Überlässt du heute anderen!« Mit sanfter Gewalt drückte Heather Sandra in das Kissen zurück. »Bis auf deinen Dauergast, diesen Major, haben alle Gäste Higher Barton verlassen. Das Hotel ist vorerst geschlossen, wegen des Brandes haben alle dafür Verständnis. Dein Vater ist unten und versucht gemeinsam mit Ms Piotrowski das Wichtigste zu regeln. Du kannst ihm und deinen Angestellten vertrauen, Sandra, und du wirst nicht gleich in den Bankrott steuern, wenn du ein paar Tage ausspannst. Der Arzt empfiehlt, dass du dich nach den Feiertagen einer ausführlichen Untersuchung unterziehst. Er wollte dich gleich ins Krankenhaus einweisen, ich dachte aber, es ist dir lieber, hier zu bleiben.«

»Danke, Mum.« Sandra nickte schwach und sah ein, dass es im Augenblick angeraten war, das Hotel zu schließen. Christopher würde von ihr wissen wollen, was sie zu den Vorwürfen gegenüber Vivian und Denzil Marshall veranlasst hatte. Sandra bereute, derart die Fassung verloren zu haben. Waren die Marshalls tatsächlich die Täter, waren sie jetzt gewarnt, vielleicht hatten sie das Land sogar schon verlassen. Die Situation am gestrigen Nachmittag und Abend hatte Sandra gänzlich überfordert.

»Ich habe Hunger, Mum.«

»Das ist gut.« Heather streichelte sanft ihre Wange. »Du bekommst auch wieder etwas Farbe. Ich werde ins Hotel gehen und Rosa bitten, dir ein Frühstück zu machen und es dir zu bringen.«

»Ich kann selbst gehen ...«

»Du bleibst im Bett!« Heathers Stimme duldete keinen Widerspruch. »Und noch was, Sandra: Dein Vater und ich haben ein Zimmer in Higher Barton bezogen, und wir werden in diesem Haus bleiben, bis du wieder auf den Beinen bist. Keine Widerrede, Tochter! Freie Zimmer hast du jetzt ja leider zur Genüge.«

Sandra nickte. Auch wenn sie nicht wusste, wo sich Lambourne aufhielt – sie vermutete, dass er in unmittelbarer Nähe sein musste, wenn er weitere Bomben zünden wollte –, konnte sie beim besten Willen kein Argument mehr vorbringen, ihre Eltern aus Higher Barton wegzuschicken, und sie wollte es auch nicht. Eliza befand sich zwar immer noch in Gefahr, doch es gab nichts mehr, was Sandra hätte tun können, um Lambournes eventuelle Unschuld zu beweisen.

Nachdem Heather gegangen war, stand Sandra auf. Der lange Schlaf hatte ihr gutgetan, außer einem nagenden Hungergefühl im Magen fühlte sie sich so wohl wie seit Tagen nicht mehr. Sie öffnete einen Fensterflügel. Die Sonne schien, und milde Luft strömte ins Zimmer. Für einige Minuten stand Sandra am Fenster und atmete tief durch. Lange konnte sie diese himmlische Ruhe sicher nicht genießen. Christopher würde kommen und bohrende Fragen stellen, und Nicolas Lambourne, wo immer der sich im Augenblick befand, hatte Eliza als Geisel bei sich.

Heute war Boxing Day. Manche Leute dachten, der Tag hieße so, weil die Leute in die Läden strömten, um unerwünschte Geschenke umzutauschen, zudem überboten sich die Geschäfte mit Rabattaktionen. Tatsächlich war der Ausdruck im 19. Jahrhundert entstanden. Damals wurde es in herrschaftlichen Häusern üblich, am Tag nach Weihnachten den Bediensteten ihre Geschenke zu überreichen – in einer Christmas Box. Sandra hatte geplant, gemeinsam mit den Angestellten den Lunch einzunehmen und ihnen die Geschenke, wie in vergangenen Zeiten, zu geben. Sie mochte solche Traditionen. Nach den gestrigen Vorfällen hatte heute sicher niemand Lust auf eine solche Feier.

Zu Sandras Überraschung brachte ihr nicht Rosa, sondern Alan Trengove ein Tablett mit einer großen Tasse Milchkaffee, vier Scheiben gebuttertem Toast, etwas Rührei, gebratenem Speck, Champignons und Tomaten. Bevor Sandra etwas anrührte, fragte sie: »Was ist mit Ann-Kathrin? Du hast ihr doch nichts von Lambourne gesagt?«

Alans Lächeln wirkte etwas gezwungen. »Selbstverständlich nicht. Gestern Abend sah Ann-Kathrin ein, dass sie überreagiert hat. Ich sagte ihr, ich habe dich nur getröstet, weil du dich mit deiner Mutter gestritten hast. Sie wollte heute mit nach Higher Barton kommen, als ich sie jedoch bat, zu Hause zu bleiben, bekam ihr Blick wieder etwas Misstrauisches. Ihr Abschiedskuss fiel recht kühl aus.«

»Oje.« Sandra seufzte. »Es tut mir so leid, jetzt auch noch für eine Ehekrise zwischen euch verantwortlich zu sein. Ann-Kathrin kann doch nicht ernsthaft glauben, du könntest Interesse an mir haben!«

»Warum nicht?« Alan schmunzelte, dieses Mal wirkte es echt. »Du bist eine sehr attraktive Frau, Sandra. Allerdings liebe ich Ann-Kathrin mehr, als ich jemals einen Menschen geliebt habe, und wenn ich daran denke, dass wir bald ein Kind haben werden ...« Sein Blick verklärte sich, dann fügte er hinzu: »Außerdem würde ich nie wagen, Christopher in die Quere zu kommen.«

Sandra verschluckte sich am Toast, von dem sie gerade abgebissen hatte und hustete. Als sie wieder Luft bekam, sagte sie spröde: »Ich möchte jetzt nicht über Christopher sprechen, er wird mich früh genug wieder in die Mangel nehmen. Weißt du, was gestern Abend geschehen ist? Was ich vor den Ohren aller den Marshalls an den Kopf geworfen habe?«

Alan nickte. »Christopher rief mich an. Auch wenn du über ihn nicht sprechen möchtest, Sandra: Er macht sich große Sorgen um dich, und zwar nicht grundlos, wie wir beide wissen.«

»Lambourne und Eliza sind verschwunden.« Sandra verging der Appetit, sie schob das Tablett beiseite, trank lediglich von dem Kaffee. »Ich habe große Angst, dass er Eliza etwas antun könnte, denn eigentlich glaube ich nicht mehr, dass jemand anderer als Lambourne für alle Morde verantwortlich ist. Vor den Marshalls werde ich wohl im Staub kriechen und mich entschuldigen müssen.«

»Nicht unbedingt, Sandra.« Alan nickte ihr aufmunternd zu. »Aus diesem Grund bin ich heute zu dir gekommen. Die halbe Nacht habe ich damit verbracht, deine Vorwürfe gegenüber Vivian entweder zu bestätigen oder zu entkräften. Ann-Kathrin hat glücklicherweise einen tiefen Schlaf.«

»Und?« Gespannt sah Sandra ihn an.

Aus der Innentasche seiner Jacke zog Alan zwei Blätter Papier und reichte sie Sandra.

»Diesen Artikel habe ich im Internet auf der Werbeplattform eines Veranstalters für Cornwall-Rundreisen gefunden. Er stammt aus dem Herbst des Jahres 2000, später digitalisiert und ins Netz gestellt.«

Sandra sah fünf farbenfrohe Bilder einiger Sehenswürdigkeiten Cornwalls: der St Michael's Mount im Südwesten; Land's End, der westlichste Punkt der britischen Insel; die Ruinen von Tintagel Castle an der Nordküste; der romantisch anmutende Hafen von Polperro und eine Aufnahme von Lanhydrock House, das sie erst vor wenigen Tagen besucht hatte. Ihre Augen flogen über die Zeilen. Es war der

übliche Text über die Schönheiten des Herzogtums, wie gast-
freundlich die Menschen waren und welch abwechslungsrei-
che Landschaft Cornwall den Besuchern bot.

»Ein schöner Artikel«, Sandra drehte die Blätter um, die
Rückseiten waren unbedruckt, »aber was hat er mit Lambourne zu tun?«

»Du musst genau hinsehen.« Alan tippte auf eine sehr
klein gedruckte Zeile ganz unten auf der zweiten Seite, die
leicht zu überlesen war.

*Abdruck mit freundlicher Genehmigung des Magazins Wo-
men Mirror, Redakteurin: Vivian Hunt*

»Vivian Hunt – Vivian Marshall!«

Alan nickte. »Hunt war ihr Mädchenname, sie arbeitete
für das Magazin Women Mirror, bis sie kündigte und Denzil
heiratete.«

»Vivian war also tatsächlich in Cornwall, bevor Susan
Lambourne erschossen wurde.« Sandra schauderte. Ihr un-
glaublicher Gedanke, Vivian hätte Denzils Abstammung
herausgefunden, schien sich zu bewahrheiten. »Wie hast du
das so schnell gefunden? Ich habe nach solchen Informationen vergeblich gesucht.«

»Ich verrate dir doch nicht all meine Tricks.« Alan zwinkerte ihr zu. »Meine Erfahrung als Anwalt bringt es mit sich,
auch das kleinste Staubkorn in einer Wüste zu finden, wenn
es erforderlich ist.«

»Hast du es Christopher gesagt? Ich meine, jetzt ist mein
Verdacht doch nicht länger aus der Luft gegriffen.«

»Das möchte ich dir überlassen. Ich nehme an, du willst
ihn nach wie vor nicht einweihen?«

Mit einer hilflosen Geste hob Sandra die Hände. »Wie
könnte ich das? Eliza ist immer noch in Gefahr.«

»Und wir haben keine Ahnung, wo sich die beiden befinden.« Nachdenklich kratzte sich Alan am Kinn. »Du sagst, dass deine Mitarbeiterin von Lambournes Unschuld überzeugt ist. Kann es sein, dass Eliza ihm hilft? Dass sie ihn gedrängt hat, Higher Barton zu verlassen, ihn in ein anderes Versteck gebracht hat, da nach der Explosion zu befürchten war, man könne ihn auf dem Grundstück entdecken?«

»Das ist nicht ausgeschlossen.« Sandra nickte. »Ich fürchte, Eliza hat sich ein bisschen in Lambourne verliebt.«

»Denk nach, Sandra!«, appellierte Alan. »Welche Kontakte hat Eliza in der Gegend? Hat sie irgendwo ein Haus oder auch nur eine vielleicht einsam stehende Hütte oder einen sonstigen Platz, wo niemand hinkommt?«

In Sandras Kopf wirbelten die Gedanken durcheinander. Sie erkannte, dass sie – abgesehen von der Entzweiung mit ihrem Bruder und über deren Eltern – kaum etwas über Eliza Dexter wusste. Außer Henry hatten sie keine Verwandten. Wo hatte Eliza gelebt, bevor sie die Stellung in Higher Barton angetreten hatte?

»Sie ist mit Agnes Roberts befreundet«, murmelte sie schließlich.

»Mit unserer geschwätzigen Metzgerin?« Alan lachte laut. »Ich kann mir nicht vorstellen, dass Eliza einen gesuchten Mörder ausgerechnet beim Daily Mirror von Lower Barton versteckt.«

Sandra schmunzelte, musste Mrs Roberts gleichzeitig in Schutz nehmen. »Sie hat durchaus ihre guten Seiten, Alan.«

»Wir könnten in Elizas Zimmer nachsehen, ob wir etwas finden«, schlug Alan vor.

»Ich glaube nicht, dass uns das weiterhelfen kann.« Sandra stand auf.

»Du willst jetzt nicht die Hände in den Schoß legen, Sandra?«, fragte Alan.

Mit einem Lächeln antwortete sie: »Du hast mich überzeugt, Alan, ich werde zu Christopher gehen und ihm alles sagen. Jetzt haben wir etwas in der Hand, das Vivian Marshall belasten könnte. Sollte sie wirklich die Mörderin sein, ist es Aufgabe der Polizei, sie zu überführen – oder ein für alle Mal ihre und Denzils Schuld auszuschließen.«

»Soll ich dich begleiten?«

Sandra nickte.

Eine gute Stunde später wirkte Detective Chief Inspector Christopher Bourke fassungslos und zutiefst besorgt. Sandra hatte laut, klar und deutlich gesprochen, ruhig und überlegt der Reihe nach alles erzählt. Christopher und Alan hatten sie kein einziges Mal unterbrochen.

»Warum kommst du erst jetzt mit dieser Geschichte zu mir?«, fragte Christopher.

»Es ist leider keine Geschichte«, sagte Sandra. »Ich weiß, dass du böse auf mich bist. Dazu hast du auch allen Grund, versuch aber bitte mich zu verstehen. Ich muss Elizas Leben schützen, ebenso die Sicherheit der Gäste und Angestellten in Higher Barton.«

»Die Gäste sind alle weg, und jetzt sorgst du dich nicht länger um Eliza, weil du endlich die Polizei einschaltest?«

»Ich habe ganz schreckliche Angst um sie«, rief Sandra aufgeregt, »und ich weiß nicht mehr, was ich tun kann!« Sie sah zu Alan. »Was wir jetzt machen sollen, wo Lambourne und Eliza finden, wie den Marshalls die Morde beweisen ...«

»Wenn sie es wirklich waren«, vollendete Christopher den Satz. »Ich gebe zu, ich kann deine Argumente nicht vollständig von der Hand weisen. Seit ich Polizist bin, habe ich nie erlebt, dass ein Täter über so viele Jahre seine Unschuld beteuert. Im Gefängnis brechen die meisten früher oder später zusammen. Überlegen wir also, was wir tun können, um die Wahrheit herauszufinden.«

Das *wir* stimmte Sandra zuversichtlich. »Gestern sind mir die Nerven durchgegangen«, gab sie zu. »Den Marshalls meinen Verdacht ins Gesicht zu schleudern, das hätte ich nicht tun dürfen. Es ist geschehen, ich kann es nicht rückgängig machen. Ich vermute, Nicolas Lambourne wird sich seinen Stiefbruder vorknöpfen und versuchen, ein Geständnis zu erzwingen.«

»Das vor Gericht keinen Bestand hat«, warf Alan ein.

»Dessen ist sich Lambourne bewusst«, erwiderte Sandra. »Ich glaube, es geht ihm längst nicht mehr darum, dass der wahre Mörder verurteilt wird. Lambourne möchte für sich Gerechtigkeit, er möchte es persönlich von Denzil hören, dass er Susan, diesen Mann und auch Richter Audley getötet hat. Was danach geschieht, ist Lambourne egal.«

Plötzlich sprang Alan auf, ihm war ein schrecklicher Gedanke gekommen.

»Wir müssen sofort zu den Marshalls fahren! Wenn Sandras Vermutung richtig ist, könnte sich Lambourne in Beechwood House aufhalten.« Christopher wand sich unbehaglich und lockerte mit zwei Fingern seinen Kragen. »Du machst dir Vorwürfe, auf Denzil Marshall nicht gehört und seinen Wunsch nach Polizeischutz ignoriert zu haben«, stellte Alan sachlich fest.

»Hm ... ja ... wer konnte auch so etwas ahnen ...«

Die Röte kroch schnell über Christophers Hals in sein Gesicht. Sandra beugte sich vor und nahm seine Hand.

»Du hast keinen Fehler gemacht«, raunte sie. »Wenn hier jemand falsch gehandelt hat, dann ich.«

Alan schlüpfte in seine Jacke und sagte ungeduldig: »Wir sollten fahren!«

»Du bleibst hier, Sandra.« Es war von Christopher kein Wunsch, sondern ein Befehl.

»Wenn Lambourne auf jemanden hört, dann auf mich«, konterte Sandra. »Er könnte durchdrehen und ein Blutbad anrichten, wenn er dich oder Alan sieht. Ich werde allein zu den Marshalls gehen, dann sehen wir weiter.«

»Ich fürchte, Sandra hat recht, Christopher«, stimmte Alan zu.

Christopher nickte. »Alan, kannst du bitte fahren? Von unterwegs rufe ich Greenbow an, zur Sicherheit soll er ein Einsatzkommando zusammenstellen, das sich vorerst im Hintergrund halten wird.«

SIEBZEHN

Die Szene war grotesk und konnte einem Abenteuerfilm entnommen sein. Rücken an Rücken, je an einen Stuhl gefesselt, saßen Denzil und Vivian im Salon vor dem Kamin. Vor Denzil stand Nicolas Lambourne, den Lauf seiner Pistole auf die Stirn seines Stiefbruders gerichtet, Eliza befand sich dicht neben Vivian, den Eindruck erweckend, diese zu bewachen.

»Ich will die Wahrheit wissen!« Nicolas' Stimme war gefährlich leise, aber laut genug, dass Sandra die Worte durch den Spalt der angelehnten Tür verstehen konnte.

Als sie bei der Villa angekommen waren, hatte Sandra Elizas Wagen vor dem Haus erkannt. Ihre Befürchtung bewahrheitete sich. Widerwillig hatten Christopher und Alan zugestimmt, Sandra allein ins Haus gehen zu lassen. Ein Einsatzkommando, bestehend aus mehreren Fahrzeugen und einem Dutzend schwer bewaffneter Polizeibeamter war auf dem Weg hierher. Christopher hatte zwar den Befehl erteilt, Blaulicht und Sirene ausgeschaltet zu lassen und sich vom Haus entfernt zu halten. Gleichzeitig wusste er, dass immer etwas schieflaufen konnte. Sollte Nicolas Lambourne das Polizeiaufgebot bemerken, könnte es zu einer Katastrophe kommen.

Sandra fand die Eingangstür offen vor. In der weitläufigen

und elegant eingerichteten Halle war alles ruhig, dann hörte sie Stimmen aus dem ebenerdigen Salon.

Sandras Puls schlug völlig normal. Zu ihrem Erstaunen empfand sie keine Furcht. Sie atmete flach, um von den im Zimmer Anwesenden nicht bemerkt zu werden.

»Ich weiß nicht, was du von uns willst!«, rief Denzil und zerrte an seinen Fesseln. Sie gaben keinen Millimeter nach. »Du bist wahnsinnig, Nicolas! Ich ... wir haben dir nie etwas getan! Wenn du hingehst und deine Frau abknallst, kannst du es doch nicht mir in die Schuhe schieben!«

»Du und Vivian, ihr wisst ganz genau, dass ich es nicht war«, antwortete Nicolas ruhig. Vorsichtig spähte Sandra durch den Spalt. Nicolas' Hand zitterte kein bisschen, sein Finger lag völlig ruhig am Abzug. Sandra kannte sich mit Waffen nicht aus und fragte sich, ob er die Pistole entsichert hatte. Mit der freien Hand deutete Nicolas auf das über dem Kamin hängende in Öl gemalte Porträt. Es zeigte einen gedrungenen, untersetzten Mann in den Fünfzigern mit ergrautem und schütterem Haar. »Wie rücksichtsvoll von dir, das Bild unseres Vaters nicht längst durch ein Porträt von dir ersetzt zu haben.«

»Ich weiß von der Tradition, dass der aktuelle Lord Beechwood sich malen lässt und sein Porträt an diesem Platz aufgehängt wird«, erwiderte Denzil. »Ich mag zwar den Titel tragen, die Firma führen und in diesem Haus leben – als Lord Beechwood habe ich mich nie so richtig gefühlt. Ich habe immer gespürt, dass mir das alles nicht zusteht.«

»Du kannst aufhören zu versuchen, dich bei mir einzuschleimen«, befahl Nicolas scharf. »Entweder gestehst du jetzt alles, oder ...« Sein Abzugsfinger krümmte sich.

»Warte, Nicolas!« Denzils Augenlider flatterten. »Wir

sind Brüder, in unseren Adern fließt das Blut unseres Vaters! Du denkst, damals habe ich deine Frau umgebracht, um an das Erbe zu gelangen, und weigerst dich, mir zu glauben, dass ich keine Ahnung hatte, wer mein Vater war. Was kann ich tun, damit du mir glaubst?«

»Dann war es deine Frau«, antwortete Lambourne.

Von Vivian kam ein keuchender Laut, sie war leichenblass. »Bitte ...«, stammelte sie, »bitte, kann ich einen Drink bekommen? Einen Cognac ...«

Eliza sah fragend zu Nicolas. Er nickte, und Eliza schenkte aus einer auf dem Sideboard stehenden Flasche Weinbrand in ein Glas und hielt dieses Vivian an die Lippen. Sie trank hastig, ihre Wangen bekamen wieder etwas Farbe.

»Zurück zu uns, *Bruder*!« Nicolas spie das Wort aus, als hätte er Dreck im Mund. »Ich werde nicht eher weggehen, bevor ich nicht dein Geständnis habe, und zwar schriftlich!«

»Also gut, du hast gewonnen«, stimmte Denzil zu. »Bind mich los, dann unterschreibe ich alles, was du willst.«

»Ja, ja, das machen wir!«, rief Vivian. »Aber bitte, tu uns nichts!«

Sandra war über Denzils Bereitwilligkeit nicht überrascht. Er wusste genau, dass ein mit Waffengewalt erzwungenes Geständnis vor Gericht keinen Bestand hatte.

Nicolas wusste es ebenfalls. »Hältst du mich für so dumm, auf deinen Trick reinzufallen? Du würdest hier und jetzt alles unterschreiben, um dein Leben zu retten. Nein, ich möchte den detaillierten Tatablauf erfahren, begonnen mit der Falle, in die du mich gelockt hast, damit ich kein Alibi vorweisen kann. Nur der richtige Täter kann das alles wissen.«

Nicolas drückte den Lauf der Pistole direkt auf Denzils

Nasenwurzel. Dessen ohnehin helle Augen schienen jede Farbe zu verlieren.

»Im Namen unseres Vaters, Nicolas, ich bin unschuldig!«, beharrte Denzil. »Wenn jemand anderer dir die Taten in die Schuhe geschoben hat, damals wie heute: Wenn du mich jetzt erschießt, wirst du wirklich zum Mörder!«

»Denzil hat recht.« Vier Augenpaare fuhren zu Sandra herum, die langsam in den Salon trat.

»Wie kommen Sie hier rein?«, fauchte Nicolas, und Eliza rief: »Oh, Gott, warum sind Sie gekommen, Sandra? Auf Higher Barton waren Sie jetzt außer Gefahr. Lassen Sie Nicolas tun, was zu tun ist.«

»Die Tür stand offen, und warum ich gekommen bin? Um der Sache ein Ende zu bereiten, Nicolas Lambourne.« Sie streckte einen Arm aus, ihre Finger zitterten. »Geben Sie mir die Pistole, es ist vorbei. Sie kommen hier nicht mehr weg. Das Haus ist von einem bis an die Zähne bewaffneten Einsatzkommando umstellt. Sie werden die Villa stürmen und Sie ohne zu zögern erschießen, wenn Sie jemandem etwas antun oder zu fliehen versuchen.«

»Ich habe Sie gewarnt, was passieren wird, wenn Sie mir die Polizei auf den Hals hetzen!« Nicolas schwenkte den Arm, jetzt richtete sich die Waffe auf Sandra.

Mit zwei Schritten war Eliza an seiner Seite. »Lassen Sie sie gehen, Nicolas«, flehte sie. »Nach der Explosion auf Higher Barton konnte Sandra nicht länger verhindern, dass sich die Polizei einschaltet.«

»Ach ja, die Explosion.« Sandra wunderte sich, wie es ihr gelang, in dieser Situation spöttisch zu klingen. Tief in ihrem Inneren spürte sie, dass Nicolas sie nicht erschießen, dass er niemandem in diesem Raum ein Leid antun würde. »Warum haben Sie das Haus in die Luft gesprengt? Es gab dafür keinen Grund, ich habe immer alles getan, was Sie von mir verlangten.«

»Das war ein Versehen. Ich bin zufällig mit einem Finger auf den Knopf gekommen.«

»Ein Versehen? Ein Versehen!«, wiederholte sie fassungslos. »Was, wenn nicht ein leeres und vom Haupthaus weit entferntes Gebäude explodiert wäre, sondern eine der Bomben im Hotel? Zu diesem Zeitpunkt befanden sich etwa fünfzig Personen im Haus. Fünfzig unschuldige Menschen, die nicht das Geringste mit Ihrer Geschichte zu tun haben!«

Nicolas schüttelte den Kopf, plötzlich lachte er laut. »Niemandem wäre etwas geschehen. Es gab nur diese eine Bombe. Ich habe sie bewusst in der leer stehenden Meierei platziert, damit niemand zu Schaden kommt.«

»Was?« Sandra und Eliza riefen es gleichzeitig.

»Grafton, der Mann, der mir meinen kleinen Freund hier«, er blickte auf die Pistole, »besorgt hatte, konnte auf die Schnelle keine weiteren Bomben und das Zubehör beschaffen. Ich hatte nie geplant, Ihr Hotel zu zerstören, wollte aber zur Sicherheit ein Haus verminen und diese Bombe zünden, sollten Sie mir nicht glauben oder die Polizei informieren.«

Plötzlich begannen Sandras Knie unkontrolliert zu zittern. Eliza umfasste stützend ihre Taille.

»Was haben Sie jetzt vor, Nicolas?«, stieß Sandra heiser hervor. »Ja, es gibt Anhaltspunkte, dass Vivian Marshall ...«

»Ich war es nicht!«, schrie diese. »Verdammt noch mal, ich kannte weder Lord Beechwood, Nicolas, seine Frau, noch die Keksfabrik oder sonst jemanden aus dieser Gegend!«

»Einige Monate vor den Morden waren Sie sehr wohl hier, Vivian, um für das Magazin Women Mirror einen Bericht über Cornwall zu verfassen«, sagte Sandra. »Dabei könnten Sie auf Lord Beechwood gestoßen sein und von seinem unehelichen Sohn erfahren haben.«

»Ich war nie in Cornwall.« Vivian kicherte, ein Anflug von Hysterie in der Stimme. »Diesen Artikel habe ich aufgrund von Quellen aus anderen Berichten und Büchern verfasst, die Fotos habe ich von einem Touristenbüro gekauft. Das Schmierblatt wollte mir keine Reisekosten bezahlen, und ich hatte keine Lust und auch kein Geld, um nach Cornwall zu fahren. So bastelte ich eben etwas zusammen. Es machte keinen Unterschied, in den gängigen Medien steht über Cornwall doch immer dasselbe.«

Nicolas Lambourne wirkte verunsichert, der Lauf der Pistole zielte immer noch auf Sandra. Sie fragte sich, was jetzt geschehen sollte. Er war keinen Schritt weitergekommen, hatte sich durch weitere Geiselnahmen und Bedrohungen nur noch tiefer in eine aussichtslose Lage hineinmanövriert.

»Legen Sie die Waffe weg, und lassen Sie die Leute frei.« Alle fuhren zur Tür herum. In dieser stand eine mittelgroße, sehr schlanke, ältere Frau, das graue Haar kinnlang, die hellgrauen Augen weit geöffnet. »Die, die Sie suchen, Lambourne, steht vor Ihnen. Ich habe Ihre Frau und deren Liebhaber erschossen und auch die Kekse vergiftet.«

»Wer sind Sie? Wo zum Teufel kommen Sie jetzt her?«, fauchte Nicolas und schwenkte die Pistole zu der Fremden.

Die Frage beantwortete Denzil, als er entsetzt rief: »Mutter! Wie kannst du das sagen! Das ist doch nicht wahr!«

Mildred Marshall lächelte, sah zu Eliza und bat: »Machen Sie mir einen Drink?«

»Ich will auch noch einen, sofort!«, jammerte Vivian, und Sandra wusste nicht, ob bei ihr das Geständnis ihrer Schwiegermutter überhaupt angekommen war.

Nicolas stand wie erstarrt und beobachtete jede Bewegung von Denzils Mutter. Sie nippte an dem Glas, dann sah sie in die Runde, ihr Blick heftete sich auf Sandra: »Sie sagen, die Polizei wäre draußen. Sandra, das ist doch Ihr Name?« Sandra nickte, im Hals einen dicken Kloß. »Also, Sandra, rufen Sie den Beamten herein, der für die Ermittlungen zuständig ist. So ein Rothaariger, nicht wahr? Er beehrte uns ja mehrmals mit seinem Besuch.« Sie drehte sich zu Nicolas um. »Sie bekommen Ihr Geständnis, Lambourne, vollständig und lückenlos, aber bitte: Binden Sie meinen Sohn und meine Schwiegertochter los. Sie sind unschuldig, ich allein bin für alles, was Ihnen angetan wurde, verantwortlich.«

Christopher Bourke war bass erstaunt, als Sandra ihn anrief und sagte, er und Alan mögen in die Villa kommen. »Halte deine Kollegen zurück«, bat Sandra. »Auf keinen Fall dürfen sie stürmen, wir haben die Lage hier drinnen im Griff.«

Als wäre es eine gemütliche Teestunde, saßen nun alle in der Sitzgruppe vor dem Kamin beisammen. Vivian trank ihren dritten Cognac, einen glasigen Ausdruck in den Augen, und massierte sich die roten Abdrücke an ihren Handgelenken, die der Strick, mit dem sie gefesselt gewesen war, hinterlassen hatte.

Nachdem Alan seinen Namen genannt hatte, zuckte Mildred Marshall zusammen und sagte: »Es tut mir leid, dass auch Sie von den Keksen gegessen haben. Das war nicht geplant, ebenso wenig, dass der Richter stirbt. Nach Lambournes

Flucht wollte ich nur ein Zeichen setzen, dass er sich an dem Mann, der ihn hinter Gitter gebracht hat, rächen wird. Ich wusste, die Polizei wird uns erneut verhören, dabei vielleicht etwas entdecken, deswegen war es wichtig, dass kein Zweifel an Ihrer Schuld besteht. Damals wie heute.«

»Das ist Ihnen ja prächtig gelungen«, knurrte Nicolas.

Christopher sagte: »Warum haben Sie Susan Lambourne getötet? Was hat diese Frau Ihnen getan?«

Entspannt lehnte sich Mildred zurück, nahm eines der buntbestickten Sofakissen und presste es wie ein Schutzschild vor ihre Brust, dann begann sie zu erzählen:

»Damit Sie verstehen, wie alles gekommen ist, muss ich weiter ausholen. 1975 jobbte ich immer wieder als Hostess auf den Messen, die regelmäßig in Manchester stattfinden. Bei einer Süßwarenmesse traf ich Walter Lambourne, Lord Beechwood. Es war Liebe auf den ersten Blick, leider nur meinerseits, wie ich später feststellen musste. Wir verbrachten einige wundervolle Nächte zusammen. Walter sagte offen, er werde seine Frau und seinen Sohn niemals verlassen, das mit uns sei eine einmalige Sache. Wochen später, Walter war längst wieder in Cornwall, stellte ich fest, dass ich schwanger war. Meine Eltern setzen mich auf die Straße. Sie gehörten einer puritanischen Glaubensgemeinschaft an, eine Tochter mit einem unehelichen Kind passte nicht in ihr Weltbild. Ich versuchte, Walter telefonisch zu erreichen, er ließ sich jedoch immer verleugnen. Dann schrieb ich ihm Briefe – eine Antwort erhielt ich nie. Für eine Reise in den Süden fehlte mir das Geld. Außerdem wollte ich niemandem nachlaufen und beschloss, mein Kind, dich, Denzil, allein durchzubringen.«

»Es hat mir nie an etwas gefehlt, Mutter«, murmelte Denzil, setzte sich neben Mildred und nahm ihre Hand.

»Was ist geschehen, dass du all das Schreckliche getan hast?«

»Ich war sehr stolz auf dich, Denzil. Obwohl das Geld immer knapp gewesen war und ich bei der Wahl meiner Männer oft ein falsches Händchen hatte, wuchst du zu einem intelligenten, fleißigen jungen Mann heran. Du hast sogar studiert, allerdings musste ich verhindern, dass du noch tiefer in kriminelle Kreise gerätst.«

»Mutter!« Denzil sprang auf. »Du hast es gewusst?«

»Was gewusst?« Gespannt beugte sich Christopher vor. »Was hat Ihr Sohn getan?«

»Nichts wirklich Schlimmes.« Mildred winkte ab. »Wahrscheinlich, um an Geld zu kommen, fing Denzil an, mit Drogen zu handeln. Nur in kleinen Mengen, und er selbst nahm nie etwas.«

»Woher weißt du das?«, fragte Denzil. »Damals habe ich nicht mehr zu Hause gewohnt.« Verwirrt sank er in einen Sessel.

»Du bist mein Sohn, und eine Mutter weiß immer, was ihre Kinder machen«, erwiderte Mildred mit größter Selbstverständlichkeit und erklärte: »Erinnerst du dich daran, als ich dich besuchte und entsetzt war, in welch chaotischem Zustand sich deine Studentenbude befand?«

Denzil nickte. »Du hast aufgeräumt und geputzt und dabei …«

»Den Stoff unter einem losen Dielenbrett entdeckt«, vollendete Mildred den Satz. »Denzil, das war ein wirklich dilettantisches Versteck, und mir war sofort klar, dass du dealst. Für den Eigengebrauch war es viel zu viel, und woher hättest du das Geld für eine solche Menge Drogen haben sollen?«

»Das mag ja zwischen Ihnen wichtig sein«, sagte Christopher ungeduldig, »mich interessiert vielmehr, wie es dazu kam, dass Sie zwei Menschen erschossen haben, Mrs Marshall.«

»Denzil stand kurz davor, einen guten Abschluss als Betriebswirt zu machen – und sein Vater besaß eine Firma», fuhr Mildred fort und wandte ihre Aufmerksamkeit wieder dem DCI zu. »Ich dachte, es wäre an der Zeit, Walter an seine Pflichten zu erinnern. Ich kratzte alle Pennies zusammen und fuhr mit meinem klapprigen Wagen nach Cornwall. Wenn Walter seinen Sohn nicht in seiner Firma anstellen konnte, dann kannte er sicher jemanden, der Denzil einen guten Job gab. Hauptsache, der Junge kam aus den kriminellen Kreisen in Manchester weg. Ich wartete, bis Walter allein im Haus war, dann suchte ich ihn auf. Zuerst erkannte er mich nicht wieder, es war ja auch ein Vierteljahrhundert vergangen. Nachdem ich ihm alles gesagt hatte, leugnete er nicht, meine Briefe erhalten zu haben, er wies allerdings vehement von sich, der Erzeuger meiner Brut zu sein.« Sie sah ihren Sohn an. »Das waren seine Worte, mein Sohn, es war ein sehr unschönes Gespräch. Walter meinte, als Hostess hätte ich es sicher mit vielen Männern getrieben. Ich solle nicht versuchen, einen Vaterschaftstest zu erzwingen, er habe Anwälte, die das zu verhindern wüssten, und er kenne genügend Leute, die mir das Leben zur Hölle machen würden. Wir waren damals hier in diesem Zimmer, Walter saß genau dort, wo du jetzt sitzt, Denzil, und ich auf dieser Couch.«

»Das passt zu meinem Vater«, presste Nicolas grimmig hervor. »Er war durch und durch Egomane, alles musste immer nach seinem Willen geschehen. So drängte er mich auch in die Ehe mit Susan, und ich war zu feige, ihm zu widersprechen.«

»Obwohl er viel für mich getan hat, war das auch mein Eindruck«, bemerkte Denzil. Die Brüder sahen sich in die Augen, zum ersten Mal waren sie einer Meinung. Von Größe und Statur völlig unterschiedlich – dennoch erkannte Sandra in diesem Moment in ihren Gesichtszügen eine Ähnlichkeit, die sie mit dem in Öl gemalten Antlitz Walter Lambournes teilten.

»Ich verstehe, dass Sie wütend waren«, sagte Nicolas. »Warum jedoch haben Sie sich an meiner Frau gerächt? Sie konnte doch nichts für das abweisende Verhalten meines Vaters.«

»Sie war eine Schlampe«, stieß Mildred hervor, ihre Mundwinkel zogen sich herunter. »Susan hatte all das, was zumindest zu einem Teil meinem Sohn Denzil zugestanden hätte. Nachdem Walter mich aus dem Haus geworfen hat, war ich schrecklich wütend. Fünfundzwanzig Jahre habe ich nichts von ihm gewollt, auch jetzt war ich nicht gekommen, damit er meinen Sohn anerkennt, ich wollte auch kein Geld. Ich hatte nicht für mich gebeten, sondern nur, dass er Denzil eine Chance gibt, eine kleine, verdammte Chance, sein Leben besser zu gestalten als ich das meine. Ich blieb in Cornwall, mietete mir ein kleines, schäbiges Zimmer in Fowey, bekam eine Putzstelle in einem örtlichen Lebensmittelladen und begann, die Familie Beechwood zu beobachten. Ich verfolgte keinen Plan, kein bestimmtes Ziel, wollte nur feststellen, ob es irgendetwas gab, womit ich doch noch zu meinem Recht kommen konnte. So stellte ich fest, was Susan Lambourne trieb, wenn sie nach Plymouth fuhr, angeblich, um einen Sprachkurs zu besuchen. Ich versuchte, Susan mit dem Wissen, dass sie ihren Mann betrog, zu erpressen, ohne jedoch meine wahre Identität preiszugeben. Sie lachte mich nur aus, deutete auf meine billige, abgetragene Kleidung und meinte, niemand würde einer hergelaufenen Frau wie mir glauben. Trotzdem drückte sie mir einhundert Pfund in die Hand, wohl in der Hoffnung, ich gäbe mich damit zufrieden, und verschwand.«

»Von diesem Geld haben Sie sich die Waffe besorgt«, kombinierte Christopher, als Mildred eine Pause einlegte, um einen Schluck zu trinken, »und schmiedeten einen teuflischen Plan.«

»Das ist zu viel der Ehre, Inspector.« Mildred zuckte mit den Schultern, lächelte verhalten und erklärte: »Der Plan entstand nicht in meinem Kopf, bis zu diesem Zeitpunkt hatte ich nicht vor, jemanden zu töten. An einem Abend, in dem stickigen, kleinen Zimmer nutzlos herumsitzend, sah ich einen Krimi im Fernsehen. An den Titel kann ich mich nicht mehr erinnern. Ich glaube, der Film war auch kein großer Erfolg, dafür war er zu langweilig. Es ging darum, dass ein Mann diverse Morde begeht und die Schuld einem anderen in die Schuhe schiebt, weil er mit diesem noch eine Rechnung aus der Vergangenheit offen hat.«

»Du hast gemordet, weil du es im Fernsehen gesehen hast?« Denzil war aufrichtig entsetzt, auch Sandra atmete geräuschvoll aus. Hatte sich der Geist von Denzils Mutter vielleicht verwirrt? Sie war erst Mitte vierzig gewesen, als sie die Taten verübte, und auch heute machte sie einen völlig klaren Eindruck.

Christopher beschäftigte die gleiche Frage: »Sie behaupten also, Sie haben zwei Menschen erschossen, weil sie es in einem *Film* gesehen haben, in der Hoffnung, Walter

Lambourne würde Ihren Sohn anerkennen, wenn sein legitimer Erbe im Gefängnis ist?« Mildred sah Christopher mit einem so herausfordernden Blick an, als wolle sie sagen: Beweisen Sie mir das Gegenteil! »Woher hatten Sie eigentlich die Waffe? Ich nehme nicht an, Sie haben einen Waffenschein?«

»Im Hafenviertel von Plymouth war es einfach, an eine Pistole zu kommen«, gab Mildred zu. »Sie müssen wissen, Inspector: Auch wenn ich zuvor nie etwas Unrechtes getan habe – lebt man in der gesellschaftlichen Unterschicht in Manchester, bleiben illegale Wege einem nicht verborgen. Das ist in jeder Stadt gleich.« Sie räusperte sich und fuhr mit ihrem Geständnis fort: »Der Rest war einfach. Ich lockte Nicolas auf den Parkplatz bei Cardingham, zuvor hatte ich herausgefunden, dass sich Walter oft dort aufhielt, und fuhr nach Plymouth. Susans Liebesnest befand sich in einem Haus aus den 1970er-Jahren, die Türen waren alt, ich konnte sie so einfach eintreten, wie es in Fernsehkrimis oft gezeigt wird. Arbeitet man sein ganzes Leben als Putze, verfügt man über eine gewisse Kraft. Ich erschoss Susan, passenderweise auch gleich ihren Liebhaber, das machte das Motiv von Nicolas noch glaubhafter.«

»Einen Moment!« Nicolas hob unterbrechend die Hand. »Dass Sie mir die Waffe irgendwie untergeschoben haben, kann ich mir vielleicht erklären, nicht jedoch, wie meine Fingerabdrücke auf diese gekommen sind.«

Mildred Marshall lächelte hintergründig, auf Sandra wirkte sie verschlagen. »Durch meine Beobachtungen wusste ich, dass Sie vor dem Schlafengehen immer einen kalten Kamillentee trinken. Dieser wurde Ihnen vom Hausmädchen in ihr Zimmer gebracht. Ich schlich mich in die Villa, gab ein leichtes Schlafmittel in den Tee und verbarg mich in einem unbewohnten Raum. Als Sie schliefen, brauchte ich nur noch ihre Hand um den Griff der Pistole zu drücken, dann versteckte ich die Waffe so, dass sie bei einer Durchsuchung gefunden werden musste.«

»Sie waren in unserem Haus?« Nicolas keuchte. »Einfach so?«

»In Cornwall werden Häuser oft nicht verschlossen«, antwortete Mildred. »Ein Unding in Manchester, hier scheint man vor Einbrechern und sonstigen Spitzbuben keine Angst zu haben.«

Nicolas' Blick fixierte Mildreds. Er fragte: »Wenn ich ausgerechnet an diesem Abend den Tee nicht getrunken hätte, oder wenn das Schlafmittel nicht stark genug gewesen und ich aufgewacht wäre – hätten Sie mich dann auch erschossen?«

»Darüber hatte ich nicht nachgedacht«, antwortete Mildred offen und wich seinem Blick keinen Millimeter aus. »Wahrscheinlich hätte ich keine andere Wahl gehabt, meine Pläne wären allerdings durcheinandergeraten.«

»Nachdem Nicolas Lambourne aus dem Gefängnis geflohen war«, fuhr Christopher fort, »haben Sie eine Packung Kekse gekauft, diese vergiftet und Edward Audley zukommen lassen, damit wir glauben sollen, Mr Lambourne hätte sich an dem Richter gerächt.«

»Was ja auch bestens funktioniert hat.« Die Hände im Schoß gefaltet, lächelte Mildred. Auf Sandra wirkte es selbstgefällig und zufrieden. Die Frau war offensichtlich noch stolz auf das, was sie getan hatte. Mildred sagte: »Sie, Mr Trengove, wollte ich nicht töten, das müssen Sie mir glauben! Ich hatte keine Ahnung, dass Sie an diesem Abend bei dem Richter zu Gast waren.«

»Das zu glauben, fällt mir zugegebenermaßen schwer«, erwiderte Alan, verhaltene Wut im Blick. »Auf einen Mord mehr kam es Ihnen ja nicht an, Mrs Marshall.«

»Mein Gott, Mutter!« Denzil sackte in sich zusammen. »Warum hast du das getan? Ich wäre meinen Weg auch allein gegangen, das bisschen Dealen hatte ich im Griff, ich hätte mich nicht tiefer in kriminelle Kreise verstrickt. Ich plante, mich nach dem Studium in London zu bewerben, hätte Manchester also verlassen. Mutter, du konntest nicht wissen, ob mich Walter Lambourne wirklich zu sich holt, nachdem Nicolas im Gefängnis war. Es hätte alles unverändert bleiben können, dann hättest du umsonst zwei Menschen getötet.«

»Ich habe es für dich getan, mein Sohn«, antwortete Mildred ruhig. »Spätestens, wenn Walter gestorben wäre, hättest du deinen Erbanspruch geltend machen können, besonders, da dein Stiefbruder seinen Anteil verwirkt hatte. Dass es dann schon früher so glatt und einfach gegangen ist, erfreut mich zutiefst.«

Denzil sah fragend zu Alan, dieser nickte. »Ihre Mutter hat recht, auch uneheliche Kinder sind erbberechtigt. Da Lambourne leugnete, Ihr Vater zu sein, hätte sich das Verfahren wahrscheinlich lange hingezogen, und Vaterschaftstests waren damals deutlich komplizierter als heute.«

Aufgeregt lief Denzil auf und ab. »Ich kann es nicht glauben! Das alles hier«, er machte eine raumgreifende Handbewegung, »habe ich meiner Mutter zu verdanken, die dafür zur Mörderin geworden ist.« Er blieb vor seiner Frau stehen. »Vivian, wusstest du davon? Hattest du eine Ahnung, was meine Mutter getan hat?«

»Was getan hat?« Vivians Zunge schlug an. »Wovon sprichst du? Ich will noch einen Drink!«

Denzil wandte sich wieder seiner Mutter zu. »Du hast mich nie um Geld gebeten, im Gegenteil! Nach Walters Tod habe ich mit Engelszungen auf dich einreden müssen, damit du überhaupt zu uns ziehst.«

»Mein Schicksal war mir egal«, erwiderte Mildred. »Ich sah, dass es dir gut geht, nur eine andere Frau an deiner Seite hätte ich mir gewünscht. Das Leben ist allerdings kein Wunschkonzert.« Sie sah zu Vivian, die sich mit zitternden Händen das nächste Glas einschenkte.

Plötzlich schlug Denzil die Hände vors Gesicht und schluchzte. Diesen grobschlächtig wirkenden Mann weinen zu sehen, berührte Sandra tatsächlich. All ihre Verdächtigungen waren falsch gewesen. Keinen Moment hatte sie Denzils Mutter in Verdacht gehabt. Wie auch, da Sandra von ihrer Anwesenheit in Cornwall überhaupt nichts gewusst hatte.

Christopher stand auf und stellte sich vor Mildred. »Meine Kollegen werden Sie jetzt verhaften, Mrs Marshall.«

»Legen Sie mir keine Handschellen an«, bat sie. »Ich werde keine Schwierigkeiten machen.«

Telefonisch gab Christopher den Befehl durch, zwei Streifenbeamte mögen bitte ins Haus kommen, dann wandte er sich Nicolas zu. »Mr Lambourne, Sie müssen ebenfalls mit uns kommen. Ich muss auch Sie dem Haftrichter vorführen.«

»Dessen bin ich mir bewusst«, bemerkte Nicolas ungerührt. »Die Latte meiner Straftaten der letzten Tage ist lang, für mich ist nur wichtig, dass ich ein für alle Mal vom Vorwurf der Morde befreit bin. Dafür hat sich alles gelohnt, ich werde meiner neuen Strafe gelassen entgegensehen.«

»Wenn Sie möchten, übernehme ich Ihre Verteidigung«, sagte Alan. »Bei der damaligen Beweisführung wurden Fehler begangen, es wurde Ihnen nicht geglaubt und Indizien vorschnell ad acta gelegt, woran ich nicht unbeteiligt war. Ich werde versuchen, einen Teil des Unrechtes wiedergutzumachen.«

Nicolas nickte dankend, dann sagte er zu Sandra: »Es mag vielleicht makaber klingen, aber ich freue mich, dass wir uns begegnet sind. Sie sind eine sehr starke und mutige Frau.« Seine nächsten Worte galten Eliza: »Ihnen danke ich von Herzen und entschuldige mich für die erlittenen Unannehmlichkeiten, die ich Ihnen zugemutet habe.«

»Ich wusste vom ersten Tag an, dass Sie kein Mörder sind, Nicolas«, antwortete Eliza.

Als die uniformierten Beamten Mildred und Nicolas aus dem Haus führten, prüfte Sandra den Blick, mit dem Eliza dem Mann, dessen Geisel sie elf Tage lang gewesen war, nachsah. Er war freundlich, es lag aber keine tiefere Zuneigung mehr in den Augen ihrer Mitarbeiterin. Verstohlen atmete sie auf und hoffte, Eliza würde die Geschehnisse bald nur noch wie einen bösen Traum betrachten.

ACHTZEHN

Drei Tage später

Sandra entschloss sich, das Higher Barton Romantic Hotel erst in der zweiten Januarwoche wieder für Gäste zu öffnen. Nach der Explosion und dem Brand hatten auch die Gäste, die über den Jahreswechsel gebucht hatten, storniert. Nachdem die Angestellten die volle Wahrheit erfahren hatten, waren sie entsetzt gewesen und leisteten Sandra insgeheim Abbitte, derart schlecht von ihr gedacht zu haben. Sandra gab allen frei, was die Kellner und die Zimmermädchen gern annahmen. Da Edouard Peintré und Rosa im Hotel blieben – sie hatten niemanden, zu dem sie hätten gehen können –, war für Major Collins gesorgt. Den früheren Jagdflieger störte es nicht, der einzige Gast zu sein.

»Ich werde meine Spaziergänge machen, in aller Ruhe ein gutes Buch lesen, es mir gut gehen lassen, und für mein leibliches Wohl ist ja bestens gesorgt.«

Gestern hatte Sandra ihre Eltern zum Flughafen gefahren. Zuvor hatten sie und ihre Mutter lange miteinander gesprochen, und nachdem Heather alles wusste, war sie überraschend besonnen geblieben und hatte gesagt: »Dein Vater hat recht, Sandra. Du bist eine Frau, die mit beiden Beinen fest auf dem Boden steht. Es war sehr edelmütig, was du für deine Mitarbeiterin getan hast, dabei hast du dein eigenes Leben

riskiert. Meine Erziehung hat also doch Früchte getragen.«
Sie lächelte verschmitzt und fügte hinzu: »Bewahre dir dein
gutes Herz ebenso wie diesen rothaarigen Inspector. Mit ihm
wirst du glücklich werden.«

Sandra konnte ihre Tränen der Rührung nicht verbergen.

Eliza trat zu Sandra und riss sie aus ihren Gedanken.

»Sandra, da das Hotel jetzt geschlossen ist – könnte ich ein
paar Tage Urlaub nehmen?« Fragend und zugleich bittend sah
Eliza sie an.

»Selbstverständlich, Eliza, Sie benötigen dringend Erho-
lung nach dieser schrecklichen Sache.« Sandra nickte verständnisvoll. »Schlafen Sie sich aus, und bummeln Sie einfach mal in den Tag hinein.«

»Ich möchte nach Lymington fahren und werde spätestens
am dritten Januar wieder zurück sein.«

Sandra verstand, sie lächelte. »Das ist eine sehr gute Idee.
Nehmen Sie sich die Zeit, die Sie und Ihr Bruder benötigen.
Auf einen Tag mehr oder weniger kommt es nicht an, außerdem stehen Ihnen noch genügend Urlaubstage in diesem Jahr
zu. Dieses Mal nehmen Sie Ihre Auszeit wirklich.«

»Verzeihen Sie mir, dass ich Sie belogen habe?«

»Sie hatten keine andere Wahl, Eliza.«

Vor dem Portal fuhr der Wagen von Christopher Bourke
vor. Sandra ging ihm entgegen und stellte fest, dass er
übermüdet wirkte. Die letzten drei Tage war Christopher
in Plymouth gewesen, wohin Mildred und Lambourne in
Untersuchungshaft überstellt worden waren.

»Kaffee?«, fragte Sandra.

»Immer gern.« Müde fuhr er sich mit dem Handrücken
über die Stirn. »Wenn ich nachher endlich nach Hause
komme, werde ich zwei Tage durchschlafen. Mindestens!«

Sie gingen ins Büro. Christopher fasste in knappen Sätzen die Ergebnisse der letzten Tage zusammen. Obwohl er berichtete, Mildred Marshall habe ihr umfassendes Geständnis auf dem Revier Wort für Wort wiederholt und ohne zu zögern das Protokoll unterschrieben, spürte Sandra, dass da noch was war.

»Der Fall nahm eine Wendung, die niemand von uns erwartet hat«, sagte sie.

Christopher nickte. »Denzils Mutter, eine auf den ersten Blick unscheinbare Frau, verfügt über jede Menge kriminelle Energie.«

»Aber?«

»Was meinst du?«

»Aus deiner Stimme höre ich Zweifel heraus.« Sandra schmunzelte, Christopher hingegen blieb ernst und erklärte:

»Bei der Durchsuchung von Beechwood House wurde in Mildreds Zimmer Morphium gefunden, Tabletten ebenso wie ein Serum mit dem entsprechenden Injektionsbesteck.«

»Die Frau ist süchtig? Ach herrje! Wie eine Drogenabhängige wirkte sie nicht auf mich.«

»Es ist nicht so, wie du denkst, Sandra«, sagte Christopher. »Mildred wird von dem Morphium inzwischen bestimmt abhängig sein, sie nimmt die Droge allerdings aus gutem Grund.«

»Sie hat Krebs?«

»Pankreaskrebs, mit Metastasen in der Leber und in beiden Lungenflügeln. Ihr behandelnder Arzt meint, das nächste Weihnachtsfest wird sie auf keinen Fall erleben, wahrscheinlich nicht einmal den Sommer.«

Sandra verstand augenblicklich, was Christopher bedrückte, und es war nicht das Bedauern über den bevorstehenden

Tod von Mildred Marshall. Sie legte ihm eine Hand auf den Arm und sagte leise: »Mildreds Geständnis könnte falsch sein. Sie nimmt die Taten auf sich, um ihren Sohn zu schützen, da die weltliche Gerechtigkeit ihr nichts mehr wird anhaben können.«

Christophers Blick war liebevoll, als er Sandra ansah.

»Die Kollegen in Plymouth haben Mildred in die Mangel genommen. In ihrer Aussage über die genauen Abläufe der Taten gibt es keine Widersprüche, keinen dunklen Fleck, nichts, was ein Hinweis darauf sein könnte, sie habe nicht selbst geschossen und die Kekse vergiftet. Auch nach stundenlangem Verhör blieb Mildred bei ihrer Aussage, es wäre allein ihre Idee gewesen, ihr Sohn und ihre Schwiegertochter hatten keine Ahnung und sind vollkommen unschuldig.«

»Vielleicht wusste Mildred, dass Denzil oder Vivian oder beide zusammen Susan ermordeten, deswegen kennt sie den Ablauf so genau. Der Mord am Richter ging durch alle Medien ...«

Christopher unterbrach sie mit einem Kopfschütteln. »Im Rahmen der Ermittlungen nach Lambournes Flucht wurden die Marshalls erneut überprüft. Für die Zeit der Morde in Plymouth haben beide ein hieb- und stichfestes Alibi. Beide befanden sich in Manchester. Denzil an der Uni bei einer Vorlesung, dafür gibt es Dutzende von Zeugen, Vivian bei einer Redaktionssitzung des Magazins, die den ganzen Tag dauerte. Weitere Ermittlungen werden nun eingestellt.«

Sandra nickte verstehend. »Ihr habt ein umfassendes Geständnis für alle drei Morde, weiteren eventuellen Tätern oder Mittätern kann nichts nachgewiesen werden.« Sie seufzte. »Das heißt, wir werden nie mit hundertprozentiger Sicherheit wissen, wer Susan, ihren Liebhaber und den Richter umgebracht hat. Der Rest eines Zweifels wird immer bleiben.«

»Es ist ein unbefriedigendes Ergebnis«, gab Christopher zu. »Alles Weitere liegt nicht mehr in meiner Hand. Greenbow und ich haben die Akten geschlossen, wir sind draußen.«

»Was wird mit Nicolas geschehen?«, fragte Sandra.

»Alan wird seine Verteidigung übernehmen.« Zum ersten Mal lächelte Christopher. »Nicolas wird sich wegen illegalem Waffenbesitz, Hausfriedensbruchs, Geiselnahme, Brandstiftung, Nötigung und Bedrohung mittels Waffengewalt vor Gericht verantworten müssen. Das ergibt ein paar Jahre ...«

»Der Mann saß siebzehn Jahre unschuldig im Gefängnis!«, rief Sandra dazwischen.

»Ich weiß, was du vorschlagen willst, Sandra.« Er gab ihr einen Nasenstüber. »Für das erlittene Unrecht wird Nicolas entschädigt werden, die Zeit seiner verbüßten Haft kann und wird aber nicht mit der Dauer der Strafe, die Nicolas jetzt zu erwarten hat, verrechnet werden. Es sind zwei unterschiedliche Vorgänge, die als solche vor Gericht verhandelt werden.«

»Oje.« Sandra seufzte ein weiteres Mal. »Da Alan seine Verteidigung übernimmt, weiß ich, dass er alles tun wird, um Nicolas einen weiteren Gefängnisaufenthalt zu ersparen. Vielleicht kommt er mit Bewährung davon? Eliza verzichtet auf eine Anzeige wegen Geiselnahme, und ich wegen der Brandstiftung.«

»Das ist von euch entgegenkommend gemeint, wird Nicolas allerdings nichts nützen. In solchen Fällen muss die Staatsanwaltschaft entsprechende Klagen einreichen.« Christopher legte seine Arme um Sandra und sah sie an. »Lass uns jetzt bitte von etwas Erfreulicherem sprechen. Welche Pläne hast du für Silvester? Eine große Party auf Higher Barton?«

»Nach Party steht mir im Moment nicht der Sinn«, antwortete Sandra. »Bereits im Vorfeld hatten wir keine Veranstaltung im Hotel geplant, auch weil das Haus eigentlich an Weihnachten hätte voll sein sollen. Wir schließen für die nächsten zwei Wochen. Ob und wie sich diese Sache auf das Renommee von Higher Barton auswirken wird ...« Sandra zuckte mit den Schultern.

»Nichts, was bisher hier geschehen ist, konnte deinem Hotel schaden. Einer so charmanten Person wie dir wird nie jemand etwas übelnehmen können.«

»Das hast du lieb gesagt.«

Christophers Lippen senkten sich auf Sandras Mund, zärtlich erwiderte sie seinen Kuss. Sie mussten das Klopfen an der Tür überhört haben, denn erst, als Alan sich vernehmlich räusperte, löste sich Sandra von Christopher.

»Oh, Verzeihung, wir wollen nicht stören.«

Hinter Alan drängte sich Ann-Kathrin in den Raum, blieb einen Moment zögerlich stehen, dann stürzte sie sich auf Sandra und fiel ihr um den Hals.

»Es tut mir so leid, ich war so schrecklich dumm! Alan hat mir alles erzählt. Meine beste Freundin schwebte in Lebensgefahr, und ich habe nicht nur nicht erkannt, was dich bedrückt, sondern mit meiner blöden Eifersucht dich noch mehr belastet.«

»Das sind die Hormone«, sagte Sandra sanft. »Bei Schwangeren spielen die schon mal verrückt.«

»Woher willst du das wissen?«, fragte Alan mit einem Augenzwinkern.

»Noch weiß Sandra das nicht aus eigener Erfahrung.«

Christopher legte einen Arm um Sandras Schultern und zog sie näher zu sich. »Vielleicht aber bald?«

Während Christophers Wangen bei diesen Worten ihre natürliche Farbe behielten, errötete Sandra. »Also, wirklich, Christopher!«

Alle vier lachten unbeschwert, dann erklärte Alan: »Ich komme gerade von Nicolas Lambourne. Er weiß, dass er Mist gebaut hat und sieht dem Kommenden gelassen entgegen. Allerdings ...« Er brach ab.

»Was?«, riefen Sandra und Christopher gleichzeitig, und Sandra fügte an: »Spann uns doch nicht immer so auf die Folter, Alan Trengove!«

»Nicolas sagte mir, Denzil habe ihn in der Untersuchungshaft besucht und ihm gesagt, er und Vivian würden England verlassen, sobald der Prozess gegen Mildred vorbei ist. Sie wollen nach Kanada auswandern und sich dort eine neue Existenz aufbauen.«

»Was wird dann mit Lambourne Biscuits?«, fragte Sandra überrascht.

»Denzil wird Nicolas die Firma und das Haus überschreiben. Ursprünglich war es dessen Erbe, er, Denzil, habe das alles nicht gewollt. Natürlich werden Denzil und Vivian eine entsprechende Abfindung erhalten, außerdem verfügen sie über ein ausreichendes Privatvermögen, um auf der anderen Seite des Atlantiks neu anzufangen.«

»Das scheint eine edle Geste von Denzil zu sein«, murmelte Sandra, »oder ein geschickter Schachzug, um der englischen Gerichtsbarkeit für immer zu entfliehen.«

Alan runzelte die Stirn. Auf seinen fragenden Blick hin klärte Christopher ihn und Ann-Kathrin über Mildreds Erkrankung und die daraus resultierenden Überlegungen auf.

Alan bemerkte trocken: »Es soll und darf uns nicht länger belasten. Wichtig ist, dass du, Sandra, dich von der schweren Zeit erholst. Vielleicht wären ein paar Tage Ausspannen am Meer sinnvoll?«

»Zuerst feiern wir vier gemeinsam den Start in ein neues Jahr«, antwortete Sandra. »In ein Jahr, in dem wir einen neuen Erdenbürger werden begrüßen können, und in ein Jahr, das uns hoffentlich vor weiteren Verbrechen und Morden verschont.«

»Glaubst du das wirklich, Sandra?« Ann-Kathrin grinste spitzbübisch. »Würde es dir dann nicht langweilig werden?«

»Tja, ich fürchte, meine Freundin hat, wie meistens, auch in diesem Punkt recht.« Sandra lachte unbeschwert, streckte die Arme aus, und alle vier nahmen sich an den Händen. »Gleichgültig, was noch geschehen wird: Mit solchen Freunden wie euch sehe ich der Zukunft mit Freude entgegen. Eines weiß ich bestimmt: Beim nächsten Mal werde ich euch früher vertrauen.«

Der 1. Fall für Sandra Flemming!

Rebecca Michéle

Auf Eis gelegt

Ein Cornwall-Krimi

Dryas Verlag, Taschenbuch,
352 Seiten,
ISBN 978-3-940258-77-9

Kurz vor der Eröffnung des Higher Barton Romantic Hotels in Cornwall verschwindet dessen Direktor Harris Garvey samt 10.000 Pfund aus der Hotelkasse. Der beim Personal ungeliebte Chef wird schließlich auf Eis gelegt entdeckt – in einer Kühltruhe. Von dem Geld fehlt jede Spur.

Die Hotelmanagerin Sandra Flemming gerät ins Visier der Ermittlungen, denn sie profitiert nicht nur als Garveys Nachfolgerin von dessen Tod, sondern hatte auch eine Affär mit ihm. Sie beteuert ihre Unschuld, doch niemand glaubt ihr. Also beginnt sie auf eigene Faust zu ermitteln, doch der wahre Mörder ist zu allem bereit, um zu vermeiden, entdeckt zu werden ...

 **DRYAS**

Der 2. Fall für
Sandra Flemming!

Rebecca Michéle

Lebensgefährlich schön

Ein Cornwall-Krimi

Dryas Verlag, Taschenbuch,
330 Seiten,
ISBN 978-3-940258-88-5

Sandra Flemming, Managerin des Higher Barton Romantic Hotel, hat alle Hände voll zu tun, da ihr Hotel Austragungsort der Wahl zur Miss South England ist. Während die Kandidatinnen sich auf die Veranstaltung vorbereiten, verschwindet die Organisatorin Sheila Branson, selbst einst erfolgreiches Model. Sechs Meilen von der Küste entfernt wird sie tot auf einem Friedhof gefunden. Todesursache: Ertrinken. Und ihren Lungen sind mit Salzwasser gefüllt.

Bald gesteht ein junger Mann aus dem Dorf den Mord, doch kann er die Umstände nicht erklären. Nachdem ein weiterer Organisator der Veranstaltung tot aufgefunden wird, wagt Sandra Flemming den Blick hinter die Fassade der Welt der Schönen. Sie beginnt nachzuforschen, was sich nicht immer als ungefährlich erweist.

 DRYAS